孙犁作品集

孙犁／著

芦花荡之

白洋淀纪事

河北大学出版社
HEBEI UNIVERSITY PRESS

图书在版编目（CIP）数据

芦花荡之白洋淀纪事 / 孙犁著 . — 保定 : 河北大学出版社 , 2018.7（2018.7 重印）
ISBN 978-7-5666-1368-4

Ⅰ . ①芦… Ⅱ . ①孙… Ⅲ . ①散文集—中国—当代②短篇小说—小说集—中国—当代 Ⅳ . ① I217.2

中国版本图书馆 CIP 数据核字（2018）第 089159 号

芦花荡之白洋淀纪事

LUHUADANG ZHI BAIYANGDIAN JISHI

孙犁　著

出 版 人　耿金龙
总 策 划　李继勇
选题策划　何　东
责任编辑　赵彩霞
责任印制　靳云飞
装帧设计　宋双成

出版发行　河北大学出版社
（保定市莲池区七一东路 2666 号　071000　www.hbdxcbs.com）
印　　制　三河市祥宏印务有限公司
版　　次　2018 年 7 月第 1 版
印　　次　2018 年 7 月第 2 次
开　　本　787mm × 1092mm　　1/16
字　　数　350 千字
印　　张　26
书　　号　ISBN 978-7-5666-1368-4
定　　价　39.80 元

目录
contents

一天的工作

一

从阜平到灵丘的路上，有一个交通站，叫口头村。这个村子在河北和山西的交界上，从这村子再爬过一条山岭，就是山西省了。在这条路上，还有长城内线的残迹，山口上，还有一个碉堡。

口头村交通站门口，摆着几十根铁条，就是火车轨，这些铁轨，要在今天送到灵丘县大高石站上去。

交通站长红眼老八，正站在铁轨旁呼喊着，手里的长烟袋握得紧紧的，而那系烟袋的东西，是一条以前用来锁狗的铁链子，显得太不配合了。

有一群人聚拢来了，这是各村来的自卫队，运送铁轨的。这一群人，是一色旧法染制的蓝布短裤袄，头上有包着一块黑色布的，也有戴着白粗布叠成的孝帽的。

人家都有山西人那一副和气的脸，笑起来就更显得和气了。

红眼老八呼喊着："三个人抬一条——两个人抬，一个人预备替换，气力大小配搭一下。"

人们还都是愿意同自己村里的人一组抬，大家你喊我，我喊你，组成了十来组。这些人是从九个村子来的，近的三五里，远的有二十多里的。

十组人组成了，剩下了一个有喘气病的家伙，显然是没人愿意和他一组。

红眼老八看见那个家伙站在一边苦笑，就跑到他跟前说："老哥，没人和你一组是便宜，回头有一个小包裹，你送走吧！"

一组组抬起铁轨走了，爬上山道……

这时，从街的东头跑来三个小孩子。

真是三个小孩子，领头的那一个也不过十六岁。他们跑过来，还都喘着气，头上冒着汗气，肩上背着粗麻绳子，手里提着一个布饭袋。

领头的那个银顺子，看见人们一组组抬着铁轨走了，他着急地向红眼老八问："谁是交通站长？"

"我是。"

"我们也抬一根。"

"你们是哪村的？"

"潘家沟呵！"

银顺子接着说下去，他们村里离这二十多里地，昨天接到这里去的"公事"要三个人，因为村里的自卫队今天都到西边工作去了，就叫他们三个来了。他们三个，两个是青抗先，一个是儿童团，他们一夜都没有好好睡，他们出来工作和大人们在一起还是第一次，他们天没明就出来了，可是走错了路，直到现在才到了……

"还不晚吧？站长。"银顺子末了，笑着问一句。

"晚是不晚。"红眼老八说，"不过你们能顶事吗？"

"能呢，站长！"银顺子说，"我能背二斗小米呢！他们两个也不弱，在村里摔跟头，他们也称霸呢！"

红眼老八想了想说："这里还剩一个喘气的家伙，叫他和你们一道抬吧，四个人换着。"

"别的，几个人抬一条？"银顺子背后的小黑狼说话了。他那一双又刁又野的眼，真像狼。

“别人是三个人。”红眼老八说。

“那我们也三个。”小黑狼斩钉截铁地说。

二

三个小鬼头抬着铁条上山了。先是银顺子和小黑狼抬着，顶小的三福跟在后面，给他们两个提着饭袋，和那用不着的麻绳。

这是小黑狼的主意，小黑狼说，他和银顺子是青抗先，应该先抬，三福还是儿童团，给他们提饭袋就行了。

在路上，为了这件事，三福和小黑狼还打了回嘴架，三福跟在后面不高兴，尤其是过村子的时候，许多洗衣服的娘儿们都说：“瞧！这两个小孩子多壮呵！”——这两个，没有三福，有时站岗的小孩子们也笑话他了：“嘿！人家抬，你跟着，给人家提夜壶！”三福不能忍耐了，低着头喊：“你们也不过是儿童团哪！”

三福就提出了意见，再过一个山头他要抬了。

小黑狼正在喘气，身上流着汗，可是他一听见三福要换他，他赶紧忍住不喘气说：“儿童团只能站岗哨，抬东西可差点劲！”接着是“嘘”！

“我不过比你小一岁！”

“小一岁，你就是儿童团！”

“我娘还说，我生月大，按打春说，你不过比我大两个多月。”

“大一个月，也是青抗先！”

三福简直恼了，他问银顺子：“什么时候就到了阳历年？”

“你问那干吗？”银顺子心里正想着别的事；他脚上的疮又破了，这疮是因为半年多没穿鞋，被石子刺破了，成了疮，他想现在冷了，到哪里弄双鞋子呢？以后要常常出来工作呀！

银顺子三岁上就死去了娘，起先给人家放牛，十三岁那一年到了大同府，在一家鞋店里学徒，大同一被日本人占了，他就回到家来抗日了。

银顺子穿一条粗布夹裤，那是他娘留下来的。

这时，他听见三福问他，他就走慢些。

“一过阳历年，我就是青抗先了！”三福害羞地说。

小黑狼笑了：“哈哈！”笑得不好听，“你不等阳历年吗？不要脸！”

……

他们走下山坡，有几组大人正在把铁条放下来，抽烟休息，见他们三个来了，就说：“你们也歇歇吧！这两个孩子！”

“不歇了，我们在前面等你们！”他们三个回答着。

三

走过去，小黑狼想起个问题，想难一下三福。他说：“三福呵，你知道我们抬的这是什么玩意儿？”

“什么玩意儿？”三福想了想，总是想不出来，就接着说，“你说是什么玩意？”

“我说你是儿童团，不行，你还不服气呢，连这个玩意儿都不知道！”

“你知道，你说呵！”

“这是日本人的炕沿板，我们这里是用木板，日本人就用铁的了！”接着又说，“银顺子到过大同府，你一定知道，你说对不对？”

银顺子在心里笑了。

“对不对呢？”三福也问。

“这是火车上的铁条。”银顺子给他们讲起了火车的故事，怎么十几个车连在一起，前头有火车头拉着，呜呜地叫，会冒黑烟，火车站上怎样热闹。

“对呀！”三福说，“整天价听人说，我们的队伍扒敌人的火车道，就是扒这个东西呀！小黑狼说是炕沿，炕沿，哈哈！”

小黑狼辩白说，那原是他听潘愣子说的，潘愣子从保定府回来，说日本人最喜爱铁，他就想，他们的炕沿，一定也是铁的了。

“潘愣子？你不要听他的话，那家伙有些汉奸样。日本人喜爱铁，是拿去做枪炮来打我们呢！”银顺子警告小黑狼。

小黑狼不言语了。

四

在太阳快下山的时候，他们到了大高石，找到了交通站长，他们把铁条交代好。

天气已经晚了，但他们准备还赶回口头村站上去，打算就睡在那里过一夜，他们想，明天也许还有东西抬。

到一个小河旁，他们坐下来，吃了带着的那玉蜀黍棒饼子，喝了些水，大家跳着走了。

三福也忘记了不高兴。银顺子还对他说，他抬东西也行。等到回到家里，银顺子要告诉青抗先队长，说三福很成，以后便可以常常一块出来工作了。

三福就更高兴了。

一九三九年十一月十五日于灵丘下石矶

载晋察冀通讯社《文艺通讯》

识字班

鲜姜台的识字班开学了。

鲜姜台是个小村子，三姓，十几家人家，差不多都是佃户，原本是个“庄子”。

房子在北山坡下盖起来，高低不平的。村前是条小河，水长年地流着。河那边是一带东西高山，正午前后，太阳总是像在那山头上，自东向西地滚动着。

冬天到来了。

一个机关住在这村里，住得很好，分不出你我来啦。过阳历年，机关杀了个猪，请村里的男人坐席，吃了一顿，又叫小鬼们端着菜，托着饼，挨门挨户送给女人和小孩子去吃。

而村里呢，买了一只山羊，送到机关的厨房。到旧历腊八日，村里又送了一大筐红枣，给他们熬腊八粥。

鲜姜台的小孩子们，从过了新年，就都学会了唱《卖梨膏糖》，是跟着机关里那个红红的圆圆脸的女同志学会的。

他们放着山羊，在雪地里，或是在山坡上，喊叫着：

鲜姜台老乡吃了我的梨膏糖呵，

五谷丰登打满场，

黑枣长得肥又大呵，

红枣打得晒满房呵。

自卫队员吃了我的梨膏糖呵，
帮助军队去打仗，
自己打仗保家乡呵，
日本人不敢再来烧房呵。

妇救会员吃了梨膏糖呵，
大鞋做得硬邦邦，
当兵的穿了去打仗呵，
赶走日本回东洋呵。

而唱到下面一节的时候，就更得意洋洋了。如果是在放着羊，总是把鞭子高高举起：

儿童团员吃了梨膏糖呵，
拿起红缨枪去站岗，
捉住汉奸往村里送呵，
他要逃跑就给他一枪呵。

接着是“嘚嘚呛”，又接着是向身边的一只山羊一鞭打去，那头倒霉的羊便咩的一声跑开了。

大家住在一起，住在一个院里，什么也谈，过去的事，现在的事，以至未来的事。吃饭的时候，小孩子们总是拿着块红薯，走进同志们的房子：“你们吃吧！”

同志们也就接过来，再给他些干饭，站在院里观望的妈妈也就笑了。

“这孩子几岁了？”

“七岁了呢。”

“认识字吧？”

“哪里去识字呢！”

接着，边区又在提倡着冬学运动，鲜姜台也就为这件事忙起来。自卫队的班长，妇救会的班长，儿童团的班长，都忙起来了。

怎么都是班长呢？有的读者要问啦！那因为这是个小村庄，是一个“编村”，所以都叫班。

打扫了一间房子，找了一块黑板——那是临时把一块箱盖涂上烟子的。又找了几支粉笔。订了个功课表：识字，讲报，唱歌。

全村的人都参加学习。

分成了两个班：自卫队—青抗先一班，这算第一班。妇女—儿童团一班，这算第二班。

每天吃过午饭，要是轮到第二班上课了，那位长脚板的班长，便挨户去告诉了：

“大青他妈，吃了饭上学去呵！”

“等我刷了碗吧！”

“不要去晚了。”

当机关的“先生”同志走到屋里，人们就都坐在那里了。小孩子闹得很厉害，总是咧着嘴笑。有一回一个小孩子小声说：

“三槐，你奶奶那么老了，还来干什么呢？”

这叫那老太太听见了，便大声喊起来，第一句是：“你们小王八羔子！”第二句是：“人老心不老！”

还是“先生”调停了事。

第二班的“先生”，原先是女同志来担任，可是有一回，一个女同志病了，叫一个男“先生”去代课，一进门，女人们便叫起来：

“呵！不行！我们不叫他上！”

有的便立起来掉过脸去，有的便要走出去，差一点没散了台，还是儿童团的班长说话了：

“有什么关系呢？你们这些顽固！”

虽然还是报复了几声“王八羔子”，可也终于听下去了。

这一回，弄得这个男“先生”也不好意思，他整整两点钟，把身子退到墙角去，说话小心翼翼地。

等到下课的时候，小孩子都是兴头很高的，互相问：

“你学会了几个字？”

“五个。”

可有一天，有两个女人这样谈论着：

“念什么书呢？快过年了，孩子们还没新鞋。”

“念老鼠！我心里总惦记着孩子会睡醒！”

“坐在板凳上，不舒服，不如坐在家里的炕上！”

“明天，我们带鞋底子去吧，偷着纳两针。”

第二天，果然“先生”看见有一个女人，坐在角落里偷偷地做活计。先生指了出来，大家哄堂大笑，那女人红了脸。

其实，这都是头几天的事。后来这些女人们都变样了。一轮到她们上学，她们总是提前把饭做好，赶紧吃完，刷了锅，把孩子一把送到丈夫手里说：

“你看着他，我去上学了！”

并且有的着了急，她们想：“什么时候，才能自己看报呵！”

对不起鲜姜台的自卫队、青抗先同志们，这里很少提到他们。可是，在这里，我向你们报告吧：他们进步是顶快的，因为他们都觉到了这两点：

第一，要不是这个年头，我们能念书？别做梦了！活了半辈子，谁认得一个大字呢！

第二，只有这年头，念书、认字，才重要，查个路条，看个公事，看个报，不认字，不只是别扭，有时还会误事呢！

觉到了这两点，他们用不着人督促，学习便很努力了。

末了，我向读者报告一个“场面”作为结尾吧。

晚上，房子里并没有点灯，只有火盆里的火，闪着光亮。

鲜姜台的妇女班长，和她的丈夫、儿子们坐在炕上，围着火盆。她丈夫是自卫队，大儿子是青抗先，小孩子还小，正躺在妈妈怀里吃奶。

这个女班长开腔了：

“你们第一班，今天上的什么课？”

“讲报说是日本又换了……”当自卫队的父亲记不起来了。

妻子想笑话他，然而儿子接下去：

“换一个内阁！”

“当爹的还不如儿子，不害羞！”当妻的终于笑了。

当丈夫的有些不服气，紧接着：

“你说日本又想换什么花样？”

这个问题，不但叫当妻的一怔，就是和爹在一班的孩子也怔了。他虽然和爹是一班，应该站在一条战线上，可是他不同意他爹拿这个难题来故意难别人，他说：

“什么时候讲过这个呢？这个不是说明天才讲吗？”

当爹的便没话说了，可是当妻的并没有示弱，她说：

“不用看还没讲，可是，我知道这个。不管日本换什么花样，只要我们有那三个坚持，他换什么花样，也不要紧，我们总能打胜它！”

接着，她又转向丈夫，笑着问：

“又得问住你：你说三个坚持，是坚持些什么？”

这回丈夫只说出了一个，那是“坚持抗战”。

儿子又添了一个，是“坚持团结”。

最后，还是丈夫的妻、儿子的娘、这位女班长告诉了他们这全的：“坚持抗战，坚持团结，坚持进步。”

当盆里的火要熄下去，而外面又飘起雪来的时候，儿子提议父、母、子三个人合唱了一个新学会的歌，便铺上炕睡觉了。

躺在妈妈怀里的小孩子，不知什么时候撒了一大泡尿，已经湿透妈妈的棉裤。

一九四〇年一月十九日于阜平鲜姜台

载晋察冀通讯社《文艺通讯》

投　宿

春天，天晚了，我来到一个村庄，到一个熟人家去住宿。走进院里，看见北窗前那棵梨树，和东北墙角石台上几只瓦花盆里的迎春、番石榴、月季花的叶子越发新鲜了。

我正在院里张望，主人出来招呼我，还是那个宽脸庞黑胡须，满脸红光充满希望的老人。我向他说明来意，并且说：

“我还是住那间南房吧！”

“不要住它了，”老者笑着说，“那里已经堆放了家具和柴草，这一次，让你住间好房吧！”

他从腰间掏出了钥匙，开了西房的门。这间房我也熟悉，门框上的红对联“白玉种蓝田百年和好”，还看得清楚。

我问：

“媳妇呢，住娘家去了？”

“不，去学习了，我那孩子去年升了连长，家来一次，接了她出去。孩子们愿意向上，我是不好阻挡的。”老人大声骄傲地说。

我向他恭喜。他照料着我安置好东西，问过我晚饭吃过没有。我告诉他一切用不着费心，他就告辞出去了。

我点着那留在桌子上的半截红蜡烛，屋子里更是耀眼。墙上的粉纸白得发光，两只红油箱叠放在一起，箱上装饰着年轻夫妇的热烈爱情的白蛇盗灵芝草的故事，墙上挂着麒麟送子的中堂和撒金的对联，红漆门橱上是高大的立镜，镜上遮着垂缨络的蓝花布巾。

我躺在炕上吸着烟，让奔跑一整天的身体恢复精力。想到原是冬天的夜晚，两个爱慕的娇憨的少年人走进屋里来；第二年秋季，侵略者来了，少年的丈夫推开身边的一个走了，没有回顾。

二年前，我住在这里，也曾见过那个少妇。是年岁小的缘故还是生得矮小一些，但身体发育得很匀称，微微黑色的脸，低垂着眼睛。除去做饭或是洗衣服，她不常出来，对我尤其生疏，从跟前走过，脚步紧迈着，斜转着脸，用右手抚摸着那长长的柔软的头发。

那时候，虽是丈夫去打仗了，我看她对针线还是有兴趣的，有时候女孩子们来找她出去，她常常拿出一两件绣花的样子给她们看。

然而她现在出去了，扔下那些绣花布……她的生活该是怎样的变化着呢？

一九四一年

邢　兰

我这里要记下这个人，叫邢兰的。

他在鲜姜台居住，家里就只三口人：他，老婆，一个女孩子。

这个人，确实是三十二岁，三月里生日，属小龙（蛇）。可是，假如你乍看他，你就猜不着他究竟多大年岁，你可以说他四十岁，或是四十五岁。因为他那黄蒿叶颜色的脸上，还铺着皱纹，说话不断气喘，像有多年的痨症。眼睛也没有神，干涩的。但你也可以说他不到二十岁。因为他身长不到五尺，脸上没有胡髭，手脚举动活像一个孩子，好眯着眼笑，跳，大声唱歌……

去年冬天，我随了一个机关住在鲜姜台。我的工作是刻蜡纸，油印东西。我住着一个高坡上一间向西开门的房子。这房子房基很高，那简直是在一个小山顶上。看西面，一带山峰，一湾河滩，白杨，枣林。下午，太阳慢慢地垂下去……

其实，刚住下来，我是没心情去看太阳的，那几天正冷得怪。雪，还没有融化，整天阴霾着的天，刮西北风。我躲在屋里，把门紧紧闭住，风还是找地方吹进来。从门上面的空隙，从窗子的漏洞，从椽子的缝口。我堵一堵这里，糊一糊那里，简直手忙脚乱。

结果，这是没办法的。我一坐下来，刻不上两行字，手便冻得红肿僵硬了。脚更是受不了。正对我后脑勺，一个鼠洞，冷森森的风从那里吹着我的脖颈。起初，我满以为是有人和我开玩笑，吹着冷气；后来我才看出是一个山鼠出入的小洞洞。

我走出转进，缩着头没办法。这时，邢兰推门进来了。我以为他是这村里的一个普通老乡，来这里转转。我就请他坐坐，不过，我紧接着说：

“冷得怪呢，这房子！”

“是，同志，这房子在坡上，门又冲着西，风从山上滚下来，是很硬的。这房子，在过去没住过人，只是盛些家具。”

这个人说话很慢，没平常老乡那些啰唆，但有些气喘，脸上表情很淡，简直看不出来。

“唔，这是你的房子？”我觉得主人到了，就更应该招呼得亲热一些。

“是咱家的，不过没住过人，现在也是坚壁着东西。”他说着就走到南墙边，用脚轻轻地在地上点着，地下便发出空洞的通通的声响。

“呵，埋着东西在下面？”我有这个经验，过去我当过那样的兵，在财主家的地上，用枪托顿着，一通通地响，我便高兴起来，便要找铁铲了。——这当然，上面我也提过，是过去的勾当。现在，我听见这个人随便就对人讲他家藏着东西，并没有一丝猜疑、欺诈，便顺口问了上面那句话。他却回答说：

“对，藏着一缸枣子，一小缸谷，一包袱单夹衣服。”

他不把这对话拖延下去。他紧接着向我说，他知道我很冷，他想拿给我些柴火，他是来问问我想烧炕呢，还是想屋里烧起一把劈柴。他问我怕烟不怕烟，因为柴火湿。

我以为这是老乡们过去的习惯，对军队住在这里以后的照例应酬，我便说：

“不要吧，老乡。现在柴很贵，过两天，我们也许生炭火。”

他好像没注意我这些话，只是问我是烧炕，还是烤手脚。当我说怎样都行的时候，他便开门出去了。

不多会儿，他便抱了五六块劈柴和一捆茅草进来，好像这些东西，早已在那里准备好。他把劈柴放在屋子中央，茅草放在一个角落里，然后拿一把茅草做引子，蹲下生起火来。

我也蹲下去。

当劈柴燃烧起来，一股烟腾上去，被屋顶遮下来，布展开去。火光映在这个人的脸上，两只眯缝的眼，一个低平的鼻子，而鼻尖像一个花瓣翘上来，嘴唇薄薄的，又没有血色，老是紧闭着……

他向我说：

“我知道冷了是难受的。”

从此，我们便熟识起来。我每天做着工作，而他每天就拿些木柴茅草之类到房子里来替我生着，然后退出去。晚上，有时来帮我烧好炕，一同坐下来，谈谈闲话。

我觉得过意不去。我向他说：

“不要这样吧，老邢，柴火很贵，长此以往……”

他说：

“不要紧，烧吧。反正我还有，等到一点也没有，不用你说，我便也不送来了。”

有时，他拿些黄菜、干粮给我。但有时我让他吃我们一些米饭时，他总是赶紧离开。

起初我想，也许邢兰还过得去，景况不错吧。终于有一天，我坐到了他家中，见着他的老婆和女儿。女儿还小，母亲抱在怀里，用袄襟裹着那双小腿，但不久，我偷眼看见，尿从那女人的衣襟下淋下来。接着那邢兰嚷：

“尿了！”

女人赶紧把衣襟拿开，我才看见女孩子没有裤子穿……

邢兰还是没表情地说：

“穷的，孩子冬天也没有裤子穿。过去有个孩子，三岁了，没等到穿过裤子，便死掉了。”

从这一天，我才知道了邢兰的详细。从小就放牛，佃地种，干长工，直到现在，还只有西沟二亩坡地，满是沙块。小时放牛，吃不饱饭，而且每天从早到晚在山坡上奔跑呼唤。……直到现在，个子没长高，气喘咳嗽……

现在是春天，而鲜姜台一半以上的人吃着枣核和糠皮。

但是，我从没有看见或是听见他愁眉不展或是唉声叹气过，这个人积极地参加着抗日工作，我想不出别的字眼来形容邢兰对于抗日工作的热心，我按照这两个字的最高度的意义来形容它。

邢兰发动组织了村合作社，又在区合作社里摊了一股。发动组织了村里的代耕团和互助团。代耕团是替抗日军人家属耕种的，互助团全是村里的人，无论在种子上，农具上，牲口、人力上，大家互相帮助，完成今年的春耕。

而邢兰是两个团的团长。

看样子，你会觉得他不可能有什么作为的。但在一些事情上，他是出人意外的英勇地做了，这，不是表现了英勇，而是英勇地做了这件事。这英勇也不是天生的，反而看出来，他是克服了很多的困难，努力做到了这一点。

还是去年冬天，敌人“扫荡”这一带的时候。邢兰在一天夜里，赤着脚穿着单衫，爬过三条高山，探到平阳街口去。敌人就住在那里。等他回来，鲜姜台的机关人民都退出去。他又帮我捆行李，找驴子，带路……

邢兰参与抗日工作是无条件的，而且在一些坏家伙看起来，简直是有瘾。

近几天，鲜姜台附近有汉奸活动，夜间，电线常常被割断。邢兰自动地担任做侦察的工作。每天傍晚在地里做了一天，回家吃过晚饭，我便看见他斜披了一件破棉袍，嘴里哼着歌子，走下坡去。我问他一句：

“哪里去？”

他就眯眯眼：

“还是那件事……”

夜里，他顺着电线走着，有时伏在沙滩上，他好咳嗽，他便用手掩住嘴……

天快明，才回家来，但又是该下地的时候了。

更清楚地说来，邢兰是这样一个人，当有什么事或是有什么工作派到这村里来，他并不是事先说话，或是表现自己，只是在别人不发表意见的时候，他表示了意见，在别人不高兴做一件工作的时候，他把这件工作担负起来。

按照他这样一个人，矮小、气弱、营养不良，有些工作实在他是勉强做去的。

有一天，我看见他从坡下面一步一步挨上来，肩上扛着一条大树干，明显的他是那样吃力，但当我说要帮助他一下的时候，他却更挺直腰板，扛上去了。当他放下，转过身来，脸已经白得怕人。他告诉我，他要锯开来，给农具合作社做几架木犁。

还有一天，我瞧见他赤着背，在山坡下打坯，用那石杵，用力敲打着泥土。而那天只是二月初八。

如果能拿《水浒传》上一个名字来呼唤他，我愿意叫他“拼命三郎”。

从我认识了这个人，我便老是注意他。一个小个子，腰里像士兵一样系了一条皮带，嘴上有时候也含着一个文明样式的烟斗。

而竟在一天，我发现了这个家伙，是个“怪物”了。他爬上一棵高大的榆树修理枝丫，停下来，竟从怀里掏出一只耀眼的口琴吹奏了。他吹的调子不是西洋的东西，也不是中国流行的曲调，而是他吹熟了的自成的曲调，紧张而轻快，像夏天森林里的群鸟喧叫……

在晚上，我拿过他的口琴来，是一个蝴蝶牌的，他说已经买了二年，但外面还很新，他爱好这东西，他小心地藏在怀里，他说：“花的钱不少呢，一块七毛。”

我粗略地记下这一些。关于这个人，我想永远不会忘记他吧。

他曾对我说：“我知道冷是难受……”这句话在我心里存在着，它只是一句平常话，但当它是从这样一个人嘴里吐出来，它就在我心里引起了这种感觉：

只有寒冷的人，才贪婪地追求一些温暖，知道别人的冷的感觉；只有病弱不幸的人，才贪婪地拼着这个生命去追求健康、幸福；……只有从幼小在冷淡里长成的人，他才爬上树梢吹起口琴。

记到这里，我才觉得用不着我再写下去。而他自己，那个矮小的个子，那藏在胸膛里的一颗煮滚一样的心，会续写下去的。

一九四〇年三月二十三日夜记于阜平

芦　苇

敌人从只有十五里远的仓库往返运输着炸弹，低飞轰炸，不久，就炸到这树林里来，把梨树炸翻。我跑出来，可是不见了我的伙伴。我匍匐在小麦地里往西爬，又立起来飞跑过一块没有遮掩的闲地，往西跑了一二里路，才看见一块坟地，里面的芦草很高，我就跑了进去。

“呀！”

有人惊叫一声。我才看见里面原来还藏着两个妇女，一个三十多岁的妇人，一个十八九岁的姑娘，她们不是因为我跳进来吃惊，倒是为我还没来得及换白布西式衬衣吓了一跳。我离开她们一些坐下去，半天，那妇女才镇静下来说：

“同志，你说这里藏得住吗？”

我说等等看。我蹲在草里，把枪压在膝盖上，那妇人又说：

“你和他们打吗？你一个人，他们不知道有多少。”

我说，不能叫他们平白捉去。我两手交叉起来垫着头，靠在一个坟头上休息。妇人歪过头去望着那个姑娘，姑娘的脸还是那样惨白，可是很平静，就像我身边这片芦草一样，四面八方是枪声，草叶子还是能安定自己。我问：

“你们是一家吗？”

“是，她是我的小姑。”妇人说着，然后又望一望她的小姑，“景，我们再去找一个别的地方吧，我看这里靠不住。”

“上哪里去呢？”姑娘有些气恼，“你去找地方吧！”

可是那妇人也没动，我想她是有些怕我连累了她们，就说：

“你们嫌我在这里吗？我歇一歇就走。”

“不是！”那姑娘赶紧抬起头来望着我说，“你在这里，给我们仗仗胆有什么不好的？”

“咳！”妇人叹一口气，“你还要人家仗胆，你不是不怕死吗？”她就唠叨起来，我听出来她这个小姑很任性，逃难来还带着一把小刀子。“真是孩子气，”她说，“一把小刀子顶什么事哩！”

姑娘没有说话，只是凄惨地笑了笑。我的心骤然跳了几下，很想看看她那把小刀子的模样。她坐在那里，用手拔着身边的草，什么表示也没有。

忽然，近处的麦子地里有人走动。那个妇人就向草深的地方爬，我把那姑娘推到坟的后面，自己卧倒在坟的前面。有几个敌人走到坟地边来了，哇啦了几句，就冲着草里放枪，我立刻向他们还击，直等到外面什么动静也没有了，才停下来。

不久天也快黑了，她们商量着回到村里去。姑娘问我怎么办，我说还要走远些，去打听打听白天在梨树园里遇到的那些伙伴的下落。她看看我的衣服：

“你这件衣服不好。”再低头看看她那件深蓝色的褂子，“我可以换给你。先给我你那件。”

我脱下我的来递给她，她走到草深的地方去。一会儿，她穿着我那件显得非常长大的白衬衫出来，把褂子扔给我：

“有大襟，可是比你这件强多了，有机会，你还可以换。”说完，就去追赶她的嫂子去了。

一九四一年于平山

战　士

那年冬天，我住在一个叫石桥的小村子。村子前面有一条河，搭上了一个草桥。天气好的时候，从桥上走过，常看见有些村妇淘菜；有些军队上的小鬼，打破冰层捉小沙鱼，手冻得像胡萝卜，还是兴高采烈地喊着。

这个冬季，我有几次是通过这个小桥，到河对岸镇上，去买猪肉吃。掌柜是一个残废军人，打伤了右臂和左腿。这铺子，是他几个残废弟兄合股开的合作社。

第一次，我向他买了一个腰花和一块猪肝。他摆荡着左腿用左手给我切好了。一般的山里的猪肉是弄得粗糙的，猪很小就杀了，皮上还带着毛，涂上刺眼的颜色，煮的时候不放盐。当我称赞他的肉有味道和干净的时候，他透露聪明地笑着，两排洁白的牙齿，一个嘴角往上翘起来，肉也多给了我一些。

第二次我去，是一个雪天，我多烫了一小壶酒。这天，多了一个伙计：伤了胯骨，两条腿都软了。

三个人围着火谈起来。

伙计不爱说话。我们说起和他没有关系的话来，他就只是笑笑。有时也插进一两句，就像新开刃的刀子一样。谈到他们受伤，掌柜望着伙计说：

“先还是他把我背到担架上去，我们是一班，我是他的班长。那次追击敌人，我们拼命追，指导员喊，叫防御着身子，我们只是追，不肯放走一个敌人！”

“那样有意思的生活不会有了。”

伙计说了一句，用力吹着火，火照进他的眼，眼珠好像浮在火里。掌柜还是笑着，对伙计说：

“又来了，”他转过头来对我，“他沉不住气哩，同志。那时，我倒下了，他把我往后背了几十步，又赶上去，被最后的一个敌人打穿了胯。他直到现在，还想再干干呢！”

伙计干脆地说：

“怨我们的医道不行么！”

“怎样？”我问他。

“不能换上一副胯骨吗，如能那样，我今天还在队伍里。难道我能剥一辈子猪吗？”

“小心你的眼！”掌柜停止了笑对伙计警戒着，使我吃了一惊。

“他整天焦躁不能上火线，眼睛已经有毛病了。”

我安慰他说，人民和国家记着他的功劳，打走敌人，我们有好日子过。

“什么好的生活比得上冲锋陷阵呢？”他沉默了。

第三次我去，正赶上他两个抬了一筐肉要去赶集，我已经是熟人了，掌柜的对伏在锅上的一个女人说：

“照顾这位同志吃吧。新出锅的，对不起，我不照应了。”

那个女人个子很矮，衣服上涂着油垢和小孩尿，正在肉皮上抹糖色。我坐在他们的炕上，炕头上睡着一个孩子，放着一个火盆。

女人多话，有些泼。她对我说，她是掌柜的老婆，掌柜的从一百里以外的家里把她接来，她有些抱怨，说他不中用，得她来帮忙。

我对她讲，她丈夫的伤，是天下最大的光荣记号，她应该好好帮他做事。这不是一个十分妥当的女人。临完，她和我搅缠着一角钱，说我多吃了一角钱的肉。我没办法，照数给了她，但正色说：

“我不在乎这一角钱，可是我和你丈夫是很好的朋友和同志，他回来，你不要说，你和我因为一角钱搅缠了半天吧！”

这都是一年前的事了。第四次我去，是今年冬季战斗结束以后。一天黄昏，我又去看他们，他们却搬走了，遇见一个村干部，他和我说起了那个伙计，他说：

“那才算个战士！反‘扫荡’开始了，我们的队伍已经准备在附近作战，我派了人去抬他们，因为他们不能上山过岭。那个伙计不走，他对去抬他的民兵们说，你们不配合子弟兵作战吗？民兵们说，配合呀！他大声喊：好！那你们抬我到山头上去吧，我要指挥你们！民兵们都劝他，他说不能因为抬一个残废的人耽误几个有战斗力的，他对民兵们讲：你们不知道我吗？我可以指挥你们！我可以打枪，也可以扔手榴弹，我只是不会跑罢了。民兵们拗他不过，就真的带好一切武器，把他抬到敌人过路的山头上去。你看，结果就打了一个漂亮的伏击战。”

临别他说：

“你要找他们，到城南庄去吧，他们的肉铺比以前红火多了！”

一九四一年于平山

“懒马”的故事

一

懒老婆每日里是披头散发，手脸不洗，头也不刮。整天坐在门前晒暖，好像她一辈子是在冰窖里长大起来。

年纪还不到四十，好吃懒做，老头子也不敢管她。

有一回丈夫骂她一句：“你这个老王八，只会晒暖。”

夜里，她就拿着腰带系到窗棂上去上吊了。

二

一天，妇救会分配给她一双鞋做，她就大张旗鼓地东街走到西街，逢人便说：“都说我懒，你看我不是做抗日鞋了吗？”

看看她的针线笸箩吧：

三条烂麻线，一个没头的锥子；一块她的破裤里，是她用锅底烟子染了黑，来做“鞋表布”的；还有一堆草纸。

三

懒老婆做这双鞋，什么也不干，做了十天，后来同着全区的五百双鞋一块送到军队上，四百九十九双都有同志们心爱地拿走了，就剩下了懒老婆这双，放在管理科没人去看它，鞋底向上，歪歪咧咧写着懒老婆的名字“马兰”。

放了半年，还是有一个母耗子要下小老鼠了，才把这双鞋拉进洞里去了。

我看她这名字可以改换一下，叫“懒马”倒不错哩。

一九四一年五月

女人们

红棉袄

风把山坡上的荒草，吹得俯到地面上、沙石上。云并不厚，可沉重得怕人，树叶子为昨夜初霜的侵凌焦枯了，正一片片地坠落。

我同小鬼顾林从滚龙沟的大山顶上爬下来。在强登那峻峭的山顶时，身上发了暖，但一到山顶，被逆风一吹，就觉得难以支持了。顾林在我眼前，连打了三个寒噤。

我拉他赶紧走下来，在那容易迷失的牧羊人的路上一步一步走下，在乱石中开拔着脚步。顾林害了两个月的疟疾，现在刚休养得有了些力气，我送他回原部队。我们还都穿着单军服，谁知一两天天气变得这样剧烈。

虽说有病，这孩子是很矜持的。十五岁的一个人，已经有从吉林到边区这一段长的而大半是一个人流浪的旅程。在故乡的草原里拉走了两匹敌人放牧的马，偷偷卖掉了，跑到天津，做了一家制皮工厂的学徒。事变了，他投到冀中区的游击队里……

“身子一弱就到了这样！”

像是怨恨自己。但我从他那发白的而又有些颤抖的薄嘴唇，便觉得他这久病的身子是不能支持了。我希望到一个村庄，在那里休息一下，暖暖身子。

风还是吹着，云，凌人地往下垂，我想要下雨了，下的一定是雪片吧？天突然暗了。

远远的在前面的高坡上出现一片白色的墙壁，我尽可能地加快了脚步，顾林也勉强着。这时，远处山坡上，已经有牧羊人的吆喝声，我知道天气该不早了，应是拦羊下山入圈的时分。

爬上那个小山庄的高坡，白墙壁上的一个小方窗，就透出了灯火。我叫顾林坐在门前一块方石上休息，自己上前打门。门很快地开了，一个姑娘走了出来。

我对她说明来意，问她这里有没有村长，她用很流利的地方话回答说，这只是一个小庄子，总共三家人家，过往的军队有事都是找她家的，因为她的哥哥是自卫队的一个班长。随着她就踌躇了。今天家里只有她一个人，妈妈去外婆家了，哥哥还没回来。

她转眼望一望顾林，对我说：

“他病得很重吗？”

我说：“是。”

她把我们让到她家里，一盏高座的油灯放在窗台上，浮在黑色油脂里的灯芯，挑着一个不停跳动的灯花，有时碎细地爆炸着。

姑娘有十六岁，穿着一件红色的棉袄，头发梳得很平，动作很敏捷，和人说话的时候，眼睛便盯住人。我想，屋里要没有那灯光和灶下的柴火的光，机灵的两只大眼也会把这间屋子照亮的吧？她挽起两只袖子，正在烧她一个人的晚饭。

我一时觉得我们休息在这里，有些不适当。但顾林躺在那只铺一张破席子的炕上了，显然他已是筋疲力尽。我摸摸他的额，又热到灼手的程度。

“你的病不会又犯了吧？”

顾林没有说话，我只听到他牙齿的“嘚嘚”声，他又发起冷来。我有些发慌，我们没有一件盖的东西。炕的一角好像是有一条棉被，我问那正在低头烧火的姑娘，是不是可以拿来盖一下，姑娘抬着头没听完我的话，便跳起来，爬到炕上，把它拉过来替顾林盖上去。一边嘴里说，她家是有两条被的，哥哥今天背一条出操去了。把被紧紧地盖住了顾林蜷伏的身体，她才跳下来，临离开，用手按按顾林的头，对我蹙着眉说：

“一定是打摆子！”

她回去吹那因为潮湿而熄灭的木柴了，我坐在顾林的身边，从门口向外望着那昏暗的天。我听到风还在刮，隔壁有一只驴子在叫。我想起明天顾林是不是能走，有些愁闷起来。

姑娘对我慢慢地讲起话来。灶膛里的火旺了，火光照得她的脸发红，那件深红的棉袄，便像蔓延着火焰一样。

她对我讲，今年打摆子的人很多。她问我顾林的病用什么法子治过。她说有一个好方法，用白纸剪一个打秋千的小人形，晚上睡觉，放在身下，第二天用黄表纸卷起来，向东南走出三十六步，用火焚化，便好了。她小时便害过这样的病，是用这个方法治好的。说完便笑起来：“这是不是迷信呢？”

夜晚静得很，顾林有时发出呻吟声，身体越缩拢越小起来。我知道他冷。我摸摸那张棉被，不只破烂，简直像纸一样单薄。我已经恢复了温暖，就脱下我的军服的上身，只留下里面一件衬衫，把军服盖在顾林的头上。

这时，锅里的饭已经煮好。姑娘盛了一碗米汤放在炕沿上，她看见我把军服盖上去，就沉吟着说：

“那不抵事。”她又机灵地盯视着我。我只是对她干笑了一下，表示这不抵事，怎样办呢？我看见她右手触着自己棉袄的偏在左边的纽扣，最下的一个，已经应手而开了。她后退了一步，对我说：

“盖上我这件棉袄好不好？”

没等我答话，她便转过身去断然地脱了下来，我看见她的脸飞红了一下，但马上平复了。她把棉袄递给我，自己退到角落里把内衣整理了一下，便又坐到灶前去了，末了还笑着讲：

“我也是今天早上才穿上的。”

她身上只留下一件皱褶的花条布的小衫。对这个举动，我来不及惊异，我只是把那满留着姑娘的体温的棉袄替顾林盖上，我只是觉得身边这女人的动作，是幼年自己病倒了时，服侍自己的妈妈和姐姐有过的。

我凝视着那暗红的棉袄。姑娘凝视着那灶膛里一熄一燃的余烬。一时，她又讲话了。她问我从哪里来，尽走过哪些地方，哪里的妇女自卫队好。又问我，什么时候妇女自卫队再来一次检阅。一会儿我才知道，在去年，平山县妇女自卫队检阅的时候，打靶，她是第三名！

瓜的故事

马金霞又坐在那看瓜园的窝棚里了。已经吃过了晌午饭，肚子饱饱的，从家里跑来的满身汗，一到这里就干了，凉快得很哪。窝棚用四根杨树干支起来，上面搭上席子，中间铺上木板，一头像梯子一样横上木棍，踏着上去，像坐在篷子车里。

好凉快呀。马金霞把两只胳膊左右伸开一下，风便吹到了袖子里、怀里。窝棚前后是二亩地的甜瓜和西瓜，爹租来种的。甜瓜一律是“蛤蟆酥”和“谢花甜”种，一阵阵的香味送过来。西瓜像大肚子女人，一天比一天笨地休养在长满嫩草的地上。那边是一个用来从河里打水浇地的架子，斗子悬空着。

一带沙滩，是通南北的大道，河从中间转弯流过。

村边上，那个斜眼的铁匠的老婆，又爬上她那蔓延在一棵大柳树上的葡萄架了。从马金霞这里也会看见那已经发紫的累累的葡萄。马金霞给这个铁匠老婆起了一个外号，一看见她便叫起来：

“馋懒斜！”是因为这个老婆顶馋（不住嘴地偷吃东西），顶懒（连丈夫打铁的风箱也不高兴去拉），顶斜的（眼也斜，脾气性情儿也斜）。

那女人从葡萄架上转过身子来，用手护着嘴像传声筒喊：

“金霞又卖俏哩吗？看过路的哪个脸子白，招来做驸马吧！”

“放屁，放屁，放屁！”马金霞回骂着。

“你看你不是坐在八人抬的大轿里了吗？要做新媳妇了呢！”斜眼女人扭着嗓子怪叫。

马金霞便不理睬她了。理她干吗呢？狗嘴里掉不出象牙来，满嘴喷粪。

水冲着石子，哗啦啦地响着。

马金霞把鞋脱掉了，放在一边。把右腿的裤脚挽到了膝盖上面，拿过一团麻，理了一理，在右腿上搓起麻绳来，随口唱一支新鲜小曲儿：

小亲亲，
我不要你的金，
小亲亲，
我不要你的银，
只要（你那）抗日积极的一片心！

一架担架过来了，四个人抬着急走，后面跟着两个人挥着汗。马金霞停止了唱。

“住下，住下。”后面一个人望了一望瓜园嚷着。

“什么事？这里晒得很哩！”抬的人问着，脚也没停，头也没回。

“王同志不是说要吃瓜吗，这里又有甜瓜又有西瓜，住下，住下……”

担架住下了。在一床白布罩子下面，露出了一个脸。黄黄的，好大的眼睛啊。头歪到了瓜园这边，像找寻着什么，微笑了。一个民兵跑上来喊：

“下来，小姑娘，买瓜。”

马金霞赤着脚下来了，快得像一只猴子。两步并作一步，跑到伤兵的面前，望了望那大眼睛，又看见那白布罩角上的一片血迹，就咳呀了一声。

她带那个人去挑选瓜了，告诉他还是给同志一个西瓜吃吧。受了伤吃甜瓜不好，肚子痛更不要吃甜瓜呢。那个人以为这女孩子要做“大宗买卖”，也便没说话。马金霞在瓜园里践踏着，用手指一个个地去弹打着瓜皮，细听着声响。然后她问：

“是百团大战受的伤吗？”

“是，真是英雄呢。”那个人赞叹着，“可是你会挑选瓜吗？”

“你瞧着吧。”

马金霞想起在西北角上那个血瓤的西瓜了，那是她前天就看准的，她把它摘下来，亲手抱过去。

抬担架的小伙子们还不相信，就地把那瓜用一把小刀剖开来。

瓜瓤是血红的，美丽的，使人想起那白布罩上的光荣的战士的血迹了。几个小伙子夸奖着，问价钱。

“送给同志们吃的，不是卖的。”

虽然那战士也用微弱的声音诉说着这不好，但马金霞跑上窝棚了。她对那远远的葡萄架上的女人喊：

“馋懒斜，把你的葡萄送些来，有位受伤的同志呢！”

可是斜眼女人问了：

“买几毛钱的呀？”

有什么意味呀！马金霞气恼了，总是“几毛钱”。她常见斜眼女人烦絮地和来买葡萄的同志们要着大价钱，赚了钱来往自己坏嘴里填，吃饱了和不三不四的坏男人嚼舌头，有什么意味呀！

子弟兵之家

从前，村里的人称呼她“三太家的”，现在，妇女自卫队分队长找上她的门子是喊：

“李小翠同志！”

丈夫是子弟兵。临入伍那天，大会上小翠去送他；临走，三太用眼招呼她。小翠把手一扬：

“去你的吧！”

两个人都笑了。李小翠便一边要逗着怀里的孩子，一边想着心思，回家了。

在边区，时光过得快。打了一个百团大胜仗，选举了区代表、县议员、参议员，打走鬼子的捣乱……就要过年了。

天明便是大年初一了。

天还没亮，鸡只叫了两遍，“申星”还很高呢。

孩子闹起来，小手抓着小翠的胸脯，小脚蹬着肚子。

“他妈的！”小翠一边骂着，一边点起灯来。

窗纸上糊着用彩色纸剪成的小人们，闪耀着……

小纸人是西头叫小兰的那女孩子剪的。那孩子昨天早晨捧着这些小人们跑来，红着脸对小翠说：

“小翠婶婶，我剪了两个戏剧，一个捉汉奸，一个打鬼子，送给你贴在窗子上。”

“呀，你费了半天工夫，拿去叫你娘贴吧！”小翠客气着。

“为的是，”小兰睁人眼睛，“我家二太叔上前线了。”

小兰还怕她贴错，帮她贴好才走了。

小翠给孩子穿衣裳，打开一个小匣子，拿出一顶用红布和黄布做成的小孩帽，是个老虎头的样子，用黑布贴成眼，用白布剪成虎牙。

孩子一戴上新帽子，觉着舒服，便在小翠的腿上跳起来。小翠骂：

“小家子气！”

小翠又想起心思来了。前年死了一个孩子，没戴过新帽子。这个孩子三岁了，这还是头一顶。虽说裤子还破着，可是今年过年没有别的花销，村里优待了一小笸箩白面，五斤猪肉，三棵白菜，便也乐开了。她把孩子举起来，叫孩子望着她的放光的大眼，她唱着自己编的哄孩子的曲儿：

孩子长大
要像爹一样
上战场……

孩子便“马、马”叫起来。小翠叫孩子骑在自己脖子上，接着：

骑大马，
背洋枪！

唱到这里，小翠又想起心思来了：“谁知道他骑上马没有呢？”三太那大个子大嘴大眼睛便显在她眼前对她笑了。她喃喃地好像对孩子说又好像对三太说：

“你呀！多打好仗呀！就骑大马呀！”

风吹窗纸动起来，小人们动起来了。她愿意风把这话吹送到三太的耳鼓里去……

一九四一年于平山

走出以后

南郝村虽然说不上什么山光湖色，有出奇的风景可看，却是大平原田园本色。围村一条堤，堤外接连不断已经收割起庄稼的田亩，杨柳树也很多。村西有一条大河绕过，隔河望去，又是一围村庄，一片田亩苇坑麻地。倘在夏秋两季，也一定有些风光景致。

正是冬天，快要过旧历年了，我在这村子住下。房东老伴两个，待我很好。那男的，属于乡村的要看女人眼色行事的那一种，但对熟人也能谈论一番。女的干净利落，能说会道，顶多半个男人，据说事变前有些“潦倒气”，可也没有大不好，只是成成女人赌局，取乐抽头，现在连这个也免了。

房东只有个女儿，今年十八岁，从小娇惯，抗战以来，更当男孩子看待，说一不二。我们不久就熟起来。这姑娘，在多么生人面前也没红过脸，忸怩过。听说我又是一个乡亲同志，就更随便一些。

我的习惯，不喜欢女人那一种张狂，她却以张狂为能事，也是她的习惯，说话哼哼唧唧，不撇嘴就跺脚。我最不爱看她那走路的样子，特别在大街之上，两只手垂直，手心向后，稍稍外张，两个脚尖向里靠，两只眼睛看着脚尖前行，两手就急急摆动。远远望去，使人想到鸭子浮水，我一见，就笑。既然在空气里走动，为什么把两只手当作蹼来运动呢？难道以为人会在空气里沉底，害怕淹死吗？

她却交游很广，认识许多女孩子，不但本村，外村也有许多姐妹。同时，她的好处也很多。为人慷慨，大有母亲作风，对抗日工作热心，敢出头，所以也着实令人赞佩。

不久，她一定要去升学。我写了一封信，介绍她到抗属中学附设的卫生训练班去试试，却录取了。回来，和她母亲说了没三句话，搬起脚来叫我看看鞋底，说是磨破了；就跑到街上去，找她的伙伴们去了，气得她母亲埋怨半天。到夜晚回来，带来一个同她年岁差不多，比起她那细长个子，算个中等身材，比起她那尖长脸，算是圆脸，细眉大眼的女孩子来。说是她一个干妹妹，也要去升学，叫我写介绍信。

当时我不明底细，只随便谈了谈，房东姑娘却在一边笑。那个新来的叫王振中，自己说十七岁，家里愿意叫她出去。这个女孩子说话声音低，但听来很清楚响亮，老是微笑着，还有些害羞。说话和房东姑娘不同，很少流行的新名词，但是道理说得也很明白，叫人相信；只是在说话中间，有时神气一萎，那由勇气和热情激起的脸上的红光便晦暗下来，透出一股阴暗；两个眉尖的外梢，也不断簌簌跳跃，眼睛对人有无限的信赖。她把要说的说完，就要走；我也随便答应，明天再说，可以写个信去考考。

女房东是没事，也要一天找我谈上一个甚至两个钟头的。她的道理是：同志住在家里不分彼此，这样才显得亲近，何况我是一个乡亲，和别人就更不同些，有东西随便拿着吃就是了，她有什么话也就全告诉我，叫我出个主意。这回，王振中走了，她就过来，和我讲说了王振中的家：王振中是这村北头赶大车王六儿的女孩子，也是独生女，家里虽然穷，但也因为这孩子从小就仁义懂事，爹娘也娇养惯了的。前几年王六儿死在保定城了。她是从小许给本村在北平开店发家的黄清晨的儿子了，趁着那年荒乱，她母亲就把女儿送过婆家去，那时女婿不能回来，就叫小叔子代娶了一下，这样算交卸了为娘的责任。

但那婆家并不叫这女孩子应心满意。女孩子很要强，处处怕落在人后面，处处怕叫人说不好，经不起一个背后的指点；一句闲话，可以使她盖起被子哭上半夜。可是公公在村里名声最不好，没人愿意招惹。事变以前，仗着那座店，臭酸臭美不和凡人说话，没缝也要下蛆，霸人霸地全干过。年月变了，这就不时兴，可是架子放不下。先是明着说坏话，村里送了他一次公安局，回来就变了样，见了骑马的挂枪的，区里的县里的，就狗舔屁股奕地奉承，背地里却还是冷言冷语，最瞧不起村干部；这样，在村里人缘坏透了，有名的顽固分子。

这孩子的苦处就多了，在家里怕他们，整天整夜听那些没盐没醋的淡话，又不能塞住耳朵；出门见人就害臊，这年月，年轻妇女又不能不见人，在那些会场上总是看着她不像别人那样舒展，可是对抗日工作很要强，小姐妹们也知道她好。她说起话来就要离开这个家。

果然第二天太阳还没出来，王振中就来了。换了一身黑棉袄棉裤，袄很长大可体，裤脚很瘦，头发修剪得更短了，脖里围一条新毛巾，按着冀中区流行的青年妇女打扮起来，夹了一个包裹。我说：

“信可以写，上学是好事，可是你和你婆家说好了没有？”

她红着脸说：

“这是我情甘乐意，谁也管不了我。我和他们讲好了。你看我才从婆家出来，这鞋还是在那里拿的呢。”

我终于写了封简单的信，叫她去试试。临走，我说用不着带包裹，这是去考啊，不一定能录取。但她没答话，便催着房东的女儿走了，从门前堤上跳过去，走得非常快。

第二天后半天我刚回到家里，就有那村的小学教员找来。是一个女教员，原也见过，但没说过话；一进门，她就哭丧着脸，一靠，坐在临隔扇门的炕沿上，吞吞吐吐地说：

“同志，我有个问题和你谈谈。”

“什么问题？”我靠在迎门橱上。

“杏花和王振中全是你介绍她们出去的吗？”

“我写了封介绍信去叫她们投考。”

“这有点不合组织系统吧？”

我说：

“杏花录取以后要去上学的时候，我叫她去和你、妇救会主任商量过，去考的时候，我问过村教委。我不会忘记组织系统。杏花走的时候，你还送她好远，不能说不知道。至于王振中，因为她走得匆忙，也不过是试一试，你不愿意让她去？”因为她是一个女同志，我竟有些气愤。

“我倒没什么，只是学校里，就是她两个大些，有些工作要她们做。还有王振中的婆婆，找我哭过好几次，我没法应付啊。”

“要那样，怎样办呢？”

结果倒是她先转悲为喜说：

“她出去很好，我还能拦着？只是来问问，请你不要误会。”

我把她送走，女房东又照例过来了。她说女先生也很明白，不过杏花和王振中和她很好，在校里也帮她做做饭做做针线，这一走，不免就像失了膀臂。可是抗日是件大事，谁也不该拦着啊。我听了这些话，想道：“倒是这老太太比这个女教员明白些。”自己就坐在炕上看起书来。不多一会儿，有一个小孩子脸从窗户的小玻璃镜往里一探，等我回过头来，他已经抱着房东那只新下的小黑羊羔跑出去了。

不到一顿饭工夫，就有一个三十多岁的女人来到院里。我从小镜子望出去，她头上罩着一条红色包头，像是新病起来，或是坐了月子。她先放轻脚步到房东屋里去，和女房东嘟哝了一会儿，就故意张扬着到我房子里来，一进门就是：

“主任在屋里吗？”

“我不是主任。”我说，让她坐。女房东也跟过来说，这是振中的婆婆。

那婆婆小心小意地挑拣着话说：

“我是说打听打听振中她们在哪村住，想去看看她。她走我也不拉她，你问问我这个嫂子，我是多么疼她。就不该走时连句话也不讲。”

女房东也就笑着插进来说：

“那天她竟没说，和她娘说到婆家去，到了婆家拿了一双鞋，又说娘身子不舒服，过几天再来长住，这样就走了。我也不知道她这样，杏花也不知道。这孩子捣鬼。”

我说：

“依我看，王振中同志的认识和她那程度，出去上上学好啊，比你们待在家里，一辈子围着锅台、磨台转不好？我们要看远一些，出去对她好，对国家也好。”

那婆婆挂着笑紧接上来：

“这道理我还不明白？你问她大娘，我可是不明白的？我们当家的以前糊涂，我还常劝他呢。对街面上的事，我可没落过后。就是俺当家的也不过心直嘴快，得罪了人，才出了那桩子事。抗日谁不赞成？八路军谁说不好？像主任……”

“我不是主任！”我再度申明。

“像你们这么斯文，好说话，谁不赞成？上级都好。我们家里也常住上级。只是，我们得罪了村里的人……我们当家的就吃了亏。”

“你们当家的为什么不来呢？”我问。

“他，他身子不舒服，也是想振中想的。他叫我来问问，求……你写封信，他去看看振中。”

我心里突然一紧缩，一冷。她却跟上前来，拿起我那蘸水钢笔：

“怎样你还使这个钢笔？现在就是那些村干部，大字认不到一升，也还使支有打水机的钢笔呢！”

“我使用惯了，也一样能写。”

“还是你们艰苦。”她叹口气，又摸摸我炕上铺的破棉被，“哎呀，你怎么就用这个铺盖？像你们这上过大学堂，走京串卫的人，丝绸被子也盖过不少了吧，这是从村公所借来？”

“唔。”

她转身望望女房东：

“他大娘也不知道照应人！就该把咱家那拆洗过的被褥拿出来叫同志盖呀！我们家住了上级，我总是把待客用的被褥给他们。你看，还没个枕头，枕什么呀？”

“枕书，枕不惯枕头了。”

女房东显然有些不高兴，就说：

“俺家比不上你方便呀。可是对待同志，咱也没小气过，谁在俺家住过谁知道我这个人实在，只是不会花言巧语罢了。这同志来我也拿出过新拆洗的被子给他，他不要。”

好像那婆婆并没理会，就又拿起我那钢笔来左看右看，一会儿说：

“这也不丑啊，俺家那老二，非要他爹买支打水机钢笔，我看这也做得很精致。”紧接着就眼望着我恳求：“你这里纸笔砚台既然这样方便，就给俺们写个信吧，要不就用——”她慌忙从怀里拿出一个红签信封，一张八行信纸，“俺们这个。”

我拒绝了她！我说我不知道那学校今天转移到哪里去了；再说王振中是去投考，考不上，就会回来。她却抓住了理：

“那俺们振中不是也没了踪影吗？”

“丢不了她，丢了我赔。”

“不过是为老人的瞎操心罢了。”

这样，我在南郝村过了旧年。正月间，冀中各地非常热闹，抗属中学驻的村子里，有五千个中学生参加大检阅，其中有一千七百个是女生。早晨，在会场上，我看见王振中穿了黑色棉军装，外罩一件长大的棉背心，背包、挂包、小碗、防毒口罩，一色齐全，和那些小同学一样站在队里。她的脸更红、更圆，已经洗去了那层愁闷的阴暗；两个眉梢也不再那样神经质地跳动，两片嘴唇却微微张开，露着雪白的牙齿，睁着大眼望着台上讲话的程子华同志的脸，那信赖更深了。

那个村庄，正在滹沱河和沙河之间。村边便是一片沙滩，上面一排高大的白杨树，道旁有一座小小的新建筑，长方形，青色石头的，本县阵亡烈士的纪念碑，上面题着新体诗句。一天早晨我正在杨树林里和一个老乡谈这一带的白菜和红薯的产量，王振中穿了护士的白布罩单和翻卷的白布单帽走过，手里还托了一个药瓶。看见我，大远跑来，敬了礼，问过我怎样到这里来，我的女房东身体好不好，小羊羔长大了没有，才微笑着听我对她的问话：

“听说你婆家从北平把你……叫回来，像有什么打算，来找过你吗？”

“找过。”她又红了脸，但随着就平静流利地谈下去，“他们一家人全来了，男兵女将，就是把北平来的打起埋伏，直找到队长跟前去，要我回去。起先队长还要我回去看看，等我把事情说明白，说回去了就不会再有王振中了，队长才说你自己解决吧。可不是我自己解决，我已经向县政府告了状，和他们离婚；不是离婚，是解除婚约。这就一干二净，再说我也还不到结婚年龄……”

临走时，她说今天是看护实习，刚给一个伤员上了药。我问她那是什么药，她用德文告诉我那药的名字。

一九四二年八月

琴和箫

去年，我回到冀中区腹地的第三天，就托了一个可靠的人到河间青龙桥去打听那两个孩子的消息。过了一个星期，送信人回来说，她姐妹两个在今年春天就参加了分区的剧社，姐姐已经登台演奏过，妹妹也会跳舞。社长很喜欢她们。抚养她们的衰老的外祖父，也带给我一封用旧账篇写的信，谢过我的费心，好像很愉快。在信的末尾他又想起死去的姑爷，久不通音讯的女儿……泪痕还可以辨认。但是那总的感情，我看出来，老人是很振奋的。

这老人也是个音乐爱好者。直到今天他还领导着本村的音乐队。他钟爱自己独生的女儿，和钟爱他那笙笛胡琴一样。他竭力供给女儿上学，并且鼓励她要和一个音乐能手结婚，哪怕是一个穷光蛋，只要十个手指能够拨弄好丝弦，两片嘴唇能吹好竹管。这样我那朋友钱智修就入选了。

接到老人的信，我也长出一口气，这代表我自己，也代表我那死去的朋友。这样他可以瞑目了。而我也像那老人了却一件挂心事一样，甚至不想去看看她们。我想她们既是入了这个园地，就会有人浇灌培养，热情和关照不会比我差，人多，伙伴多，一定比我还要周到。算来，大的孩子已经十三岁，小的是十一岁了。

我同她们的父亲虽然是同乡，但是在抗战刚开始，家乡正在混乱的时候才搅熟了。那时候，我闷在家里得不到什么消息就时常到他那里去，一去就谈上半天，不到天晚不回家。在那些时候，我要求几次，他才肯把挂在墙上的旧南胡拉去布套，为我，在他也许是为他自己，奏几支曲子。在那些时候，女人总是把一个孩子交到我的怀里，从床头上拉出一支黑色的竹箫来吹。我的朋友望着他那双膝间的胡琴筒，女人却凝视着丈夫的脸，眼睛睁得很大，有神采随着音韵飘出来。她那脸虽然很严肃，但我详细观察了，总觉得在她的心里和在那个男人的心里，有一种共同的东西在交流。女人的脸变化很多，但总叫微笑笼罩着。

他们之间，看来已经养成这样一种习惯，女人与其和丈夫诉说什么，是宁可拉过箫来对丈夫吹一支曲子的。丈夫也能在这中国古老的乐器的音节里了解到爱人的要求和心情，这样把生活推演下去。但是，过去的二十八年里，他们的生活如同我的生活一样，是很少有任情奔放的时候。现在，生活才像拔去了水闸的河渠一样，开始激流了。所以，我的友人不愿意再去拉那只能引起旧日苦闷的回忆的胡琴。

不久，他就参加了那风起云涌一样的游击队。女人却留在家里一个时期，因为还有两个孩子，就是现在我说的大菱和二菱。那个女人比起我的朋友来，更沉默些，但关于她的孩子的事，是很爱谈论的。就在那些时候，我去拜访他们，也常从孩子的病说到奶的不够用，说到以后的日子。她很少和我谈音乐上的事，因为我虽然常自称很懂得音乐并且也非常爱音乐，她总不相信。她说一个人爱什么早应该学习了，早就应该会唱会奏了，不会唱不会奏，那就是不爱。

有一次，我指着怀里的大孩子说：

“你说大菱爱好音乐吗？”

“爱！”

“她也不会唱不会演奏啊。”

“好，这么大人和孩子比。”

我也觉得这孩子将来能够继承父母的爱好，也能吹唱。她虽然才八岁，当母亲吹箫的时候，她就很安静，眼里也有像她母亲那样的光辉放射出来了。

那母亲说的，爱好什么就该去做什么。不久，她就同丈夫一同到军队里去了。把孩子送到河间的年老的父亲那里去。大菱爱好音乐不久也证明了，那时已经丧失了南胡的演奏者，孩子们还不能即刻去射击，但也知道爱好复仇的战争了。

敌人进攻我们的县城，我的朋友同他的部队在离县城十五里地的沙滩迎击，受伤殒命。那时正是春天。孩子们的母亲赶回来，把他埋葬了。在我看来，这样一个丈夫对她是不能失去，失去就不能再有，甚至连她也就失去了生活的主持，在心里失去了主张。她把孩子们接来，又到家里整理了一下我的朋友的遗物。她和我商议，把大菱交给我看管，她带着二菱去。因为孩子们要受教育了。临走，她把那个布满灰尘的南胡给我们留下，她和二菱带走了箫。我想箫对她或者有用。至于胡琴只是在第一个夜晚，大菱从梦里醒来，哭着叫妈的时候，我扯去布套，拉了几声，哄她上床去睡。

等到大菱和我熟惯了以后，一天夜晚，或者是什么中秋节日，我给她讲了一个故事，虽然说在教育心理学上，我不应该用这样的撕裂人的心肺的悲哀的故事，去刺那样稚小的孩子的心灵，但我终于讲完了。我努力看进她的眼睛，当看到从那小眼睛里逐渐升起了怨恨的火，我才抱起她到临街的窗前。

“珂叔叔，你把爹的南胡放到哪里了？”

孩子找到了南胡。我帮她定好弦，安放在她那小膝盖上，孩子就也望着那胡琴筒开始演奏了，但那声音简直是泣不成声。我支持不住自己，转过身去，探身窗外，月色多么皎洁，天空多么清冷啊！

冬天，母亲带了二菱来看我们。母亲已经能够镇静，只是当从包裹里拿出一双白色的小鞋给大菱换上的时候，她才哭了。

我叫大菱拉南胡给母亲听。母亲大大惊异地望着我，半天没说出话来。

当她又从包裹里拉出那支箫来，交给二菱，那九岁的孩子就慢慢地送到微微突起的嘴边去，我才知道她为什么那样惊异了。但我想，只是这样来叫孩子们纪念父亲吗？

这一次，母亲又把二菱强留给我，说是要到延安去了。箫交在二菱的手里。那时，村庄后面就是一条河。我常带她们到河边去，讲一些事情给她们听。我说人宁可像一棵水里的鸡头米，先刺那无礼的人一手血，不要像荷花那样顺从，并且拿美丽的花朵来诱人采撷。两个孩子高兴听我讲，我也愿意她们完全愉快。有时甚至感觉，虽然我不到三十岁，在这上面，已经有些唠叨了。

不久，我只得把她们又送到河间去，因为我要到别处去工作。

今年五月，敌人调集了有四五万兵力，说要用“拉网战术”消灭我们。我用了三个夜晚的时间，跳过敌人在滹沱河岸的封锁、沙河的封锁，走过一条条的白色蛇皮一样的汽车路，在炮楼前面踱过去。我想，叫敌人去拉滹沱河和沙河里的鱼吧，我可是提着驳壳枪在他们身边走过来了。每逢在雨露寒冷的夜间踏上一条汽车路，我就想：敌人像一个愚呆恶毒的蜘蛛，妄想用那个肚子里拉出来的脆弱的残网，绞杀有五年幸福生活的人民和有五年战斗历史的子弟兵吗？我看见敌人那些炮楼在夜色里摇摇欲倾，因为它们没有根底。

我们又在白洋淀里集合了。已经是秋初，稻子比往年分外好，漫天漫野的沉重低垂的稻穗。在田埂上走过，稻穗扫着我的腿，我就像每逢跳到那些交通沟里一样，觉到振奋了。

我重新看见了那无底洞一样的苇地，一丈多高的苇子全吐出荻花，到处有苇喳子鸟的噪叫，我们那些把裤脚卷得高高的，不分昼夜在泥泞里转移、战斗的士兵们，静静地机警地在那里出没，简直没有声响，苇叶划破他们的脸皮，蔓延的草绊住了腿脚，他们轻轻地把它挪开了。

一个夜晚，我和一个专摆渡游击战士的船夫约好，到淀北边一个偏僻的小庄子上去，我顺着羊肠小道摸到了泊船的处所，对好口令、暗号，跳了上去。借助星光和经验，我知道那是一只以前放鱼鹰捉鱼的尖底的小艇，只能坐两三个人。我倒坐在艇的前面，船夫站在后尾上撑起篙来。

船夫默默地拨弄着小艇前进，离了岸到水深处就加快起来。十几天来，在炮火毒气里工作，已经使我十分的神经质，身体的各部分受到一个近似枪炮呼喊的声音，就立时反应动作起来，每一条神经像多日因为焦躁失眠的人一样，简直容纳不了什么刺激，对什么刺激，也立刻会有本能的抵抗。现在坐在船上了，眼前是一片茫茫的水，船划过荷茎菱叶，嚓嚓地响，潮气浸到眼皮上来，却更有些清醒了。我开始想到这也是和大菱二菱旧游之地，现在淀不是闲游处所，我们就要在这里和敌人决战了。我忽然小声问：

“同志，你这是只鹰船吧？”

“是啊！”他的声音更小。

“白天还放鹰吗？”

“看事。有了抗日的事儿，别的全二五眼！”

“鱼还多吗？”

“多个屁，鬼子一来，人间百物全都晦气，鱼鹰，他们看见了全要抢去杀掉，捉鱼儿弄屁！”

他即刻制止了我说话，他用篙尖敲了敲我，连船划水的声音全寂然了。一会儿，我看见在西边远处，一个火亮一闪，就是一梭机枪。

“我们的队伍。”他低低地讲了一句。

当船将要靠近北岸的时候，他告诉我说：

“就在这个地方，”他用篙触一触一个久已作废的渔人撒网站立的棚台架，“两个女孩子死得好惨。”

他说过，身子很像就站不稳，船也摇摆起来，他继续说：

“同志，我也是五十岁的人了，也伤过几个儿女，可是没比这一次伤了我的老心。她们，就坐着我的船啊。刚上船来，你没见过那股欢喜劲儿，她们大的也不过十三四岁，那小的也就有十岁，还有像你这样一个同志带领她们。一上船那大孩子就说：可不怕了，在这里我们就不怕他们。你知道，那些孩子也是和我们一样，在敌人的炮火里爬过来跳过去啊。那孩子说了就趴在船帮上洗了一个脸，把一个多月小脸上带着的烟火气汗土，眼上的泥污，全洗了个干净。那带她们的大同志还说不要洗脸，战斗没完啊，那孩子不管，把头发也洗了洗。我没见过那样俊气的孩子，我看见了这样可爱的孩子，我就忘去了我那死去的孩子了。我也高兴，就说洗吧，咱们不怕他们。可是就在这个地方，没提防岸上那片苇地里一小队鬼子跑出来，就用机枪向我们扫射，那大同志把那个小女孩子拉到自己怀里，卧倒下去，他是第一个死的。当我赶紧拨转船想跑，那大女孩子就直栽到水里去了，临死我还看见她那新洗过的俊气的脸。就是我这老没死的倒钻到水里逃了命。”

我听下去，无数我认识的孩子们的脸就一一出现在眼前，我检阅着她们，我也一一检阅自己的心、志气。我在孩子们的脸上，像那老船夫的话，我只看见了一股新鲜的俊气，这俊气就是我的生命的依据。从此，我才知道自己的心、自己的志气，对她们是负着一个什么样誓言的约束，我每天要怎样在这些俊气的面孔前面受到检查。

那老船夫最后一篙把船撑到岸上，临别他又说一句：

“就为了这两个孩子，我也要干到底啊！”

我在岸上停了一刻，看见他急转回船去，箭似的走了。我再看看那久已作废的渔人撒网站立的棚台架，但已经不能辨认，我从那茫茫的一片水里像看见了大菱和二菱。

我走向那约定工作的小庄子上去，我甚至忘记了那附在我裸露的腿上像马蝇一样厉害的蚊虻，我不是设想那殉了难的就是大菱姐妹，那也许是她们，也许不是她们，但那对我是一样，对谁也是一样，像那老船夫说的。

当然，我想起那些死去的同志和死去的那朋友。但是这些回忆抵不过目前的斗争现实。我想，我不是靠过去的回忆活着，我是靠眼前的现实活着。我们的眼前是敌人又杀死了我的同志们、朋友们的孩子。我们眼前是一个新局面，我们将从这个局面上，扫除掉一切哀痛的回忆了。

我，整天就在那一个小庄子上工作，一股力量随时来到我的心里。无数花彩来到我的眼前。晚间休息下来的时候，我遥望着那漫天的芦苇，我知道那是一个大帐幕，力量将从其中升起。忽然，我也想起在一个黄昏，不知道是在山里或是平原，远远看见一片深红的舞台幕布，飘卷在晚风里。人们集齐的时候，那上面第一会出现两个穿绿军装的女孩子，一个人拉南胡，一个人吹箫，演奏给人们听。

一九四二年八月二十五日晨

老胡的事

一天，天快黑了，老胡同着他那一部分开到这村里来，老胡的住处是在一个铁匠的家里。吃过饭，他把背包、挂包、干粮袋，搬进房里去。和铁匠打了交道，把东西放在一边，就打扫起房子来。他打扫得很仔细，房顶上的灰土、蜘蛛网全扫净了，地上的东西，看看用不着全搬了出来，一篮破马蹄铁，一捆干豆荚，一盆谷糠，问好铁匠的女人，放在了外间。然后把土抛到远远的灰堆上去，回来打开铺盖。

等铁匠家吃过晚饭，他又去搬来一张桌子。桌子只有三条腿，他费了很大的事才把它支架起来。还有一个高脚凳。用白纸将桌面铺好，点上一个小灯碗，灯花很小，照在桌面上一个黄色的光圈；他就在这光圈里摊开了一本书。

在睡觉以前，铁匠的女人到这间屋里来坐了坐，说了几句闲话；一个十六七的姑娘在隔扇门口听着。老胡报了自己的姓名，说自己是冀中区人，工作是写字，所以离不开桌子、凳子、灯和书本。铁匠的女人说，原来和新搬走不久的老王一样，是个念书人。

第二天老胡很早就起来了。站在院子里辨别了方位，看了看这个居处的环境。三间的小屋建筑在村子的尽南端，地基很高，可以看得很远。小房向南开门，正对山谷的出口，临着中午的太阳。房子虽只有两方丈大小，却也开了两个窗户，就在西面一间的窗户下面，安着打铁的炉灶和一只新的风箱。

山谷是南北的山谷，在晋察冀倒算是一条宽的。一条狭窄的弯弯曲曲的小河在山谷中间的沙滩上，浅浅地无声地流过去。沙土浸透了许多水，山泉冒出许多水。除去夏天暴雨过后，两旁山上倒下大水，平常恐怕都是保持着三尺宽的河渠。谷的南口紧连着一条东西谷，那是大道，这样早，已经有骡马走过。大道那边是一条不高的平得出奇竟像一带城墙一样的山，而这条谷的北面，便是有名的大黑山，晋察冀一切山峦的祖宗，黑色，锋利得像平放而刃面向上的大铡刀。

这时，那个铁匠已经开开单扇的屋门走出来了。他的眼还没有完全睁开，借着清晨的雾露，恢复了精神。他虽然还只有三十几岁，却像四五十岁的人了，脸色干皱得像没发育得很好就遇到了酷旱的瓜秧结下的瓜的皮，纵有多少雨水再给它浇灌，也还洗刷不去那上面的暗淡。又涂着一层烟灰，就更显得瘦弱。他，中等身材，却很灵活。默默地扫除了炉灶上的灰土，用一把毛柴引着火，再加上一层煤屑，拉起风箱。等到火旺了，他才唤起妻子和孩子们。

这样，过了一刻，那被铁匠叫作梅而事实上却是梅的母亲的女人，才掩着怀出来。她长得很高大丰满，红红的脸孔，也很光润。她走过去，从丈夫手里接过风箱把，立刻，风箱的响声大了，火也更旺更红了。

太阳已经升起。老胡向南边的山坡走去。现在正是秋收快完，小麦已经开始下种的时候，坡下的地全都掘好了，一条条小的密的沟，土是黑颜色，湿的。地，拿这个山坡做依靠，横的并排的，一垄垄伸到沙滩，像风琴上的键盘。山坡和山坡的中间，有许多枣树；今年枣儿很少，已经打过，枣叶还没落，却已经发黄，黄得淡淡的，那么可爱，人工无论如何配不出那样的颜色。而在靠近村庄的楸树、香椿、梧桐、花椒、小叶杨树的中间，一棵大叶白杨高高耸起，一个喜鹊的窝巢架在枝叶的正中央，就像在城市的街道中央，一个高高的塔尖上挂了一架钟，喜鹊正在早晨的阳光和雾气中间旋飞噪叫。

到铁匠一家吃早饭的时候，老胡才看出那个叫梅的姑娘十分可爱。第一天初来，忙乱间他没注意，现在他很惊异这个女孩子的秀丽。他想，这也不过是从相貌上看，一时的印象。可是从此以后，老胡越来越觉得小梅处处好；相貌俊，不过是可喜欢的一个组成部分罢了。

老胡，已经是三十岁开外的人了，在这一部分，他是最年长的一个。每天，除了伏在桌子上写字，就站在门口看铁匠一家打铁，或者到山坡去散步。一天，他从山沟里摘回几朵还在开放着的花，插在一个破手榴弹铁筒里，摆在桌子上。小梅对这件事觉得好笑，她问：

“你摘那花回来干什么？”

老胡忙说：

“看哪，摆在桌子上不好看？”

小梅笑笑：

“那好看什么，有什么用呢？”

“好看就是它的用处啊！”

老胡也笑了。小梅走了出去，对她母亲学说了，母亲笑着说，可惜家里没有一个好看的花瓶，让胡同志来插花用。过一会儿，小梅拿篮子到地里去摘树叶，就顺便对老胡说：

“胡同志，你有空，还不如和我去摘树叶呢！”

小梅是她父母的长女。父母每天打马掌铁，把烧饭、打水、割柴的事，就全靠给她做了。现在秋风起来，树叶子要落了，她每天到山沟里去，摘杏叶、槐叶、楸树叶，回来切碎了，渍在缸里做酸菜。小梅对门的老太太骂她的儿子还不如一个姑娘，小梅能爬到很高的树上去，不同别的孩子抢，默默地进行竞争。她知道哪个山沟里树多，叶子黄得晚。有时树的主人看见了，说：

“哈！小梅又弄我的树叶子了！”

小梅从树叶上俯着身子，蹙着长长的眼眉说：

“呀，我们吃点树叶还不行？你真小气！”

树主人要说：

“你摘了它的叶子，它还能长吗？”

小梅就会说：

“你不知道冬天到了，不摘，叶子也得落完了啊！春天来了，什么也少不了你的！”

小梅的身体发育得很像她的母亲，匀整，又粗壮。她的走动很敏捷，近于一种潇洒，脚步迈出去，不像平常走路，里面有过多的愉快、希望。她的身子里好像被过多的青春鼓动，放散到一举一动上，适合着她的年岁。

她整天放下东就是西，从来看不见她停下休息。老胡全看在眼里。老胡写字写到深夜，铁匠的一家全睡熟了，铁匠有时候咳嗽，孩子有时哭，女人有时说梦话，小梅只是舒畅地甜甜地呼吸。

秋末，山风很大，风从北方刮过来，一折下那个大山，就直窜这条山谷，刮了一整夜还没停下。第二天，一起身，小梅就披上一件和她的身体绝不相称的破棉袄走出去了。那棉袄好像是她弟弟穿的，也像是她幼小时穿过的。她一边走，一边用手紧紧拉住衣角，不然就被风吹了去。里面，她还只穿着那胸前有几处破绽的蓝布褂，手里提着一个白布口袋。老胡问她母亲，知道是要去拾风落枣子，就要帮她去拾。小梅的母亲劝他穿暖和一些，不然会着凉。老胡披上他那件新发的黑布棉袄，奔到山坡上去。小梅走到山顶上了，那里风很劲，只好斜着身子走，头发竖了起来，又倒下去；等到老胡追上了，她才回头问：

“胡同志，你又去找花吗？”

老胡说要帮她去拾枣子，小梅笑了笑说：

“你不怕冷？”

风咽住她的嗓子，就赶紧回过头去又走了。老胡看见她的脸和嘴唇全冻得发白，声音也有些颤。

爬过一个山，就到了一个山沟里面，小梅飞跑到枣树丛里去。一夜风，枣树的叶子全落了，并且踪影不见。小梅跳来跳去地捡拾地下的红枣，她俯着身子，两眼四下里寻找，两只手像捡什么东西一样，拾起来就投到布袋里去。老胡也跟在后面拾。打枣时遗漏在树尖上的枣，经过了霜浸风干，就甜得出奇。小梅把这一片地里的捡完了，就又爬上一层山坡去。风把她身上的破袄吹落到地下，她回头望望老胡说：

“你给我拾起来拿着吧！”

老胡说：

“穿上，穿上！”

小梅只顾拾她的枣子，直到口袋满满的了，叫着老胡回来。到家里，老胡已经很疲倦，只和小梅的母亲夸了夸小梅能干，就到自己的房间里去了。小梅把枣晒到房顶上去，她母亲叫她赶紧吃饭，吃过饭把小园里的萝卜拔了，不然就冻了。

小梅在小菜园里拔萝卜，她拔得很快，又不显忙乱。然后装在篮子里提回来，坐在门限上切去萝卜茎和叶，把那些肥大白嫩的萝卜堆在她的脚下，又磨去它们的毛根。她工作着，不说一句话。

这样，老胡就常常想什么是爱好工作……这些事。

阴历十月底，这里竟飞了一场小雪。雪后，老胡五年不见面的妹妹，新从冀中区过来，绕道来看哥哥。这天，老胡的脸，快乐地发着红光。他拉着妹妹的手，不断就近去，用近视眼看妹妹的脸孔。他叫小鬼去买几毛钱的核桃，招待这个小的亲爱的远客。铁匠的女人也慌忙来问了，老胡向她们介绍：

“喂，房东，你看，这是咱的妹妹，今年才十七岁，可是十三岁上就参加军队了哩，在平原上跑了几个年头了！”又对靠在墙角上的小梅说，“小梅，你看，我也有一个妹妹，和你同岁呀！”

妹妹也笑着说：

“哥，你房东的小姑娘多俊啊！”

老胡坐在妹妹身边，先问了相熟的同志们和家乡的情形，又问妹妹在这次反“扫荡”里的经过，什么时候过来，什么时候回去。

妹妹说，反“扫荡”开始的时候，麦子刚割了，高粱还只有一尺高。她同三个女同志在一块，其中小胡和大章，哥哥全认识。敌人合击深武饶的那天，她们同老百姓正藏在安平西南一带沙滩上的柳树林里，遍地是人，人和牲口足足有一万。就在那次小胡被俘了去，在附近一个村庄牺牲了。她同大章向任河大地区突击，夜里，在一个炮楼附近，大章又被一个起先充好人给她们带路的汉奸捉住了，她一个人奔跑了半个多月，后来找到关系，过路西来。

妹妹要赶路，说得很乱很简单。最后说，她们不久就回冀中区去，在这里只是休息休息，听一听报告……

老胡送妹妹，送了差不多有八里路才回来。别人不知道老胡心里的愉快，他好像新得到一个妹妹，不是从幼小时就要哥哥替她擦鼻涕的妹妹了，她已经不是一个孩子，是一个知道得很多又做过许多事的妹妹了。老胡兴冲冲地回来，小梅正同父亲给一个战士拉的马匹挂掌，老远就喊：

“你们看老胡可乐了，见到亲人了！”

老胡走近来笑着说：

“怎样，我这个妹妹？你也好，和她一样。你能做许多事，可是你还该向她学习，她知道很多的革命道理呀！”

他像夸奖自己的妹妹，又像安慰小梅，走到屋里去了。

这天夜里，又起了风，这间小小的草铺顶的房子，好像要颠簸滚动起来。风呼呼地响，山谷助着声威。从窗孔望出去，天空异常晴朗，星星在风里清寒可爱。感情像北来的风，从幽深的山谷贯穿到外面：几年不见的家乡的田园，今天跟着妹妹重新来到老胡的眼前了，它带着可爱的战斗的身段，像妹妹的勇敢一样。

老胡想，初秋的深夜里，几个女孩子从一个村庄走过去，机警地跳进大道沟里去（她们已经在这平坦柔软的道路上跑过几年了）。在那时，交织在平原的胸膛上的为战斗准备的道沟，能给行进的人们一种清醒振奋的刺激。向远处望去，望过那旷漠的然而被青年男女的战斗热情充实的田园、村庄、树木、声响……人们的心就无比地扩张起来。

这一晚，老胡想得很久，灯光爆炸跳跃，桌面上的花束已经干了。那个手榴弹的弹筒，被水浸透，乌黑发光。在老胡的心里，那个热爱劳动的小梅和热爱战斗的妹妹的形象，她们的颜色，是浓艳的花也不能比，月也不能比；无比的壮大，山也不能比，水也不能比了。

一九四二年十一月二十日夜记于山谷左边的小屋

黄敏儿

黄敏儿原来不是豹子营的人，他的爹娘全到延安去了，临走把他托给一个老朋友，已经有三年了。自从敌人来了，他整天待在家里，实在闷得慌。书没的读了，歌也不许唱，以前玩耍的木刀木枪，他坚壁了；又不能像大人一样，面对着墙壁发闷，盖上被子睡觉，他很想到外面去玩玩，换换空气。他看见灶户前面的柴火少了，就对老师说：

“我到地里去拾些柴火来烧吧！”

“你还是好好地在家里待待吧！”老师说。

“我到远些的地方去。”

“远了，我就更不放心了。”

可是，家里实在缺柴烧了，黄敏儿又请求，师母就准许了他。他背上一个柴筐，在腰里束上一条麻绳，到野外去了。

过去，他走起路来，像他爹和娘的样子，两条腿左右分开点，迈着大步，好像一个将军刚刚从飞跑很久的马上跳下来走在大街上的样子。他把两手插在衣服两边的口袋里，黑白分明的大眼睛望着前面，长长的头发撒在宽宽的明亮的前额上，薄薄的通红的嘴唇闭得很紧。现在他是按着一个拾柴割草的孩子的样子走路，好像饿了两顿没吃饭了，右手拿着的镰刀，有意无意地打着路上的土块儿。

正是春天，遍地是荒草，地里的人也很少。他走到河边，举眼看见的是土黄的、像支架起来的坟头一样的炮楼。公路在地上横插过去，一条又一条。

他原来是想到野地来唱个歌儿什么的，结果也没唱好。拾了不到半筐柴，就回去了。快进村的时候，后面有一个穿着黑细布长衫，戴着黑色礼帽，黑黄脸的中年人追上来：

“喂！别走！我问你一句。”

黄敏儿回头一看说：

“有话到维持会去问吧，我家里等着柴火做饭哩。”

“我就是问你！”那人上前捏住黄敏儿的手，怒冲冲地。

黄敏儿把手一抬，眼眉竖起来：

“你是干什么的？这么凶！”

“陈青湖到底在家里没有？”那人低声问。

黄敏儿想了一想说：

“他呀，没有在家，他爹和他媳妇，倒是很想他，谁也不知道他到哪里去了。你准和他不错吧，也费心给打听着点，他爹和他媳妇一定要知你的情哩！”

“你敢和我说谎？”

“为什么就不敢和你说谎？你知道现在的情形，汉奸又这么多，我知道谁是汉奸哩！”

“他妈的！”那个人甩开黄敏儿的手走了。

“你他妈的！”黄敏儿也骂着就家去了。他对老师学说了一遍，老师说：

“汉奸是吃硬不吃软的。”

话还没说完，枪响了。

敌人把村里的男女老幼全圈到街中央那个大池子边上去，一个军官模样的鬼子讲了一大篇话，翻译官侧着耳朵听着，翻译着，最后几句是：

“老婆子们站出来，皇军中队长大人要看看你们跳秧歌舞！”

乍听到秧歌舞三个字，黄敏儿心里一跳，可是立时就又沉下去了，还有些痛。

翻译官吆喝着，老婆子们不站出来，也不跳。一个鬼子骂着，拉出他身边的一个中年妇人推到水池里去。翻译官说：

“皇军大人要看你们浮水。”

军官模样的又喊了一声。翻译官说：

“皇军大人要青年妇女全体下水！”

鬼子们托着插刺刀的枪，转到女村民们后面去，用脚踢着。正在这个时候，黄敏儿看见他那天遇见的那个穿黑细布长衫的人也来了。他一闪闪到老师的背后去，可是那个人好像早就看见他了，跑过来，拉出黄敏儿说：

“你先浮一下，给你的婶母大娘姑姑姐姐们试试深浅。”

黄敏儿望望池子的水，把眼皮微微一抬，望到池子那边，他说：

“好，我脱了衣服就来浮。”

他站到人们前面去，立在大池子的边沿，鬼子们也都向他这里看着。他很快地脱去衣服，露出一个红色的圆润的小身体，把衣服卷了卷，回身抛给他的老师，就跳进水里去，一个水花翻上来，人不见了；水花渐渐扩大，水波击打着水岸，什么也寂然无声了。

他的老师心里像插上了一把刺刀，叫了一声，呆呆地望着平静的池水。很久很久，对面的水上却又打起一个水花，黄敏儿从水里钻了出来，抹了一把脸，望望这边，他那长头发上淋着水，跳上岸去，拐过一个胡同跑了。

汉奸绕过池子去追他，又招手叫了两个鬼子一同去。全村的男女为黄敏儿担心。鬼子中队长坐在椅子上休息了。几个被推进水里的青年妇女爬上岸来，低头弄着湿透的衣服。很久，他们把黄敏儿带回来，汉奸提了一个明亮的铁铲，在水池旁边挖好一个坑，把黄敏儿推到那里。老师的脸黄得像一张金纸。

全村的人向汉奸恳求，汉奸并不答话。他望望黄敏儿，黄敏儿低着头望着那个坑。他那因为逃跑气喘鼓动着的胸脯，渐渐平静下来，嘴也能够闭紧了。汉奸把铁铲扬起来说：

“进去！”

“你要活埋我？”黄敏儿抬起头来，他的原来黑白分明的眼，现在烧成了一团暗雾。

“这怨你自作自受！”

黄敏儿跳进坑里，全村的人向汉奸哭号着哀告。汉奸掘起一铲泥，连看也不看地抛进坑里。黄敏儿就从坑里一弹，跳出来。他把眉毛一扬，两眼死盯在汉奸手里的铁铲柄上，嘴角露出一种难解的笑容说：“你当真要埋我吗？”

这句话竟使那个汉奸咧开嘴笑了。村民们趁机会又来哀求他说，无论如何留这孩子一条活命。汉奸把铁铲一丢就转身走了。以后，只有黄敏儿的老师看见从他的学生的眼里，像骤雨一样滴下一串热泪，因为很快，黄敏儿就把它擦干了。

敌人决定把黄敏儿带到据点里。黄敏儿穿上老师送来的衣服，望一望老师，就跟在他们身后走了，又把两只手插进上衣两边的口袋里，用他那有些蹒跚，像一个将军刚从他奔跑的马上跳下来走路的姿势走路。到了槐林镇，天就黑了，敌人把他关到一间临时改造成的监狱里面。那房子原是一个财主家的上房客厅，靠北山墙埋上一排木柱，就形成一个宽大的木笼。黄敏儿坐在地下，把上身靠在木柱上，两只手交叉在膝盖上，把头放上去。

这一夜过得很慢。天明了，有三个小孩子闪进来，小声喊：

“黄敏儿，小黄！”

黄敏儿一瞥眼看清是槐林镇的三个同学，原先常在一起玩的，立时把头转回来对着墙。

一个孩子跑过来，伸进手去拉住黄敏儿的衣服，说：

“小黄，你这是干什么？”

另一个说：

“他以为我们全是汉奸了？小黄，我们是他们抓来当勤务的，我们谁也不是汉奸！”

黄敏儿回过头来说：

“你们不是汉奸是什么呢？”

三个人同时回答：

“我们是抗日的儿童团！”

这时候，那个穿黑细布长衫的人也进来了。黄敏儿不知道这个人给敌人当的什么差事，好像哪里都有他。他吆喝着三个孩子走了，说是中队长已经起来了，还不快去；又对黄敏儿说：

“回来就提你，你有能耐和鬼子施展吧，可是我决不害你。”

是在中队长的房子里过的堂。黄敏儿两只手插在口袋里，微微斜仰着头。中队长坐在一张黑漆椅子上，桌子上摆满了吃过的饭菜。中队长问：

“说，你是谁的儿子？”

这时候，一个小勤务走进来，走到中队长的身边说：

“中队长，赵八庄又送了几只大红公鸡来了。”

中队长笑了笑，小勤务把桌子上的饭盒子、菜盘子拿了下去。中队长又问：

“你说，谁是你的爸爸？”

这时候，另一个小勤务走进来，走到中队长的身边说：

“中队长，翻译官那个好看的媳妇过来了，正在院子里。”

中队长赶快立起来，走到窗口的小玻璃上一看，回过头来瞪着眼说：

“哪里？”

小勤务说：

“到东屋里去了。”

中队长坐不下去了。他叫小勤务先把这个小犯人带到笼子里去。两个孩子走出来，从此，就谁也不知道黄敏儿和那三个小勤务到哪里去了。有的人为黄敏儿一天一夜没吃饭担心，可是他却不会饿着，他们带走了中队长剩下来的那些饭菜。

第二天，鬼子和汉奸们到豹子营搜捕他老师的家。可是就在那天夜里，老师和他的女人也一同不见了，谁也不知道他们跑到哪里去了。只有一天，一个抗日干部带着黄敏儿写给他父母亲的一封信，里面也有那个老师给他的老朋友的信，带过路西，带到那在黄敏儿想来是非常遥远的延安去了。

一九四三年春

第一个洞

蠡县××庄的治安员杨开泰，今年虽只二十五岁，看来，已像三十几岁的人了。那一带环境十分残酷，他的面色，因为长期睡眠不足，显得很干枯。眼里布满红丝，那每一条红丝里，就有一个焦虑，一个决心。从前年起，××庄的形势就变了，在它周围，敌人的据点远的有八里，近的只有二里。杨开泰愤然地对人说："好，敌人蚕食使我们的任务加重了。我要把精神提高，把自己变成两个人，要叫我的精神，也增加生产！"

从此，他就很少睡觉了。他是一个贫农，有个和他年岁相当、相亲相爱的老婆。老婆看见丈夫的脸渐渐黄瘦起来，常常为他担心，每天在饭食上加些油水，劝他早些睡觉。杨开泰说："现在不是睡觉的时候了。就是敌人不出动，我躺在被窝里，想到围在身边有那么些碉堡，有那么多敌人在算计我们，我就焦躁起来了。你熬不住先睡去。"

区里的干部，有时夜间来，他们选定了在杨开泰家里开会。这不是因为他家里有高墙大院可以防身，而是因为他们信任杨开泰这个人。深夜，杨开泰到村西头的堤上去，正是初冬，柳枝被霜雪冻干了，风吹过来，枯枝飘落。几个区干部跟在杨开泰后面，默默地，放轻脚步，走回家去。

开过几次会了。杨开泰的脸上越发干枯，眼里的红丝也越加多了。只有他知道，敌人的特务，已经钻进村里来。在一天夜里，他从屋里走出来，猛一抬头，屋檐上伏着一个人，立时不见了。又过了两天，他清晨起来，开开板门，看见道路扫得非常干净，这样，只要有人走过，就可以辨认出几个人和去的方向。又过几天，他看见有人在路上画了许多密密的横线，有人走过时，可以清清楚楚地看出来。再过两天，他在一个夜间发见大门的铁链上，系着一条黑线，一推门线就断了。

他看到这一切，明白了一切，不只为他自己担心，他更为这些区干部担心。敌人可以包围他的家，逮捕区干部……他细心地侦察着，他迅速地通知区干部，不要到他家里来了。

一天，吃过晚饭，他对老婆说：

“不要等我了，我要到外边开会去。”

老婆就一个人先睡了。直到第二天吃早饭的时候，杨开泰才走回来，他很劳累，脸上有汗迹。老婆说：

“你看，又和谁争吵来，脸红脖子粗的。”

杨开泰只是笑了笑。

这一天吃了晚饭，他又对老婆说：

“不要等我了，我要到外边开会去。”

老婆只是噘了一下嘴，就先睡了。

这样一天、两天、三天、四天，杨开泰没进屋睡一夜觉。早饭一熟，他就带着一身疲乏，红着脸，还有些气喘回来了。第五天早上，他照例笑着问：

“饭做好了？”

他老婆坐在灶火前，垂着头，用草棍划着地，没言语。

他又问：

“今天叫我吃什么？我看你该叫我吃点好东西了。”

女人突然站起来，站起得过猛了，手扶在屋门框上，脸上挂着泪水，两只眼睛红桃儿一样。她怒气冲冲，急口说：

“好，你该吃好东西了！你费了劲了！你夜里背了瓮了！你该补一补了，你泄了阳气了！”

杨开泰也就火了，说：

“你这是干什么？你！”

老婆狠狠地望了他一眼，到里屋去，趴到炕上哭起来，嘴里数叨着：

“不知道叫哪个浪女人缠住了，十天八天地不在家里睡，还有脸跟我要好的吃。你不知家里水没有人给我担，柴没有人给我抱，火没有人给我烧呀……”

杨开泰才明白老婆为什么生气了。他劝着，安慰着说：

“结婚已经快五年了，看你还不信任我？”

“我不信任你！你十天八天不进我的屋，你夜里出去，回来就瞧你累成那个样子，……我的命苦啊！”

“你的命苦，我的也不甜。可是甜的时候总得来，这就先得把苦的时候打发走。你算瞎疑心了，我不是和你说过，是出去开会吗？”

女人坐起来，擦一擦眼泪说：

“你去哄三岁的孩子吧，你去哄那些傻子吧。我问了青救会杨秃，他说这几天就没见过你。”

杨开泰还想解释解释，可是因为过于疲劳，他又睡着了。女人坐在他身边，哭泣、伤心，伤心、哭泣。

黄昏又来了。平原的村庄，把黄昏看成是一天的年节一样。孩子们从家里跑出来，满街上跑跑跳跳，把白天闭上的嘴张开，把往日可以尽情唱的歌儿唱起。女人们，也站到门口来望望。黄昏很短，一时晚饭熟了，家家先后插上门，以后又吹熄了灯。

杨开泰默默地吃过晚饭，他向老婆告假，说：

“好，我听你的话，今晚不出去了，一定在家里睡。只是我要到后院里去转转，一时就回来。”

“好吧。”老婆回答说。

杨开泰走出去，天已经很黑了，屋里的灯光，只能照明窗前一片地。

他向后院里走去，进了那间破旧的磨棚。他擦着一根火柴，石磨用四根木头支架着，他丢了火柴，钻到磨下面去，不见了。

“你给我出来！”他的老婆立在磨台一边喊。原来她偷偷跟在杨开泰后面，看他是不是从后院跳墙过去。她一见丈夫在磨下面，要借土遁逃走，大吃一惊，跺着脚，“你给我出来，你个贼兔子，你又想哄我。你出来不出来？我喊到街上去！”

“咳，咳，你嚷什么？”杨开泰赶紧从磨台下面钻出来，老婆赶紧擦着一根火柴，把灯点着，她恐怕丈夫趁黑影里逃跑。

杨开泰满身是土，他低声对老婆说：

“既然叫你看见了，我就告诉你。你以为我每天出去玩乐去了，却不知道每天夜里，我一个人在这里掘洞。整整掘了五夜，才成功了。我下去看了看，里面可以盛四五个人。以后，我们就不必提心吊胆，可以在这里面开会了。”

说完，他走回去，把一块木板放下来，又把堆起的土粪铺在上面，就没有了丝毫的痕迹。

灯芯吸足了植物油，爆炸着，女人的疑心去了。她看见丈夫那干枯的脸，充满血丝的眼睛，和那因为完成了一件大事，兴奋快活的神气，她也笑了。像八月十五的月，一片乌云从它身边飘过，月儿显得更俊秀了。花儿避免夜晚的冷露，合起它的花瓣，在朝阳照射下，它翻然开放……

“你个贼兔子！”她也低声地，害羞地说，“你还不信任我啊。”

…………

从此以后，地洞、地道就流传开了，而且在不断地改进着。什么“七巧连环洞”“观音莲台洞”……花样翻新，无奇不有。而这“第一个洞”的创造的故事，也就随着洞的传播而传播着。

一九四三年五月

丈 夫

今天是中秋节日，可是还有一场黑豆没打。上午，公公叫儿媳妇把场摊上，豆叶上满带着污泥，发着臭气。日本黑心鬼，偷偷放了堤，淹了老百姓，黑豆没长好，豆子是秕秕的。草不好，黄牛也瘦了。儿媳妇站在场里没精打采的。年景没有了，日子不好过，丈夫又没消息。去年，他还在近处，八月十三那天还抽空回家来看了看，她给他做了一件新棉袄，两个人欢天喜地。八月节，应该团圆团圆；她给他做了猪肉菜，很丰富。今年，鬼子从四月里翻天搅地，丈夫不知道到哪里去了。去年他留给她一个孩子，在地洞里生产下来，就死掉了。她没有力气，日子过着没心思。

吃过中午饭，她带着老二孩子，要去娘家看看，解解闷。和公公说了说，公公也没阻挡，只说早去早回来，路上不安静。她什么也没拿，拉起孩子的手，向东走去了。孩子去姥姥家，很高兴，有一句没一句地问娘：

“今儿个八月十五吗？娘。”

“是啊！”

“叫我吃什么？”

“什么也不叫你吃！”

她说过，又怜惜起孩子来。孩子才七岁，在炮火里跟着跑了四五年了，不该这么呲打她，就转过话来笑着说：

“还记得爹吗？”

“记得呀！”

“爹在哪里呢？”

“在铁道西啊！”

“在那里干什么？”

“打日本啊！”

娘笑了。丈夫在家就喜欢这个孩子，临走总嘱咐她好好教养着。她想，那个人倒不恋家，连对她也像冷冷地，对这个孩子却连住了心。就为这个，她竟觉着有保障了，又和孩子说：

“爹什么时候回来？”

“过年的时候回来。”

“你知道？”

“可不是，我知道。”

“爹回来干什么？”

“回来打日本。”

孩子念叨起爹那枪来。爹叫她看过枪，爹对她说枪是打日本的。她想现在日本很多了，常到村里来，爹该回来打日本了！这里日本多，不到这里打，到哪去打哩！

娘儿俩说着，就到了娘家村里，本来只离着三四里地。

到家里，姥姥正坐在炕上。

“你看人家多么热闹，大家也都是养儿养女的。”姥姥说，嘴角却有些讥笑。

“谁家？”女儿问。

“你婶子家。”

“热闹什么？”

“你大姐来了，她女婿也来了。”

“她女婿不是在这里当伪军？”

“现在人家敢出来了，三天一来，两天一来，来了就嘻嘻哈哈。”

姑娘想起她是和这个大姐一年出嫁的。她两个同岁，她大姐嫁了一个独生子，她也嫁了一个独生子。她大姐的女婿在绸缎店里当学徒，她的女婿在保定府上中学。那年正月里，两个女婿来住丈人家，大姐的女婿好赌钱，整天在家里成局；自己的女婿好念书，整天在家里翻书本。她那时候还不高兴自己的女婿这么呆气，人家那么好玩，好说笑，街上的青年子弟都找人家去热闹，自己的女婿这么孤僻，整天没个人来，只有几个老头子称赞。她想，现在该是玩的，在学堂里有多少书念不了，倒跑到这里来用功？晚上，她悄悄地对他说：

“你也玩玩去，书里有什么好东西，你那么入迷？”

“你不知道。”

“不是我不知道，你看人家多快活。”

“你叫我和他们比呀？”

“和人家比比，你丢什么人，人家比你少什么？”

“你不懂事。”

丈夫睡了，她也不好意思再问，新婚的夫妻，她只有柔顺。

夜半醒来，她又说：

“我说错了话吗？”

“你知道的事很少。”

“我怎么就知道的多了？”

“你念念书，可是来不及了。”

“我不念那个，可是，我要说错了话，你可别记在心里呀！”她靠近靠近他。

后来丈夫走了，很少家来，不在北平，就在上海。大姐的女婿却常来，穿得好，一来就住下，嘻嘻哈哈。她很羡慕大姐幸福，自己倒霉，埋怨丈夫不家来，忘了她。可是丈夫并没有忘了她，有时家来，也很爱她，她生了一个小孩，丈夫也很喜欢，只是怨她不识字，知道的事少。她说：

“你不会待在家里？”

“我不能。”

“怎么人家能呢？”

“谁？”

“大姐的女婿。”

“咳，你又叫我和他比！”

女婿又生气了。她就害怕他生气，赶紧解释：

“家里又不缺吃不缺穿，你非出去干什么？”

“你不知道。”

“你出去又不挣个大钱。”

“非挣钱不能出去吗？”

“家里不舒服？”

“不舒服。”

这回是生气了。家里不舒服，外边有什么舒服的事情？她疑心了。可是看看丈夫还是整天看书，书一箱一箱的，翻翻这本，又翻翻那本，破的就包上个皮，不嫌个麻烦。她觉得丈夫喜欢书，就像她喜欢布似的，她喜欢各色样花布，丝的，麻的，她把它们包在一个一个小包裹里，没事就翻着玩，有时找出一块来给孩子做件小衫裤，心里很高兴。她想，丈夫写字，念书，就和她找布做衣服一样。

抗战了，丈夫立时参加了军队，把洋布衣服脱下来，换上粗布军装。两条瘦腿，每天跑百几十里路，也有了劲了。她大姐的丈夫店铺叫日本鬼子抢了，也回到家来，守着女人孩子过日子，看看地，买买菜，抱抱孩子，烧烧火，替大姐做很多事。她可不明白自己的丈夫的心思，有一天她问他：

“为什么你出去受罪？”

“抗日是受罪？你真糊涂透了。”

“可是为什么人家不出去？”

“谁？”

“大姐的女婿。”

“呸，呸，你又叫我和他比。”

渐渐，她也觉得丈夫不能和那个人比。村里人说自己的丈夫好，许多人找到家里来，问东问西。许多同志、朋友们来说说笑笑，她觉得很荣耀。日本鬼子烧杀，她觉得不打出去也没法子过。大姐的女婿在村里人缘很不好，一天夜里叫土匪绑了票，后来就不敢在家里待，跑到天津去了，大姐整天哭，没离开过丈夫，不知道怎么好。过了一年，那个人偷偷回来了，抽上了白面儿，还贩卖白面儿，叫八路军捉了，押了两个月，罚了一千块钱，他就跑到城里当了伪军。日本鬼子到他媳妇的娘家村里来抢东西，他也跟着来，戴着黑眼镜。后来，又反了正，坐在欢迎大会的戏台上看戏，戴着黑眼镜，喝着茶水，吃花生。

那天她也去看戏，有人指给她说：

“你看见那个人吗？”

“谁？”

“你大姐夫啊！你都不认识了？”

“呀，那是他？”

她脸上红红的了。

自己的丈夫越来越忙，脸孔虽然黑了，看来，倒壮实了些。仗打得越紧，她越恨日本鬼子了，他也轻易不家来了。她守着孩子过日子，侍候着公公。上冬学，知道了一些事，其中就有她以前不知道的丈夫的心里的事，现在才知道了些。

今年，日本鬼子占了县城附近的大村镇，听到她的大姐夫又当了伪军，从此，她就更瞧不起他，这是个什么人呀！今天，娘却提到了他。正提到了他，大姐就来了。大姐听说妹子来了，姐妹好几年不见面，来看望她，手里托着一包点心，身上穿着花丝葛，脸孔白又胖，挺着大肚子，乍一见面很亲热，大姐说：

“你家他爹可有信？”

“没有啊！”

“说起来，人家他有志气，抗日光荣，可是留下了这些孩子们。”大姐说着就拉过孩子，叫孩子吃点心，问孩子：

“你想爹吗？”

“想啊！”

“快叫娘把他叫回来。”

“叫回来，打日本吧！”孩子兴奋地说。

大姐立时没话说，脸也红红的，像块生猪肝。姥姥也笑了。

“听说你女婿又来了。”

“早走了。”

“怎么这么快就走了？”

“有事。”大姐坐不住，告辞了出去。走到屋门口又回来，小声说：“大妹子，你家他爹回来，你顺便和他学学，就说俺家他爹是不得已，还想出来的。”说过就慌慌地走了。

姥姥说：

“看起这个来可就不光荣，准是又有什么风声吓走了。”

天已经晚了，姑娘带着孩子回来，在路上，她看见一小队人背着枪过去了。她知道一到天晚，就是自己的人，也不害怕，带着孩子走过去。后来回头一看，那一小队人进了她娘家的村了。

到了村头，大孩子正在村边等，见了娘就跑上来小声说：

“大队长到咱家来了！”

“哪个大队长？”

“县游击大队长，黑脸大个子老李呀，娘忘了，去年和爹一块来拿过书，吃过羊肉饺子的。”

“说什么来？”

“有爹的信，爷正看哩。”

母子两个人赶紧到了家里，公公正坐在场里碌碡上，戴着花镜念信，儿媳妇回来，就说：

“信来得巧，今年的节我又过痛快了！”

媳妇当然更快活，快活了一晚上，竟连那圆圆的月亮也忘了看。

一九四二年中秋节夜记于阜平

她从天津来

旧历正月十五晚上，圆月皎秀。我们在家里举行一个团聚谈话会，庆祝苏联红军反攻大胜利，罗斯多夫、卡尔科夫、伏罗希洛夫斯克诸大城市的克复。这几个大城市，从德军兽性的蹂躏下面解放出来，《真理报》的社论标题《罗斯多夫是自由了！》是全世界渴望自由的人的同声欢呼。在炉边，我们怀念着那里的居民的欢乐，预望祖国的胜利。这时一个同志带进一个女客人，介绍给我们：

“×小姐，新从天津来，到边区还不过三天，愿意参加我们这个晚会。”

“欢迎，无限地欢迎。”主席代表大家说，“我们更愿意听听天津的情形。”

“虽然我从事变起就没离开那里，”×小姐说，“可是从哪里说起呢？”她想了一想，慢慢地，节奏清晰地说了，就像城市里，深夜来到的巡更的木梆声响……我们静听着。

从“五次治强运动”以来，居住在天津市区的人民，更痛恨敌人了，因为全体人民的生活，都陷于绝望的境地。青年学生们从学校里出来，想学习一些特殊的技能，可是哪里有？女人从家庭的幸福里跑出来到职业里去，即便是最下贱的职业，这样来帮助家庭的生计。饭馆里也没有白面和大米，卖的是棒子面饼和高粱米，敌人是给棒子面饼加封为“东亚糕”，给高粱米加封为“文化米”的。虽然他们又在报纸上宣传，在这两种食品里有多少“维他命”，在市民看来终归是个笑话。而市民是穷得连这些东西也买不起，说确切一点，是连这些东西也没地方出售。市区里的人们，已经吃糠皮和树叶了。洋车夫在拉了你一条街两条街以后，伸手向你要的不是钱，而是吃食。天津太缺吃的东西了，人们每天焦心下一顿的饭，排上队去粮店买“配给”，整夜整夜地等，带着铺盖去等。粮店老板在棒子面里掺上石头，加大它的重量，人们向警察局告了，结果只是老板认了罚款，面里的石块加多了。在这个时候，敌人正宣传“减低物价，安定民生”两个口号，在“三不管”地带有一个说相声的二蘑菇，他对这两个口号的体验是：减低“物”价，棒子面的价钱加大了；买不起棒子面，饿死了，民生就真正“安定”下来了。结果，二蘑菇被传到警察局里去了。说相声的，是专拿现实材料、人民心理为话题的。在配给制度下面，惨剧是非常多的。一个孩子连夜去候着买粮，身上的钱丢失了，哭了半天，各处寻找不见，回到了家里，饿候在炕上的母亲，一气就打死了她的儿子。邻居怕连累，去告诉了警察，传母亲到法院，大概以杀害亲属论罪了吧。配给，配给，配给！除夕的晚上，全市没有一点乐趣。有一个人家，在除夕晚上，才配给来了一些面，吃了一顿饺子，就男女老少一同归天了，他们用红矾做了馅子。在天津粮食虽然是配给的，红矾却不少，随便你用。市上有戒烟局，更多的是一家连一家的土膏店，青年人有许多慢慢堕落下去，女学生们则以捧戏子为乐。青年，从高小学生到大学生，谁也不愿意到学校去，长期请假，特别是遇到什么“节日”要参加游行的时候，事先几天就请病假了。市教育当局无计可施，来了一个“勤劳奉公日”，叫全体学生站在自己家门口上，拿一把笤帚转了半天，弄得全市尘土飞扬，迷人耳目。为什么学生不愿到学校里去？一些流氓充当了教员，在一个医科学校里，因为翻译官是回民，全体学生就得禁食猪肉；日本教授吃饭，叫女学生轮流“料理”，切好面包抹好黄油送过去……可是杂志的编辑在向学生们悬赏征文：《五次治强的意义》，登录的是那些编辑的手笔，把悬赏打了埋伏。提起“五次治强”，它有四大目标，每个市民花了一毛钱，买来一个像招待员的襟条号码一样的东西，上面写着那四个“目标”，挂在胸前。走在街上，还要随时答复警察的问题。

“什么时候，现在是？”警察问。

路人看了看表说：“十二点半了。”

警察过去打了路人两个耳光，他是要路人背诵那四个目标的。在那里，我们是深居简出的，所以知道的事情很少。日本兵在街上追女人，是每时都会发生的，所以连花园也不敢逛去。总之，在那里，像我们青年人就过着两种生活：一种是自己的良心生活；一种是做戏的生活，到处装傻！

听众留恋今夜的欢乐，皎洁的月，和×小姐的叙述。但是夜深了。×小姐最后说，在这里生活得自由舒服，我是早就想到了，可是没想到这里这样从容，还有电话、自行车等东西。我们说，岂止这些，我们什么都有，不然，开个留声机给你听。一个强烈的进行曲演奏起来。

一九四三年元宵节

游击区生活一星期

平原景色

一九四四年三月里，我有机会到曲阳游击区走了一趟。在这以前，我对游击区的生活，虽然离得那么近，听见的也不少，但是许多想法还是主观的。例如对于“洞”，我的家乡冀中区是洞的发源地，我也写过关于洞的报告，但是到了曲阳，在入洞之前，我还打算把从繁峙带回来的六道木棍子也带进去，就是一个大笑话。经一事，长一智，这真是不会错的。

县委同志先给我大概介绍了一下游击区的情形，我觉得重要的是一些风俗人情方面的事，例如那时地里麦子很高了，他告诉我到那里去，不要这样说：“啊，老乡，你的麦子长得很好啊！”因为“麦子”在那里是骂人的话。

他介绍给我六区农会的老李，这人有三十五岁以上，白净脸皮，像一个稳重的店铺掌柜，很热情，思想很周密，他把敞开的黑粗布破长袍揽在后面，和我谈话。我渐渐觉得他是一个区委负责同志，我们这几年是培养出许多这样优秀的人物来了。

我们走了一天一夜，第二天清晨到了六区边境，老李就说：“你看看平原游击根据地的风景吧。”

好风景。

太阳照着前面一片盛开的鲜红的桃树林，四周围是没有边际的轻轻波动着就要挺出穗头的麦苗地。

从小麦的波浪上飘过桃花的香气，每个街口走出牛拖着的犁车，四处是鞭哨。

这是几年不见的风光，它能够引起年幼时候强烈的感觉。爬上一个低低的土坡，老李说："看看炮楼吧！"

我心里一跳。对面有一个像火车站上的水塔，土黄色，圆圆的，上面有一个伞顶的东西。它建筑在一个大的树木阴森的村庄边沿，在它下面就是出入村庄的大道。

老李又随手指给我，村庄的南面和东面不到二里地的地方，各有一个小一些的炮楼。老李笑着说：

"对面这一个在咱们六区是顶漂亮的炮楼，你仔细看看吧。这是敌人最早修的一个，那时咱们的工作还没搞好，叫他捞到一些砖瓦。假如是现在，他只能自己打坯来盖。"

面前这一个炮楼，确是比远处那两个高大些，但那个怪样子，就像一个阔气的和尚坟，再看看周围的景色，心里想这算是个什么点缀哩！这是和自己心爱的美丽的孩子，突然在三岁的时候生了一次天花一样，叫人一看见就难过的事。

但老李慢慢和我讲起炮楼里伪军和鬼子们的生活的事，我也就想到，虽然有这一块疮疤，人们抗毒的血液却是加多了。

我们从一条绕村的堤埝上走过，离那炮楼越来越近，渐渐看得见在那伞顶下面有一个荷枪的穿黑衣服的伪军，望着我们。老李还是在前面扬长地走着，当离开远了的时候，他慢慢走，等我跟上说：

"他不敢打我们，他也不敢下来，咱们不准许他下来走动。"

接着他给我讲了一个笑话。

他说："住在这个炮楼上的伪军，一天喝醉了酒，大家打赌，谁敢下去到村里走一趟。一个司务长就说：他敢去，并且约下，要到'维持会'拿一件东西回来作证明。这个司务长就下来了，别的伪军在炮楼上望着他。司务长仗着酒胆，走到村边。这村的维持会以前为了怕他们下来捣乱，还是迁就了他们一下，设在这个街头的。他进了维持会，办公的人们看见他就说：'司务长，少见，少见，里面坐吧。'司务长一句话也不说，迈步走到屋里，在桌子上拿起一支毛笔就往外走。办公的人们在后面说：'坐一坐吧，忙什么哩？'司务长加快脚步就来到街上，办公的人们嬉笑着嚷道：'哪里跑！哪里跑！'

"这时从一个门洞里跳出一个游击组员，把手枪一扬，大喝一声：'站住！'照着他虚瞄一枪，砰的一声。

"可怜这位司务长没命地往回跑，把裤子也掉下来了，回到炮楼上就得了一场大病，现在还没起床。"

我们又走了一段路，在村庄南面那个炮楼下面走过，那里面已经没有敌人，老李说，这是叫我们打走了的。在这个炮楼里面，去年还出过闹鬼的事。

老李说：

"你看前面，那里原来是一条沟，到底叫我们给它平了。那时候敌人要掘围村沟，气焰可凶哩！全村的男女老少都抓去，昼夜不停地掘。有一天黄昏的时候，一个鬼子在沟里拉着一个年轻媳妇要强奸，把衣服全扯烂了。那年轻女人劈了那个鬼子一铁铲就往野地里跑，别的鬼子追她，把她逼得跳下一个大水车井。

"就在那天夜里，敌人上了炮楼，半夜，听见一种嗷嗷的声音，先是在炮楼下面叫，后来绕着炮楼叫，鬼子们看见在炮楼下面，有一个白色帐篷的东西，越长越高，眼看就长到炮楼顶一般高了。鬼子是非常迷信的，也是做贼心虚，以为鬼来索命了。

“不久，那个逼着人强奸的鬼子就疯了，他哭着叫着，不敢在炮楼上住。他们的小队长在附近村庄请来一个捉妖的，在炮楼上摆香坛行法事，念咒捉妖。法师说：‘你们造孽太大，受冤的人气焰太高，我也没办法。’再加上游击组每天夜里去袭击，他们就全搬到村头上的大炮楼上去住了。”

抗日村长

在路上有些耽误，那天深夜我们才到了目的地。

进了村子，到一个深胡同底叫开一家大门，开门的人说：

“啊！老李来了。今天消息不好，燕赵增加了三百个治安军。”

老李带我进了正房，屋里有很多人。老李就问情况。

情况是真的，还有清剿这个村子的风声，老李就叫人把我送到别的一个村子去，写了一封信给那村的村长。

深夜，我到了那个村子，在公事台（村里支应敌人的地方，人们不愿叫“维持会”，现在流行叫公事台）的灯光下，见到了那个抗日村长，他正在同一些干部商量事情，见我到了，几个没关系的人就走了。村长看过了我的介绍信，打发送我的人回去说：

“告诉老李，我负一切责任，让他放心好了。”

村长是三十多岁的人，脸尖瘦，眼皮有些肿，穿着一件白洋布大衫，白鞋白腿带。那天夜里，我们谈了一些村里的事，我问他为什么叫抗日村长，是不是还有一个伪村长。他说没有了。关于村长这个工作，抗战以后，是我们新翻身上来的农民干部做的，可是当环境一变，敌伪成天来来往往，一些老实的农民就应付不了这局面。所以有一个时期，就由一些在外面跑过的或是年老的办公的旧人来担任，那一个时期，有时是出过一些毛病的。渐渐地，才培养出这样的既能站稳立场，也能支应敌伪的新干部。但大家为了热诚的表示，虽然和敌人周旋，也是为抗日，习惯地就叫他们“抗日村长”。

抗日村长说，因为有这两个字加在头上，自己也就时时刻刻提醒自己的责任了。

不久我就从他的言谈上、表情上看出他的任务的繁重和复杂。他告诉我他穿孝的原因是半月前敌人在这里驻剿，杀死了他年老的父亲，他要把孝穿到抗日胜利。

从口袋里他掏出香烟叫我吸，说这是随时支应敌人的。在游击区，敌人勒索破坏，人们的负担已经很重，我们不忍再吃他们的喝他们的，但他们总是这样说：

“吃吧，同志，有他们吃的，还没有我们吃的！你们可吃了多少，给人家一口猪，你们连一个肘子也吃不了。”

我和抗日村长谈这种心理，他说这里面没有一丝虚伪，却有无限苦痛。他说，你见到过因为遭横祸而倾家败产的人家吗？对他的亲爱的孩子的吃穿，就是这样的，就是这个心理。敌占区人民对敌伪的负担，想象不到的大，敌伪吃的、穿的、花的都是村里供给；并且伪军还有家眷，就住在炮楼下，这些女人孩子的花费，也是村里供给，连孩子们的尿布、女人的粉油都在内，我们就是他们的供给部。

抗日村长苦笑了，他说：“前天敌人叫报告员来要猪肉、白菜、萝卜，我们给他们准备了，可是一到炮楼下面，游击小组就打了伏击，报告员只好倒提着空口袋到炮楼上去报告，他们又不敢下来，我们送不到有什么办法？”

抗日村长高声地笑了起来，他说：“回去叫咱们的队伍来活动活动吧，那时候就够他们兔崽子们受，我们是连水也不给他们担了。有一回他们连炮楼上的泔水（洗锅水）都喝干了的。”

这时已快半夜，他说："你去睡觉吧，老李有话，今天你得钻洞。"

洞

可以明明告诉敌人，我们是有洞的。从一九四二年五月一日冀中大"扫荡"以后，冀中区的人们常常在洞里生活。在起初，敌人嘲笑我们说，冀中人也钻洞了，认为是他们的战绩。但不久他们就收起笑容，因为冀中平原的人民并没有把钻洞当成退却，却是当作新的壕堑战斗起来，而且不到一年又从洞里战斗出来了。

平原上有过三次惊天动地的工程，一次是拆城，二次是破路，三次是地道。局外人以为这只是本能的求生存的活动，是错误的。这里面有政治的精心积虑的设计、动员和创造。这创造由共产党的号召发动，由人民完成。人民兴奋地从事这样巨大精细的工程，日新月异，使工程能充分发挥作战的效能。

这工程是八路军领导人民共同来制造，因为八路军是以这地方为战争的基地，以人民为战争的助手，生活和愿望是结为一体的，八路军不离开人民。

回忆在抗战开始，国民党军队也叫人民在大雨滂沱的夏天，掘过蜿蜒几百里的防御工事，人民不惜斩削已经发红的高粱来构筑作战的堡垒；但他们在打骂奴役人民之后，不放一枪退过黄河去了。气得人们只好在新的壕沟两旁撒撒晚熟的秋菜种子。

一经比较，人民的觉悟是深刻明亮的。因此在拆毁的城边，纵横的道沟里，地道的进口，就流了敌人的血，使它污秽的肝脑涂在为复仇的努力创造的土地上。

言归正传吧，村长叫中队长派三个游击组员送我去睡觉，村长和中队长的联合命令是一个站高哨，一个守洞口，一个陪我下洞。

于是我就携带自己的一切行囊到洞口去了。

这一次体验，才使我知道“地下工作的具体情形”，这是当我问到一个从家乡来的干部，他告诉我的话，我以前是把地下工作浪漫化了的。

他们叫我把棍子留在外间，在灯影里立刻有一个小方井的洞口出现在我的眼前。陪我下洞的同志手里端着一个大灯碗跳进去不见了。我也跟着跳进去，他在前面招呼我。但是满眼漆黑，什么也看不见，也迷失了方向。我再也找不到往里面去的路，洞上面的人告诉我蹲下向北进横洞。我用脚探着了那横洞口，我蹲下去，我吃亏个子大，用死力也折不到洞里去，急得浑身大汗，里面引路的人又不断催我，他说：“同志，快点吧，这要有情况还了得？”我像一个病猪一样“吭吭”地想把头塞进洞口，也是枉然。最后才自己创造了一下，重新翻上洞口来，先使头着地，栽进去，用蛇行的姿势入了横洞。

这时洞上面的人全笑起来，但他们安慰我说，这是不熟练，没练习的缘故，钻十几次身子软活了就好了。

钻进了横洞，就看见带路人托引着灯，焦急地等我，我向他抱歉，他说这样一个横洞你就进不来，里面的几个翻口你更没希望了，就在这里打铺睡吧！

这时我才想起我的被物，全留在立洞的底上横洞的口上，他叫我照原姿势退回去，用脚尖把被子和包袱钩进来。

当我试探了半天，才完成了任务的时候，他笑了，说：“同志，你看敌人要下来，我拿一支短枪在这里等他（他说着从腰里掏出手枪顶着我的头），有跑吗？”

我也滑稽地说：“那就像胖老鼠进了细腰蛇的洞一样，只有跑到蛇肚子里。”

这一夜，我就是这样过去了。第二天上面叫我们吃饭，出来一看，已经红日三竿了。

村　外

过了几天，因为每天钻，有时钻三次四次，我也到底能够进到洞的腹地；虽然还是那样潮湿气闷，比较起在横洞过夜的情境来，真可以说是别有洞天了。

和那个陪我下洞的游击组员也熟识了，那才是一个可亲爱的好青年，好农民，好同志。他叫三槐，才十九岁。

我就长期住在他家里，他有一个寡母，父亲也是敌人前年“扫荡”时被杀了的，游击区的人们，不知道有多少人负担着这种仇恨生活度日。他弟兄三个。大哥种地，有一个老婆；二哥干合作社，跑敌区做买卖，也有一个老婆；他看来已经是一个职业的游击组员，别的事干不了多少了，正在年轻，战争的事占了他全部的心思，也不想成亲。

我们俩就住在一条炕上，炕上一半地方堆着大的肥美的白菜。情况紧了，我们俩就入洞睡，甚至白天也不出来，情况缓和，就“守着洞口睡”。他不叫我出门，吃饭他端进来一同吃，他总是选择最甜的有锅疤的红山药叫我吃，他说：“别出门，也别叫生人和小孩子们进来。实在闷的时候我带你出去遛遛去。”

有一天，我实在闷了，他说等天黑吧，天黑咱们玩去。等到天黑了，他叫我穿上他大哥的一件破棉袍，带我到村外去，那是大平原的村外，我们走在到菜园去的小道上，在水车旁边谈笑，他割了些韭菜，说带回去吃饺子。

在洞里闷了几天，我看见旷野像看见了亲人似的，我愿意在松软的土地上多来回跑几趟，我愿意对着油绿的禾苗多呼吸几下，我愿意多看几眼正在飘飘飞落的雪白的李花。

他看见我这样，就说：“我们唱个歌吧，不怕。冲着燕赵的炮楼唱，不怕。”

但我望着那不到三里远的燕赵的炮楼在烟雾里的影子，我没有唱。

守翻口

那天我们正吃早饭，听见外面一声乱，中队长就跑进来说，敌人到了村外。三槐把饭碗一抛，就抓起我的小包裹，他说：“还能跑出去吗？”这时村长跑进来说：“来不及了，快下洞！”

我先下，三槐殿后，当我爬进横洞，已经听见抛土填洞的声音，知道情形是很紧的了。

爬到洞的腹地的时候，已经有三个妇女和两个孩子坐在那里，她们是从别的路来的。过了一会，三槐进来了，三个妇女同时欢喜地说：

“可好了，三槐来了。”

从这时，我才知道三槐是个守洞作战的英雄。三槐告诉女人们不要怕，不要叫孩子们哭，叫我和他把枪和手榴弹带到第一个翻口去把守。

爬到那里，三槐叫我闪进一个偏洞，把手榴弹和子弹放在手边，他就按着一把雪亮的板斧和手枪伏在地上，他说：

“这时候，短枪和斧子最顶事。”

不久，不知道从什么方向传过来一种细细的嘤嘤的声音，说道：

“敌人已经过村东去了，游击组在后面开了枪，看样子不来了，可是你们不要出来。”

这声音不知道是从地下发出来，还是从地上面发出来，像小说里描写的神仙的指引一样，好像是从云端上来的，又像是一种无线电广播，但我又看不见收音机。

三槐告诉我："抽支烟吧，不要紧了，上回你没来，那可危险哩。

"那是半月前，敌人来'清剿'，这村住了一个营的治安军，这些家伙，成分很坏，全是汉奸汪精卫的人，和我们有仇，可凶狠哩。一清早就来了，里面还有内线哩，是我们村的一个坏家伙，敌人来了，人们正钻洞，他装着叫敌人追赶的样子，在这个洞口去钻钻，在那个洞口去钻钻，结果叫敌人发现了三个洞口。

"最后也发现了我们这个洞口，还是那个家伙带路，他又装着蒜，一边嚷道：'咳呀，敌人追我！'就往里面钻，我一枪就把他打回去了。他妈的，这是什么时候，就是我亲爹亲娘来破坏，我也得把他打回去。

"他跑出去，就报告敌人说，里面有八路军，开枪了。不久，院子里就开来很多治安军，一个自称是连长的在洞口大声叫八路军同志答话。

"我就答话了：'有话你说吧，听着哩。'

"治安军连长说：'同志，请你们出来吧。'

"我说：'你进来吧，炮楼是你们的，洞是我们的。'

"治安军连长说：'我们已经发现洞口，等到像倒老鼠一样，把你们掘出来，那可不好看。'

"我说：'谁要不怕死，谁就掘吧。我们的手榴弹全拉出弦来等着哩。'

"治安军连长说：'喂，同志，你们是哪部分？'

"我说：'十七团。'"

这时候三槐就要和我说关于十七团的威望的事，我说我全知道，那是我们冀中的子弟兵，使敌人闻名丧胆的好兵团，是我们家乡的光荣子弟。三槐就又接着说：

"当时治安军连长说：'同志，我们是奉命令来的，没有结果也不好回

去交代，这样好不好，你们交出几支枪来吧。’

“我说：‘八路军不交枪，你们交给我们几支吧，回去就说叫我们打回去了，你们的长官就不怪罪你们。’

“治安军连长说：‘交几支破枪也行，两个手榴弹也行。’

“我说：‘你胡说八道，死也不交枪，这是八路军的传统，我们不能破坏传统。’

“治安军连长说：‘你不要出口伤人，你是什么干部？’

“我说：‘我是指导员。’

“治安军连长说：‘看你的政治，不信。’

“我说：‘你爱他妈的信不信。’

“这一骂，那小子恼了，他命令人掘洞口，有十几把铁铲掘起来，我退了一个翻口，在第一个翻口上留了一个小西瓜大小的地雷，炸了兔崽子们一下，他们才不敢往里掘了。那个连长又回来说：‘我看你们能跑到哪里去？我们不走。’

“我说：‘咱们往南在行唐境里见，往北在定县境里见吧。’

“大概他们听了没有希望，天也黑了，就撤走了。

“那天，就像今天一样，有我一个堂哥给我帮手，整整支持了一天工夫哩。敌人还这样引诱我，你们八路军是爱护老百姓的，你们不出来，我们就要杀老百姓烧老百姓的房子，你们忍心吗？

“我能上这一个洋当？我说：‘你们不是治安军吗，治安军就这样对待老百姓吗？你们忍心吗？’”

最后三槐说：“我们什么当也不能上，一上当就不知道要死多少人。那天钻在洞里的女人孩子有一百多个，听见敌人掘洞口，就全聚到这个地方来了，里面有我的母亲，婶子大娘们，有嫂子侄儿们，她们抖颤着对我讲：三槐，好好把着洞口，不要叫鬼子进来，你嫂子大娘和你的小侄儿们的命全交给你了。

“我听到这话，眼里出了汗，我说：‘你们回去坐着吧，他们进不来。’那时候在我心里，只要有我在，他狗日的们就进不来，就是我死了，他狗日的们还是进不来。我一点也不害怕。我说话的声音一点也不抖，那天嘴也灵活好使了。”

人民的生活情绪

有一天早晨，我醒来，天已不早了，对间三槐的母亲已经嗡嗡地纺起线来。这时进来一个少妇在洞口喊：“彩绫，彩绫，出来吧，要去推碾子哩。”

她叫了半天，里面才答应了一声，通过那弯弯长长的洞，还是那样娇嫩的声音：“来了。”接着从洞口露出一顶白毡帽，但下面是一张俊秀的少女的脸，花格条布的上衣，跳出来时，脚下却是一双男人的破棉鞋。她坐下，把破棉鞋拉下来，扔在一边，就露出浅蓝色的时样的鞋来，随手又把破毡帽也摘下来，抖一抖墨黑柔软的长头发，站起来，和她嫂子争辩着出去了。

她嫂子说：“人家喊了这么半天，你聋了吗？”

她说：“人家睡着了么。”

嫂子说：“天早亮了，你在里面没听见晨鸡叫吗？”

她说：“你叫还听不见，晨鸡叫就听见了？”姑嫂两个说笑着走远了。

我想，这就是游击区人民生活的情绪，这个少女是在生死交关的时候也还顾到在头上罩上一个男人的毡帽，在脚上套上一双男人的棉鞋，来保持身体服装的整洁。

我见过当敌人来了，女人们惊惶的样子，她们像受惊的鸟儿一样向天空突飞。一天，三槐的二嫂子说：“敌人来了能下洞就下洞，来不及就得飞跑出去，把吃奶的力量拿出来跑到地里去。”

我见过女人这样奔跑，那和任何的赛跑不同，在她们的心里可以叫前面的，后面的，四面八方的敌人的枪弹射死，但她一定要一直跑出去，在敌人的包围以外，去找生存的天地。

当她们逃到远远的一个沙滩后面，或小丛林里，看着敌人过去了，于是倚在树上，用衣襟擦去脸上的汗，头发上的尘土，定定心，整理整理衣服，就又成群结队欢天喜地地说笑着回来了。

一到家里，大家像没有刚才那一场出生入死的奔跑一样，大家又生活得那样活泼愉快，充满希望，该拿针线的拿起针线来，织布的重新踏上机板，纺线的摇动起纺车。

而跑到地里去的男人们就顺便耕作，到中午才回家吃饭。

在他们，没有人谈论今天生活的得失，或是庆幸没死，他们是：死就是死了，没死就是活着，活着就是要欢乐的。

假如要研究这种心理，就是他们看得很单纯，而且胜利的信心最坚定。因为接近敌人，他们更把胜利想得最近，知道我们不久就要反攻了，而反攻就是胜利，最好是在今天，在这一个月里，或者就在今年，扫除地面上的一切悲惨痛苦的痕迹，立刻就改变成一个欢乐的新天地。所以胜利在他们眼里距离最近，而那果实也最鲜明最大。也因为离敌人最近，眼看到有些地方被敌人剥夺埋葬了，但六七年来共产党和人民又从敌人手中夺回来，努力创造了新的生活，因而就更珍爱这个新的生活，对它的长成也就寄托更大的希望。对于共产党的每个号召，领导者的每张文告，也就坚信不移，兴奋地去工作着。

由胜利心理所鼓舞，他们的生活情绪，就是这样。每个人都是这样。村里有一个老泥水匠，每天研究掘洞的办法，他用罗盘、水平仪，和他的技术、天才和热情来帮助各村改造洞。一个盲目的从前是算卦的老人，编了许多“劝人方”，劝告大家坚持抗战，他有一首四字歌叫《十大件》，是说在游击区的做人道德的。有一首《地道歌》却像一篇“住洞须知”，真是家喻户晓。

最后那一天，我要告别走了，村长和中队长领了全村的男女干部到三槐家里给我送行。游击区老百姓对于抗日干部的热情是无法描写的，他们希望最好和你交成朋友，结为兄弟才满意。

仅仅一个星期，而我坦白地说，并没有能接触广大的实际，我有好几天住在洞里，很少出大门，谈话的也大半是干部。

但是我感触了上面记的那些，虽然很少，很简单，想来，仅仅是平原游击区人民生活的一次脉搏的跳动而已。

我感觉到了这脉搏，因此，当我钻在洞里的时间也好，坐在破炕上的时间也好，在菜园里夜晚散步的时间也好，我觉到在洞口外面，院外的街上，平铺的翠绿的田野里，有着伟大、尖锐、光耀、战事的震动和声音，昼夜不息。生活在这里是这样充实和有意义，生活的经线和纬线，是那样复杂坚韧。生活由战争和大生产运动结合，生活由民主建设和战斗热情结合，生活像一匹由坚强意志和明朗的智慧织造着的布，光彩照人，而且已有七个整年的历史了。

并且在前进的时候，周围有不少内奸特务，受敌人、汉奸、独裁者的指挥，破坏人民创造出来的事业，乱放冷箭，使像给我们带路的村长感到所负责任的沉重和艰难了，这些事情更促进了人民的智慧和胆量。有人愿意充实生活，到他们那里去吧。

回来的路上

回来的路上我们人多了，男男女女有十几个人，老李派大车送我们，女同志坐在车上，我们跟在后面。我们没有从原路回去，路过九区。

夜里我们到了一个村庄，这个村庄今天早晨被五个据点的敌人包围，还抓走了两个干部，村里是非常惊慌不定的。

带路的人领我们到一所空敞的宅院去，他说这是村长的家，打门叫村长，要换一个带路的。

他低声柔和地叫唤着。原来里面有些动静，现在却变得鸦雀无声了，原来有灯光现在也熄灭了，我们叫女同志去叫：

“村长，开门来吧！我们是八路军，是自己的人，不要害怕。”过了很久才有一个女人开门出来，她望了望我们说：“我们不是村长，我们去年是村长，我家里的男人也逃在外面去了，不信你们进去看看。”

我猜想看也是白看，男的一定躲藏了，而且在这样深更半夜也没法对这些惊弓之鸟解释，但是我们的女同志还是向她说。她也很能说，那些话叫人听来是：这些人是八路军就能谅解她，是敌人伪装也无懈可击。

结果还是我们女同志拿出各种证明给她看，讲给她听，她才相信，而且热情地将我们的女同志拉到她家里去了。

不久她的丈夫陪着我们的女同志出来，亲自给我们带路。在路上他给我说，这两天村里出了这样一件事：

连着两天夜里，都有穿着八路军绿色新军装的人到年轻女人家去乱摸，他们脸上包着布，闹得全村不安，女人看见一个黑影也怪叫起来，大家都惊疑不定，说着对八路军不满的话。但是附近村庄又没有驻着八路军，也没有过路军队住在村里，这些不规矩的“八路军”是哪儿来的呢？

前天晚上就闹出这样的事来了。村妇救会缝洗组长的丈夫半夜回到家里，看见一个男人正压在他的女人身上，他呐喊一声，那个男人赤身逃走，他下死手打他的女人，女人也哭叫起来：

“你个贼啊！你杀人的贼啊，你行的好事，你穿着那绿皮出去了，这村里就你一个人有这样装裹啊，我睡得迷迷糊糊，我认定是你回来了，这你能怨我呀，你能怨我呀！我可是站得正走得稳的好人呀，天哪，这是你行的好事啊！……”

带路的人接着说：“这样四邻八家全听得清清楚楚，人们才明白了。前几天区里交来的几套军装，说是上级等着用，叫缝一下扣子，我就交给缝洗组长了。她的丈夫是个坏家伙，不知道和什么人勾结，尽想法破坏我们的工作，这次想出这样的办法来破坏我们的名誉，谁知道竟学了三国孙权，赔了夫人又折兵，他自己也不敢声张了。

“他不声张我可不放松。我照实报告了区里，我说他每天夜里穿着八路军的军服去摸女人，破坏我们子弟兵的威信，区里把他传去了。至于另外那一个，是他的同伙，倒了戈回来搞了朋友的女人，不过我不管他们的臭事，也把他送到区里了。

“同志你看村里的事多么复杂，多么难办？坏人心术多么毒？

“他们和敌人也有勾结，我们头一天把他们送到区里，第二天五个据点的敌人就包围了我们的村庄，还捉去了两个干部。

“同志，要不是你们到了，连门也不敢开啊，这要请你们原谅，好在大家都了解我的困难……”

送过了封锁沟墙，这路我们已经熟悉，就请他回去了。第二天我们到了县里，屈指一算，这次去游击区连来带去，整整一个星期。

一九四四年于延安

山里的春天

这天，从家乡来了一个人，谈了半天家里的事，我很快乐。我很惦记家里的生活问题，他说一切很好。我高兴地要请他吃饭，跑着各家去买鸡蛋，走到一个人家，一个年轻的女人正坐在炕沿上，哭丧着脸，在她怀里靠着一个五六岁的女孩子。我说：

“老乡，有鸡蛋啊，卖给咱几个？”

她立时很生气地喊叫起来：

“没有！还有什么鸡蛋？”

我说：

“我是问一问你，没有就算了么！”

她还是哭丧着脸不搭理。我走出来，心里想这才没的事哩！忽然她把我叫回去说：

“桌子上那小罐里有两个鸡蛋，是留来给小妮煮着吃的，你拿去吧。”

我一看她忽然又变得这样，莫名其妙，又一想，我说：

“给孩子吃的，放着吧，我到别人家去买吧。”

我走了出来，吃过午饭，送走客人，村长来找我，说是叫我去给一家抗属翻沙，家具他也拿来了，就带我走。我两个走到村东，过了河滩，到了一块方方的堆着石沙的地里，村长说：

“就是这块地，男人到咱们队伍上去了，这块地去年叫水冲了，你给她把这沙子挑到四边去，好种玉茭子。辛苦你了，回头我叫她给你送水来。”

说完，村长笑一笑走了。我把军装上衣脱下，同皮带手枪挂在地边的一棵小枣树上。这时已是暮春三月，枣树快要长叶儿，河滩上的一排大杨树，叶子已经有铜钱大了，绿油油的。

我开始把沙子翻起来，然后铲到筐里，挑到地边，堆成土埝，叫夏天的水冲不到地里来。

今天工作很高兴，一大担沙土挑起来，也觉得轻松。我想山里的土质坏，还费这么大劲；我家里那三亩菜园，出产多么大啊，够他娘儿两个吃的了。

起晌的时候，我看见远远地走来一个妇女，左手拉着一个小孩，右手提着一把水壶，我想是主人家给我送水来了，走近一看，原来就是上午为买鸡蛋和我吵嘴的那女人。她一见是我，脸上有点下不来，后来才说：

“原来求的是你啊！”

我说：

“原来是你的地啊！”

她把水壶放下，对我说：

“同志，休息一下吧。我和你谈谈。”

我说：

“谈什么呀？”

她说：

“上午，你赶得不巧，我正生气。你看人家有人的，有的种地了，咱这地还没起沙子。前半天，我拉着孩子来一看这个地这样费劲，一个女人和一个孩子怎么会种上，就生起气来，正在心里骂我们当家的，撇下大人孩子不管，你就来了，我那时一看见你们这当兵的就火了。”

我说：

“我们当兵的可没得罪你呀。”

她说：

“你没得罪我，我是恨我们那个当兵的。”

我问：

“他走的时候没告诉你？”

她狠狠地说：

“人家会告诉咱，头一天晚上，人家说去报个名，一去就没回家。第二天，我到区里去给人家送衣服鞋袜，人家还躲着不见哩。”

我一听她这样说，想起自己从军的事，笑了。那一年，我们全村的青年抗日先锋队说到村外开会，排上队就去参加了学兵营。家里人听见，急了，母亲们说：“你们再到家里睡一夜再走，没人拉你们啊！”可是我们谁也不听，头也不回跑了。第二天，媳妇们也凑了一队，仗着胆子，给我们送衣服，我们藏起来，叫她们放下回去。她们说：“只是见一下，谁拖你们的尾巴哩。”可是我们死也不见。

我喝了几口水，就又开始翻沙。在挑的时候，女人已经拿起铁铲，替我装筐。她看我能挑那么重的东西，就问：

“你在家里也种地？”

我说：

“种地，我有三亩菜园子。”

她又问：

“家里有大人孩子吗？”

我说：

“有，一个老婆，一个女孩子，今年六岁了。”

她惊异地看了看我，又叹了一口气说：

“都是这样的吗？你就不惦记你的大人孩子，她们在家里不骂你呀？”

我说：

“她不骂我，今天才从我们家乡来了个人，她还捎口信给我，说好好抗日，不要想家，你抗日有了成绩，我和孩子在家里也光荣，出门进门，人家都尊敬。”

我说到这里，那女人脸红了一下，她说：

“呀，你家里的进步！”

我说：

“我们那里有敌人，村边就是炮楼，她们痛苦极了，她恨敌人，就愿意我在外面好好抗日。”

女人说：

“有人给她种地吗？”

我说：

“家乡来的人说，一到春天，不用她说话，就有人给她种上了，一到该锄苗的时候，不用她说话，就有人给她锄去了；秋天，她的粮食比起别人，早打到囤里。我在家的时候，是我一个人种地，忙得不行，现在是有好多人给她耕种。我们八路军的弟兄，比亲弟兄还亲，他们在那里驻防，打敌人，知道我不在家，就会替我去种上地，照顾我的大人孩子，和我在家一样。”

这时候，这女人才真正眉开眼笑了，她说：

“刚才我还觉得辛苦你，自己不落意，这样一说，你和我们当家的是一家人，他要住在你们村里，也准得给你家里去帮忙吧？”

我说：

“一定，我们八路军就是这样一个天南海北的大家庭。你明白这个道理，你就不用惦记他，他也就不再惦记你们了。”

这时候，女孩子跑到那小枣树下面，伸手去够那枪，又回过头来望望我，望望她母亲。我放下担子过去，哄着她穿上我那军装上衣，系上皮带，把枪放在她那小手里，那孩子就像一个小战士一样，紧紧地闭着小嘴。对面的母亲，响亮地笑了。

一九四四年

白洋淀边一次小斗争

有一天，我送一封信到同口镇去。把信揣在怀里，脱了鞋，卷起裤腿，在那漫天漫地的芦苇里穿过。芦苇正好一人多高，还没有秀穗，我用两手拨开一条小道，脚下的水也有半尺深。

走了半天，才到了淀边，拨开芦苇向水淀里一望，太阳照在水面上，白茫茫一片，一个船影儿也没有。我吹起暗号，吹过之后，两边芦苇里就哗啦啦响着，钻出一只游击小艇来，撑船的还是那个爱说爱笑的老头儿。他一见是我，忙把船靠拢了岸。我跳上去，他说：

"今天早啊。"

我说："道远。"

他使竹篙用力一顶，小艇箭出弦一般，蹿到淀里。四外没有一只船，只有我们这只小艇，像大海上漂着一片竹叶，目标很小。就又拉起闲话来。

老头儿爱交朋友，干抗日的活儿很有瘾，充满胜利情绪，他好打比方，证明我们一定胜利，他常说：

"别看那些大事，就只是看这些小事，前几年是怎样，这二年又是怎么样啊！"

过去，他是放鱼鹰捉鱼的，他只养了两只鹰，和他那个干瘦得像柴火棍一样的儿子，每天从早到晚在淀里捉鱼。刚一听这个职业，好像很有趣味，叫他一说却是很苦的事。那风吹日晒不用说了，每天从早到晚在那船上号叫，敲打鱼鹰下船就是一种苦事。而且父子两个是全凭那两只鹰来养活的，那是心爱的东西，可是为了多打鱼多卖钱，就得用一片尖利的竹片卡在鱼鹰的嗓子里，使它吞不下四两以上的大鱼去，这更是使人心酸可又没有办法的事。老头儿是最心疼那两只鹰的，他说，别人就是拿二十只也换不了去。他又说：

“那一对鹰才合作哩，只要一个在水里一露头，叫一声，在船上的一个，立刻就跳进水里，帮它一手，两个抬出一条大鱼来。”

老头儿说，这两只鹰，每年要给他抬上一千斤。鬼子第一次进攻水淀，在淀里抢走了他那两只鱼鹰，带到端村，放在火堆上烧吃了。于是，儿子去参加了水上游击队，老头儿把小艇修理好，做交通员。

老头儿乐观，好说话，可是总好扯到他那两只鹰上，这在老年人，也难怪他。这一天，又扯到这上面，他说：

“要是这二年就好了，要在这个时候，我那两只水鹰一定钻到水里逃走了，不会叫他们捉活的去。”

可是这一回他一扯就扯到鸡上去，他说：

“你知道前几年，鬼子进村，常常在半夜里，人也不知道起床，鸡也不知道撒窝，叫鬼子捉了去杀了吃了。这二年就不同了，人不在家里睡觉，鸡也不在窝里宿。有一天，在我们镇上，鬼子一清早就进村了，一个人也不见，一只鸡也不见，鬼子和伪军们在街上，东走走西走走，一点食也找不到。后来有一个鬼子在一株槐树上发现一只大红公鸡，他高兴极了，就举枪瞄准，公鸡见他一举枪，就哇的一声飞起来，跳墙过院，一直飞到那村外，那鬼子不死心，一直跟着追，一直追到苇垛场里，那只鸡就钻进了一个大苇垛场里。”

没到过水淀的人，不知道那苇垛有多么大，有多么高。一到秋后霜降，几百顷的芦苇收割了，捆成捆，用船运到码头旁边的大场上，垛起来，就像有多少高大的楼房一样，白茫茫一片。这些芦苇在以前运到南方北方，全国的凉棚上的、炕上的、包裹货物的席子，都是这里出产的。

老头儿说："那公鸡一跳进苇垛里，那鬼子也跟上去，攀登上去。他忽然跳下来，大声叫着，笑着，往村里跑。一时他的伙伴们从街上跑过来，问他什么事，他叫着，笑着，说他追鸡，追到一个苇垛里，上去一看，里面藏着一个女的，长得很美丽，衣服是红色的——这样鬼子们就高兴了，他们想这个好欺侮，一下就到手了。五六个鬼子饿了半夜找不到个人，找不到东西吃，早就气坏了，他们正要撒撒气，现在又找到了这样一个好欺侮的对象，他们向前跃进，又嚷又笑，跑到那个苇垛跟前，追鸡的那个鬼子先爬了上去。刚爬到苇垛顶上，刚要直起身来喊叫，那姑娘一伸手就把他推下来，鬼子仰面朝天从三丈高的苇垛上摔下来，别的鬼子还以为他失了脚，上前去救护他，这个时候，那姑娘从苇垛里钻出来，咬紧牙向下面投了一个头号手榴弹，火光起处，炸死了三个鬼子。人们看见那姑娘直直地立在苇垛上，她才十六七岁，穿一件褪色的红布褂，长头发上挂着很多芦花。"

我问：

"那个追鸡的鬼子炸死了没有？"

老头儿说：

"手榴弹就摔在他的头顶上，他还不死？剩下来没有死的两三个鬼子爬起来就往回跑，街上的鬼子全开来了，他们冲着苇垛架起了机关枪，扫射，扫射，苇垛着了火，一个连一个，漫天的浓烟，漫天的大火，烧起来了。火从早晨一直烧到天黑，照得远近十几里地方都像白天一般。"

从水面上远远望过去，同口镇的码头就在前面，广场上已经看不见一堆苇垛，风在那里吹起来，卷着柴灰，凄凉得很。我想，这样大火，那姑娘一定牺牲了。

老头儿又扯到那只鸡上，他说：

"你看怪不怪，那样大火，那只大公鸡一看势头不好，它从苇子里钻出来，三飞两飞就飞到远处的苇地里去了。”

我追问：

“那么那个姑娘呢，她死了吗？”

老人说：

“她更没事。她们有三个女人躲在苇垛里，三个鬼子往回跑的时候，她们就从上面跳下来，穿过苇垛向淀里去了。到洞口，你愿意认识认识她，我可以给你介绍，她会说得更仔细，我老了，舌头不灵了。”

最后老头说：

“同志，咱这里的人不能叫人欺侮，尤其是女人家，那是情愿死了也不让人的。可是以前没有经验，前几年有多少年轻女人忍着痛投井上吊？这二年就不同了啊！要不我说，假如是在这二年，我那两只水鹰也不会叫兔崽子们捉了活的去！”

一九四五年

杀 楼

一

五柳庄炮楼，修在一个宽广的高岗上面。这原是老年时候的一家宅院，后来不知道怎么拆毁了，就成了一个荒岗。敌人来了，看着这个地方地势高，可以控制村庄，看护汽车路，又可以免得滹沱河涨水时候冲刷，就决定在这里修炮楼。炮楼的样子，远远望去像一个圆塔，走近一看，它的墙壁却是突出缩进，错成棱角。炮楼高有五丈，圆周直径约有两丈五尺，全是卧板砖灌石灰垒起，分成三层。从下面铁板小门进去，有一个矮矮的扶梯。中间一层，就是小队长的卧室，日本兵的床铺。周围有四个方向的枪眼兼做窗户，机枪就支在上面；步枪挂在墙壁上，掷弹筒扔在脚头起。顶上层是瞭望哨，上有铅铁顶棚，周围有垛口。

紧靠炮楼外面，盖起几间平房，当中一间现在住着翻译官和他的太太，一间是伪军的营房，一间是厨房仓库。

在这平房外面才是沟墙、障碍、荆棘、铁丝。进入里面要经过一个吊桥。

秋收完毕，转眼就到了中秋节。虽说兵荒马乱，人们不能像平常那么心里干干净净地过节，可是因为近来围困炮楼，鬼子既不敢轻易下来，再加上庄稼也收割得差不多了，想一想这一年过得真不容易，格外愿意热热闹闹。

差不多的人家全买了猪肉、月饼，穷些的也置些鸭梨、葡萄过节。炮楼上的鬼子伪军看得眼红，馋得流涎，不敢下来抢，城里又没接济，实在苦恼，就三番两次托人捎信给“维持村长”柳老新，说无论如何，八月十五这天，给送点东西上来。

十四这天夜里，有一队穿便衣的队伍开到五柳村庄里来了，轻轻叫开一家的大门，进去住了。

十五这天，吃了早饭，柳老新置备了二十斤梨，五只杀好的鸡，十斤月饼，十五斤葡萄，装好四个大篮子，两个小篮子，派了四个年轻人提着大篮子，他和十三岁的小星提了小篮子到炮楼上去送节礼。

街上有的人就念说：

“鬼子不敢下来就算了，又去招引他干什么？”

提大篮子的四个人，有两个像贫苦庄稼汉，粗手大脚，破衣烂裳，还带着满脑袋高粱花子；有两个像是财主家，手脚干净，穿着长袍大褂。街上的人说：

“前面那两个是咱村的，后面这两个怎么不认得呀？”

“敢是柳老新雇的短工吧！”

“瞎说，送礼还用雇短工？”接着就小声说，“听说昨天夜里来了队伍。”

“有多少？”

“一连。”

“我看有一团。”

一个老头子走过来说：

“唉，你们少说些闲话吧！”

柳老新和小星先走了一步，到炮楼跟前，打了个照面。炮楼上的鬼子伪军一见柳老新带着人来送礼，心里早就高兴得了不得。鬼子的脾气，见你顺服了他，又拿架子了，小队长金田在炮楼上嚷道：

“什么的干活？”

柳老新说：

“给皇军送过节礼的干活。”

鬼子把吊桥放下来，让柳老新和小星先过去，鬼子獭尾上来，气势汹汹地把他两个浑身上下搜了一遍，又把篮子翻上翻下地搜查一遍，看看没有暗藏武器，才抓了一把葡萄，一边往嘴里塞，一边说：

“为什么好久不来送东西？”

柳老新说：

“不是我不来送，是八路军活动得要紧，送也送不到啊！”

獭尾说：

“怎么今天送来了？”

柳老新说：

“别说了，今天是看了一个空子，八路走远了，才敢送来。快收下吧！”

金田在上面招呼柳老新快上去。柳老新回头一看，那四个人跟上来了，就指挥着说：

“这两篮子是给警备队先生们吃的。”说着把他和小星手里的两个小篮子，放在地下。平房里的伪军赶紧出来，拿回去吃，獭尾也跟进平房里去。柳老新这才带着四个人上楼。在楼顶上站岗的木田，看见小星送东西来了，一个劲儿招呼小星上去。小星在篮子里抓了一些葡萄和月饼捧着，一边说：“木田，我给你送果子来了！”上楼顶去了。

柳老新领着四个青年人到了炮楼上，对金田说：

“小队长，你看看吧，今天送来的东西，都是好成色。你先看看这几只鸡肥不肥？”

那个提鸡篮子的青年赶紧把鸡提到金田面前，拿出一只来叫金田过目。金田一看，果然好肥鸡，杀洗得又干净，忍不住脸上的笑容。金田以外，楼上还有四个鬼子。柳老新指挥着，叫皇军们看梨子好吃不好吃，尝尝月饼，再看看葡萄甜不甜。鬼子们有的守着一个篮子往嘴里塞梨，有的守着一个篮子往嘴里塞月饼，有的守着一个篮子往嘴里填葡萄。提篮子的青年又不断拣好的往他们手里送，嘴里放，一边说道：

“皇军，吃这一个。”

鬼子们狼吞虎咽，嘴角上说话：

“好，好吃，甜，香！”

柳老新大声笑着说：

“今年这个中秋节，你们可过美了！”

一句话没了，只见提鸡的那个青年，不知道从什么地方抽出一把明亮亮、冷森森的宰猪刀来，左手揪住金田的衣领，右手一按一抹，金田的半个脖子已经下来。那青年一面轻轻把金田放倒，回头一看，只见他的三个伙伴也已经把四个鬼子杀倒在地，简直没出一点声音。大家赶紧把楼上的枪支武器收好，就见小星手里拿着一支三八枪从楼顶跑下来，木田嚼着月饼在后面紧追，进屋一看，并排放着四个鬼子的死尸，吓得回头就跑，一个青年上去把他一抓，杀猪刀在他脸上一晃，说：

“乖乖的，不要动！”

木田也实在动不了了，就立在那里。两个青年和小星在钟楼看守，两个青年搬着一挺轻机枪轻轻走下楼来，对准伪军的平房。这时候柳老新已经上到楼顶放哨的地方，呐喊一声，说道：

“伪军弟兄们，八路军已经把金田和上面的鬼子全杀了，你们快快反正，把獭尾捉住，我保你们安全。谁反抗谁就倒霉！”

伪军们正在房里抢东西，抢得天昏地暗，一听这话，往外就跑，格、格、格、格、格，一阵机枪扫射，把他们打回去。一齐嚷：“我们反正，我们反正！”

忽然獭尾端着枪从平房里蹿出来，没命地往外跑，机枪一扫没扫住，他跑过吊桥，奔着城里跑去了。

柳老新在楼顶上对伪军喊道：

“你们怎么让鬼子跑了？那你们就出来站队吧！”

这些警备队一个一个走到院子里，站好队伍，一报数，正好十个人。

这时就听见炮楼南面的野地里响了一枪。柳老新望着那里拍手大笑说：

“我估计你这兔崽子就跑不脱！”

二

原来埋伏在村里的正规军，全开出来截击城里出来的敌人。队伍在街上这么一走，站在街上的人们才看出，领队的就是本村那个在十七团当连长、父亲叫鬼子杀死的柳英华。再往队伍里看看，很多是他们的子弟。众人一哄就围了上去，这个说：

“这不是俺家二小吗？”

那个说：

“那不是咱家三坏吗？”

“你们来到家里了，怎么不露面？”

“二小，咱家闲院里又盖起一座房！”

“三坏，你大姐出嫁了！”

“嘿呀，你可长得高多了，这衣裳是发的吗？”

“嘿呀！我那孩子！你打过几回仗？”

这些青年子弟，原是抗战开始就参加八路军的，已经几年不回家来了，现在爹娘、叔伯、妻子、姐妹一见，问长问短，拉住说话。柳英华笑着说：

“叔叔大伯、婶子大娘们，我们这是去打仗，回来再说吧。”

一个中年妇女笑着说：

“英华，别看你当了连长做了官了，就拿打仗来吓唬我们！你知道，我们也是见过大阵势的了。”

新月带领那十几个游击组也开出来，全是一色小打扮，乍一看这一队游击组的年纪、精神、服装、步法，简直和前面这一队子弟兵不相上下，只是武器差些。那些看热闹的人们就说了：

“新月，别看你箍的手巾那么漂亮，你们的武器可比不上人家呀，你看人家那机枪、掷弹筒！”

新月笑着说：

“他们也不是外人哪，咱还怕他们笑话？”

又有人说：

“根生，这回拿下炮楼，把你那支哑巴枪换换吧！”

根生红一红脸说：

“别开玩笑，咱这枪一见鬼子就会说话了！”

人们正说笑着，只见工会主任青元赶着一辆单套大黑骡子车，从他东家的大梢门里跑出来。那骡子，就像惊了一样，在街上飞跑过来。青元右手掌鞭，左手提着盒子枪，紧跟几步，一欠身就坐在车辕条上去。人们说：

“青元，你这是干什么去？”

青元说：

“去把炮楼上的东西拉回来。”

队伍已经走出村去，人们就跟在后面，都说：

“走，去看咱们的子弟兵打鬼子去。”

队伍从道沟里向炮楼包围过去，村里的人就立在堤坡上观看。鬼子獭尾蹿出来，观阵的正在着急，埋伏在公路两旁的子弟兵一枪把他打死，人们一齐拍手叫起好来。

三

到了晚上，大圆大亮的月亮升起来，五柳庄的人们和他们的子弟兵，就在那祠堂门前广场上开了一个庆祝会。在五年前，柳英华率领了全村二十个青年伙伴，参加了我们的队伍，冀中有名的十七团。这些青年成分好，进步快，几年部队生活，改变了他们幼小时的样子，站在爹娘面前，爹娘只有目不转睛地微笑着望着他们。祠堂门前这片广场，抢秋的时候，碾成了一个大场，四边堆着一大堆的秫秸、豆秸、棒子，子弟兵就靠在上面休息了。在三个月以前，炮楼上的鬼子屠杀了五柳庄的人，就在这个广场上刀砍柳英华年老的父亲，枪挑死他七岁的孩子，推进那广场旁边的死水坑里，只剩下孩子的母亲整天在家里哭泣。几个长辈劝英华家去看看，都说：

“英华，家去看看吧。你家里不知道你负着这么大责任，也不好意思来叫你。自从你爹和那孩子叫鬼子杀了，她够难受的了，差不多的还不想疯了吗？你家去劝解劝解她们也好。”

英华苦笑着说：

“虽说拿了炮楼，明天的情况还不能估计。外面又放着哨，不时要有事情，今天我不家去了，以后再说吧！”

老人们也只好叹气称赞。

夜深了，柳英华把队伍整理好，就命令靠在柴火堆上休息。家里的人都恋恋不舍，可也不好再去麻烦他们；今天打了一天仗，明天还要打仗呀，叫他们好好睡觉吧！大家也就散了。在回家的路上，那些母亲说：

“孩子就睡在露天里，不潮湿吗？我家去盖着被子也睡不着。”

那些父亲就劝她们说：

“算了吧，他们是这样惯了的，你今天给他送条被子来，明天你到哪里去送呀？孩子就像小鸟，长全了毛出了窝，你就叫他随便到处飞去吧！”

真的，他们的孩子们，背靠着那绵软的柴火，怀抱着上好子弹的枪支，不久就舒舒服服地睡着了，睡得那么香甜。月亮转到西北角，落到村边大柳树的阴影里去了，银河斜斜地横在他们的头顶，把半夜以后的清凉的露水，慢慢滴下来，落在他们的脸上、衣服上、枪膛上，他们也没有觉得……

英华也靠在一边，但他没有睡，他睁大着眼睛，望着天空，忽然小星跑到他的身边小声说：

“英华哥，你家俺嫂子想和你说句话，就在那池子边上。”

英华走过去，女人说：

“你也不家去看看！”

英华看见自己的女人，又黄又瘦，心里一酸，忍着眼泪说：

“你看我能离开吗？”

女人的泪忍不住，刷刷流下来，呜咽着说：

“爹和小俊就是在这池子里死的呀！”

英华说：

“我知道。”

女人说：

“你知道！他们死的时候不能见你一面，你可是有说有笑的。”

英华没说话，过了一会儿，女人又说：

“我知道你给他们报了仇。”

英华说：

“我有任务在身上，哪能离开队伍到家里？全是女人的见识！”

女人说：

“我看你像忘了他们一样。”说罢就痛哭起来。

英华说：

“我心里难过，我把眼泪往肚子里吞，我好好执行上级的命令，去消灭鬼子！我为什么到人们面前去啼哭呢？”

正说着，侦察员回来报告情况，英华对女人说：

“家去吧！不要净啼哭，啼哭有什么用？自己的身子要紧。我不能多照顾你们，我已经托付了老新叔和新月，有什么困难就和他们说。”

女人赶紧抹着眼泪转身走了。

一九四五年四月于延安

荷花淀

——白洋淀纪事之一

月亮升起来，院子里凉爽得很，干净得很，白天破好的苇眉子潮润润的，正好编席。女人坐在小院当中，手指上缠绞着柔滑修长的苇眉子。苇眉子又薄又细，在她怀里跳跃着。

要问白洋淀有多少苇地？不知道。每年出多少苇子？不知道。只晓得，每年芦花飘飞苇叶黄的时候，全淀的芦苇收割垛起垛来，在白洋淀周围的广场上，就成了一条苇子的长城。女人们，在场里院里编着席。编成了多少席？六月里，淀水涨满，有无数的船只，运输银白雪亮的席子出口，不久，各地的城市村庄，就全有了花纹又密又精致的席子用了。大家争着买：

“好席子，白洋淀席！”

这女人编着席。不久在她的身子下面，就编成了一大片。她像坐在一片洁白的雪地上，也像坐在一片洁白的云彩上。她有时望望淀里，淀里也是一片银白世界。水面笼起一层薄薄透明的雾，风吹过来，带着新鲜的荷叶荷花香。

但是大门还没关，丈夫还没回来。

很晚丈夫才回来了。这年轻人不过二十五六岁，头戴一顶大草帽，上身穿一件洁白的小褂，黑单裤卷过了膝盖，光着脚。他叫水生，小苇庄的游击组长，党的负责人。今天领着游击组到区上开会去来。女人抬头笑着问：

“今天怎么回来得这么晚？”站起来要去端饭。水生坐在台阶上说：

“吃过饭了，你不要去拿。”

女人就又坐在席子上。她望着丈夫的脸，她看出他的脸有些红涨，说话也有些气喘。她问：

“他们几个哩？”

水生说：

“还在区上。爹哩？”

女人说：

“睡了。”

“小华哩？”

“和他爷爷去收了半天虾篓，早就睡了。他们几个为什么还不回来？”

水生笑了一下。女人看出他笑得不像平常。

“怎么了，你？”

水生小声说：

“明天我就到大部队上去了。”

女人的手指震动了一下，想是叫苇眉子划破了手，她把一个手指放在嘴里吮了一下。水生说：

“今天县委召集我们开会。假若敌人再在同口安上据点，那和端村就成了一条线，淀里的斗争形势就变了。会上决定成立一个地区队。我第一个举手报了名的。”

女人低着头说：

“你总是很积极的。”

水生说：

“我是村里的游击组长，是干部，自然要站在头里，他们几个也报了名。他们不敢回来，怕家里的人拖尾巴。公推我代表，回来和家里人们说一说。他们全觉得你还开明一些。”

女人没有说话。过了一会儿，她才说：

“你走，我不拦你，家里怎么办？”

水生指着父亲的小房叫她小声一些，说：

“家里，自然有别人照顾。可是咱的庄子小，这一次参军的就有七个。庄上青年人少了，也不能全靠别人，家里的事，你就多做些，爹老了，小华还不顶事。”

女人鼻子里有些酸，但她并没有哭，只说：

“你明白家里的难处就好了。”

水生想安慰她。因为要考虑准备的事情还太多，他只说了两句：

“千斤的担子你先担吧，打走了鬼子，我回来谢你。”

说罢，他就到别人家里去了，他说回来再和父亲谈。

鸡叫的时候，水生才回来。女人还是呆呆地坐在院子里等他，她说：

“你有什么话嘱咐嘱咐我吧。”

“没有什么话了，我走了，你要不断进步，识字，生产。”

“嗯。”

“什么事也不要落在别人后面！”

“嗯，还有什么？”

“不要叫敌人汉奸捉活的。捉住了要和他拼命。”这才是那最重要的一句，女人流着眼泪答应了他。

第二天，女人给他打点好一个小小的包裹，里面包了一身新单衣、一条新毛巾、一双新鞋子。那几家也是这些东西，交水生带去。一家人送他出了门。父亲一手拉着小华，对他说：

“水生，你干的是光荣事情，我不拦你，你放心走吧。大人孩子我给你照顾，什么也不要惦记。”

全庄的男女老少也送他出来，水生对大家笑一笑，上船走了。

女人们到底有些藕断丝连。过了两天，四个青年妇女集在水生家里来，大家商量：

“听说他们还在这里没走。我不拖尾巴，可是忘下了一件衣裳。”

“我有句要紧的话得和他说说。”

水生的女人说：

“听他说鬼子要在同口安据点……”

“哪里就碰得那么巧，我们快去快回来。”

“我本来不想去，可是俺婆婆非叫我再去看看他，有什么看头啊！”

于是这几个女人偷偷坐在一只小船上，划到对面马庄去了。

到了马庄，她们不敢到街上去找，来到村头一个亲戚家里。亲戚说：你们来得不巧，昨天晚上他们还在这里，半夜里走了，也不知开到哪里去。你们不用惦记他们，听说水生一来就当了副排长，大家都是欢天喜地的……

几个女人羞红着脸告辞出来，摇开靠在岸边上的小船。现在已经快到晌午了，万里无云，可是因为在水上，还有些凉风。这风从南面吹过来，从稻秧苇尖上吹过来。水面没有一只船，水像无边的跳荡的水银。

几个女人有点失望，也有些伤心，各人在心里骂着自己的狠心贼。可是青年人，永远朝着愉快的事情想，女人们尤其容易忘记那些不痛快。不久，她们就又说笑起来了。

“你看说走就走了。”

“可慌（高兴的意思）哩，比什么也慌，比过新年，娶新——也没见他这么慌过！”

“拴马桩也不顶事了。”

“不行了，脱了缰了！”

“一到军队里，他一准儿得忘了家里的人。”

“那是真的，我们家里住过一些年轻的队伍，一天到晚仰着脖子出来唱，进去唱，我们一辈子也没那么乐过。等他们闲下来没有事了，我就傻想：该低下头了吧，你猜人家干什么？用白粉子在我家影壁上画上许多圆圈圈，一个一个蹲在院子里，托着枪瞄那个，又唱起来了！”

她们轻轻划着船，船两边的水哗，哗，哗。顺手从水里捞上一棵菱角来，菱角还很嫩很小，乳白色。顺手又丢到水里去。那棵菱角就又安安稳稳浮在水面上生长去了。

“现在你知道他们到了哪里？”

“管他哩，也许跑到天边上去了！”

她们都抬起头往远处看了看。

“哎呀！那边过来一只船。”

“哎呀！日本，你看那衣裳！”

“快摇！”

小船拼命往前摇。她们心里也许有些后悔，不该这么冒冒失失走来；也许有些怨恨那些走远了的人。但是立刻就想，什么也别想了，快摇，大船紧紧追过来了。

大船追得很紧。

幸亏是这些青年妇女，白洋淀长大的，她们摇得小船飞快。小船活像离开了水皮的一条打跳的梭鱼。她们从小跟这小船打交道，驶起来，就像织布穿梭，缝衣透针一般快。

假如敌人追上了，就跳到水里去死吧！

后面大船来得飞快。那明明白白是鬼子！这几个青年妇女咬紧牙制止住心跳，摇橹的手并没有慌，水在两旁大声地哗哗，哗哗，哗哗哗！

“往荷花淀里摇！那里水浅，大船过不去。”

她们奔着那不知道有几亩大小的荷花淀去，那一望无边际的密密层层的大荷叶，迎着阳光舒展开，就像铜墙铁壁一样。粉色荷花箭高高地挺出来，是监视白洋淀的哨兵吧！

她们向荷花淀里摇，最后，努力地一摇，小船蹿进了荷花淀。几只野鸭扑棱棱飞起，尖声惊叫，掠着水面飞走了。就在她们的耳边响起一排枪声！

整个荷花淀全震荡起来。她们想，陷在敌人的埋伏里了，一准儿要死了，一齐翻身跳到水里去。渐渐听清楚枪声只是向着外面，她们才又扒着船帮露出头来。她们看见不远的地方，那宽厚肥大的荷叶下面，有一个人的脸，下半截身子长在水里。荷花变成人了？那不是我们的水生吗？又往左右看去，不久各人就找到了各人丈夫的脸，啊，原来是他们！

但是那些隐蔽在大荷叶下面的战士们，正在聚精会神瞄着敌人射击，半眼也没有看她们。枪声清脆，三五排枪过后，他们投出了手榴弹，冲出了荷花淀。

手榴弹把敌人那只大船击沉，一切都沉下去了。水面上只剩下一团硝烟火药气味。战士们就在那里大声欢笑着，打捞战利品。他们又开始了沉到水底捞出大鱼来的拿手戏。他们争着捞出敌人的枪支、子弹带，然后是一袋子一袋子叫水浸透了的面粉和大米。水生拍打着水去追赶一个在水波上滚动的东西，是一包用精致纸盒装着的饼干。

妇女们带着浑身水，又坐到她们的小船上去了。

水生追回那个纸盒，一只手高高举起，一只手用力拍打着水，好使自己不沉下去，对着荷花淀吆喝：

“出来吧，你们！”

好像带着很大的气。

她们只好摇着船出来。忽然从她们的船底下冒出一个人来，只有水生的女人认得那是区小队的队长。这个人抹一把脸上的水问她们：

“你们干什么去呀？”

水生的女人说：

“又给他们送了一些衣裳来。”

小队长回头对水生说：

“都是你村的？”

“不是她们是谁，一群落后分子！”说完把纸盒顺手丢在女人们船上，一泅，又沉到水底下去了，到很远的地方才钻出来。

小队长开了个玩笑，他说：

“你们也没有白来，不是你们，我们的伏击不会这么彻底。可是，任务已经完成，该回去晒晒衣裳了。情况还紧得很！”

战士们已经把打捞出来的战利品，全装在他们的小船上，准备转移。一人摘了一片大荷叶顶在头上，抵挡正午的太阳。几个青年妇女把掉在水里又捞出来的小包裹，丢给了他们，战士们的三只小船就奔着东南方向，箭一样飞去了，不久就消失在中午水面上的烟波里。

几个青年妇女划着她们的小船赶紧回家，一个个像落水鸡似的。一路走着，因过于刺激和兴奋，她们又说笑起来，坐在船头脸朝后的一个噘着嘴说：

“你看他们那个横样子，见了我们爱搭理不搭理的！”

“啊，好像我们给他们丢了什么人似的。”

她们自己也笑了，今天的事情不算光彩，可是：

“我们没枪，有枪就不往荷花淀里跑，在大淀里就和鬼子干起来！”

“我今天也算看见打仗了。打仗有什么出奇，只要你不着慌，谁还不会趴在那里放枪呀！”

“打沉了，我也会浮水捞东西，我管保比他们水式好，再深点我也不怕！”

“水生嫂，回去我们也成立队伍，不然以后还能出门吗？”

“刚当上兵就小看我们，过二年，更把我们看得一钱不值了，谁比谁落后多少呢！”

这一年秋季，她们学会了射击。冬天，打冰夹鱼的时候，她们一个个登在流星一样的冰床上，来回警戒。敌人围剿那百顷大苇塘的时候，她们配合子弟兵作战，出入在那芦苇的海里。

一九四五年五月于延安

村落战

是个阴天，刮着点西北风。天发亮，敌人两辆铁甲汽车，装着五十多个鬼子，配合着二十匹马队，路过阎家集，向五柳庄方向进攻。

汽车走得很慢，活像乡下的老牛破车，马队不得不紧紧提着缰绳，不然马就跑过汽车去了。一来是道儿不好走，坑坑洼洼，二来是怕地雷。走得虽然很慢，威风却尽量施展，汽车一路呜呜乱叫，离五柳庄还有二里地，汽车就停住，马匹散开，鬼子下车，伏在两旁沟里，向村里开炮。村里没有动静，堤坡上的柳树正在迎风摇摆。

鬼子重新上车上马，望着村里走，村里真是一点动静也没有，街口也没有一个人，这时鬼子的马队像飞一样，向村南村北包抄下去，汽车还是一步一步往街里开，鬼子们紧紧贴着车厢端着枪望着前面，这时已经走到大街里，街道窄了，两旁全是大户人家的高房、墙垛口、临街更楼。汽车一路走着，呜呜地叫，两边的高墙，就发出呜呜的回声。看看快到了十字街口，忽然从路北一家梢门里拐出一辆牛车，那匹老黄牛，拉着多半车烂砖头，一看见汽车过来，它就横在街上不动了。前头一辆汽车站住，三个鬼子往下跳，刚刚跨到车皮上，就看见一个小小的黑东西从天空飞下来，像燕子掠水一样，扑到车厢里——“轰！”

汽车跳了三尺来高，跨在车皮上的三个鬼子翻到外面去了，车厢里就全部开了花。这时从两边高房的更楼上，手榴弹接二连二摔下来，机关枪向后面那辆汽车射击，那辆汽车拼命往后退，退，退。鬼子们从车上跳下来往回跑，一到村外，就伏在堤坡后面去了。

鬼子重新布置着向村里开炮，马队配合着向村里开枪，可是村里又没有一点动静了。

连长柳英华就站在街当中路南高升店房上。身边有两个通信员，一班战士，一挺轻机枪。一个头发黑黑的，穿一件干净利落的黑色短夹袄的孩子正趴在垛口上，往下看炸毁了的汽车和一地的死鬼，那是小星。英华告诉通信员，去通知村里的游击组，找空子往外撤，去打马队的屁股；他又对小星说：

“小星，你也和他们撤出去吧，过一会儿情况会紧急。”

小星回过头来说：

“我不去，我和你在一块吧，我道路熟。”

通信员房跳房地告诉了游击组长新月，新月打一声呼哨，两边房上的游击组就跟他跳下房来，在下面院子里集合好，提着枪，冲到街上。新月提着盒子枪走在前面，贴着墙根往西走，路过那坏了汽车的地方，新月招呼着人们，捡起一些武器，往南一拐，从一条小胡同走了。

高升店是五柳庄街上最高的房子，在上面可以控制村子的东西两面。英华伏在一个垛口后面，不久就看见又有三辆汽车从阎家集那边开过来，埋伏在阎家集村边的我们的队伍，向汽车开了枪，汽车没命地冲过来，奔着五柳庄，在那破坏过的汽车路上，一颠一蹿地跑。这三辆比刚才那两辆开得快多了，先头的给它们踏好了道，没有地雷，放心走吧。

可是一到村边，“轰”的一声，前头一辆像受惊的马一样，打了个立桩，车上的鬼子全飞了出来，跌到三丈开外才落地，后面两辆一时停不住，闯上去，这样一来三辆汽车就成了一个弓腰桥一样，车上的鬼子像掷骰子一样在车厢里乱碰乱撞起来。

英华看见汽车炸翻，倒吃了一惊，他纳闷：是谁这样手快去埋上雷？

小星说：

“一准儿是青元，别人手有这样快，也没有这个胆量。”

村外敌人的炮火很猛，好像已经发现这座高房是目标了。英华叫把机枪往西边转移一下，离开那小小的更楼，又叫小星监视着南北两个街口。

炮弹不断在高房周围落，炸塌了几间房，敌人几次想从东街口冲进来，我们的机枪就安在垛口缝里，敌人不冲不扫，再冲再扫。有五个敌人顺着墙根爬过来，英华用盒子枪瞄着打死了两个，剩下的三个又跑回去了。

英华对战士们说：

“敌人是来报复的，管他火力怎样猛，我们不能让他们进村。敌人一进来要狠狠烧杀，我们昨天的胜利就完了！”

说话间，敌人一炮瞄准这座小小更楼，小更楼整个栽到街上去了。

天阴惨惨的，时间是快晌午了，小星不知什么时候到下面去拿上一些饼干，扔到机枪手和战士们的身边。英华说：

“快爬到那边去，不要动。”

枪炮一直响着。小星说：

“英华哥，刚才下去，洞里的婶子大娘们叫我告诉你，怎么也不要让敌人冲进街里来，她们说：这些大人小孩的命全交给你了！”

一个通信员爬过来，英华说：

“你想法冲出去，给二排长送命令，叫他解决了阎家集炮楼，就赶紧进攻县城北关。你从南街口出去，那里有一个小交通壕。”

小星赶紧说：

“不行了，敌人已经把南街口堵住。”他从地上站起来，“英华哥，我去送这个命令。我从这里下去，那西房后面有条小夹道，里面就是地道口，我可以钻到村外去，敌人看不见。”

一个炮弹飞过来，打翻两个垛口。英华说：“好。还是叫通信员跟你去，你下去就告诉洞里的人，说敌人进不来，叫她们安安生生待在洞里，不要慌张。”

小星答应了一声，像一只小猴子一样，从高房跳到低房，又从墙角上溜下去，通信员跟在后面。下去就是一条窄口的夹道，两边黄泥土墙，地下全是烂柴败叶，小星侧着身进去，走到中间，看了看，就背过身子，轻轻在墙上一靠，就不见了。通信员一看那墙还是一色黄泥土墙，连一个纹丝也没有，吃了一惊，赶紧叫：

“小星同志！”

小星在墙里面说：

“不要嚷嘛！你也背过身子来在墙上靠一下，可要轻轻地。”

通信员靠了一下，只觉得身不由主地随着进去了，里面是伸手不见掌的黑屋子，通信员站脚不稳就栽了一跤，小星赶快把他扶住说：

“不要冒冒失失的么！”

然后小星跳进一个洞里，不知道是和哪里的人说话，只听他说：

“三大娘！”

也不知道从哪里来了一个嗡嗡的声音：

“怎么咧，小星？敌人进村了吗？”这声音像是从地里来的，又像是从天空来的，像是神仙的指引，又像是电台上的无线电收音。只听小星又说：

“没有。鬼子一辈子也进不来，英华哥说等不到天黑就把他们打退了，叫你们不要怕。”

那个蚊子一样飞来的声音就念了一声：

“阿弥陀佛！”

这时，小星才对通信员说：

“下来吧！弯腰往左拐！”

通信员费了很大力气，才钻到洞里，摸了半天，才摸到左边那个道上，等他摸着小星的衣服了，喘着气说：

“小星同志！走慢点，我跟不上，失了方向可就坏了。”

小星在前面猫腰走着，那孩子活像一条欢跳的小蛇一样，走得很快，通信员使劲弯着身子，走了几步，已经满头大汗，只得叫道：

“小星同志！我跟不上，我带着枪不好走哩！”

小星说：

“这样吧，你把枪递过来，我拉着走吧，你走得这样慢，天黑也出不去。”

这样，小星像拉算卦的瞎子一样拉着通信员。

小星心里有些埋怨英华，为什么非叫他跟来，不然，这个时候，他快把命令送到了。

小星硬拉着通信员往前走，左拐右拐，后来道路宽敞些了，通信员也走得快些了。忽然他们听见枪炮就在他们头顶上响，后来好像有几个人在他们头顶上跑过去了。小星小声说：

“同志，不要讲话了，已经到了村外。”

又走了一会儿，小星把枪放下，蹲下身子，咕咚咕咚地像拆房子一样，立刻就有一线光亮照到洞里来。小星说：

“好，可以出去了！你小心些，下面是井！”

小星先钻出去，两手扣着井框，两只脚叉开，看着砖缝上去了。通信员也钻出来，把枪背在肩上，照样攀登上去。他往下一看，是一个浓绿清凉，不知有多么样深的一口水井，水平如镜，照见他和小星浑身泥土，这时，他才发觉自己已是满身大汗。

小星探头在井口四面一望，爬出去，通信员也爬出来，已经是村南一里地的野外，这时庄稼全收割了，没有割的也因为风吹雨打扑倒在地上。天还是阴着，敌人的炮火像刮风一样往村里打，整个五柳庄上面的天空，叫烟、土、乌云罩住了。

在村里在房顶上也不觉怎样，现在回头一看，小星才觉得英华他们危险，忍不住向通信员说；

“你看英华哥能抵挡得住吗？”

通信员说：

“我们柳连长最重视政治影响，他既是那么说，就是剩下他一个人，守着那挺机关枪，鬼子也掉不了猴！”

他们就听见从街里发出一阵机枪声，听来是那样急，那样狠，扫开云雾、烟尘，向正南方向射击。小星看见南街口的鬼子一阵乱，他判断一下方向，说：

“鬼子想从南街口进去，好，英华哥也转到高升店的正房上去了，那里正对南街口，他们怎样跳过去的呀？”

小星和通信员在地里半爬半走往东南方向跑去。在一条小交通沟里，碰见他村里一个游击组员叫秋河的，敞着怀跑过来。小星一见就说：

“你还不去打仗，瞎跑什么？”

秋河说：

“你看见我瞎跑来？我去集合人来着，五毛营、赵家庄、阎家集的游击组全开来了。我们包围着敌人打。”

小星说：

“这就好了，我也是去送命令，叫二排长攻城。你告诉新月哥，叫他们好好打吧！”

小星把命令送到二排长那里的时候，二排已经把阎家集的炮楼解决，接到命令，跑步去奔袭城关。天已快黑了，五柳庄村外的敌人无心恋战，就用那剩下的两辆汽车载着鬼子往城里退。一路上，我们的地雷、枪炮一齐响，打得鬼子三步一停，两步一歇，桑木大队长着了急，从汽车上蹦下来，骑上一匹白色洋马，往野地里窜了。

工会主任青元这一天埋好很多地雷，正伏在汽车旁边一条横沟里休息。桑木的马跑到沟边，马原是惊了的，桑木一看前面是沟，用皮鞋下死劲一踢马肚子，那马把头一抬，前腿一曲就跳过去。青元顺手一枪，正打中马肚子，那马痛得难忍，浑身一抖，就直直地立了起来，桑木骑不住，闪了下来。完全掉下来也好，但却是一只脚挂在镫里，那洋马没命地奔向城里跑去，桑木头朝下，两只手在地上乱抓，一路上尽是豆茬茬高粱地，擦得他头破血流……

一九四五年六月于延安

麦　收

1939年，冀中解放区小麦黄梢的时候。

东房凉还有一尺来宽，天气就热上来了，毒辣辣地热，可是人们并不嫌，知道这是收割麦子的好天气。

秃大娘做好饭，端到大门过道里，放在一张小白木桌上，小桌旁边，放上两个麦秸编的蒲墩，自己却坐在那块捶布用的青石板上，等候二梅和她爷回来。

二梅还没有进门就尖着声喊：

“奶奶，饭熟了没有？”

奶奶站起来笑着说：

“熟了！有功的回来了。”

二梅和爷爷把背回来的麦个放在院里，一边擦着汗，坐在蒲墩上。她望一望饭碗，把小嘴一噘说：

“又是秫面饼！”

奶奶说：

“折死你！秫面饼还不好，你要吃什么？忘记那二年吃糠咽菜的日子了？”

“我想吃白饼。”二梅撒娇说。

爷爷指着院里的麦个说：

“后半天就叫你奶奶去打，先在碾子上推一点，吃一顿。”

二梅红着脸说：

“不，奶奶，我是说着玩哩。”

奶奶也看着自己的孙女儿笑了。是个好孩子，才多么大了呀，已经是村里的青妇部长。风吹进来，乌黑的头发往后面飘，孩子的脸多么丰满好看呀，这是奶奶从小一口水一口饭喂养大的啊！

急急忙忙吃了两个饼，二梅就站起来，跑到院里拿了一把铁铲，就往外走。

奶奶问：

“又干什么去？”

二梅说：

“集合人去破路么，保护麦收。”

奶奶说：

“这么热天，歇了晌再去！”

二梅说：

“歇了晌，鬼子要不歇晌就来了呢？”

说着就往外跑，奶奶死命往回叫她：

“二梅，你回来给我好好地再吃一个饼！”

爷爷说：

“你让她去吧！”

爷爷又向着外面喊：

“二梅，你要破不好路，叫鬼子抢走了我的麦子，你就别想吃白饼了！”

“好呀！”

二梅拉着长声答应。

二梅把铁铲扛在肩上，手里拿着一根高粱秆，一到街上，就掏出笛子吹起来：

“嘟，嘟，嘟嘟嘟！”

转过孙玉琴家的黑大门，孙玉琴的婆婆正歪在过道里看着孩子打盹，孩子光着屁股在她身边滚爬，二梅用力吹了一声笛子，老婆子睁开眼说：

“哟，部长，集合了吗，太热吧？”说着就抱起孩子往家里走，一边说：“快回家去吃奶奶，你娘就要去破路了，要等老半天哩！”

二梅在街上来回地吹着笛子。青年妇女们一个一个从自家大门里走出来。这不知道是什么风俗，冀中的妇女们，只要一出大门，只要是成群结队，也不管是去开会，去上学，去破路或是割电线，一个个打扮得全像走礼串亲一样。

一个个全换上新衣服，脸洗得干净，头发梳得平整，头上蒙了一块新毛巾，又可以遮太阳，又可以挡风。

她们站在那新刷写上晋察冀边区“双十纲领”的高房下面的大槐树阴凉里。她们简直是挤在一块，手里的铲镐碰得叮当乱响，还夹着那清脆的说笑。

“俺刚说歇歇，就吹笛！”一个穿漂白小褂的说，她叫张秀玲。

“歇歇，鬼子来了烧了你的兔子窝，你歇个屁！啊，你还穿着袜子，多封建！”

“该死！”她骂着，却转过头来开别人的玩笑，“欢迎啊，欢迎孙玉琴来得晚啦！”

晚来的有些脸红，三步两步跑到群里来：

“她奶奶刚把孩子拖到家，吃了两嘴就来了。为什么人家……谁像你那么利落干净？”说着把扛着的铁铲往地上狠命一顿，站住。

二梅站在太阳地里，催着人们站队，脸上已经流着汗。这是她新从学校的先生那里学来的规矩。先生说：站队的时候，叫队伍站在阴凉里，你站在太阳地里。

队伍站得整整齐齐，风吹动树枝筛下阳光来，在她们的头上、衣服上游动，染成各色各样的花。

二梅站在队前说话的时候，说笑也停下来了。就是有几个想笑的，一看见她那绷得紧紧的脸，也就赶紧用牙齿咬住了嘴唇。这小姑娘可以在家里撒娇，担负起工作的时候，却非常严厉，她问：

“你们拿着家伙干什么去呀？”

“挖沟！”一齐大声地回答。

“对了。驻在咱村的队伍和青抗先，今天下午去打击敌人，这是为的保护咱的麦子。我们也不能落后，我们把接村路挖通！”

接着是小组和小组竞赛。队伍出发了，二梅走在前面。一出村堤口，就是无边的小麦地，一片金黄，中间也掺杂着几片浅绿；风吹过来，小麦一齐低下头，风吹过去，那长大的穗子，又一齐挺起来在太阳里闪着光。

太阳是专为麦子来的，现在更加热了。

来到接村路上，二梅用高粱秆分好段，用铁铲画上印，说：

“来吧，两个人挖一秆，一把铁铲一把镐。”

大道是经过河水冲刷的，现在晒干了，有两寸多厚的硬皮，挖起来很费力气。几镐下去，那些新衣服就全叫汗湿透了，汗流得满脸满腮，粘住了头发。她们却谁也不肯直起腰来休息一下，你一镐我一铲地工作。二梅领着头唱：

是谁说

妇女不如男子汉？

人们就合起来：

挖沟破路

男人女人是一般。

二梅的奶奶秃大娘提着一把大锡壶来给她们送水，人们抢着喝，一边说：

“还是这老太太知心，这么热天来给我们送水。”

张秀玲说：

“她知心，她老废物啦，不送点水，还干什么抗日呢！”

人们全笑了，秃大娘却正正经经地看着大家，她说：

“我老啦，老废物啦，依我看，你们谁也不跟我有用，张秀玲更不行。”说到这里，她把话顿住，好集中大家的注意，为她那下文助威。真的大家停止了说笑，水也不喝了，听她说。

“我养活（生）了两个小子，都参加了八路军，大的在十六团，二的在二十二团，这不是我的力量吗？这比你们谁抗的不劲头大！你们谁比得上我，谁敢和我竞赛？张秀玲你多么没出息，嫁到我们村里三年了，一点贡献也没有，还说我哩！”

大家哄的一声笑了，张秀玲臊得低头跑了。有的就嚷：

“谁敢和这老太太比赛？”

“穿漂白小褂的敢！”

“你敢！你行了！”

二梅一直还在那里挖，这时才抬起头来说：

“奶奶，就是你，净耽误我们的时间！”

奶奶赶紧提起壶来说：

“你们看，俺家二梅又批评她奶奶了。你们还喝不喝？不喝了，我就回去啦，你们快挖吧！”

说着，提起壶来，又拐打拐打地走了。

这里的说笑伴着铁铲和镐的声音，从汗气热气里升起来。等到人影儿和身子一般长的时候，她们的工作就快完成了。

队伍上的指导员从一块麦地里走出来，后面跟着一个背大枪的矮个子通信员。在村里住长了，他认识二梅。他说：

“部长领导得好，真积极！”

二梅也直起身子笑着说：

“指导员，我们破好了路，你们挡不住鬼子，叫他们冲过来，我们可批评你！”

指导员说：

“好，好，好。你听枪响吧！”

指导员穿进另一块麦地，他的衣服和麦子一个颜色，麦穗打到他腰里。那个通信员却淹没在麦子里了，只有那黑黝黝的枪口露在外头。不久，这枪口也消失不见了。

一只布谷鸟像是受了惊，慌慌张张地从东边飞过来，一声连一声叫着：

“莫黄莫割——莫黄莫割！”

“嘎勾——”东边响了一声枪。妇女们拖着铁镐和铲从道沟里跳上来，向东边张望。枪声响得越来越密，越来越急，也越来越近了。二梅的脸有些青白。

东边卷起了一团烟，罩住了金黄的麦子。机枪声，炮声，好像压低了那里的麦子。炮弹炸碎我们的土地，土块飞到半天空，那里面有多少炸碎了的金黄的麦穗！二梅知道这是敌人的炮，在那里作战的同志们，是不是受了伤呢？

她喊叫：

“我们不要在这里傻站着了，快回去抬担架，预备鸡蛋和开水！”

当她们抬了几副担架回来，炮声停了，那一团烟也远了。但是枪声很响很急，二梅知道这是我们的军队追赶敌人了。她们很快地向那里跑去。

我们的军队把敌人赶回窝里，才停下来。二梅她们抬回受伤的指导员和他那矮矮的通信员。这两个同志去夺敌人的重机枪，受了伤。她们把夺来的重机枪也放在一副担架上。

还空着一副担架。她们回来，路过二梅家的地边，爷爷正靠在一个捆了的牛腰粗的大麦个上等候，他担心他的孩子，眼望着东边的路。二梅说笑着回来了，看见爷爷，她说：

“把麦个放在担架上，我们给你抬回去！”

老头子听了孙女儿的话，真的把麦个放在担架上来，看着孙女儿和她的伙伴们抬起来，飞快地往村里去了。

第一副担架上是指导员，第二副是通信员，第三副是重机枪，第四副是麦子。

老头子跟在后面，打着火抽着烟。太阳已经有一半落到远远的西山里去了，在它上面是一团团千变万化的云彩——那在老人眼里的，是一只虎，一只豹，一匹飞马，一只老鹰。

晚上，奶奶又把饭放在那里，小桌上却有了白面饼。爷爷回来，二梅回来，奶奶说：

“你今儿个更有功了，奶奶给你烙了白面饼，快点吃！”

二梅说：

“有功的是人家队伍上，有功的是指导员和他那通信员，人家夺了敌人一挺重机枪，受了伤，先慰劳他们吧！”

二梅带了自家的饼还有别人家的鸡蛋到指导员那里去，指导员和通信员的伤口全包扎好了，躺在院当中月亮地里的软床上。

田野里是收割麦子和打场的声音，风吹来薄薄的小麦的香味。二梅和她的两个小组长站在受伤人的床前，念着妇救会的慰问信。

二梅又念了她自己的慰问信。

她念着，她述说她自己原是这样一个孩子，从小死了娘，在野地里，春天挑野菜，秋天拾庄稼，冬天割柴草，风吹着，雨打着，长到十五岁。八路军来了，是正好的年岁，赶上了正好的年月。这样她就不再走奶奶的路，娘的路；一条完全新的道路，在她眼前打开了。

她的声音是那么庄严、热情和诚恳，感动得受伤的人硬支起身子来，严肃地听着。

一九四五年七月于延安

孙犁、赵侠、铁彦集体创作

芦花荡

——白洋淀纪事之二

夜晚，敌人从炮楼的小窗子里，呆望着这阴森黑暗的大苇塘，天空的星星也像浸在水里，而且要滴落下来的样子。到这样深夜，苇塘里才有水鸟飞动和唱歌的声音，白天它们是紧紧藏到窝里躲避炮火去了。苇子还是那么狠狠地往上钻，目标好像就是天上。

敌人监视着苇塘。他们提防有人给苇塘里的人送来柴米，也提防里面的队伍会跑了出去。我们的队伍还没有退却的意思。可是假如是月明风清的夜晚，人们的眼再尖利一些，就可以看见有一只小船从苇塘里撑出来，在淀里，像一片苇叶，奔着东南去了。半夜以后，小船又漂回来，船舱里装满了柴米油盐，有时还带来一两个从远方赶来的干部。

撑船的是一个将近六十岁的老头子，船是一只尖尖的小船。老头子只穿一件蓝色的破旧短裤，站在船尾巴上，手里拿着一根竹篙。

老头子浑身没有多少肉，干瘦得像老了的鱼鹰。可是那晒得干黑的脸，短短的花白胡子却特别精神，那一对深陷的眼睛却特别明亮。很少见到这样尖利明亮的眼睛，除非是在白洋淀上。

老头子每天夜里在水淀出入，他的工作范围广得很，里外交通，运输粮草，护送干部，而且不带一支枪。他对苇塘里的负责同志说：你什么也靠给我，我什么也靠给水上的能耐，一切保险。

老头子过于自信和自尊。每天夜里，在敌人紧紧封锁的水面上，就像一个没事人，他按照早出晚归捕鱼撒网那股悠闲的心情撑着船，编算着使自己高兴也使别人高兴的事情。

因为他，敌人的愿望就没有达到。

每到傍晚，苇塘里的歌声还是那么响，不像是饿肚子的人们唱的；稻米和肥鱼的香味，还是从苇塘里飘出来。敌人发了愁。

一天夜里，老头子从东边很远的地方回来。弯弯下垂的月亮，浮在水一样的天上。老头子载了两个女孩子回来。孩子们在炮火里滚了一个多月，都发着疟子，昨天跑到这里来找队伍，想在苇塘里休息休息，打打针。

老头子很喜欢这两个孩子：大的叫大菱，小的叫二菱。把她们接上船，老头子就叫她们睡一觉，他说：什么事也没有了，安心睡一觉吧，到苇塘里，咱们还有大米和鱼吃。

孩子们在炮火里一直没安静过，神经紧张得很。一点轻微的声音，闭上的眼就又睁开了。现在又是到了这么一个新鲜的地方，有水有船，荡悠悠的，夜晚的风吹得长期发烧的脸也清爽多了，就更睡不着。

眼前的环境好像是一个梦。在敌人的炮火里打滚，在高粱地里淋着雨过夜，一晚上不知道要过几条汽车路，爬几道沟。发高烧和打寒噤的时候，孩子们也没停下来。一心想；找队伍去呀，找到队伍就好了！

这是冀中区的女孩子们，大的不过十五，小的才十三。她们在家乡的道路上行军，眼望着天边的北斗。她们看着初夏的小麦黄梢，看着中秋的高粱晒米。雁在她们的头顶往南飞去，不久又向北飞来。她们长大成人了。

小女孩子趴在船边，用两只小手淘着水玩。发烧的手浸在清凉的水里很舒服，她随手就舀了一把泼在脸上，那脸涂着厚厚的泥和汗。她痛痛快快地洗起来，连那短短的头发。大些的轻声吆喝她：

“看你，这时洗脸干什么？什么时候呵，还这么爱干净！”

小女孩子抬起头来，望一望老头子，笑着说：

“洗一洗就精神了！”

老头子说：

“不怕，洗一洗吧，多么俊的一个孩子呀！”

远远有一片阴惨的黄色的光，突然一转就转到她们的船上来。女孩子正在拧着水淋淋的头发，叫了一声。老头子说：

“不怕，小火轮上的探照灯，它照不见我们。”

他蹲下去，撑着船往北绕一绕。黄色的光仍然向四下里探照，一下照在水面上，一下又照到远处的树林里去了。

老头子小声说：

“不要说话，要过封锁线了！”

小船无声地，但是飞快地前进。当小船和那黑虎虎的小火轮站到一条横线上的时候，探照灯突然照向她们，不动了。两个女孩子的脸照得雪白，紧接着就扫射过一梭机枪。

老头子叫了一声“趴下”，一抽身就跳进水里去，踏着水用两手推着小船前进。大女孩子把小女孩子抱在怀里，倒在船底上，用身子遮盖了她。

子弹吱吱地在她们的船边钻到水里去，有的一见水就爆炸了。

大女孩子负了伤，虽说她没有叫一声也没有哼一声，可是胳膊没有了力量，再也搂不住那个小的，她翻了下去。那小的觉得有一股热热的东西流到自己脸上来，连忙爬起来，把大的抱在自己怀里，带着哭声向老头子喊：

“她挂花了！”

老头子没听见，拼命地往前推着船，还是柔和地说：

“不怕。他打不着我们！”

“她挂了花！”

“谁？”老头子的身体往上蹿了一蹿，随着，那小船很厉害地侧歪了一下。老头子觉得自己的手脚顿时失去了力量，他用手扒着船尾，跟着浮了几步，才又拼命地往前推了一把。

他们已经离苇塘很近。老头子爬到船上去，他觉得两只老眼有些昏花。可是他到底用篙拨开外面一层芦苇，找到了那窄窄的入口。

一钻进苇塘，他就放下篙，扶起那大女孩子的头。

大女孩子微微睁了一下眼，吃力地说：

“我不要紧。快把我们送进苇塘里去吧！”

老头子无力地坐下来，船停在那里。月亮落了，半夜以后的苇塘，有些飒飒的风响。老头子叹了一口气，停了半天才说：

“我不能送你们进去了。”

小女孩子睁大眼睛问：

“为什么呀？”

老头子直直地望着前面说：

“我没脸见人。”

小女孩子有些发急。在路上也遇见过这样的带路人，带到半路上就不愿带了，叫人为难。她像央告那老头子：

“老同志，你快把我们送进去吧，你看她流了这么多血，我们要找医生给她裹伤呀！”

老头子站起来，拾起篙，撑了一下。那小船转弯抹角钻入了苇塘的深处。

这时那受伤的才痛苦地哼哼起来。小女孩子安慰她，又好像是抱怨，一路上多么紧张，也没怎么样。谁知到了这里，反倒……一声一声像连珠箭，射穿老头子的心。他没法解释：大江大海过了多少，为什么这一次的任务，偏偏没有完成？自己没儿没女，这两个孩子多么叫人喜爱！自己平日夸下口，这一次带着挂花的人进去，怎么张嘴说话？这老脸呀！他叫着大菱说：

“他们打伤了你，流了这么多血，等明天我叫他们十个人流血！”

两个孩子全没有答言，老头子觉得受了轻视。他说：

“你们不信我的话，我也不和你们说。谁叫我丢人现眼，打牙跌嘴呢！可是，等到天明，你们看吧！”

小女孩子说：

“你这么大年纪了，还能打仗？”

老头子狠狠地说：

“为什么不能？我打他们不用枪，那不是我的本事。愿意看，明天来看吧！二菱，明天你跟我来看吧，有热闹哩！”

第二天，中午的时候，非常闷热。一轮红日当天，水面上浮着一层烟气。小火轮开得离苇塘远一些，鬼子们又偷偷地爬下来洗澡了。十几个鬼子在水里泅着，日本人的水式真不错。水淀里没有一个人影，只有一团白绸子样的水鸟，也躲开鬼子往北飞去，落到大荷叶下面歇凉去了。从荷花淀里却撑出一只小船来。一个干瘦的老头子，只穿一条破短裤，站在船尾巴上，有一篙没一篙地撑着，两只手却忙着剥那又肥又大的莲蓬，一个一个投进嘴里去。

他的船头上放着那样大的一捆莲蓬，是刚从荷花淀里摘下来的。不到白洋淀，哪里去吃这样新鲜的东西？来到白洋淀上几天了，鬼子们也还是望着荷花淀瞪眼。他们冲着那小船吆喝，叫他过来。

老头子向他们看了一眼，就又低下头去，还是有一篙没一篙地撑着船，剥着莲蓬。船却慢慢地冲着这里来了。

小船离鬼子还有一箭之地，好像老头子才看出洗澡的是鬼子，只一篙，小船溜溜转了一个圆圈，又回去了。鬼子们拍打着水追过去，老头子张皇失措，船却走不动，鬼子紧紧追上了他。

眼前是几根埋在水里的枯木桩子，日久天长，也许人们忘记这是为什么埋的了。这里的水却是镜一样平，蓝天一般清，拉长的水草在水底轻轻地浮动。鬼子们追上来，看看就扒上了船。老头子又是一篙，小船旋风一样绕着鬼子们转，莲蓬的清香，在他们的鼻子尖上扫过。鬼子们像是玩着捉迷藏，乱转着身子，抓上抓下。

一个鬼子尖叫了一声，就蹲到水里去。他被什么东西狠狠咬了一口，是一只锋利的钩子穿透了他的大腿。别的鬼子吃惊地往四下里一散，每个人的腿肚子也就挂上了钩。他们挣扎着，想摆脱那毒蛇一样的钩子。那替女孩子报仇的钩子却全找到腿上来，有的两个，有的三个。鬼子们痛得鬼叫，可是再也不敢动弹了。

老头子把船一撑来到他们的身边，举起篙来砸着鬼子们的脑袋，像敲打顽固的老玉米一样。

他狠狠地敲打，向着苇塘望了一眼。在那里，鲜嫩的芦花，一片展开的紫色的丝绒，正在迎风飘洒。

在那苇塘的边缘，芦花下面，有一个女孩子，她用密密的苇叶遮掩着身子，看着这场英雄的行为。

一九四五年八月于延安

碑

赵庄村南有三间土坯房，一圈篱笆墙，面临着滹沱河，那是赵老金的家。这老人六十几岁了，家里只有一个五十多岁的老伴和一个十六七岁的姑娘。姑娘叫小菊，这是一个老生子闺女，上边有两个哥哥全没拉扯大就死了。赵老金心里只有两件东西：一面打鱼的丝网和这个女孩子。天明了，背了网到河边去打鱼，心眼手脚全放在这面网上；天晚了，身子也疲乏了，慢慢走回家来，坐在炕上暖脚，这时候，心里眼里，就只有这个宝贝姑娘了。

自从敌人在河南岸安上炮楼，老人就更不干别的事，整天到河边去，有鱼没鱼，就在这里待一天。看看天边的山影，看看滹沱河从天的边缘那里白茫茫地流下来，像一条银带，在赵庄的村南曲敛了一下，就又奔到远远的东方去了。看看这些景致，散散心，也比待在村里担惊受怕强，比受鬼子汉奸的气便宜多了。

平常，老头子是个宽心人，也看得广。一个人应该怎么过一辈子，他有一套很洒脱很乐观的看法。可是自从敌人来了，他比谁也愁眉不展，比谁也咬牙切齿，简直对谁也不愿意说话，好像谁也得罪了他，有了不可解的仇恨似的。

那个老伴却是个好说好道好心肠的人。她的心那么软，同情心那么宽，比方说东邻家有了个病人，她会吃不下饭，睡不好觉；西邻家要娶媳妇了，她比小孩子还高兴，黑夜白日自动地去帮忙。谁家的小伙子要出外，她在鸡叫头遍的时候就醒来，在心里替人家打点着行李，计算着路程，比方着母亲和妻子的离别的心，暗暗地流泪。她就是这样一个热心肠的人。事变后，她除去织织纺纺，还有个说媒的副业。她不要人家的媒人钱和谢礼，她只有那么一种癖病，看见一个俊俏小伙子，要不给他说成一个美貌的媳妇，或是看见一个美貌的姑娘，不给她找一个俊俏的丈夫，她就像对谁负了一笔债，连祖宗三代也对不起似的。当她把媒说成了，那个俊俏的和美貌的到了一家，睡到一条炕上了，她会在意想不到的时候，就是在那年轻夫妇最从心里感到自己的幸福的时候，突然驾临他们那小小的新房，以致使新郎新妇异口同声地欢呼道：

“咳呀，大娘来了！”

在这样情形下面，她坐下来，仰着脸看看那新媳妇，一直把那新人看得不好意思起来，她才问道：

“怎么样，我给你说的这婆家好不好？”

因为对这媒人是这么感激，新人就是不想作假，也只能红着脸答应一个好字。她又问那个当丈夫的，自然丈夫更爽快利落地感谢了她。这样老婆子破口一笑，心满意足了。

一九四二年“五一”事变以前，晋察冀边区“双十纲领”一颁布，她就自动放弃了这个工作。遇到那二十上下的男子，十八帮近的姑娘们，她还是热心地向他们提说提说，不过最后她总是加个小注，加一段推卸责任的话，那意思就像我们常常说的：“这不过是我个人的意见，提出来请你参考，你自己考虑考虑吧。”

至于那个叫小菊的姑娘，虽说从小娇生惯养，却是非常明理懂事。她有父亲一样的安静幽远，有母亲一样的热情伶俐。从小学会了纺织，在正发育的几年，恰好是冀中的黄金时代，呼吸着这种空气，这孩子在身体上、性情上、认识上，都打下了一个非常宝贵非常光彩的基础。三间土坯北房，很是明亮温暖，西间是一家人的卧室，东间安着一架织布机，是小菊母女两个纺织的作坊，父亲的网也挂在这里。屋里陈设虽说很简单，却因为小菊的细心好强，拾掇得异常干净。

“五一”以后，这一间是常住八路军和工作人员的。大娘的熟人很多，就是村干部也不如她认识人多。住过一天，即便吃过一顿饭，大娘就不但记住了他的名字，也记住了他的声音。

这些日子，每逢赵老金睡下了，母亲和女儿到了东间，把窗户密密地遮起来，一盏小小的菜油灯挂在机子的栏杆上，女儿蹬上机子，母亲就纺起线来。

纺着纺着，母亲把布节一放，望着女儿说：

“八路军到哪里去了呢？怎么这么些日子，也不见一个人来？”

女儿没有说话，她的眼睛还在随着那穿来穿去的梭流动，她听清了母亲的话，也正在想着一件事情，使她茫然得有些希望，却也茫然得有些忧愁的事情。

母亲就又拾起布节纺起来，她像对自己说话一样念叨着：

“那个李连长，那年我给了他一双白布夹袜。那个黑脸老王，真是会逗笑啊！他一来就合不上嘴。那个好看书写字的高个子，不知道他和他那个对象结了婚没有？”

现在是十月底的天气，夜深了，河滩上起了风，听见沙子飞扬的声音。窗户也呼嗒呼嗒地响。屋里是纺车嗡嗡和机子挺拍挺拍的合奏，人心里，是共同的幻想。

母亲忽然听见窗户上啪啪地响了两下，她停了一下纺车，以为是风吹的，就又纺起来。立时又是啪啪啪的三下，这回是这么清楚，连机子上的女儿也听见了，转眼望着这里。

母亲停下来小声地对女儿说：

“你听听，外面什么响？”

她把耳朵贴到窗纸上去，外面就有这么一声非常清楚、熟悉又亲热的声音：

“大娘！”

“咳呀！李连长来了！”母亲一下就出溜下炕来，把纺车也带翻了。女儿又惊又喜地把机子停止，两手按着杼板，嘱咐着母亲：

“你看你，小心点。”

母亲摘下灯来，到外间去开了门，老李一闪进来，随手又关了门，说：

“大娘进来吧，小心灯光射出去。”

大娘同老李到了屋里，老李手里提了一把盒子，身上又背一支大枪，穿一件黑色短袄黑色单裤，手榴弹子弹袋缠满了他的上半截身子。他连坐也没顾得坐，就笑着对大娘说：

“大伯在家吗？”

“在家里。干什么呀，这么急？”大娘一看见老李那大厚嘴唇和那古怪的大鼻子，就高兴地笑了。

“我们有十几个人要过河，河里涨了水，天气又凉不好浮。看见河边有一只小船，我们又不会驶，叫起大伯来帮帮忙。”

小菊叫着，连忙从机子上下来到西间去了。

“十几个人？他们哩？”大娘问。

“在外边。我是跳墙进来的。”老李说。

看见老李那么急得站不住脚，大娘看定了老李，眼里有些酸。

“你知道你们这些日子没来，我是多么想你们呀！”

老李心里也有很多话要说，可是他只能笑着说：

“我们也想你，大娘。我们这不是来了吗？”

“来了，做点吃的再走。”大娘简直是求告他，见有机会就插进来。

“不饥。”

“烧点水？”

“不渴，大娘。我们有紧急的任务。”老李就转眼望着西间。

“那你就快点吧！”大娘叹息地向着西间喊了一声。

“来了。走吧，同志。”老金已经穿好衣服，在外间等候了。

老金在院里摸着一支篙。大娘开了篱笆门送了他们出去。她摸着在门外黑影里等候着的人们说：

“还有我认识的不？”

“有我，大娘。”

“大娘，有我。”

有两个黑影子热情激动地说着，就拉开队走了。

大娘掩好门，回到屋里，和女儿坐在炕上。她听着，河滩里的风更大了，什么声音也听不见。但是她还是听着，她在心里听见，听见了那一小队战士发急的脚步，听见了河水的波涛，听见了老李受了感动的心，那更坚强的意志，战斗的要求。

娘儿俩一直听着，等着。风杀了，一股寒气从窗子里透进来。

小菊说：

“变天了。娘，地下挺冷，我换上我那新棉裤吧！”

“你换去吧！谁管你哩。”

小菊高兴地换上她那新做的、自己纺织自己裁铰的裤子。窗纸上已经结上了一团团的冰花。老金回来，他的胡子和鬓角上挂着一层霜雪。他很忧愁地说：

“变天了，赶上了这么个坏天气！要是今黑间封了河，他们就不好过来了。”

一家三口，惦记着那十几个人，放心不下。

早晨，天没亮，大娘就去开了门。满天满地霜雪，草垛上、树枝上全挂满了。树枝垂下来，霜花沙沙地飘落。河滩里白茫茫什么也看不见。

当大娘正要转身回到屋里的时候，在河南边响起一梭机枪。这是一个信号，平原上的一次残酷战斗开始了。

机枪一梭连一梭，响成一个声音。中间是清脆沉着的步枪声。一家人三步两步跑到堤埝上，朝南望着。

枪声越紧也越近，是朝着这里来了。村里乱了一阵，因为还隔着一条河，又知道早没有了渡口，许多人也到村南来张望了。只有这一家人的心里特别沉重，河流对他们不是保障，倒是一种危险了。

树枝开始摇动，霜雪大块地往下落。风来了，雾也渐渐稀薄。枪声响到河南岸，人们全掩藏到堤后面去了。

他们这叫观战。长久的对战争的想望，今天才得到了满足。他们仔细地观察，并且互相答问着。

雾腾起，河流显出来，河两边水浅的地方已经结了冰，中间的水流却更浑浊汹涌了。

他们渐渐看见一小队黑衣服的战士，冲着这里跑来。他们弯着身子飞跑，跑一阵就又转回身去伏在地上射击。他们分成了三组，显然是一组对付着一面的敌人。敌人也近了，敌人从三个方向包围上来，形成了一个弓背。这一小队黑衣服的战士就是这个弓的弦，是这弦牵动着那个弓背，三面的敌人迅速地逼近他们。

“那穿黑衣裳的是我们八路军！夜里才过去的。”小菊兴奋又担心地大声告诉她身边的人。

这一小队人马，在平原上且战且走。他们每个人单独作战，又联结成了一个整体，自己留神是为的保护别人。在平原上初冬清晨的霜雾里，他们找到每一个可以掩蔽自己的东西：小壕沟、地边树、坟头和碑座，大窑疙瘩和小树林。他们在那涂满霜雪的小麦地里滚过来了。

这自然是败退，是突围。他们一个人抵挡着那么些个敌人。三面的敌人像一团旋转的黄蜂，他们飞上飞下，迫害着地面上的一条蜈蚣。蜈蚣受伤，并且颤抖了一下，但就是受伤的颤抖，也在观战人的心里形成了悲壮的感觉。

人们面前的土地是这样的平整和无边际。一小队人滚动在上面，就像一排灿烂的流星撞击在深夜的天空里，每一丝的光都在人们的心上划过了。

战争已经靠近河岸。子弹从观战人们的头顶上吱吱地飞过去。人们低下头来，感到一种绝望的悲哀。他们能渡过这条河吗？能过来可就平安了。

赵老金忘记了那飞蝗一样的子弹，探着身子望着河那边。他看见那一小队人退到了河边。当他们一看出河里已经结了冰，中间的水又是那么凶的时候，微微踌躇了一下，但是立刻就又转过身去了。他们用河岸作掩护，开始向三面的敌人猛烈地射击。

老金看出来：在以前那么寡不敌众，那么万分危险的时候，他们也是节省了子弹用的。现在他们好像也知道是走到一条死路上来了。

他们沉着地用排枪向三面的敌人射击。敌人一扑面子压过来。炮火落到河岸上，尘土和泥块，掩盖了那一小队人。

老金看见就在那烟火里面，这一小队人钻了出来，先后跳到河里去了。

他们在炮火里出来，身子像火一样热，心和肺全要爆炸了。他们跳进结冰的河里，用枪托敲打着前面的冰，想快些扑到河中间去。但是腿上一阵麻木，心脏一收缩，他们失去了知觉，沉下去了。

老金他们冒着那么大的危险跑到河边，也只能救回来两个战士。他们那被水湿透的衣裳，叫冷风一吹，立时就结成了冰。他们万分艰难地走到老金的家里。村北里也响起枪来，村里大乱了。母女两个强拉硬扯地给他们脱下冻在身上的衣服，小菊又忙着到东间把自己的新棉裤换下来，把一家人过冬的棉衣服叫他们穿上，抱出他们的湿衣服去，埋在草里。

大娘含着两眼热泪说：

“你们不能待着，还得走，敌人进村了！”

她送他们到村西的小交通沟里，叫他们到李庄去，到那里再暖身子吃饭吧。她流着泪问：

“同志！你们昨晚上过去了多少人？”

“二十个。就剩我们两个人了！”战士们说。

“老李呢？”

“李连长死在河里了。”

这样过了两天，天气又暖和了些。太阳很好，赵老金吃过午饭，一句话也不说，就到河边去了。他把网放在一边，坐在沙滩上抽一袋烟。河边的冰，叫太阳一照，乒乓地响，反射着太阳光，射得人眼花。老金往河那边望过去，小麦地直展到看不清楚的远地方，才是一抹黑色的树林，一个村庄，村庄边上露出黄色的炮楼。老金把眼收回来。他好像又看见那一小队人从这铺满小麦的田地里滚过来，纵身到这奔流不息的水里。

他站立起来，站到自己修好的一个小坝上去。他记得很清楚，那两个战士是从这个地方爬上岸来的。他撒下网去，他一网又一网地撒下去，慢慢地拉上来，每次都是叹一口气。

他在心里祝告着，能把老李他们的尸首打捞上来就好了，哪怕打捞上一支枪来呢！几天来只打上一只军鞋和一条空的子弹袋。就这点东西吧，他也很珍重地把它们铺展开晒在河滩上。

这些日子，大娘哭得两只眼睛通红。小菊却是一刻不停地织着自己的布，她用力推送着机子，两只眼狠狠地跟着那来往穿送的梭转。她用力踏着蹬板，用力卷着布。

有时她到河岸上去叫爹吃饭，在傍晚的阳光里，她望着水发一会儿呆，她觉得她的心里也有一股东西流走了。

老头固执得要命，每天到那个地方去撒网。一直到冬天，要封河了，他还是每天早晨携带一把长柄的木槌，把那个小鱼场砸开：“你在别处结冰可以，这地方得开着！”于是，在冰底下憋闷一夜的水，一下就冒了上来，然后就又听见那奔腾号叫的流水的声音了。这声音使老人的心平静一些。他轻轻地撒着网。他不是打鱼，他是打捞一种力量，打捞那些英雄们的灵魂。

那浑黄的水，那卷走白沙又铺下肥土的河，长年不息地流，永远叫的是一个声音，固执的声音，百折不回的声音。站立在河边的老人，就是平原上的一幢纪念碑。

一九四六年春于冀中

钟

一

林村村西有个南海大士庙。庙很久远了，许多关于庙的事，在冀中平原，除去想到那些砖瓦可以利用，庙里的田产可以分种，全都忘记了。眼前的新事情很多，新话柄很多，谁肯再去谈过去的事？这个庙，人们一时却忘不下。早年间，这个庙的特点，第一是因为它里面住的不是和尚，而是尼姑。周围几十里，尼姑庵只有这一个。庵里的尼姑又多长得俊，春秋雨季过后，她们到各村里敛化，人们对这个庙更熟悉了。

人们能记得起的庙里的尼姑，也只有两三代，一般年轻人，就只记得慧秀了。至于十岁以下的孩子们，在我们冀中区，就不知道什么叫尼姑。因为尼姑的特点是女人落发，现在还活着的慧秀，却是满脑袋黑油油的头发。

慧秀的师父叫什么，已经很少有人提起。这是个很泼辣狠毒的人。她活着的时候，孩子们不能到庙里去玩，偷偷进去了，她会拿拐杖把你赶出去，还骂到街上来。人们不明白，为什么她在大士面前那么修福行善，嘴里却有这么一大堆尖酸刻薄的语言。就是这些，人们也忘记了。人们所以还提念一下，也不过是因为她的敛化，庙里才有了一个小铁钟。

这钟挂在庙的西墙里面。西墙外面是一个芦苇坑，村里的水都流在这里，苇子长得很好。到了春天，苇锥锥像小牛犊头上钻出来的紫红小犄角，水灵灵地充满生气。到夏天，雨水涨满，是一片摇动的绿色的大栅帐。到冬天，它点缀着平原单调肃杀的气象，黄白的芦花从这里吹起来。

钟紧挨着尼姑们睡觉的房，两间小小的土坯平房。从房子的样子看，从屋里的锅碗盆灶和一切的陈设看，这和平民的住家实在没有丝毫的分别。凡是女人们用的东西，爱好的东西，她们都有也都爱好。

那时候，师父老了，瞎了一只眼睛，抽着一口大烟。慧秀才十八岁。她不久交接了村里一个年轻人。

既是爱上了，就真心爱，慧秀第一次对那年轻人的誓言，是我要为你死。在那些时候，每逢夜深人静，村里的人们看见，在那两间小屋的南间，还点着一盏明亮的灯。好心肠的人们说，那是尼姑念经卷呢。慧秀却在把针线凑在灯头上，给她那相好的缝衣服。她敛化了钱换成漂白的布，给那个年轻人缝小褂。夜很深，灯灭了，人才睡了。

这个年轻人叫大秋。是村里麻绳铺的一个工人，才二十八岁。因为一个穷人既是仗着手艺吃饭，他就学会了各种在农村里有用的手艺，并且样样精通。这个年轻人成了村里顶有用的人，也是顶漂亮的人。人缘好，好交朋友，可是一直娶不上个媳妇。

媳妇都给有地的人娶去了。地多的娶个俊的年轻的；地少的娶个丑的年岁大的。在农村，女人和土地结合，没有一垄园子地，就好像也没有犁耙绳套一样，打光棍没女人。

可是对于慧秀，她需要的只是一个真心的人，一个漂亮的人。她和他好了。并且立时就怀上了身孕。

这一年，是冀中抗战的第一年。滹沱河涨了一次水，水撤了，麦苗满地的时候，出现了一支小小的队伍。这队伍是很小，直到现在人们还说："那时候你们才有几个人呀！"可是这支小队伍在这个时候出现在平原上，就像投了一星什么奇怪的东西在一缸水里，立时一缸水就变了颜色，并且沸腾起来了。

林村成立了人民自卫团的大队部。在集合人的时候，敲庙里的铁钟。不错，那个时候，林村的年轻人还没有对自己力量的自信，就像那口小铁钟常年挂在那里，不自觉自己的声音的号召力量一样。可是钟响了，人来了，八年战争而且胜利了。那个敲钟的人还活着吗？如果在这几年残酷的战斗里他没有死，人们要记住：是他抡起了那个榆木棍，敲得铁钟像海啸一样响啊！

村里的农会成立了，集合的时候敲着铁钟。工会成立了，大秋当选了主任，当他被一村的长工们选举出来，站在那高高的台上宣誓的时候，钟又洪亮地响了。

这是振奋，是鼓励，是铁的誓言。同是这个钟，第二次响的时候，却把大秋的心敲碎了。

二

那个老尼姑，慧秀的师父，想当年也是风流过的。她交结过不少朋友，施主或者叫善人。有些人三天好，两天又不好了；一直取着联系的，却只有麻绳铺的东家林德贵，林村有名的地主和大乡绅。林德贵用自己在村里的特殊地位，和手中比别人富足的钱，排挤了竞争者，差不多是霸占了这个女人。

在那些年间，女人，就是一个尼姑，看重的也是势力和财帛。林德贵给她撑腰，就没人敢来招惹她的庙产。尼姑在社会上并没有特殊地位，可是因为她既是林德贵的知己，她竟能调词架讼，成了村里政治舞台上的要人。

可是她渐渐地老了，并且瞎了一只眼睛，她和林德贵的关系，就只剩下了那一小包大烟土的情分了。抗战前，林德贵常到庵里抽大烟，老尼姑陪着；慧秀是一个奴仆，一个丫鬟，一个还没有长成的窑姐儿。

林德贵眼看着炕沿下边这一朵小花渐渐开放，就又想伸手抓一把。可是一个尼姑，就是穷人家最苦的孩子，送到庙里，只不过比扔在野地，稍微好一点。在苦难里长大的孩子，知道忍受自己的苦难，也坚定着自己的心。林德贵在她眼里是仇恨不是爱情。在慧秀，一个十几岁的孩子，她从没有想过把自己拴在那个狭小的桩子上。她心里的天地很宽阔，她的希望很高；既没有母亲的抚爱，她就默默地修理着嫩小的羽毛。她觉得一旦自己的羽毛长成，谁能猜想她会飞到多么高的地方，多么远的地方呢？

按说林德贵的力量可以把这个孩子制服。但是，假如我们来不及为上一代人们庆幸，就为眼下这一代庆幸吧。平原的人民一举起了武器，并且组织起来，天地就改变了那长久灰暗肃杀的颜色。大地上起了风，尼姑庵里的铁钟响了。

人民起义的第二年春天，苇塘的冰解了，苇笋撒开了第一个叶子；慧秀十九岁。

这些日子人们不常见到这个年轻的尼姑了，她不常出门，人们传说她病了。村里的人正在忙着战争动员的事，也不大注意这些，只有一些年轻的姑娘们常常想起她来：

“怎么这些日子看不见慧秀？抗战了，妇女们要解放，她不能解放出来呀？那么一个聪明伶俐的人，当尼姑不像埋在坟里一样，唉！”

可是按照习惯，姑娘们不爱到尼姑庵里去。人们又讨厌她那个坏烂舌头的师父，也就忘记她了。

没有忘记她的人只有两个吧，一个是大秋，一个是林德贵那老东西。

一天晚上，一弯月亮在天边出现了，天空很昏迷，月亮周围浮动着一圈云雾，预告半夜以后就要起风了。这是平原上春天的风，刮起来整天整夜的风，一种遮盖天地，屋子里都要昏暗起来的黄风。

老尼姑拄着拐杖从村里走回来，探手到怀里摸一摸，又喃喃地骂了一句。远处已经有了风声，她紧了紧脖子里那条缎子围巾。

到了庙门口，她推开那沉重的油漆剥落的山门进去了，随手又关上。她看一看南间的窗子，灯光在闪动。

她进到屋里，把怀里的一包东西掏出来，往炕上一丢，狠狠地说：

“去熬熬，吃了！”

慧秀正侧在炕上面对着窗户，看着那个空花露水瓶子做成的煤油灯。灯光很小，却很亮，像一个刚刚解剖出来的小青蛙的心脏，活泼地跳动着。

她转过身子来。她的脸有些苍白，衬托得那两只眼睛更黑更大了。眼里有些湿润，微微眨动眨动那薄薄的眼皮，两颗眼泪滴落在她那浅色月白缎子道袍领的棉袄上。她的棉袄虽然特意做得肥了一些，现在的胸部和腹部也还是按压不住地突露出来。她一低头，心里就绞痛。

那些幸福的人，那些红媒正娶有钱有主的人，那些新婚不久就怀上了孩子的人，身体的膨胀和突出对于她们是一种多么新鲜、多么幸福的感觉。就是在母亲的身边，她们也会微闭着眼睛，用手抚摸着肚子，心里微笑着，去感觉那里面小小的生命的跳动。她们默默祝告着这个小小的生命快快地平安地出世吧！那是她的一场天才的创造，光荣和名誉的源泉。她们比任何人都着急着看一看自己身上分裂下来的这一块骨肉的可亲的面貌。他是个什么长相呢？他的眼睛还是像爹还是像娘呢？一个年轻美貌的小媳妇，怀里再抱一个肥胖的大娃娃，该是多么冠冕呀！

可是对于眼前这个女人，这个时时刻刻要在人面前掩饰着自己的肚子的女人，这个带着黑色比丘帽的，还不到二十岁的女人，却为这肚里的小小生命折磨得快死了，她自怀上了这个东西，整天整夜地焦心慌乱。她忘记了一切，她曾经想到过，把他打下来吧！她想，既然为幸福冒了险，为不幸也可以冒险，她什么痛苦不能忍受呢？她可以用一只很长的铁针把这块东西扎下来！

她几次想这样做，几次拿起那只纺线的铁锭子，放下了，她没有这么忍心。她觉得自己虽说命苦，孩子有什么罪呢？害死这不能说甚至不会想的孩子，她不应该。有什么罪，我一个人担当起来吧，就是死，我也要叫肚里的孩子生下来见见天日，看看受难的母亲吧。她甚至没有埋怨过留下这个冤孽种子的人，她觉得都是命苦的人，不这样作孽，不这样犯罪，不这样胡作非为，不也是活不了吗？

七个月，八个月，孩子越在肚里生长，越成了形状，在睡里梦里，她觉得这个孩子有了五脏，有了眉眼，有了四肢胳膊腿，她就越不忍心这样做了。

这以前，她是用腰带把肚子抽紧，后来又用宽长的布把肚子扎起的。后来她不愿这样残害这孩子了，她坦然地把肚子呈现在太阳的光里。

师父痛骂了她一顿。根据她自己的经验，到村里药铺先生那里取来一服药，逼着她吃。

慧秀用那大眼睛呆呆望着师父说：

“我不吃！”

那声音很低，但是很坚定地传到师父的耳朵里。这声音像是要全世界都听到，不是羞臊，是决心。

“你不吃，就得给我死！”

满脸横肉的师父，举起拐杖，就敲在那肚子上去。

慧秀一手护着肚子，转过身去，趴在炕上哭了。

师父还压低声音骂：

“你不吃药，我就用乱棒给你砸下来。你知道吗？这是佛门清净的地方，能叫你在这里仰着生孩子？你说是哪个杂种给留下的这个坏种子？”

慧秀啼哭着，却刚强地说：“你管不着！”

“我管定了。你有了这个浪孩子，你腆着这个大肚子，你在屋里修行着，你不去敛化，我们吃什么？花什么？叫我去叼食来喂你这蠢东西吗？说，是谁这么坏？”

慧秀流着眼泪，没说话。一时，她连哭都不想哭了。有了死的决心，就什么也可以不表示。她沉默起来。她听见外面起了风，佛殿上的铁马，叮当乱响。

师父一把抓起那个小包来说：

“好，我从小养大你，你是祖奶奶。我给你熬去，你不吃我灌死你。”

师父到灶间去了。

她有些难过，为什么他竟不来一趟看看她！她没有希望世界上有任何人心疼她，惦记她，可是如果他也把她忘记，负了心，她还有什么活头呢？快来救救我吧！她用两只手紧按着肚子。

这一晚大秋没来，林德贵却来了。他摸到师父屋里去，师父一见就骂：

“阿弥陀佛，你这兔崽子，这些日子哪里去来？”

“别骂！我给你带来了一包烟灰，叫你过过瘾。”

林德贵那连笑带说的声音，就像一个夜猫子，他问：

“慧秀哩？”

“快别提她，人家有了，快添了！”

“有了什么？”

“你别装蒜，是你这老东西施的坏不？”

“别冤枉人。”

林德贵只冷冷地说了一句，就没有下文了。

三

林德贵是憋着满肚子气，到这里散心的。从村里成立了工会，接二连三的事情，使他看着不顺眼，更不随心。他看出在这个村里，他要下台，而那些穷光蛋们要站上去。一个人感觉到别人动摇他的根基、他的统治的时候，他最怀恨也最恐怖。他曾经想到抵抗，想用过去他在村里的声威，压服他们，可是看来这些穷小子们并不怕。他也曾想到用自己走动官场的能耐，到区里、县里去，可是那些县长、区长也只是以这些穷光蛋们的一面之词为准，不给他丝毫的面子和主张。他也想过逃到南边去吧，可是他舍不下自己那三顷五十亩祖业地。

而且他手下的人，像大秋也反对起他来。渐渐没有过去对他的尊敬，他领导组织工会，还要求增加工资，半实物制，还要年节送礼，一年三个节气送三个盒子。在林德贵看来，送闺女送女婿也不过如此。而且这些人吃了你的东西并不说你好，挑碴拣刺，你有一点毛病，他还向上级反映，给你难看。

现在一听慧秀又有了孩子，更给他添了烦恼。原先，他以为一个女孩子，一时不答应，早晚还是他的；他的条件有利得多，林村还没有一个可以和他相比，慢慢磨吧，就是自己磨不上吧，反正也没叫别人沾上，那怨女孩子贞节。现在一听，这场梦也空了，他抢着抽了两口烟，着急地问：

“到底是谁的呀？”

“算我瞎了眼，一点风声也没听到，前日个才看见她的肚子那么大了。”

“快添了吗？”

“我看快了。”

老尼姑抽了两口烟，有点心平气和的样子。那盏快死灭的烟灯，照着这陈腐阴暗的屋子。外面的风声更大了，窗外的铁钟发出嗞嗞的声响。

“你真是个老混蛋，你平日就没看见过谁和她来往，来往的不相当，过于亲密……”

“你叫我想一想，”老尼姑有点困了，“啊！有那么一回，是谁来？你看我这个记性。看见我一进来，她两个人的神气全不对。啊！想起来了，是你铺子里那个大秋。”

“啊！”林德贵的心里，沉重地跳动了一下。他想，这年头，什么也是他们占先了，这一点便宜也叫他们占了去。他酸酸地说：

“你该去告他，告到县衙门里去。”

“我可不是得去告他！可是，听说他当了什么主任，常在衙门里跑动，这招惹得了吗？”

“别看他们那一套，”林德贵愤愤地说，“日头爷只能从东边出来，不能从西边出来，凤凰窝多早晚也是垒在梧桐树上，老鸹窝多早晚也得垒在那歪杈子的榆树上。叫他们闹吧！叫他们红花一时，兔子的尾巴长不了！”他说着就站起来，奔着南间去。南间的灯快灭了，屋里很暗，慧秀一阵肚痛过去，又一阵肚痛，正趴在炕上低声呻吟。林德贵一进来就说：

“你病了？”

慧秀没答声。林德贵又奸笑着说：

“我问你病了吗？我会治这个病。”

慧秀支了支身子，想坐起来，张了张嘴想骂一声“杂种”。可是她又伏下身子去了。她觉得决定她的命运的时候，就要来了，叫这老王八蛋快离开这里吧！她忍耐下去了。

紧接着又是一阵痛，这一阵痛得这样厉害，慧秀把头死顶在枕头上，叫了声娘。一个生命就要诞生了，在这平原的春天的夜晚，在这阴暗的小房子里，一个女人生产她的第一胎。偷偷地生产，母亲的痛苦里，没有希望，婴儿也没有诞生的喜悦的生产。母亲要流一样多的血，或者要流更多的血，因为代替那丈夫的关切，母亲的安慰，她那肚子上刚刚挨过了致命的一棒。

而在这最不方便的时候，眼前还站着一个把她的痛苦当稀罕热闹看的仇人！慧秀强挺起身子，瞪起那充满血丝的眼，狠狠地说了一声：

“你出去！”

本来林德贵也想走了，他想起了一件事，他觉得他得到了一个把柄。他觉得今天这一趟没有白来，他甚至立时觉得他的财产和他的地位也有了小小的保障。

可是，从慧秀的眼里，林德贵看到了他在这女人的心里的地位。他冷笑了一声走出来。他在外间屋里转了两转，走到院里又转了两转，他的心里突然出现了一个念头。他从台阶上掀起了一个砖，在那钟上连击了三下。

钟发出了嗡嗡的要碎裂一样的吼叫，大地震动起来，风声却被淹没了。

正在生产的女人的心被震碎了，栽倒在地下，血不住地从她的下体流出来，婴儿降生在那冰冷的地上，只微弱地啼哭了两声。

四

在这天夜里，大秋正和他的工人同志们挤在一间牲口棚里听一个上级同志的报告。他们都红着脸，流着汗兴奋地听着。我们工人这样重要吗？我们工人的力量这样大吗？只要我们动员起来，组织起来，就能打败日本帝国主义和村里的封建势力吗？

他们从没经过别人这样看重自己，这样的知心和爱护。这样一来，大秋更自重起来了。他想，自己要一切都积极，一切都勇敢，一切都正确，不要有一点对不起上级。他无比激动地向上级说明了他的志愿。

当散会回来，他听到了那震耳的钟声。从这钟声他想起一个女人，一件事情，和一个日子。他想去看一看，她快要生产了。但是走了几步以后，他又想：这不正确的，不要再做这些混账事；就转到他的下处睡觉去了。

任何女人在生产的时间，受到这样的震惊，也要死去的。可是慧秀在半夜以后，又苏醒过来了。时代还需要她做一个助手，做一个见证，看看将来的事变。她挣扎着爬到炕上去，就又昏迷不醒地睡去了。师父狠狠地骂着，从地上捡起孩子来，不管死活，隔着墙就丢到苇坑里去了。

这以后的几年，是冀中的黄金时代。人民狂热的战争扫荡了人民心里的悲哀的回忆，和大地上那些冤屈的血迹。老尼姑死了，慧秀大病一场，但不久就恢复了健康，分种了几亩田产，算是还了俗。她还是那么安静聪明，一头新生的油黑的头发把她的比以前苍白一些的面孔，衬托得更美丽了。她还住在她那间小屋里，没有去跟大秋，大秋也没娶她。大秋从工会主任当了村长，现在也种着五六亩地。慧秀没有嫁人，有人去说媒，她全笑着拒绝了；她说离开那个坟坑，她就满足了，不想再嫁人。

慧秀参加了村里的抗日工作，每逢遇见大秋，她总是那么不动声色地望一望，眼睛里充满一种在别人看来莫名其妙，在大秋却深深感伤的热情。这是对过去的珍惜，不是引诱，是一种鼓励，不是责备。大秋却常常低头走过去了。他不是薄情，他也打算把慧秀娶过来的，他又觉得这样做影响不好，不正确。在这个事情上，他觉得对不起慧秀，总觉得对她负着一笔债似的。他害怕当面遇着她，却好在背地里问她的生活，到地里去，首先注意慧秀那块地耕种了没有？锄了没有？粮食能打多少？能拉多少柴火？

至于慧秀，却一向没到他家里去过一次，也没求过他的帮助。她在村里工作很好，人缘很好，人们全愿意给她帮忙。

林德贵的麻绳铺却关了门，他自己不愿意干了；几个工人离开了他，在村里另组织了一个麻绳合作社。林德贵的地也减少了一些，是他很快地给孩子们分了家，自动“分散”了土地，还实行了女子继承，女儿外甥全有份儿。

只有一次，慧秀到大秋的家里去了。那是“五一扫荡”以后，林村的南头安上了岗楼。“五一”在冀中来说，比“七七”的印象还深，老百姓常说的“事变”那一年，就是指的“五一”这一年。经过敌人这一场残酷的大

"扫荡"，在平原上安上了点线，冀中的环境大变了。人们在习惯上甚至说冀中变了质，其实想起来，只要人心不变，就是质没变。事实上，人们对冀中"五一"以后的环境，不是害怕而是重视。是"五一"以后这几年，冀中区的人民才真正锻炼了出来，任凭它再来什么事变吧！

从夏天到秋天，林村的人民，是在风里雨里、毒气和枪弹里过的。慧秀整天东奔西跑，当尼姑没给了她别的好处，只留给她一双天然的脚。常常在半夜里，突然被枪声惊醒，爬起来就往野外里跑，在那伸手不见掌的黑夜，在那四面都有枪声的黑夜，她跑到远远的野地里，坐下来，才望着低垂的星星喘口气。有时候也觉得心里一酸，滴两滴眼泪。人家那有丈夫的人们，就是扶一把拉一把，在这个危险时候做做伴吧，抱抱孩子吧，就是受苦受难吧，也觉得甘心啊！

五

一天夜里，她忽然想起那口钟来。敌人这几天正在征集破铜烂铁，她想把它坚壁起来。她蹬在一条板凳上，试着摘了摘，钟虽不很大，她却摘不动。她想去叫一个人，不知怎么想起大秋来。她走到大秋的家里，说明这个事情，大秋跟她来了。两个人努着力把钟摘下来了，想了想还是坚壁到庙外面那个苇坑里去。他两个抬上，拿了一把铁铲，天很黑，那一片苇子更是黑得怕人。现在苇坑里灌满了水，依着大秋，埋在坑边就算了，慧秀说：

"埋在坑当间水深的地方去。就让它埋着去吧，什么时候敌人走了，什么时候再叫它出世，反正水是泡不坏铁的。"

她先脱下了袜子，卷起了裤子。大秋和她把钟抬到苇子密水又深的地方，埋到污泥里去。

几只藏在苇坑里过夜的水鸟，叫他们惊动起来飞走了。

慧秀忽然觉得一阵心酸，回到屋里，她再也忍不住，伏在炕上哭了。

大秋也跟进来了。这个年轻人，头上箍一块白毛巾，穿一身白单衣，披了一件黑棉袍。在脸上，长期不得休息的工作和焦心，显得有些阴沉。

见他进来，慧秀赶紧坐起来，把眼泪擦了。

“为什么哭？”大秋靠在迎门橱上，望着门帘说。

“我看见那口钟，我就难过起来了。你记得我那场病吗？”

“记得。”

“那个孩子呢？”

大秋凄惨地不自然地笑了笑。

“这你该忘了吧？我把他生下来，又把他埋了。我一醒过来，就挣扎着到野地里去找他，他躺在那苇坑里，我用两只手刨开土，把他埋了。我一看见那钟就难过起来。”慧秀说着，还是那么看着大秋，“我净想，一个女人要只是依靠着男人，像我，那就算是白费了心。”

“你说我是个忘恩负义的人？”大秋的脸惨白了。

“谁说你来呀？丢人现眼是我的事，你不会为我去得罪人。”

“你说什么？”大秋转过脸来盯着慧秀的眼睛。一种光在他眼里跳动着。是受了刺心的侮辱以后，混合着仇恨和毒意的光。这种光燃烧得是那么强烈，慧秀有些害怕起来。她赶紧笑着说：

“你看，我知道你没忘了我的冤仇，你记着哩！我全知道。在这个时候，就是你要报仇，我也不让你去。工作重要，工作比你重要，你又比我重要。我不能叫你去瞎闹……”

大秋强笑着说：

“咱不去报仇，人家可记恨哩。敌人在村里一安炮楼，这些王八蛋又活跃起来了。这场雨是给他们下了，人家漂到水皮上来，我们却要钻到泥底下去。”

“你要时刻小心，不要露面。”慧秀小声叮咛着。

“你不用结记，我不会落在他们手里。我不胆小，有人向敌区跑了，我哪里也不去。我要坚持工作，流尽最后一滴血。”

他告辞要走，慧秀送他到院里来。八月的半圆的月亮照得庙顶上的琉璃瓦放光。大秋站住脚小声说：

“闹情况的时候，你净往哪里跑？我总是找不着你。”

慧秀笑着说：

“你不用管我，好好小心着你自己吧！”

大秋出去，她无力地关上了山门。

外面静得怕人，人们逃了一天难，摸回村来，望一望炮楼枪眼里射出的蓝色的灯光，轻轻推开门走进家里，胡乱吃点东西，躺到炕上休息了。只听墙角里的蟋蟀断断续续地叫两声，苇坑里那个老青蛙，像人在梦里突然惊醒一样，叫了一声又停止了。

六

慧秀睡着了没有，自己也不知道。天一扑明的时候，她起来，开开房门，院里还是那么静，夜里下了一些露水，天空还残留着几粒星星。她去开山门，山门一开，门外站着一个汉奸两个鬼子，用刺刀又把她逼进来。村庄和她一时大意就陷在敌人的网里了。敌人在半夜的时候封锁了各家的大门。敌人逼她到屋里去，各处搜查了一下，就逼到街上来了。在路上那个汉奸问：

“你们庙里那个铁钟呢？”

慧秀说：

“我不知道，我不是庙里的人。”

“你不是庙里的人，为什么住在庙里面？”

“我借房子住。”

“你没有家？”

“没有。”

“拿着你这样的模样、人才，”汉奸斜着眼睛笑了笑，“我认识你。我在你们庙里上过布施。”

慧秀没有话说。汉奸又说：

“钟哩？竖壁起来了？”

“我不知道。”

“那钟可灵验哩！听说那年庙里有个小姑子坐月子，那钟自己就响起来了。”汉奸贱声贱气地拉着声音，“是真的吗？”

“我不知道。”

“你不知道，你的头发长得不短了啊，嘿嘿！”

当他们走到大街中间那个广场的时候，已经有一群男女老少站在那里，敌人在周围密密地布着哨，慧秀抽空钻到那些妇女群里去了。

天越发亮起来。慧秀向那青年人群里一看，她的心里发了一阵冷。天爷，怎么他也叫敌人围住了？那里面有大秋。她又偷偷望了他一眼，他却没有注意，他不动声色地在那里站着，嘴闭得很紧。慧秀赶紧低下了头。她身上有些冷，不住地抖颤。

敌人的三个头目，在她们身边走动，里面有一个汉奸。走到中间，站住了，汉奸向俘虏住的老乡们扫了一眼，说了话。

他说“皇军”到了附近的村庄全多少有些支应，为什么林村不支应？成心不要脸，看你们跑到哪里去！他大声问道：

“哪个是抗日村长？”

人们的心全抖动了一下，但全没有答声，广场里什么声音也没有，只能听见妇女和孩子们短促的呼吸。天大亮了，但很阴沉。风凭空吹起来，慧秀觉得身上冷得不能忍耐。

敌人和汉奸商议着，叫他们那些青年人坐到场中间去，叫老年人和妇女孩子们在外面围成一个圈子坐下来。然后，汉奸改成了一个笑脸，像做游戏一样绕着人们转。人们心惊肉跳地听着他的脚步声，当他一走到自己背后，就闭着气等着，谁知道他要弄什么花样呢！

他走着，看看这个又看看那个。他笑着，走着，说着：

“谁是抗日村长，我们知道。我们不指出来，叫你们自己指出来。这么看你们的忠心如何。抗日村长有什么关系？我们不杀他，不打他，我们还叫他做官哩。你们不说我们也知道。”他说着走着，走到慧秀的背后，突然向里面一指说：

“他就是抗日村长，他叫大秋，是不是？”

慧秀的心立时停止了跳动，她知道她会这么一闭塞就死去了。可是她又立时清醒了。她的头不知道是一种什么力量推着，越想不往大秋那边看，它却越想往那边扭。她明白了，这是计，这是敌人和汉奸的诡计。他们不认识大秋的，她放心了。她安静地低着头。

全场的老百姓全低着头，全都用眼睛看着自己的心。他们暗暗问自己：“你坚定吗？你想出卖大秋吗？你想当汉奸吗？”这样一问，他们全坦然了。因为他们全在心里生起这样一个根，长起这样一棵树，就是死吧，也光明正大地死。

这是在民族的心灵里交流着，生长和壮大的一种正气，一种节烈感，一种对灵魂的约束力量。这么一种力量，使得哪一个坏蛋也不敢在群众面前，伸手指一指大秋。

这激恼了汉奸，他一抓慧秀的肩，一把就提起来，吓唬着说：

“你说，哪是大秋？”

慧秀身子哆嗦着，却清楚地说："我不知道！"汉奸提着她走到场子里，一脚踏倒在地下。

一个鬼子端着刺刀跑到她的跟前，一阵难当的寒冷，划过全场的人的心。

汉奸说：

"她是庙里的姑子，她和大秋把钟坚壁起来，还说不知道。早有人报告了，她不说，别人指出大秋来，叫她看看！"

慧秀听说，用一只手支起身子来，望了林德贵一眼。林德贵坐在人群前面，刚刚抬了抬头，看见了慧秀射过来的冷冷的子弹一样的眼光，赶紧又把头垂下。

慧秀的脸焦黄，她咬着牙一个字一个字地说：

"我看着，大伙也看着，看着谁敢当汉奸！"

鬼子一刺刀穿到她的胳膊上，她倒下去，血在地上流着。

七

难道这个女人就这样死去？带着林德贵给她的伤害、侮辱，带着汉奸敌人的打骂和刀痕，就这样死去？

她不会死的。当她的血流在地上，这就是一声号令，一道檄文。全场的老百姓都不能忍耐，大秋第一个站起来，从背后掏出了火热的枪。在他后面紧跟着站起来的，是一队青年游击组。

一场混乱的、激动的战争，敌人狼狈退走了。人们救起了慧秀，抬到大秋的家去。

不久，慧秀伤好了，身体还很弱，但是大秋提出来和她结婚。组织上同意，全村老百姓同意，就在一天夜晚，吹打着举行了婚礼。

那时情况还很紧张，敌人经常到这村来“扫荡”，人们还要经常到地里去过夜。结婚以后，慧秀身子软弱，变得很娇惯，她一步也离不开大秋。现在她活像一个孩子了，又贪睡，每逢半夜以后，大秋警觉地醒来，叫她推她，她还是撒迷怔，及至走到道沟里了，走到野地里来了，大秋走在前头，她走在后头，她还是眯着眼小声嚷脚痛、腿痛，大秋就拉着她走。

他们在远远的密密的高粱地里，自己有一个洞。洞是大秋一手建造的，又秘密又宽敞，里面放了水壶干粮，铺着厚厚的草。洞口边还栽上几棵西瓜，是预备一旦水短，摘下一个来就吃。一到洞里，她才醒了，也精神了，她强要大秋睡一下：

“不！你得睡一觉，我给你站岗。”

这样安置着大秋睡了，盖好了，她就坐在洞口侧耳细听着，是那么负责任。风来她背着身子给大秋遮风；雨来，淋湿她的衣服头发，也不叫淋在她丈夫的身上。

抗战胜利以后，林村又实行了清算复仇，土地改革，土地复查和平分，彻底斗倒了汉奸恶霸地主豪绅的林德贵。

慧秀的身子也结实了，和大秋一同做林村里的工作，还是那样活泼和热情。

大庙那地方，改成了农民开会议事演戏跳舞的大广场。广场前面长起一棵枝叶茂盛的小榆树，这棵小树向南伸出一个枝干，它顽强地伸出又固执地微微向上，好像是专为悬挂什么东西的。悬挂什么呢？村里的人把那口小钟挂在上面。这样，不管在平原秋天的夜晚，还是在冬天的早晨，春季的风，夏季的雨里，它清脆洪亮的响声，成了全村男女老少的号令，是鼓励和追念，是在祝贺一个女人，她从旧社会火坑里跳出来，坚决顽强，战胜了村里和村外的仇敌。

一九四六年三月写于蠡县刘村

采蒲台的苇

我到了白洋淀，第一个印象，是水养活了苇草，人们依靠苇生活。这里到处是苇，人和苇结合得是那么紧。人好像寄生在苇里的鸟儿，整天不停地在苇里穿来穿去。

我渐渐知道，苇也因为性质的软硬、坚固和脆弱，各有各的用途。其中，大白皮和大头栽因为色白、高大，多用来织小花边的炕席；正草因为有骨性，则多用来铺房、填房碱；白毛子只有漂亮的外形，却只能当柴烧；假皮织篮捉鱼用。

我来得早，淀里的凌还没有完全融化。苇子的根还埋在冰冷的泥里，看不见大苇形成的海。我走在淀边上，想象假如是五月，那会是苇的世界。

在村里是一垛垛打下来的苇，它们柔顺地在妇女们的手里翻动。远处的炮声还不断传来，人民的创伤并没有完全平复。关于苇塘，就不只是一种风景，它充满火药的气息，和无数英雄的血液的记忆。如果单纯是苇，如果单纯是好看，那就不成为冀中的名胜。

这里的英雄事迹很多，不能一一记述。每一片苇塘，都有英雄的传说。敌人的炮火，曾经摧残它们，它无数次被火烧光，人民的血液保持了它们的清白。

最好的苇出在采蒲台。一次，在采蒲台，十几个干部和全村男女被敌人包围。那是冬天，人们被围在冰上，面对着等待收割的大苇塘。

敌人要搜。干部们有的带着枪，认为是最后战斗流血的时候到来了。

妇女们却偷偷地把怀里的孩子递过去，告诉他们把枪支插在孩子的裤裆里。搜查的时候，干部又顺手把孩子递给女人……十二个女人不约而同地这样做了。仇恨是一个，爱是一个，智慧是一个。

枪掩护过去了，闯过了一关。这时，一个四十多岁的人，从苇塘打苇回来，被敌人捉住。敌人问他："你是八路？""不是！""你村里有干部？""没有！"敌人砍断他半边脖子，又问："你的八路？"他歪着头，血流在胸膛上，说："不是！""你村的八路大大的！""没有！"

妇女们忍不住，她们一齐沙着嗓子喊："没有！没有！"

敌人杀死他，他倒在冰上。血冻结了，血是坚定的，死是刚强！

"没有！没有！"

这声音将永远响在苇塘附近，永远响在白洋淀人民的耳朵旁边，甚至应该一代代传给我们的子孙。永远记住这两句简短有力的话吧！

一九四七年三月

"藏"

这一家就住在村边上。虽然家里不宽绰，新卯从小可是娇生惯养，父亲死得早，母亲拧着纺车把他拉扯大，真是要星星不给月亮。现在他已经是二十五岁的人，娶了媳妇，母亲脾气好，媳妇模样好，过的是好日子。媳妇叫浅花，这个女人，好说好笑，说起话来，像小车轴上新抹了油，转得快叫得又好听。这个女人，嘴快脚快手快，织织纺纺全能行，地里活赛过一个好长工。她纺线，纺车像疯了似的转；她织布，挺拍乱响，梭飞得像流星；她做饭，切菜刀案板一齐响。走起路来，两只手甩起，像扫过平原的一股小旋风。

婆婆有时说她一句："你消停着点。"她是担心她把纺车抡坏，把机子碰坏，把案板切坏，走路栽倒。可是这都是多操心，她只是快，却什么也损坏不了。自从她来后，屋里干净，院里利落，牛不短草，鸡不丢蛋。新卯的娘念了佛了。

刚结婚的那二年，夫妇的感情好像不十分好。母亲和别人说："晚上他们屋里没动静，听不见说说笑笑。"那二年两个人是有些别扭，新卯总嫌她好说，媳妇在心里也不满意丈夫的"话贵"和邋遢。但是很快就好了，夫妻间容易想到对方的好处，也高兴去迁就。不久新卯的话也多些了，穿戴上也干净讲究了。

浅花好强，她以为新卯不好说不算什么，只要心眼儿实在，眉里眼里有她也就够了。而且看来新卯在她跟前话也真是不少。她只是嫌他当不上一个村干部。年上冬天，新卯参加了村里的工作，并且人们全说他是个顶事的干部，掌着大权，是村里的“大拿”。可是他既不是村长，又不是农会主任，不是治安员也不是调解委员。浅花问他他不说，晚上问，他装睡着了，呼呼地打鼾睡。浅花有气：“什么话这样贵重，也值得瞒着我？”她暗施一计，在黑暗里自言自语地说：“唉，八路军领导的这是什么世道啊！”“你说这是什么世道？八路军哪一点对不起你？”新卯醒了，他狠狠地给她讲了一番大道理，上了一堂政治课，粗了脖子红了脸，好像面对着仇人。浅花暗笑了，她说：

“你是这里边的虫，好坚决，和我也不说实话。”

“你嘴浅。”新卯说。

他又转过身去睡了，这样常常气得浅花一直睁眼到天明。今年春天，春耕地耘上了，出全了苗，该锄头遍了，新卯却什么活也不愿意去做。在家里的时候更少了，每天黑更半夜才家来，早晨天一亮，就披上袍子出去了，家不像他的家，家里的人见他的面也难。浅花又是六七个月的身子，饭熟了还得挺着大肚子满街去找他，也不一定找得来，找回来像赴席一样，喝上一碗饭，将筷子一摆，就披上那件破棉袍子出去了。一顿饭什么话也不说。他的母亲虽然心疼儿子，可是对他近来的行动也不满意，只是存在心里不说；浅花可憋着一肚子气等机会发泄。她倒不是怨他不到地里去做活，她伤心的是近来对家里的人太冷淡，他那嘴像封起来的，脸上满挂着霜，一点笑模样也看不见。半夜人家睡醒一觉了，他才家来，什么也不说，倒头便睡，你和他念叨个家长里短吧，他就没好气地说：

“你叫人歇一下子吧，我累。”

浅花说：

“你累什么呀？水你不挑，柴你不抱，地你不锄，草苗快一般高了！”

“你不知道我有工作？”

他倒发火了。浅花只好冷冷地一笑，过半天自己又忍不住地小声问道：

“你近来做什么工作呀？”

“你没听说风声不好？”

“风声不好，我看又是谣言。就是吧，你也得照顾自己的身子呀，你近来脸色不好，身上又瘦多了。”

这时她才心疼起他来。他近来吃饭很少，眼都陷了下去，叫他睡觉吧。她不言语了。

又过了两天，他竟连夜不家来睡觉，天明了才家来，累得不像个人样子，进家就睡了，睡上多半天才起来；可是天一擦黑便又精神起来，央告着说：

“给我做点好吃的吧。”

母亲听见了便说：

“你给他炒个鸡蛋烙张饼。”

媳妇虽然不高兴他出去，却也照样给他做了，看着他一边吃，她一边问：

“吃了好东西干什么去？”

他咧着油光的大厚嘴唇说：

“这可不能告诉你！”

乡下的夫妇，有这么三天五天不在一条炕上，浅花就犯了疑心。她胡猜乱想，什么工作呀，夜间出去白天回来？她家住在顶南头村外，不常有人来。她想，村里干部多着呢，别人不一定这样。这一天，大街上刘喜的媳妇来借梭来，浅花就问她：

“大嫂子，你听见说敌人又要出来‘扫荡’吗？”

“没听见说呀！‘扫荡’怕什么呀，我就不怕。”

“可是俺家他爹没事忙，现在连黑夜间也不家来睡觉了！”

“哈！不家来睡觉，到哪里睡呀？”这女人大吃一惊，张着嘴问。

“谁知道，有这么三四宿了，人家说工作忙。”浅花叹了一口气。

“准是工作忙呗！”那女人说着，却撇了撇嘴，“工作忙，一天家是男女混杂，咱也不知道那是干什么工作！”

“大嫂子，你听见什么风声了吗？”浅花直着眼问。

“没有，你家他爹很老实，不像那些流氓蛋，你们夫妻的感情又不错！不过你要留点神，年轻的人说变心可快哩！街上那些小狐狸们可能勾引着哩！说句不嫌你见怪的话吧，哪一个不比你年轻。”

这一晚浅花留上心，心里也顶生气。做晚饭了，丈夫从炕上爬起来眯着眼走出来说：

“擀点白条子吃吧？”

浅花的脸刷地拉下来，嘴噘得可以拴一匹小驴，脸上阴得只要有一点风吹就可滴下水来，半天才丧声丧气地说：

“好吃的吧，你是有了功的了！”

“有功没功，反正尽自己的责任。”丈夫认真地说。

“瓮里没水！”浅花把手里的空水瓢往瓮里一丢，大声地说。

“我去担。”丈夫不紧不慢地担起水桶出去了。

等他担了水来，浅花还是生气，在灶火前低着头，手里撕着一根柴火叶。丈夫说：

“快烧吧，你也知道发愁？别发愁，只要我们有准备，多么困难的环境也能通过去。”

浅花越听越没有好气，她想，你念什么咒呀！她打起火来，可是手有些颤，火镰凿在火石上，火星却落不到火绒上。丈夫接过去给她打着了，咧着大嘴笑了笑说：

“真笨。”

“我们是笨。”浅花把火点着，一手拉动风箱，“你去找精灵的去啊！”丈夫也听不出头绪，他以为女人也正在不高兴，他就坐在台阶上去，看着野外的高粱在晚风里摇摆。近来天旱，高粱长得才一尺来高，他想，下场透雨吧，高粱长起来，就是敌人“扫荡”也就不怕了。他望着那里发呆，浅花又忍不住，她扭转头来问：

“你别又装傻，我问你，这几日夜里你出去干什么来？”

“搞工作。”丈夫回过头来，还是心平气和地说。

“什么工作？”

“抗日工作。”

“你不用和我花马掉嘴，你好好地告诉我没事！”

女人是那么横，直眉瞪眼脸发青，丈夫也有些恼了。恼的是，女人为什么这么糊涂，这么顽固，这么不知心，这么不心疼人！我黑间白日累个死，心里牵挂着这些事，她不知道安慰我，还净找邪碴！他也嚷着说：

“我不能告诉你！你为什么这么横？你审我吗？”

母亲听见他们吵嘴，赶紧出来说了两句，两人才都不言语了。这一顿晚饭，一家人极不痛快，谁也没说话。

等新卯吃完饭，母亲将他叫到屋子里说：

“你整天整夜忙的什么？也不在家里照顾照顾。”

新卯没有说话，守着母亲坐了一会儿。天已经大黑了，他走到外间屋里，想出去，浅花正在门帘外慎着，一伸手就把他拉到自己屋里来。她在炕沿上一坐，哭着说：

“今黑夜你就不能出去，你出去我死在你手里！”

新卯瞪了瞪眼，想发火，但转眼看了看她，他忍下去了。他在屋里转了一会儿，浅花汪着两眼泪盯着他，他叹了一口气说道：

“我再出去一晚上。”

“不行！”

“你行行好，我算向你告假。”

“不行。”

浅花转过脸去啼哭起来，那脸在灯光下是那样的黄，过了一会儿，转动那笨重的大肚子仄到炕上去了。新卯又在屋里转了半天，他一边脱衣裳一边向媳妇解释：

“听你的话茬儿，好像我在外边有男女关系。绝没有那回事，你怎么这样猜疑呢，我是那样的人吗？”

浅花转过脸来说：

“没有那回子事，为什么净夜里出去？为什么一出去就是一宿，一回来就是那么乏，还向我要好的吃，我没那些个好东西来养着你！”

新卯说：

“你不信就罢，这反正和你说不着。”他钻进被窝睡去了。浅花爬起来脱了衣服吹灭灯也睡了。外面起了风，吹得窗户纸响，外边的柴火叶子也飞着。不久，浅花翻过身去呼呼地睡着了。

新卯静静地躺着，静静地坐起来，穿好衣服。下炕来，摸到外间，轻轻地开了门。外面很黑，风很大，但是春天的风吹到脸上是暖的，叫这样的风吹着，人的身上也懒起来，身子轻飘飘的，反倒有些睡意了。他集中了一下精神，振作了一下，奔着村南走去。他顺着那条窄窄的通到菜园子的小道走去，野外也很黑，但他可以看见那一望无边的高粱地在风里滚动，在远处柳树林的风很大，呼呼地响。

在他后面，浅花像一片轻轻的叶子从门里飘出来。她的身上虽然很笨重，但是她提着一口气走得很轻妙，她的两只眼什么也顾不得看，只望定了前边的黑影子紧跟着。她怕他一回头看见，又轻轻地躲闪，她走几步就停一下，常常很快地蹲下去，又很快地站起来。她心里又糊涂又害怕，他是到哪里去呢？

她看见新卯走到菜园子里站住了。她一闪就进了高粱地，坐下去，一尺高的高粱，正好遮住她的身子，但遮不住她的眼睛，她看见他冲着井台走过去了。她心里猛然跳了一下，半夜三更他到井边去干什么？要浇园白天浇不了吗？他又没带着水斗子，莫非有什么发愁的事或者是生了我的气要寻短见？这个人可是死心眼儿。她一挺就立起来。他真的一转身子掉到井里去了。

浅花叫了一声奔着井沿跑去，她心里一冷，差一点没有栽倒地上死过去。她想，竟来不及拉他一把，自己也跳到井里去吧。忽然新卯从井内把头伸出来，举着一只手大声问：“你是谁？”浅花没听清他说的什么，她哭着喊着跑过去，拉住自己丈夫的那只手，他手里抓着一支橛枪。她紧紧地攥他的手，死力往上拉，她哭着说：“你不能死，你先杀了我吧！”新卯一把推了她三尺远，纵身跳出来，狠狠地压低声音说道：“你这是干什么？”浅花又跑过去拉住他不放，她躺在新卯的怀里，哭得是那么伤心，那么动情，以致使新卯的心热起来，感觉到在这个女人心里，他竟是那么重要。他的嘴唇动了两动，真想把真情实话告诉给她，但他心里一转想道：一个女人在你身边滴这么几点泪，就暴露了秘密，那还算什么人？可是，告诉她不是告诉别人，她不会卖我；假如她叫敌人抓住了呢，能够在刺刀前面，烈火上面也不说出这个秘密吗？谁能断定？这样一想他又把嘴闭紧了。他说：

“我不死，你回去吧。”

“你和我一起回去。”

“你看你又是这样，你总是这么缠磨我，耽误我的工作，那我就不再见你了。”

浅花待在黑影里，好像也看见丈夫那生了气的老实样子。她是聪明人，她想到了一些来由，她轻轻笑了，擦了擦眼泪，坐正了说：

“你不对我说，我不怪你。该知道的就知道，不该知道的我也不强要你告诉我。”

“这才算明白人！”新卯肯定地说。

“你也得早些回去。”女人站起来要走，她转眼又看了看丈夫，忽然心里一酸。她觉得自己是错怪了他，他是为了工作，才不回家吃饭，不进家睡觉，夜里一个人在地里偷偷地干活。她觉得丈夫有这么一个别人赶不上、自己也赶不上的大优点。她好像上到了摩天的高山，走进了庄严的佛殿，听见了煽动的讲演，忽然觉得自己的心胸也一下宽阔了，忘记了自己，身上好像来了一股力量，也想做那么一些工作，像丈夫一样。

“我能帮助你吗？”她立定了问。

“不用，你看你那么大肚子。”丈夫催她走了。

浅花转身走了几步。既然知道丈夫夜间出来不是为了男女关系，倒是为了抗日工作，不觉涌出了一种放下了心的愉快，一种因为羞愧引起的更强烈的爱情，一种顽皮的好奇心。她走到丈夫看不到的地方停了一会儿，又轻轻绕了回来，走到井边，已经看不见丈夫了。

她一个人坐在井台上。风渐渐小了，天空渐渐清朗，星星很稀，那几颗大的星星却很亮。她探望井里，井虽然深，但可以看见那像油一样发光，像黑绸子一样微微颤抖的泉水。一颗大星直照进去，在水里闪动，使人觉得水里也不可怕，那里边另有一个小天地。

田野里没有一点声音，村里既然没有狗叫，天还早也没有鸡鸣。庄稼地里吹过来的风，是温暖的，是干燥的，是带着小麦的花香的。浅花坐在井台上，静静地听着想着。

一个在这里等着想着，那一个却在远远的一块小高粱地里，一棵小小的柳树下面，修造他避难和斗争的小道口。他把几夜来掘出的土，匀整地撒到更远的地里去，在洞口，他安好一块四方的小石板，然后他倚在那小柳枝上休息了。他赤着膀子，叫春天的夜风吹着，为工作的完成高兴，为同志的安全放宽了心，为那远远的胜利日子急躁，为那就要来到的大“扫荡”不安。

然后他把那方小石头掀开，伏下身像条蛇一样钻了进去。他翻上翻下弯弯曲曲地爬着，呼吸着里面湿潮的土气，身上流着汗。他在那个大堡垒地方休息了一会儿，长好的草上已经汪着一层水。他又往前爬，这里的洞，更窄更细了，他几乎拉细了自己的身子，才钻到了那最后一个横洞。他抽开几个砖，探身出来，看见了那碧油油的井水，不觉用力吸了一口清凉的空气，两只脚蹬着井砖的错边，上了井口。那一个还在那里发呆，没有发觉哩。

“怎么你还没走？”

“我守着你。”

“你这人！”丈夫唉了一声。

“我知道了。你这里是个洞，叫谁藏在里面？”浅花笑着问。

丈夫不高兴，他说：

“你问这些事干什么，想当汉奸？”

浅花还是笑着说：

“我想起了一件事，自己的事得自己结记着，你是不管的。”

丈夫披上他的衣服没有答声。

“我快了，要是敌人‘扫荡’起来，能在家里坐月子？我就到你这洞里来。”

“那可不行，这洞里要藏别的人。”新卯郑重地说，“坐月子我们再另想办法。”

以后不多几天，这一家就经历了那个一九四二年五月的大“扫荡”。这残酷的战争，从一个阴暗的黎明开始。

能用什么来形容那一月间两月间所经历的苦难，所眼见的事变？心碎了，而且重新铸成了；眼泪烧干，脸皮焦裂，心脏要爆炸了。

清晨，高粱叶、黑豆叶滴落着夜里凝结的露水，田野看来是安静的。

可是就在那高粱地里豆棵下面，掩藏着无数的妇女，睡着无数的孩子。她们的嘴干渴极了，吸着豆叶上的露水。如果是大风天，妇女们就把孩子藏到怀里，仄下身去叫自己的背遮着。风一停，大家相看，都成了土鬼。如果是在雨里，人们就把被子披起来，立在那里，身上流着水，打着冷战，牙齿嘚嘚响，像一阵风声。

浅花的肚子越沉重了，她也得跟着人们奔跑，忍饥挨饿受惊怕。她担心自己的生命，还要处处留神肚里那个小生命。婆婆也很担心浅花那身子，她计算着她快生产了，像这样整天逃难，连个炕席的边也摸不着，难道就把孩子添在这潮湿风野的大洼里吗？

在一块逃难坐下来休息的时候，那些女伴们也说：

“你看你家他爹，就一点也不管你们，要男人干什么用呀！这个时候他还不拉一把扯一把！”

浅花叹了一口气说：“他也是忙。”

“忙可把鬼子打跑了哇，整天价拿着破橛枪去斗，把马蜂窝捅下来了，可就追着我们满世界跑，他又不管了。”一个女伴笑着说，“现在有这几棵高粱可以藏着，等高粱倒了可怎么办哩？”

“我看我恐怕只有死了！”浅花含泪道。

“去找他！他不能推得这么干净……”女同伴们都这样撺掇她。

浅花心里明白，现在她不能去麻烦丈夫，他现在正忙得连自己的命也不顾。只有她一个人知道新卯藏在小菜园里，每天下午情况缓和了，浅花还得偷偷给他送饭去。

和丈夫在一块的还有一个年轻的人，浅花不认识，丈夫也没介绍过。刚见面那几天，这个外路人连话也不说，看见她来送饭，只是笑一笑，就坐下来吃。浅花心里想，哪里来的这么个哑巴；后来日子长了，他才说起话来，哇啦哇啦地是个南蛮子。

从浅花眼里看过去，丈夫和这个外路人很亲热。外路人说什么，丈夫很听从。浅花想：真是，你要这么听我说也就好了。

这天她又用布包了一团饭，揣在怀里，在四外没有人走动的时候，跑进了对面的高粱地，从一人来高密密的高粱里钻过去，走到自家的菜园。高粱地里是那样的闷热，一到了井边，她感觉到难得的舒畅和凉快。

太阳光强烈地照着，园子里放散着黑豆花和泥土潮热的香甜味道。

这小小的菜园，就做了新卯和那个人退守的山寨。他们在井台上安好了辘轳，还带着一把锄，将枪掖在背后的腰里，这样远远看去，他们是两个安分的农夫，大大的良民。虽然全村广大的土地都因为战争荒了，这小小的菜园却拾掇得异常出色。几畦甜瓜快熟了，懒懒地躺在太阳光下面。

人还没有露面，这沉重凸胀的大肚子先露了出来。新卯那大厚嘴唇就动了动，不知道因为是喜爱还是心疼。

“那边没事吗？”他问。

浅花说：“没有。”

新卯和那人吃着饭，浅花坐在一边用褂子襟扇着汗。那个人问：

“这几天有人回家去睡觉了？”

“家去的不少了，鬼子修了楼，不常出来，人们就不愿再在地里受罪了。”浅花说。

“青年人有家去的吗？”那人着急地问。

“没有。”新卯说，“我早下了通知。”

那个人很快地吃完饭，站起身来，望望她的肚子笑着说：

“大嫂子，快了吧，还差多少日子？”

浅花红了脸看着丈夫。那人又问新卯，新卯说：

“谁闹清了她们那个！”

“你这个丈夫！”那个人说，“要关心她们么！我考虑了这个问题，在家里生产不好，就到这洞里来吧，我们搬到上面来睡，保护着你，你说好不好？”

浅花笑着说：

“那不成了耗子吗？”

“都是鬼子闹的么！”那个人愤愤地说。

新卯吃完了饭，跑去摘了几个熟透了的大甜瓜，自己吃着一个，把那两个搬到浅花面前，他说：

“还是这个玩意儿省事，熟透了不用摘，一碰自己就掉下来了。”

浅花狠狠地斜了他一眼。

她回到家里，心里犹豫着，她不愿去扰乱丈夫，又在家里睡了。

这一晚上，敌人包围了他们。满街红灯火仗，敌人把睡在家里的人都赶到街上去，男男女女哆里哆嗦走到街上，慌张地系着扣子提上鞋。

敌人指名要新卯，人们都说他不在家，早跑了。敌人在人群里乱抽乱打，要人们指出新卯家的人，人们说他一家子都跑了。那些女人们，跌坐在地上，身子使劲往下缩，央告着前面的人把自己压在下面。当母亲的用衣襟盖住孩子的脸，用腿压住自己的女儿。在灯影里，她们尽量把脸转到暗处，用手摸着地下的泥土涂在脸上。身边连一点柴火丝也没有，有些东西掩盖起自己就好了。

敌人不容许这样，要人们直直地跪起来，把能找到的东西放在人们的手里，把一张铁犁放在一个老头手里，把一块门扇放在一个老婆手里，把一根粗木棍放在一个孩子手里，命令高高举起，不准动摇。

敌人看着人们在那里跪着，托着沉重的东西，胳膊哆嗦着，脸上流着汗。他们在周围散步，吸烟，详细观看。

浅花托着一个石砘子，直着身子跪着，肚子里已经很难过，高举着这样沉重的东西，她觉得她的肠子快断了。脊背上流着冷汗，一阵头晕，她栽倒了。敌人用皮鞋踢她，叫她再跪好，再高举起那东西来。

夜深了，就是敌人也有些困乏，可是人们还得挣扎着高举着那些东西。

灯光照着人们。照在敌人的刺刀上，也照在浅花的脸上，一点血色都没有，流着冷汗。她知道自己就要死了，她想思想点什么，却什么也不能想。

她眼里冒着金星，在眼前飞，飞，又落下，又飞起来。

谁来解救？一群青年人在新卯的小菜园集合了，由那外路人带领，潜入了村庄，趴在房上瞄准敌人脑袋射击。

敌人一阵慌乱，撤离了村庄。他们把倒在地下的浅花抬到园子里去。

不久，她就在洞里生产了。

洞里是阴冷的、潮湿的，那是三丈深的地下，没有一点光，大地上的风也吹不到这里面来。一个女孩子在这里降生了，母亲给她取了个名，叫“藏”。

女孩子的第一次哭声只有母亲和那深深相隔不远的井水能听见，哭声是非常悲哀和闷塞的。

在外面的大地里，风还是吹着，太阳还是照着，豆花谢了结了实，瓜儿熟了落了蒂，人们还在受着苦难，在田野里进行着斗争。

一九四六年十月重改于河间

嘱　咐

水生斜背着一件日本皮大衣，偷过了平汉路，天刚大亮。家乡的平原景色，八年不见，并不生疏。这正是腊月天气，从平地上望过去，一直望到放射红光的太阳那里，他深深地吸了一口气。把身子一挺，十几天行军的疲劳完全跑净，脚下轻飘飘的，眼有些晕，身子要飘起来。这八年，他走的多半是山路，他走过各式各样的山路：五台附近的高山，黄河两岸的陡山，延安和塞北的大土圪塔山。哪里有敌人就到哪里去，枪背在肩上，拿在手里八年了。

水生是一个好战士，现在已经是一个副教导员。可是不瞒人说，八年里他也常常想到家，特别是在休息时间，这种想念，很使一个战士苦恼。这样的时候，他就拿起书来或是到操场去，或是到菜园子里去，借游戏、劳动和学习，好把这些事情忘掉。

他也曾有过一种热望，能有个机会再打到平原上去，到家看看就好了。

现在机会来了。他请了假，绕道家里看一下。因为地理熟，一过铁路他就不再把敌人放在心上。他悠闲地走着，四面八方观看着，为的是饱看一下八年不见的平原风景。铁路旁边并排的炮楼，有的已经拆毁，破墙上洒落了一片乌粪。铁路两旁的柳树黄了叶子，随着铁轨伸展到远远的北方。一列火车正从那里慢慢地滚过来，惨叫，吐着白雾。

一时，强烈的战斗要求和八年的战斗景象涌到心里来。他笑了一笑，想，现在应该把这些事情暂时地忘记，集中精神看一看家乡的风土人情吧。

他信步走着，想享受享受一个人在特别兴奋时候的愉快心情。他看看麦地，又看看天，看看周围那像深蓝淡墨涂成的村庄图画。这里离他的家不过九十里路，一天的路程。今天晚上，就可以到家了。

不久，他觉得这种感情有些做作。心里面并不那么激动。幼小的时候，离开家半月十天，当黄昏的时候走近了自己的村庄，望见自己家里烟囱上冒起的袅袅的轻烟，心里就醉了。现在虽然对自己的家乡还是这样爱好、崇拜，但是那样的一种感情没有了。

经过的村庄街道都很熟悉。这些村庄经过八年战争，满身创伤，许多被敌人烧毁的房子，还没有重新盖起来。村边的炮楼全拆了，砖瓦还堆在那里，有的就近利用起来，垒了个厕所。在形式上，村庄没有发展，没有添新的庄院和房屋。许多高房，大的祠堂，全拆毁修了炮楼，幼时记忆里的几块大坟地，高大的杨树和柏树，也砍伐光了，坟墓暴露出来，显得特别荒凉。但是村庄的血液，人民的心却壮大发展了。一种平原上特有的勃勃生气，更是强烈扑人。

水生的家在白洋淀边上。太阳平西的时候，他走上了通到他家去的那条大堤，这里离他的村庄十五里路。

堤坡已经破坏，两岸成荫的柳树砍伐了，堤里面现在还满是水。水生从一条小道上穿过，地势一变化，使他不能正确地估计村庄的方向。

太阳落到西边远远的树林里去了，远处的村庄迅速地变化着颜色。水生望着树林的疏密，辨别自己的村庄。家近了，就进家了，家对他不是吸引，却是一阵心烦意乱。他想起许多事。父亲确实的年岁忘记了，是不是还活着？父亲很早就是有痰喘的病。还有自己女人，正在青春，一别八年，分离时她肚子里正有一个小孩子。房子烧了吗？

不是什么悲喜交加的情绪，这是一种沉重的压迫，对战士的心的很大的消耗。他在心里驱逐这种思想感情，他走得很慢，他决定坐在这里，抽袋烟休息休息。

他坐下来打火抽烟，田野里没有一个人，风有些冷了，他打开大衣披在身上。他从积满泥水和腐草的水洼望过去，微微地可以看见白洋淀的边缘。

黄昏时候，他走到了自己的村边，他家就住在村边上。他看见房屋并没烧，街里很安静，这正是人们吃完晚饭，准备上门的时候了。

他在门口遇见了自己的女人。她正在那里悄悄地关闭那外面的梢门。水生热情地叫了一声：

"你！"

女人一怔，睁开大眼睛，咧开嘴笑了笑，就转过身子去抽抽搭搭地哭了。水生看见她脚上那白布封鞋，就知道父亲准是不在了。两个人在那里站了一会儿。还是水生把门掩好说："不要哭了，家去吧！"他在前面走，女人在后面跟，走到院里，女人紧走两步赶到前面，到屋里去点灯。水生在院里停了停。他听着女人忙乱地打火，灯光闪在窗户上了，女人喊："进来吧！还做客吗？"

女人正在叫唤着一个孩子。他走进屋里，女人从炕上拖起一个孩子来，含着两眼泪水笑着说：

"来，这就是你爹，一天价看见人家有爹，自己没爹，这不现在回来了。"说着已经不成声音。水生说：

"来！我抱抱。"

老婆把孩子送到他怀里，他接过来，八九岁的女孩子竟有这么重。那孩子从睡梦里醒来，好奇地看着这个生人，这个"八路"。女人转身拾掇着炕上的纺车线子等东西。

水生抱了孩子一会儿，说：

"还睡去吧。"

女人安排着孩子睡下，盖上被子。孩子却圆睁着两眼，再也睡不着。水生在屋里转着，在那扑满灰尘的迎门橱上的大镜子里照看自己。

女人要端着灯到外间屋里去烧水做饭，望着水生说：

“从哪里回来？”

“远了，你不知道的地方。”

“今天走了多少里？”

“九十。”

“不累吗？还在地下溜达？”

水生靠在炕头上。外面起了风，风吹着院里那棵小槐树，月光射到窗纸上来。水生觉着这屋里是很暖和的，在黑影里问那孩子：

“你叫什么？”

“小平。”

“几岁了？”

女人在外边拉着风箱说：

“别告诉他，他不记得吗？”

孩子回答说：

“八岁。”

“想我吗？”

“想你。想你，你不来。”孩子笑着说。

女人在外边也笑了，说：

“真的！你也想过家吗？”

水生说：

“想过。”

“在什么时候？”

“闲着的时候。”

“什么时候闲着？”

“打过仗以后，行军歇下来，开荒休息的时候。”

“你这几年不容易呀。”

“嗯，自然你们也不容易。”水生说。

“嗯？我容易，”她有些气愤地说着，把饭端上来，放在炕上。“爹是顶不容易的一个人，他不能看见你回来……”她坐在一边看着水生吃饭，看不见他吃饭的样子八年了。水生想起父亲，胡乱吃了一点，就放下了。

“怎么？”她笑着问，“不如你们那小米饭好吃？”

水生没答话。她拾掇了出去。

回来，插好了隔山门。院子里那挤在窝里的鸡群，有时转动扑腾。孩子睡着了，睡得是那么安静，那呼吸就像泉水在春天的阳光里冒起的小水泡，愉快地升起，又幸福地降落。女人爬到孩子身边去，她一直呆望着孩子的脸。她好像从来没有见过这个孩子，孩子好像是从别人家借来，好像不是她生出，不是她在那潮湿闷热的高粱地，在那残酷的“扫荡”里奔跑喘息，丢鞋甩袜抱养大的，她好像不曾在这孩子身上寄托了一切，并且在孩子的身上祝福了孩子的爹：“那走得远远的人，早一天胜利回来吧！一家团聚。”好像她并没有常常在深深的夜晚醒来，向着那不懂事的孩子，诉说着翻来覆去的题目：

“你爹哩，他到哪里去了？打鬼子去了……他拿着大枪骑着大马……就要回来了，把宝贝放在马上……多好啊！”

现在，丈夫像从天上掉下来一样。她好像是想起了过去的一切，还编排那准备了好几年的话，要向现在已经坐到她身边的丈夫诉说了。

水生看着她。离别了八年，她好像并没有老多少。她今年二十九岁了，头发虽然乱些，可还是那么黑。脸孔苍白了一些，可是那两只眼睛里的光，还是那么强烈。

他望着她身上那自纺自织的棉衣和屋里的陈设。不论是人的身上，人的心里，都表现出是叫一种深藏的志气支撑，闯过了无数艰难的关口。

“还不睡吗？”过了一会儿，水生问。

“你困你睡吧，我睡不着。”女人慢慢地说。

“我也不困。”水生把大衣盖在身上，“我是有点冷。”

女人看着他那日本皮大衣，笑着问：

“说真的，这八九年，你想起过我吗？”

“不是说过了吗？想过。”

“怎么想法？”她逼着问。

“临过平汉路的那天夜里，我宿在一家小店，小店里有个鱼贩子是咱们乡亲。我买了一包小鱼下饭，吃着那鱼，就想起了你。”

“胡说。还有吗？”

“没有了。你知道我是出门打仗去了，不是专门想你去了。”

“我们可常常想你，黑夜白日。”她支着身子坐起来，“你能猜一猜我们想你的那段苦情吗？”

“猜不出来。”水生笑了笑。

“我们想你，我们可没有想叫你回来。那时候，日本人就在咱村边。可是在黑夜，一觉醒了，我就想：你如果能像天上的星星，在我眼前晃一晃就好了。可是能够吗？”

从窗户上那块小小的玻璃上结起来冰花。夜深了，大街的高房上有人高声广播：

“民兵自卫队注意！明天，鸡叫三遍集合。带好武器和一天的干粮！”

那声音转动着，向四面八方有力地传送。在这样降落霜雪严寒的夜里，一只粗大的喇叭在热情地呼喊。

“他们要到哪里去？”水生照战争习惯，机警地直起身子来问。

“准是到胜芳。这两天，那里很紧！”女人一边细心听，一边小声地说。

“你们知道我们来了？”

“你们来了？你要上哪里去？”

“我们是调来保卫冀中平原，打退进攻的敌人的！”

“你能在家住几天？”

“就是这一晚上。我是请假绕道来看望你。”

“为什么不早些说？”

“还没顾着啊！”

女人呆了。她低下头去，又无力地仄在炕上。过了好半天，她说：

“那么就赶快休息休息吧，明天我撑着冰床子去送你。”

鸡叫三遍，女人就先起来给水生做了饭吃。这是一个大雾天，地上堆满了霜雪。女人把孩子叫醒，穿得暖暖的，背上冰床，锁了梢门，送丈夫上路。出了村，她要丈夫到爹的坟上去看看。水生说等以后回来再说，女人不肯。她说：

“你去看看，爹一辈子为了我们。八年，你只在家里待了一个晚上。爹叫你出去打仗了，是他一个老年人照顾了咱们全家。这是什么太平日子呀？整天价东逃西窜。因为你不在家，爹对我们娘儿俩，照顾得唯恐不到，只怕一差二错，对不起在外抗日的儿子。每逢夜里一有风声，他老人家就先在院里把我叫醒，说：水生家起来吧，给孩子穿上衣裳。不管是风里雨里，多么冷，多么热，他老人家背着孩子逃跑，累得痰喘咳嗽。是这个苦日子，遭难的日子，担惊受怕的日子，把他老人家累死。还有那年大饥荒……”

在河边，他们放下冰床。水生坐上去，抱着孩子，用大衣给她包好脚。女人站在床子后面，撑起了竿。女人是撑冰床的好手，她逗着孩子说：

“看你爹没出息，当了八年八路军，还得叫我撑冰床子送他！”

她轻轻地跳下冰床子后尾，像一只雨后的蜻蜓爬上草叶。轻轻用竿子向后一点，冰床子前进了。大雾笼罩着水淀，只有眼前几丈远的冰道可以望见。河两岸残留的芦苇上的霜花飒飒飘落，人的衣服上立时变成银白色。她用一块长的黑布紧紧把头发包住，冰床像飞一样前进，好像离开了冰面行走。她的围巾的两头飘到后面去，风正从她的前面吹来。她连撑几竿，然后直起身子来向水生一笑。她的脸冻得通红，嘴里却冒着热气。小小的冰床像离开了强弩的箭，摧起的冰屑，在它前面打起团团的旋花。前面有一条窄窄的水沟，水在冰缝里汹汹地流，她只说了一声“小心”，两脚轻轻地一用劲，冰床就像受了惊的小蛇一样，抬起头来，蹿过去了。

水生警告她说：

“你慢一些，疯了？”

女人擦一擦脸上的冰雪和汗，笑着说：

“同志！我们送你到战场上去呀，你倒说慢一些！”

“擦破了鼻子就不闹了。”

“不会。这是从小玩熟了的东西。今天更不会。在这八年里面，你知道我用这床子，送过多少次八路军？”

冰床在霜雾里，在冰上飞行。

“你把我送到丁家坞，”水生说，“到那里，我就可以找到队伍了。”

女人没有言语。她呆望着丈夫，停了一会，才说：

“你给孩子再盖一盖，你看她的手露着。”她轻轻地喘了两口气，又说：“你知道，我现在心里很乱。八年我才见到你，你只在家里待了不到多半夜的工夫。我为什么撑得这么快？为什么着急把你送到战场上去？我是想，你快快去，快快打走了进攻我们的敌人，你才能再快快地回来，和我见面。

“你知道，我们，我们这些留在家里当媳妇的，最盼望胜利。我们在地洞里，在高粱地里等着这一天。这一天来了，我们那高兴，是不能和别人说的。

“进攻胜芳的敌人，是坐飞机来的；他们躺在后方，和妻子团聚了八九年。他们来了，可把我们的幸福打破了，他们打破了我们的心。他们造的罪孽是多么重！一定要把他们完全消灭！”

冰床跑进水淀中央，这里是没有边际的冰场。太阳从冰面上升出来，冲开了雾，形成一条红色的胡同，扑到这里来，照在冰床上。女人说：

“爹活着的时候常说，水生出去是打开一条活路，打开了这条活路，我们就得活，不然我们就活不了。八年，他老人家焦愁死了。国民党反动派又要和日本一样，想来把我们活着的人完全逼死！

“你应该记着爹的话，向上长进，不要为别的事情分心，好好打仗。八年过去了，时间不算不长。只要你还在前方，我等你到死！”

在被大雾笼罩、杨柳树环绕的丁家坞村边，水生下了冰床。他望着呆呆站在冰上的女人说：

“你们也到村里去暖和暖和吧。”

女人忍着眼泪，笑着说：

“快去你的吧！我们不冷。记着，好好打仗，快回来，我们等着你的胜利消息。”

一九四六年于河间

相　片

正月里我常替抗属写信。那些青年妇女们总是在口袋里带来一个信封两张信纸。如果她们是有孩子的，就拿在孩子的手里。信封信纸使起来并不方便，多半是她们剪鞋样或是糊窗户剩下来的纸，亲手折叠成的。可是她们看得非常珍贵，非叫我使这个写不可。

这是因为觉得只有这样，才真正完全地表达了她们的心意。

那天，一个远房嫂子来叫我写信给她的丈夫。信封信纸以外，还有一个小小的相片。

这是她的照片，可是一张旧的、残破了的照片。照片上的光线那么暗，在一旁还有半个"验讫"字样的戳记。我看了看照片，又望了望她，为什么这样一个活泼好笑的人，照出相来，竟这么呆板阴沉！我说：

"这相片照得不像！"

她斜坐在炕沿上笑着说：

"比我年轻？那是我二十一岁上照的！"

"不是年轻，是比你现在还老！"

"你是说哭丧着脸？"她嘻嘻地笑了，"那是敌人在的时候照的，心里害怕得不行，哪里还顾得笑！那时候，几千几万的人都照了相，在那些相片里拣不出一个有笑模样的来！"

她这是从敌人的"良民证"上撕下来的相片。敌人败退了，老百姓焚毁了代表一个艰难时代的良民证，为了忌讳，撕下了自己的照片。

“可是，”我好奇地问，“你不会另照一个给他寄去吗？”

“就给他寄这个去！”她郑重地说，“叫他看一看，有敌人在，我们在家里受的什么苦楚，是什么容影！你看这里！”

她过来指着相片角上的一点白光：“这是敌人的刺刀，我们哆里哆嗦在那里照相，他们站在后面拿枪刺逼着哩！”

“叫他看看这个！”她退回去，又抬高声音说，“叫他坚决勇敢地打仗，保护着老百姓，打退蒋介石的进攻，那样受苦受难的日子，再也不要来了！现在自由幸福的生活，永远过下去吧！”

这就是一个青年妇女，在新年正月，给她那在前方炮火里打仗的丈夫的信的主要内容。如果人类的德行能够比较，我觉得只有这种崇高的心意，才能和那为人民的战士的英雄气概相当。

一九四七年二月

新安游记

在端村，人们对新安的印象是：那里的人好吃懒做，闹排场，男人们坐茶馆，女人们梳妆打扮。在端村的旧货摊上，我见过华贵的屋内陈设的木器和华丽的妇女们穿过的衣服，据说也是从新安清算出来的。有些人过着这样的生活，就该有一些人过着另外一样生活。

我到了新安。它四面被水包围，人们串亲也坐着拖床。街道很长，但已经看不见这里繁华的痕迹。街上没有什么茶馆，也看不见穿绸挂缎的妇女。新安只剩下了一条大街，此外的房舍，全部被敌人烧毁成为瓦砾。

我顺着拆毁的城墙走到东北角上，城外水很深，并且有船只停泊，想是一个渡口。城墙里面一道深沟，过去是一处高大的宅院，这宅院选择的地势十分险要。河边，一个十五六的女孩子正在擦抹着她家的船只。经她指点，我才知道这就是大汉奸恶霸熊万东的住宅。那时候，新安的除奸团很厉害，可是除不了熊万东。他深宅大院，房后就是城墙，前院驻扎着日本宪兵队。

老汉奸以为是保了险的，整天不出大门一步。

八月十五晚上，老汉奸酒足饭饱，坐在客厅里赏月，一把盒子枪放在他手边的乌漆八仙桌上。后院里，他的儿媳妇正陪着日本宪兵队长打牌取乐，嘻嘻哈哈的声音，不时传过来。老汉奸以为他的江山，简直是万世的基业了。

忽然帘子一动，闪进一个人来。老汉奸一抓盒子问：

“谁？”

“是我，大伯。”进来的人安静地低声说。

老汉奸并没放松，他把身子一闪，就要射击，但在月亮底下，他看得清清楚楚，他的侄儿手里什么东西也没有，并且低着头，非常温顺。老汉奸又喝道：

“你来找死？”

“愿意把我打死也可以。”他侄儿显得十分可怜地说，“全凭大伯。我在外面也实在混不了！”

“为什么混不了？你不是参加了除奸团，很红吗？”

“我怎么也斗不过大伯。日本人到处抓我，逼得我走投无路，我还是得回来求大伯你。”

“求我干吗？去求你的上级呀！”

“我决心不干了。新安这地方，我不能站脚，我想到天津去，求大伯给我一点盘费。”

“我一个大子儿也没有！”老汉奸退回来，坐在椅子上，忽然大声喊：“你掏什么？”

侄儿从腰里抽出一把盒子，笑着说：“我带来了一支盒子，这是一支顶好的枪，送给大伯。大伯有钱，也难淘换这么一件家伙！”

他倒拿着枪，交给他的大伯：

“我求大伯看在这支枪面子上，借给我五十块钱。”

老汉奸把侄子的枪拿过来，走到钱柜那里去，他想把枪支藏起，叫他滚蛋。

他一猫腰，他的脑袋掉下来，砸在钱柜上。一把明亮的刀在黑影里一闪。那个侄儿把两支枪带好，就到了上房。

在上房，他一刀砍死日本宪兵队长，又用枪逼着他的堂弟和堂弟妹来到客厅，他命令：

“张包！”

他堂弟扯起大衣襟，他在钱柜上抓起一件东西放进去：

“走！”

“大哥，我爹哩？”

“不要找他！走！上房！你哭，我砍了你！”他对他堂弟妹说。

他带着两个汉奸男女上房，下房，过壕沟上城墙。

城墙外边有一只小船等在那里，他们来到船上。

“大哥，我爹哩？”

“你看包里是什么？”汉奸兄弟解开包一看，皓月当空照见他爹的人头，他咳呀一声。小船箭一样开走了。

这就是有名的熊氏三杰的英雄故事中间的一个。

“他为什么杀了他的大伯？”在解放区，是没人发这样糊涂的问题的。这位英雄不久牺牲在新安城下。他吃醉了酒，受了奸人的骗：“要拿新安了！”他跳下炕来就奔着县城跑去，他爬上城墙，敌人打中了他，翻身跌了下来。伙伴说：“你挂了彩，我背你回去！”

他一摆手，说：“不用！我是没用的人了。这样也就够本了！”他举枪打死了自己。

其实，敌人只打折了他的左腿。

关于他的两条腿，有很多传说，新安一带，都说他是飞毛腿。有人说，飞毛不飞毛不知道，反正他走路特别溜撒，孩童的时候，常见他沿着城墙垛口飞跑。

也许有人要问：为什么只坏了一条腿就打死自己？这问题就很难答复。为什么不残废地活着？我好像听说，有一只鹰，非常勇猛，损坏了一根羽翎，它就自己碰死在岩石上。为什么它要碰死？

冰连地结的新安，有一种强烈的悲壮的风云，使人向往不止。

一九四七年三月

张秋阁

一九四七年春天，冀中区的党组织号召发动大生产运动，各村都成立了生产委员会。

一过了正月十五，街上的锣鼓声音就渐渐稀少，地里的牛马多起来，人们忙着往地里送粪。

十九这天晚上，代耕队长曹蜜田，拿着一封信，到妇女生产组组长张秋阁家里去。秋阁的爹娘全死了，自从哥哥参军，她一个人带着小妹妹二格过日子。现在，她住在年前分得的地主曹老太的场院里。

曹蜜田到了门口，看见她还点着灯在屋里纺线，在窗口低头站了一会儿，才说：

“秋阁，开开门。”

“蜜田哥吗？”秋阁停了纺车，从炕上跳下来开开门，“开会呀？”

曹蜜田低头进去，坐在炕沿上，问：

“二格睡了？”

“睡了。”秋阁望着蜜田的脸色，“蜜田哥，你手里拿的是谁的信？”

“你哥哥的，”蜜田的眼湿了，“他作战牺牲了。”

“在哪里？”秋阁叫了一声把信拿过来，走到油灯前面去。她没有看信，她呆呆地站在小橱前面，望着那小小的跳动的灯火，流下泪来。

她趴在桌子上，痛哭一场，说：

“哥哥从小受苦，他的身子很单薄。”

“信上写着他作战很勇敢。”曹蜜田说，“我们从小好了一场，我想把他的尸首起回来，我是来和你商量。”

“那敢情好，可是谁能去呀？”秋阁说。

“去就是我去。”曹蜜田说，“叫村里出辆车，我去，我想五天也就回来了。”

“五天？村里眼下这样忙，”秋阁低着头，“你离得开？我看过一些时候再说吧，人已经没有了，也不忙在这一时。”她用袖子擦擦眼泪，把灯剔亮一些，接着说，“爹娘苦了一辈子，没看见自己的房子地就死了，哥哥照看着我们实在不容易。眼看地也有的种，房也有的住，生活好些了，我们也长大了，他又去了。”

“他是为革命死的，我们不要难过，我们活着，该工作的还是工作，这才对得住他。”蜜田说。

“我明白。”秋阁说，“哥哥参军的那天，也是这么晚了，才从家里出发，临走的时候，我记得他也这么说过。”

“你们姐儿俩是困难的。”曹蜜田说，“信上说可以到县里领恤金粮。”

“什么恤金粮？”秋阁流着泪说，“我不去领，哥哥是自己报名参军的，他流血是为了咱们革命，不是为了换小米粮食。我能够生产。”

曹蜜田又劝说了几句，就走了。秋阁坐在纺车怀里，再也纺不成线，她望着灯火，一直到眼睛发花，什么也看不见，才睡下来。

第二天，她起得很早，把二格叫醒，姐儿俩到碾子上去推棒子，推好叫二格端回去，先点火添水，她顺路到郭忠的小店里去。

郭忠的老婆是个歪材。她原是街上一个赌棍的女儿，在旧年月，她父亲在街上开设一座大宝局，宝局一开，如同戏台，不光是赌钱的人来人往，就是那些供给赌徒们消耗的小买卖，也不知有多少。这个女孩子起了个名儿叫大器。她从小在那个场合里长大，应酬人是第一，守家过日子顶差。等到大了，不知有多少人想算着她，父亲却把她嫁给了郭忠。

谁都说，这个女人要坏了郭家小店的门风，甚至会要了郭忠的性命。娶过门来，她倒安分守己和郭忠过起日子来，并且因为她人缘很好，会应酬人，小店添了这员女将，更兴旺了。

可是小店也就成了村里游手好闲的人们的聚处，整天价人满座满，说东道西，拉拉唱唱。

郭忠有个大女儿名叫大妮，今年十七岁了。这姑娘长得很像她母亲，弯眉大眼，对眼看人，眼里有一种迷人的光芒，身子发育得丰满，脸像十五的月亮。

大妮以前也和那些杂乱人说说笑笑，打打闹闹，近来却正眼也不看他们。她心里想，这些人要不得，你给他点好颜色看，他就得了意，顺杆爬上来，顶好像蝎子一样螫他们一下。

大妮心里有一种苦痛，也有一个希望。在村里，她是叫同年的姐妹们下眼看的，人们背地说她出身不好，不愿意叫她参加生产组，只有秋阁姐知道她的心，把她叫到自己组里去。她现在很恨她的母亲，更恨游手好闲的整天躺在她家炕上的那些人，她一心一意要学正派，要跟着秋阁学。

秋阁来到她家，在院里叫了一声，大妮跑出来，说：

“秋阁姐，到屋里坐吧，家里没别人。”

“我不坐了，”秋阁说，“吃过饭，我们去给抗属送粪，你有空吧？”

“有空。”大妮说。

大妮的娘还没有起来，她在屋里喊：

“秋阁呀，屋里坐坐嘛。你这孩子，多咱也不到我这屋里来，我怎么得罪了你？”

“我不坐了，还要回去做饭哩。”秋阁走出来，大妮跟着送出来，送到过道里小声问：

“秋阁姐，怎么你眼那么红呀，为什么啼哭来着？”

“我哥哥牺牲了。”秋阁说。

“什么，秋来哥呀？”大妮吃了一惊站住了，眼睛立时红了，“那你今儿个就别到地里去了，我们一样做。”

“不，”秋阁说，“我们还是一块去，你回去做饭吃吧。”

一九四七年春

安新看卖席记

在安新集市上，席市是洋洋大观，从早晨各地席民就背着挑着一大捆一大捆的席赶到集市上来，平铺陈列，拥挤异常。安新席以走京、卫、府、关东为大宗，此外走伍仁桥，则供应冀中的农民使用，为量较小。

现在正赶上河路的“产期”，凌未完全融化，而已经不能行驶拖床，在交通上是一年中顶困难的时期，各地行商不能到来，因此这几集的席，出售很成问题。

席民主要依靠席子生活，卖出席，才能买回苇和一集的食粮，对织好的席是急于出售，那种迫切的情形，在别的市场上是很少见的。

不难想象，在过去，一些大席庄，是会利用席民这严重的困难，尽量压低席价，借牟大利，席民不能不忍痛抛售。

现在，以“专业苇席渔，繁荣白洋淀”为目的的我们的公营商店隆昌号，却从各地调款来，尽力支持安新的席业，保证席民的生活和再生产，并且贱价售出粮食、苇，以增加席民的收入和保证他们的生活。

过去我不了解，一个商店怎样为人民服务，但自从看了今天的席市的情形，才知道他们任务的重大，和值得感动的干部的热情。

我在隆昌号的安新席庄宏利号，会见了负责同志，他对我要在席市上停留一天非常满意。他说：你看看席民的情形吧，有人怪我们为什么把席价抬得这么高，以致亏本，可是你要看见席民的情形，就不能不这样做，我有点“恩赐”观点……

自然，十年战争，我们有了很多新的社会关系和新的感情。但一个席店老板对席民发生这种息息相关的感情，在我却是异常新鲜的事。

我到席市上去了。席民们正在三三两两，议论着今天没有行市，大为发愁。他们不时到宏利的院里探听，今天席店是不是收买？在他们困难的时候，立时就会想到公家商店的帮助，我想这就是宏利席店过去工作的成绩。

他们搬来搬去，总想把自己的席放在第一个能出售的地方，那些妇女们也是这样做。他们等候着席店收买人的出场，简直像观众等待着锣鼓开台，好角出场，自然，那迫切程度，更甚于此。

宏利席店的经理和店员们，则像决定一件政策一样开了简短的会议，虽然他们已经在收席上赔了很大一笔款子，但他们全能理解到这就是工作上的收获，这就是实践了为人民服务的方针。因此，他们决定这一集，还是尽量收买，不低落价钱。在席民——贸易上的对象青黄不接时，热情负责地拉一把，这就是我们商店的特色。

当席店的买手一出场，席民们纷纷拥上包围，另外就有很多人背上自己的席，跟在买手后面，看他在哪地方开始。买手一手提着印号篮子，一手拿着一个活尺，被席民们蜂拥着走到场里来。

开始收买了，由席民们一张张往上举着席，买手过目，并有时用尺子排排尺寸。席民们围得风雨不透，看着那席子的成色，等候开市的价格。买手一边说着价格，就用那大戳子在席角标上了价码和印记，常常比争论着的价钱高出一百元，出售了的席民就赶紧卷起席子到席店去取款。

第一个价钱立时就在席民间传开了：“五千五！”

挨次收买，那些一时走不到的地方，席民们就焦急地等待着。那里等待真是焦急，有的干脆就躺在席子上闭起眼睛来。

买手对席是那样内行，一过眼就看出了席的成色，嘴里不断说着：“苇色不错。”“织的草。”“一样的苇还有不一样织手哩！”他一过目，就对席提出了确切的批评，因此席民都嘻嘻地笑着，叫他看着划价钱。

席市，在安新不知道出现若干年代了，在北门外就有一个碑亭，记载着织席的沿革。我不知怎么想起，在若干年代，席民到这里卖席，是有无限的辛酸与难言之痛的。

出售的是他的妻子或女儿的手艺，他们虽然急于求售，但对自己的席充满无限情感。我看见他们把席交了，还不断回头望看，才到会计科去支款；自然家里的妻子儿女，所盼望的是一集的食粮，但也不会一时就忘掉她们那席上的细密的花纹吧！

老于此行的同志，也曾向我说明，不要只看这一集，如果是京帮、卫帮的人下来了，“推小车的来了”，席民的情形，会大大不同。

但我总以为，在过去，因为席民没有一种固定的组合，赶集抛售，总是很艰难的。他们拥挤着买手去看他们的席，去年我们有一个年老的买手，因为叫他们拖来拖去，拖病了半个月，衣裳扯烂了，那是平常事。

现在我们的公营商店，尽量研究，打通外区和内地的销路，使席子畅销，并帮助他们提高质量，和其他沿海产的席子竞赛。

看到中午，我以为可以回去了，但宏利的负责同志一定要我等到太阳平西。到那时，卖不出席子的席民会找上门来，一定要你收买，席店虽然款已用光，还得想法叫他们能买苇和粮食回去。

这样，我就觉得，宏利席店就不只是一种商业组织，定会成为席民自己的一种组织。在这个血肉相关的基础上，可以看出安新席民生活、席民组织和安新席业的远景，那远景是幸福而繁荣的。

一九四七年三月

一别十年同口镇

十年前，我曾在安新同口当了一年小学教员。就是那年，伟大的人民抗日战争开始了。同口是组织抗日力量的烽火台之一，在抗日历史上永远不会湮没。

这次到白洋淀，一别十年的旧游之地，给我很多兴奋，很多感触。想到十年战争时间不算不长，可是一个村镇这样的蜕变，却是千百年所不遇。

我清晨从高阳出发，越过一条堤，便觉到天地和风云都起了变化。堤东地势低下，是大洼的边沿，云雾很低，风声很急，和堤西的高爽，正成一个对照。

顺堤走到同口村边，已经是水乡本色，凌皮已经有些地方解冻，水色清澈得发黑，有很多拖床正在绕着行走。村边村里房上地下，都是大大小小的苇垛，真是山堆海积。

水的边沿正有很多农民和儿童，掏掘残存的苇子和地边的硬埂，准备播种。船工正在替船家修理船只，斧凿叮咚。

街里，还到处是苇皮、芦花、鸭子、泥泞，低矮紧挤的房屋，狭窄的夹道，和家家迎风摆动的各色各样的破门帘。

这些景象，在我的印象里淡淡冲过。一个强烈的声音，在我心里叩问：人民哩，他们的生活怎样了？

我利用过去的关系，访问了几个家庭。我在这里教书时，那些穷苦的孩子们，那些衣衫破烂羞于见老师的孩子们，很多还在火线上。他们的父母，很久才认出是我，热情真挚地和我诉说了这十年同口镇的经历，并说明他们的孩子都是二十几岁的人了，当着营长或教导员。他们忠厚地感激我是他们的先生，曾经教育他们。我说：我能教给他们什么呢？是他们教育了自己，是贫苦教育了他们。他们的父兄，代替了那些绅士地主，负责了村里的工作。虽然因为复杂，工作上有很多难题，可是具备无限的勇气和热心，这也是贫苦的一生教育了他们。

那些过去的军阀、地主、豪绅，则有的困死平津，有的仍旧纵欲南京上海，有的已被清算。他们那些深宅大院，则多半为敌人在时拆毁。敌人在有名的“二班”家的游息花园修筑了炮楼，利用了宅内可用的一切，甚至那里埋藏着的七副柏树棺木。村民没有动用他们的一砖一瓦，许多贫民还住在那低矮的小屋。

过去，我虽然是本村高级小学的教员，但也没有身份去到陈调元大军阀的公馆观光，只在黄昏野外散步的时候，看着那青砖红墙，使我想起了北京的景山前街，那是一座皇宫，至少是一座王爷府。他竟从远远的地方引来电流，使全宅院通宵火亮，对于那在低暗的小屋子里生活的人民是一种威胁，一种镇压。

谁能知道一个村庄出产这样一个人物，在同村的男女中间引起什么心理上的影响？但知道，在那个时候虽然是这样的势派气焰，农民却很少提起陈调元，农民知道把自己同这些人划分开。

土地改革后，没有房住的贫苦军属，住进了陈调元的住宅。我觉得这时可以进去看看了。我进了大门，那些穷人们都一家家地住在陈宅的厢房里、下房里，宽敞的五截正房都空着。我问那些农民，为什么不住正房？他们说住不惯，那么大的房子，那住起来太空也太冷。这些房子原来设备的电灯、木器、床帐，都被日本毁坏了。穷人们把自家带来的破布门帘挂在那样华贵的门框上，用柴草堵上窗子。院里堆着苇子，在方砖和洋灰铺成的院子里，晒着太阳织席。他们按着他们多年的劳动生活的习惯，安置了他们的房间，利用了这个院子。

他们都分得了地种，从这村一家地主，就清算出几十顷苇田。我也到了几家过去的地主家里，他们接待我，显然还是习惯的冷漠，可他们也向我抱怨了村干部，哭了穷。但据我实际了解，他们这被清算了的，比那些分得果实的人，生活还好得多。这从一切的地方可以看出，从房舍内，他们的墙上还有那些鲜艳的美女画片，炕上的被褥还是红红绿绿，那些青年妇女，脸上还擦着脂粉，在人面前走过，不以为羞。我从南几县走过来，很少看见擦胭脂抹粉的人了。

这些脂粉，可以说是残余的东西，如同她们脚下那些缎“花鞋”。但证明，农民并没有清算得她们过分。土地改革了，但还改革得不彻底，因而在风雪的淀里咚咚打冰的，在泥泞的街上坐着织席的，还是那些原来就贫穷的人，和他们的孩子们。而这些地主们的儿子，则还有好些长袍大褂，游游荡荡在大街之上，和那些声气相投的妇女勾勾搭搭。我觉得这和过去我所习见的地主子弟，并没有分别。应该转变，去学习劳动，又向谁诉的什么苦！

进步了的富农，则在尽力转变着生活方式，陈乔同志的父亲母亲妹妹在昼夜不息地卷着纸烟，还自己成立了一个烟社，有了牌号，我吸了几支，的确不错。他家没有劳动力，卖出了一些地，干起这个营生，生活很是富裕。我想这种家庭生活的进步，很可告慰我那在远方工作的友人。

一九四七年五月于端村

光复唐官屯之战

一

我军收复唐官屯之战，于十二日下午六时开始，由于我战士们无可比拟的英勇行为，从部队开始运动到完全占领该镇，为时不过一点钟。太阳衔山时，镇内秩序已恢复，记者访问担任突击任务之我野战军某营曹耀宗营长，曹营长称：我军之所以能如此迅速获得胜利，其主要原因在于我军出击及火力的突然性。我军于唐官屯西北渡口攻入，战士抢渡深齐腰部之古运粮河，过河后，靠梯上房，历时不过十分钟。巷战时，我自动火器沿毛家公馆—平台—老爷庙一线高房突进。敌人无还手余力，迅速龟缩镇南一角，被我军聚歼。

二

收复唐官屯时，我战士猛压狠追的动作，使唐官屯居民誉为神异，战场纪律，尤其值得表扬。在战场上，我战士只知解决敌人，拿起武器，集中力量，节省时间，迅速完成战斗任务。居民对我军秋毫无犯的优良纪律称赞不已。

三

十三日黎明，唐官屯居民纷纷出来看望八路军，街道为之拥塞。记者与一老者招呼，老者颇为感动地指着街上的人们说："受够了，现在熬出来了！"彼深知八路军系解放人民而来。一手艺工人，于战斗进行时，即倚在门后偷偷观望，等候我军到来。其妻意恐危险，促其退避，工人暗语其妻："我听听进来了没有，他们（指我军）来了，我们就不受罪了。"

四

十三日清晨，唐官屯俘虏从大街狼狈走过，遭居民切齿。虽平原已届麦秋，俘虏多有穿着棉鞋者。据居民称，保四团在此驻防，敲诈抢掠，内有一军官专门搜捕蛇、狗、刺猬解馋，如今用这三种动物，形容眼前敌人，人人以为确切。

五

唐官屯傍津浦路及运河，过去颇为富庶，经敌伪统治十年，镇内已贫败不堪。镇外运河两岸，均为肥沃园地，种有各种菜蔬，我军行进时，眼前一片油绿，甜瓜正在开花，虽已接近战场，战士仍纷传："留心脚下。"我军对田园及人民之爱护如此。河西分得土地农民，欣见我军全面胜利，心头释一重负，他们说："天不能变了！"

六

唐官屯居民于战斗未结束时即确信我军能攻占该镇，他们说：“你们（指我军）早拿早下，晚拿晚下，一拿就下。”居民对国民党军队之腐败无能，早已看透。但对我军之如此英勇神速，火力之如此强大，亦颇感惊奇。我战士于大街行进，妇孺争相观看。战斗即为最有效的宣传，唐官屯及其附近青年，热望能参加我军。

七

唐官屯作战时，我大军行进沿途村庄，街头全备有开水，父老寄以期望，祝以胜利。民兵及担架民夫，组织严密，动作迅速，他们沿运河奔跑工作，并向经过的村庄居民欢呼前方胜利情形。

八

指挥突击镇区之曹耀宗谈我军此次作战胜利经验：一、营首长精心计划，亲自察看地形，具体部署，对各种火力位置，突击道路，打击重点，特等射手负责的枪眼，均经详细规定。曲射火器，完成射击，观察着点。步炮协同，火力威猛。部队动作，有次序，在任何情况下，不发生紊乱。二、各级干部清楚地观察敌人动态，按级报告，营长及时指挥。三、我战士三猛三狠的突击动作。四、通信联络严密迅速，不致发生误会。五、严守战场纪律，战士不为捡洋落分散作战精力。

一九四七年六月

随　感

一

我学习做群众工作，我访问贫苦的农民，我绕着村子，走进一家破烂的土坯房。我想这定是一家贫苦的人，我招呼一声，一个红眼睛的女人，抱着两个光屁股的孩子，从屋里应声出来；一个孩子吊在她的乳房上，一个孩子几乎要从她的胳膊上出溜下来。我想这是一个累赘的女人。她一定要我坐下，可是我一问到她，问到村里的事，她又什么也说不清，支支吾吾，有些害怕。我想这是一个傻女人，谁娶到这样一个媳妇，真是倒霉。我又去找她的丈夫，他正在房后的小菜园子收拾北瓜，我听见他和一个孩子说话，有情有理，有说有笑，可是我跳过篱笆，和他谈话，他又害怕起来，装聋作哑，叫人难以忍受。不久，他竟借故躲开我走了。

我有些生气，我从旁人打听他的出身、阶级成分，谁也说他受了一辈子苦，日子过得顶累；外号叫老蔫，见了生人就不敢说话，当他说了一句半句，别人一笑他，他就赶紧吞回去，笑一笑完事。他顶胆小，他的一生遇见的倒霉事最多，受的罪最多，挨的骂最多，挨的打最多，并且得不到人们的同情，属于“受罪活该”的一种人。

可是当我们在一块开过几次会，在会上，我老是提到他，同情他，鼓励他，他就渐渐活泼起来，聪明起来，勇敢起来。而且他的活泼是那么可爱，聪明得那么可喜，勇敢得令人可惊。在会上，我细心听着他的每一句话，我觉得话从他嘴里说出来，才异常珍贵，异常有实际的意义。

一天会上，我说是穷人流汗流血供养了地主，我惭愧说得那么单调，没有力量。他说：

“你说的一点汗一点血真是不假，汗是血变的，我试过，我接了一碗底汗晒在日头爷下面，干了是红的！”

我听了惊心动魄。汗能接在碗里，汗能晒成红的。他为什么要做这个试验？他有多少汗流在地主的田里？

他没有说出这些感想，有感想的难道都是我们这些人？但从他这一句话，我更加尊重他，尊重他的意见，我想，翻身就是要叫他这样的老实“无能”的人翻身吧！翻身的真理，就在他的身上！

二

我参加的贫民小组里，有一个老者，儿子十年前参加了部队，好久没有音讯。家里度日，只凭老者纺线，儿媳妇织布。他们如此度过了冀中八年抗日战争，一年大旱和一年大水灾，和那“五一”以后的地下生活。老者精神很好，情绪很高，关于我们最后的胜利，那个鲜明的远景，他看得比别人近，比别人真切。每个人眼前有一盏灯指引，可是他的灯照得特别明亮。儿媳正在青年，却异常沉默，她手脚不停地劳作，服侍公公，教养着一个男孩子，孩子今年九岁了。这孩子在老者身边，真是掌上的明珠，一切希望的寄托，精神力量的源泉。他特别娇惯着这孙儿，大大超过孩子的母亲。十年战争，每次闹敌情他抱着背着孩子去逃难，在他看，热爱了孙儿，在这个时代，就是热爱了那在战场作战的儿子，那在家中劳作的儿媳，就是热爱了那伟大艰难的革命战争。

这次，我在他村里做复查工作，他把土地改革认作是要求，也认作是他的一种工作。他对我也特别热爱，临到阴历六月初一晚上，敌人到了博野，他亲自安排我转移，在那满挂黎明的冷露的田野，他送我远行，就如同他在十年前，送走了他的儿子。

五天过后，我回来，那儿媳和孙儿却穿上新封的白鞋。敌人来了，老者照旧背负着孙儿去逃难，敌人叫他站住，他不听，拼命地背着孙儿跑，敌人用机枪扫射，他死在炎热的高粱地里。进犯的敌人在宣传不杀人，不打人，就在村庄北边，敌人践踏过的庄稼地里，新添起埋葬老人的坟堆。平原的田野，有无数牺牲在抗日战争的和自卫战争的烈士坟墓，这一个是十年革命战士的父亲。

不管在前方或在后方，每个人肩担着自己的仇恨作战。儿媳更要艰苦地沉默地抚养着儿子，战士应该有机会知道敌人杀了他的父亲。在十年战争里，我们有多少年老的父亲，在风里雨里，空前的灾难里，为了支持自己子弟的队伍，做了光荣的牺牲。

凡是参加贫民小组的同志们，都从老者的血迹上，看到了敌人的面目。什么叫翻身？为什么要自卫？每个贫苦的人的心，被痛苦的泪水，洗得鲜明，仇恨滋生了。

一九四七年七月二十五日博野

王香菊

那天晚上，小高同志带我去访问郭兰瑞。这个十八岁的姑娘，组织起几十个贫农妇女，当选了贫农代表。郭兰瑞不在家，我和小高坐在院里床上说话。过来一个十六七的姑娘，抱着孩子，坐在小高身边静静地听着。小高说：

“你问香菊，她和郭兰瑞是好姐妹，她知道得顶详细。”

香菊只是笑了笑，就轻轻扭过了头。小高又说：

“你看，还是不敢说话！怎么着到大会上去诉苦呢？”

香菊才说她和兰瑞从小就在一块，热天，两个人去拾麦子，分着吃一块糖饼子，用一个小铁罐喝水，躺在一棵树下面歇凉。等到大些了，就对着脸浇园，合伙拉耠子……种种的情形，说话的声音很动听。

第二天晚上，小高领导她们开小组会，我又去参加了。香菊浇了一天园，喝冷水吃剩饭病了，趴在床上直想吐，但她还是一直督促引导着她那一个小组开会，不肯休息。她笑着说：

“什么叫休息？有病是小事，趴一会就好了，翻身才是大事。”

我在这边说了几句话，她就喊：“说大点声，叫我也听听啊！”

小高同志介绍我到香菊家吃饭，我才第一次在白天看见香菊。她壮实、天真，对人亲热，好脸红。香菊家是贫农，每天很早一家子就到地里浇园去了。香菊回来时，抱着一捆菜，头发和上衣总是精湿。她蹲在桌子旁边，望着饭不吃，她说浇起园来，就光想喝水，不想吃饭。一顿饭过后，母亲催促，她就又背起那又大又黑的铁水斗走了。

晚上，她蹲在黑影里吃了那白天剩下来怕放坏了的硬饼子，把新饭让给小弟妹们吃。

村里酝酿着斗争。田地里是那么酷旱，庄稼正待秀穗，老百姓说这叫“卡脖子旱”。黄昏，西边天一抹红，香菊还在那里浇园，这种劳动是那么吃力和没有止境，庄稼缺水永远不会满足。刚刚十七岁的女孩子运动全身的气力，才能从事这种劳作。可是从她劳动的精神上看，那充实的精力就像这永无止境的水泉，永无止境的热汗，永无止境的希望。她从十三岁上就浇园了。为什么我们不能有一架水车，把这女孩子代替？

知道要斗争了，地主的水车都放在家里，叫大井闲着，叫庄稼旱着。香菊她们想到水车，应该比我迫切。最盼望下雨，最焦急地等待那天边的风云雷闪的，自然是这些流着汗浇园的姑娘们。她们提出来：先斗水车！

每天香菊浇园回来，连说话和笑的力气都没有了。可是一吃过晚饭，她就抖着精神去集合她的小组。大街上，她走在组员的前面，好像一个军官。

小组诉苦的时候，她第一个诉说：她，夏天，被夺去了拾的麦穗；秋天，被夺去了拾的棉花。她不敢在地主的地头地边走过，她不敢走过地主的大门，害怕那些闺阁小姐们耻笑她的褴褛和寒碜。

这姑娘甚至没有诉说，在这十七年，她那年幼的身体，怎样被太阳曝晒，怎样被热汗蒸腾，被风雨吹打，被饥饿消耗；她没诉说劳动的苦处，她只是诉说一个女孩子心灵上受过的委屈。

翻心的过程，特别值得珍贵，它打下了这姑娘翻身的真实基础。这些日子，在香菊身上，表现了一连串疾风暴雨的进步。她从不敢说话到敢说、敢喊，从好脸红到能说服别人和推动组织。在诉苦大会、斗争大会上，香菊小组总是坐在全村妇女的前面，香菊就坐在小组的前面。她在全村妇女中，并不是最突出的一个，但她是一个实际的领袖。

斗争以后，香菊挺着胸脯，走回家来。她又走过了地主家的现在已经被民兵看守的大梢门。怀着胜利的心情，她第一次到那些闺阁小姐们的住处去看了看，到底和自己家的土坯小屋有哪些不同。小姐们正坐在门外啼哭，可是在今天以前，她们是命定上车要老婆儿搀扶，生了孩子要老妈子抱养的；她们没到过田野一步，就是在庭院里，太阳也晒不到她们脸上。她们耻笑过劳动的妇女，现在劳动的妇女要把她们驱逐到田野里去。

香菊说：明天早上，就用斗争出来的水车去浇地。香菊值得尊敬，斗争以后，她更加重视劳动了。分配果实，别的姑娘们喜爱那些花红柳绿的布匹，去充实自己的嫁妆；香菊特别喜爱的是那些能帮助她劳动的农具，来充实自己的远大的希望。

一九四七年九月

香菊的母亲

香菊的母亲，今年三十七岁，在贫农里，她却和老婆们组织在一起。每当夜晚开会，在那白发苍苍的一群里，她那充满青壮年精力的说话的声音，她那把褂子的袖口，像年轻人一样高高地卷起来，大脚板平整自然地站立着的说话的姿势，就越使她显得有力和突出。

她同香菊，都是本村贫农的斗争骨干，她表现得却更冷静、顽强和有见解。在大会上，她领导的那白发的一组，总和香菊那青年姑娘的一组并排坐着。她们喊口号比不上青年组，但诉苦说理和坚持意见，却非那年轻好笑的一群可比。在大会上，香菊的母亲常常提出最尖锐的意见。这些意见刚一提出，有时不能为全体接受，她坚持着这个意见，沉着地向大家说服。有一次，甚至主席也来限制她说话了，她不服，她严厉地说："不让我说话那可不行！"

她的脸孔很黑，她的眼睛更黑，每当她生气的时候，眼皮微微下垂，人们就知道，在她心里鼓动着暴风雨。她并不刁泼，非常认真。贫农代表中，有她的一个邻舍，有一次传言说这个代表吃了地主的送情粮食，贫农要求把她罢免。香菊的母亲不信会有这种事，她说："那是东头人们对西头人们的成见。"工作团的同志批评了她，叫她去看事实，她就花费了几个晚上和几个早上的时间，去观察那个代表的行动。

从工作团到了村里，一共两个来月，中午一个会，晚上一个会，再加上一些别的会，这会就不知开了有多少。香菊的母亲没有一次迟到，没有一次早退，她总是聚精会神地听着，她说：“一句话也不能漏了。”

她开会开得瘦了好些。直到分完了果实，选举了干部，她才慌忙到地里去收割早已熟了的庄稼。她分的二亩两头临道的地，种的黍稷，她同香菊忙了一天，用包袱背了回来，一进门就对我说：“今年过年有黏饼子吃了。”分浮财，她家分了一个红漆小凳；村里正在庆祝斗争胜利演大戏，工作团一个同志病了没力气，她三番两次叫香菊背了去，让那同志坐。

香菊的母亲和香菊得到这些东西，表现了衷心的喜悦。她们欢喜的是：斗争胜利了，我们说了话。她们没有只从这些东西的价格上去估计斗争，是从这东西的意义上去估计斗争。一条红漆小凳代表什么呢？为什么香菊把它擦了又擦？这条小凳代表的东西很多，它又只简单说明：穷人过去就没有这样一条小凳。它很小、很简单，但它是一个点一条线，通到胜利的终点。就好比，每个人都想进京城，他现在已经走在路上，经过了一个村庄。这胜利的起点，就包括着胜利的全部。

因此，在多么农忙的时候，香菊的母亲也没有限制过香菊去开会，过去十几年，这女孩子是没有这么随便过的。无论是在家里，是在会场上，每逢香菊发言和喊口号，我们常看见母亲对女儿赞美的微笑。母亲欢笑的原因是：自己的女儿可以不再经受自己经历的苦难，自己也庆幸能赶上参加这解放的斗争，彻底解放了自己的儿女。

在斗争大会上，她总是同女儿坐在最前面。在群众愤怒的时候，她是站起来的第一个人。同时，她顽强地坚持斗争。工作团一走，正是大秋，地主向人民反攻，他们用耍赖皮脸的外形，包藏祸心，到农民分得的土地上去抢收。他们说：“这地是我家种的！”香菊的母亲无情地反抗了这种抢劫，并且号召组织了对地主无耻行为的审判。

在公审大会上，她第一个站起来发言。这对自己的阵营是一种教育，对敌人是一种奇袭。我们的农民最大的弱点是怜悯心，他们见不得地主的眼泪，和那一套乞怜相；他们只看见地主伸过来的乞讨的手，忘记人家掩藏在背后的企图复仇的刀！

这样，香菊的母亲的见识和行为，在我们斗争的前路上，就更值得宝贵。它是一个信号，也是一个标志。她亲自动手，再剥掉地主伪装的一层画皮！

香菊的母亲的半生里，既辛劳又充满内心的痛苦。她六七岁上，父亲就把她卖给比她大二十岁的一个人作为妻室。丈夫并不是一个有钱的人，做了一辈子长工，饥寒劳碌，现在有了病，已经不能再在自己土地上工作。在地主家扛长工，他简直变成了一个傻子，对谁也不说一句话，也不知道花费一个钱。香菊的母亲小小年纪娶过来，就得当男变女，买东办西，什么事也得她出头露面去做。在旧社会里，她也是一员闯将。

我曾在香菊家吃过十几天饭，每天围在一起吃饭的，是香菊的弟妹，香菊的母亲，香菊的叔父。香菊的叔父今年四十一岁了，没有娶过妻室。香菊的父亲已经六十岁了，每逢吃饭，他总是端着一个大碗，夹上些菜，一个人到大门外边蹲着去吃，好像这里的妻儿老小不是他的一样。

香菊有个小弟弟，今年才三岁，整天抱在叔叔的怀里，我从没见过那年老的父亲引逗爱抚这孩子一次。吃完饭，他一个人就到园里去了。他不能做重活，他蹲在烟畦里捉拿那些虫子，半天半天的，隐在那肥大的烟叶下面，一声不响。

农村的贫苦人家是充满悲剧的，有妻室常常更加深了这悲痛。外人没法体验，也不能判定：香菊母亲内心的悲痛深些，还是父亲的悲痛深些。

但这悲痛的来源就是贫穷，这在封建社会里是贫穷人家流行的一种痛苦。它是一种制度的结果，这种制度现在被打破了。

有些人还好在赤贫的妇女身上，去检查“道德”的分量，追究她们是否偷过人家的东西，是否和丈夫以外的人发生过爱情，是否粗鲁和不服从。他们很重视这点，惋惜这是穷人本身的一个大缺点。在“道德”上，他们可能欣赏那些地主的女儿，大家的闺秀。

香菊的母亲在她的孩子中间，最爱香菊，斗争以后，她更爱她的女儿了。有一天，她凄然地指着香菊对我说：她们这以后就好了。她比谁也明白：一切不幸，都是贫穷所致，一切幸福，都会随翻身到来！

人们追求着理想。在解放的道路上，这理想逐步解除每个人切身的痛苦，寄托他那衷心的希望。因为这样，理想才在每个人的心里生根，越来越充实，越来越扩大。

一九四七年九月

诉苦翻心

郭兰瑞的母亲诉苦说："我带着孩子们要了几年饭，就在村里借了这间房子住着。俺家冬学在村里当了干部，太积极，财主们恨他，告到炮楼上抓了去。把家里的一点东西，娘儿们穿的衣裳全卖了，也没赎回他来，运到关东煤窑上受苦去了。唉，俺那孩子啊！家里没吃的，他爹会剃头，就到安国去磨刀子。去了两天，还不见回来，我不放心，拉着俺家兰瑞，就打听着找下去了。到了卢家营儿里，街上有娘儿们坐着。我就说：问问大嫂子，你看见剃头的老郭过去了吗？人家说，前两天看见他过去了，穿着破黑袍子，戴着火车头帽儿，可是不见他回来，再往前边打听打听吧。我就又拉着兰瑞往前走。孩子饿得实在走不动了，那边过来一个老头子，手里提着一大把胡萝卜。我就说：大哥，俺家这小姑娘，饿得慌了，给俺们个萝卜吃吧。那老头儿就给了一大把。兰瑞吃着，走着，就说：娘，爹到哪里去了哩？我说：我们到安国去找他吧。一进东关，日本鬼子站着岗，查问两个推小车的，我就拉着孩子混进去了。到了南关，我见人就问：大嫂子，那个磨刀子的老王住在哪里呀？人家说：就在药王庙那个南屋里。我拉着兰瑞进了药王庙，南屋里，坐着一个娘儿们。我就问：大嫂子，你是磨刀子老王的内掌柜的吧？人家说：是。我说：前两天，老郭来磨刀子，你们见他来吗？人家说：来着，磨了刀子，他就说肚子疼，我叫他喝米汤，他也不喝，定要回去，他说家里人还结记着哩，就走了。俺家掌柜的劝他养一养再走，他说死在哪里，就算哪里吧！抱着肚子走了。

"没法子，我就又拉着兰瑞回来。在道上兰瑞说：俺哥要是早些当了八路军就好了，也叫鬼子抓不了去。我说：孩子，先别管他吧，先把你爹找着。走着走着，兰瑞说：前面那不是俺大姐吗，看走动是她。走近了，可不就是俺家大闺女，是我前些年把她卖了的。她先放声大哭起来说：找着俺爹了，就在那条旧公路上。娘儿仨哭着跑到那里，人死了好几天，还穿着他那破袍子，抱着肚子。大闺女到她婆家叫来几个乡亲，抬回家来。邻舍们说：要不俺们就帮凑着给他买个棺材吧！我说：亲人们，你们也都不富裕，赶上这个年月，就叫他这么去吧。俺家当家的，苦了一辈子，临死落个冻饿而死，箔卷席埋，连个薄皮子棺材也没使上！”

老大娘诉着苦，就呜呜哭起来。别的老婆们儿也对着擦泪，有一个老婆儿就说：

“瑞她娘一辈子的苦处说不清。那年坐了月子，三天里就绕家借粮食，自己去推碾子，风摆得她那脸煞白煞白的，我都替她害怕。”

“谁不是一样，提起那些日子，唉！”老婆们全唉声叹气。

老大娘又说：“他爹死了，我就一天家想念俺那冬学，咒骂那些汉奸为什么就没有个死！有一天，快黑了，我端着一升高粱正要推碾子去，一转眼，看见俺家冬学站在拐角那里。啊！我那儿，你怎么回来了？唉，俺那儿啊，黑干消瘦，腰都直不起来。到家里，我说兰瑞，快给你哥去借面烙饼。一升面的饼，俺那儿还没有吃饱。兰瑞说：‘怎么俺哥就吃这么多啊！’孩子，饿成什么样儿了啊？日本鬼子败了，才有了点吃的，又把他养活了。可还是穷啊，连个媳妇也娶不上。俺家冬学三十六了，和人家小凤一天生日；人家财主，早连儿媳妇也娶了，俺家穷就耽误了好儿辈子人啊！”

斗争了，冬学参加了村里的民兵，兰瑞当选了贫农代表，老大娘斗争诉苦全很积极。这一家成了全村贫农的骨干，怨气出了，仇也算报了，后来分了宽堂大屋的房子、大水车井和好园子地，立时就有媒人找上门来给冬学说亲。

村里的斗争还在进行，暴风暴雨并没过去，这个喜讯，不怎样引人注意。到冬学参军那天，老大娘忽然顽固起来，坐在会场上，不离儿子的身边左右。她说："我就你这么一个儿子，你不能走，你走到哪里，我跟到哪里。"

冬学跟着大队走了，老大娘哭哭啼啼。工作团的同志们也生气了。村里闲话更多，有的说："斗争东西你积极，儿子当兵你这么落后。"说这些话的人，多是在斗争的时候消极观望，在参军的时候，把儿子藏了起来的人家。也有很多人这么说："老大娘落后，可是她到底在斗争地主的时候积极过，冬学也到底参了军，这就比那些只会说风凉话的人强胜万倍！"

随后，又传说冬学没走到博野就跑了。夜里下了透雨，人们起得早，村边上、街里头全有人谈论这事。

"他还是斗争骨干哩，他先跑了行吗？"

"把分的东西，全得给退出来！"

"他妹子的代表我看也得罢免了！"

老大娘这几天来，心里烦搅得要命。从家里走出来，要到地里去。看看街上的人三三两两站在一起，用那样的眼光看她，她就脸红起来，身子也好像一下矮了半截。人们的态度和几天以前，大不一样。那时人们对这老大娘，是多么尊敬和羡慕？她带着满对不起人的神色，急急忙忙奔着地里走去，用袖口擦一擦这几天哭红肿了的眼。

地是新分给她的一块好水浇谷地。独根红的大支谷，挺着大穗子，迎风推动，又丰足，又美丽。

她把绳子放在地下，正要动手收割。忽然看见地主老欠在地那头转悠，头上斜包着一块白布，遮着他那早已平复的伤口，眼里放射着仇恨毒狠的光芒，从垄沟上走过来了。这时四外没有别人，老大娘心里微微一颤，就听老欠说：

"这地是我种的，你不能白收！"

"你种的？在斗争大会上你为什么不说是你种的？"老大娘鼓着气说。

“斗争大会，”老欠冷声一笑，“你儿子当兵去又跑了回来，这地你得退给我！”

大娘忽然觉得气短起来。她一坐就坐在地头上，有声没力地说：“你说了个好听，咱们得到村里说理！”

老欠看看那边，有人过来了，才转身说：“你儿子开小差，你还有什么理，代表会就得叫你把东西吐出来！”

歇息了好一会儿，大娘才站起来开始割谷。她有生以来没有这么一块地，也没有这么一块谷，谷穗沉重地打着她的胸脯。大娘想起了过去要有这么块地，丈夫就不会饿死在公路上，死了就会有个棺材。也想起那新分的三间大砖北屋和屋里的红漆放亮的家具，有这个，儿子就会娶上媳妇，女儿就会寻上婆家。

就说这一切的全不算什么，只要冬学儿守在身边吧。可是地主就在那边，工作团刚刚走，斗争刚刚过后，人家就来报仇，也能够借尸还魂哩！看来封建势力不像人们说的那样好消灭，它可像死灰一样，见火就着。如果冬学不参军保家，以后天长日久，日子的黑红，谁能保险？还拉着孩子们要饭去？还住在人家那低矮黑暗的小屋里？还吃糠咽菜？就说生活不成问题吧，可是乡亲们从此瞧不起咱！人除了吃穿，还要脸面。被人小看，就是吃好穿好，也没有意思。

老大娘左思右想，心里明亮起来，身上也有了力气，背上谷子往家里走。街上的人还不住暗暗撇嘴，老大娘却满脸披笑地走进家门。

放下谷子，老大娘就到冬学藏着的地方去，叫他归队。冬学回来一天一夜，也觉得不是滋味，真是够受。老娘一说，正和他想的一样，就抖抖衣裳上的尘土草叶子，归队去了。

经过这么一回斗争，老大娘才真正翻了心。

一九四七年十月

天 灯

往常过新年的时候，我们村里只是西头财主家有一个天灯，穷人家只能在地皮上点些香蜡修福，就是迷信也分了等级。在我的印象里，天灯和财主是分不开的。

今年正月，一天晚上我到街上游玩，西头财主家的天灯不见了，却看见东头立起一个天灯，真是高与天齐，闪亮的灯光同新月和星斗争辉。灯笼纸上，用红纸剪贴着四个大字："穷人翻身"！那简直是一幅鲜明的旗帜，一声有力的召唤。我问：

"那是谁家的天灯？"

街上的孩子们说：

"是小五家的！"

"啊，小五家的！"在我记忆里，小五是我们村里顶穷困的人，是常年借住祠堂的人。

我奔着天灯走到了他的家，是土地改革分得的房子。小五已经老了，穿着新棉袍，很有礼貌地把我迎进屋里。

他放下红油炕桌，又摆了茶点。一个穿着整整齐齐的青年妇女，撩门帘进来，怀里抱着一个孩子，孩子身上披着红斗篷。她和我说话，我一时却认不出是谁来。还是小五说：

"你不认得她了？就是俺家四妮呀！"

啊，原来是四妮，我小时的同伴。那时她穿得那么破烂，又瘦又小，现在出挑成了这样一个仪态大方、丰满健壮的人。

我庆贺他们的生活变得这样富裕。四妮说：

“这房子是斗争来的。吃穿主要是靠全家生产！”

说到天灯上，四妮说：“爹是老脑筋，立天灯怕人家笑话。我说，他们笑话什么！我们的生活变好了，是靠自己劳动；我们的地收回来了，是靠自己斗争。我们翻身了，应该叫远近的人们知道，我们为什么不立一个天灯？”

她大声地说着，夹着爽朗的笑。使我立时觉到：如果那天灯是穷人翻身的标志，她的话语就是人民胜利的宣言！

一九四七年二月

张金花纺织组

安平河漕村张金花纺织组，包括金花、小尊、杏荣、大顺义四个人。我到她们的机房访问，金花正在机子上赶织四棚缯的斜纹花布。她正在青年，她的丈夫是个木匠，也参加了本村的木工合作组，房内除去纺织用具，就是钻凿斧锯。杏荣也是青年妇女，守在一旁给孩子们做活儿；小尊赶集卖布去了；大顺义是个中年妇女，去到村边站岗。

当初组织时，是因为过去她们几个人就合适，感情好，但是对于组织起来的好处认识并不深刻。虽然感情好，也顾虑到了自身的利益。所以在上级督促她们组织起来的时候，小尊正在赶紧纺着自己的紫花线，杏荣则愿意先打整上孩子们……各人迟迟不前。

这内中关键显然在于顶工的算法。县妇联和区干部，就分头征求她们的意见，以免会议上不好意思。

果然小尊的意见是：六两线子顶一个工，这是因为她是纺线能手，纺得快。而金花一听这个消息，脸就红了，因为她是织布能手，织得快，纺线工高，自然不妙。而大顺义纺、织全不内行，也觉立功无路。

县区同志了解这情况以后，就帮助她们研究讨论计工顶工的办法，所得的结果如下：

织半弦布为一个工

纺四两线为一个工

做一棚缯为一个工

打半斤线的纨为一个工

站岗一天为一个工

这样一来大家全高兴。大顺义担任站岗，也能胜任愉快。并且本组以内，一斤线子可以换取一个布（给外人织包干布要二斤线子），小尊、杏荣也觉欢喜。

至于针线活的拨工互助，她们在研究时，也遇到困难。因为娘儿们的活计，多系破破烂烂，补补连连，外人很难到你的柜槽里去刨烂布；她们的办法是自己先调理出来，再交给人去做。

组织起来以后，她们已经各自感到组织起来的利益。杏荣说，组织起来以后，我就能专心做活纺线，纺出线来，就有人给织成布，怎么着也穿上了。金花可以专心织布，研究花样，不再发愁线子的麻烦。经过这样一个过程，她们的小组，就不只是建筑在私人感情上的一种组织，而是一种集体分工的工作方法；也就更能巩固，并加深她们之间的感情了。

一九四七年春

曹蜜田和李素忍

读者看题目，以为我要讲说一对青年男女的浪漫故事。事实上，他两个已经结了婚，在一座小房里过着日子。

我们是说他两口子怎样生产的故事。这或者比恋爱故事更有意义。

在张敖，提起劳动互助，应该首先提到李三同志。他是张敖村互助组的发起人和组织家，曹蜜田的小组就是他帮助组织起来的，这已经是三年前的事。

曹蜜田的爹是个赌徒，他糟了家业，至少是没有给孩子们留下家业。曹蜜田从小就给人家做活儿，扛长工，在旧社会里受尽苦养不了家。直到八路军来，实行了实物工资制，改善了工人待遇，才赎回了几亩地。

一九四三年，他接受了李三的劝告，六个人组织了一个互助组。刚组织起来，没有经验也没有制度，为了刨山药，小组就几乎垮了台。

先是老问刨山药刨了一半，第二天大家就议合开始集体。本来应该先帮老问刨完山药，可是老昌愿意先刨自己的。老问说：我刨了一半，不能给他刨；老昌就老实不客气地说：那么咱们就各人刨各人的吧。

这一年，老问、老友、老永就退出了互助组。曹蜜田还是要组织，他吸收了老尊和二虎，并且说明要接受去年的经验教训。

经验并不容易接受，建立了批评制度，还是不能根绝纠纷。

老关是个木匠，以他做师父，曹蜜田他们开了个木货厂。一天晌午，二虎他娘要打场，碌碡圆子坏了一根掌子。老关在那里路过，二虎他娘说：“你来，给我安上这根掌子。”因为是二虎的娘，老关就忘了和人家互助着哩，他说“没空”就走了。老婆子自己安上了掌子，并且告诉了二虎。

又一天老关从地里背回一筐草，放在梢门下面。

看见二虎走过，他就说：“二虎，来和我铡了这筐草。”二虎扬长不理地走过去，说：“没空！”老关说：“你干什么哩？”二虎说：“晌午了，又饥，又渴，吃饭去！”

晚上，老关对曹蜜田说：“这是什么互助组，我叫他和我铡一筐草，他就不干！”曹蜜田对二虎说：“就是三筐青草也该帮他铡了，再去吃饭。”二虎说：“这是我的缺点，可是你知道我为什么不帮他铡草？”一说原委，老关也承认了错误。

锄地的时候，二虎虽然年轻，可是抢不下班来。他从小跑天津，干的是拉洋车，锄起地来，爱饥，爱腰疼，又怕热，懒得帮助别人，也羞于请别人帮自己，不愿意集体。曹蜜田又耐心劝说他。

曹蜜田坚持着互助的方针。有一个人因为短见退出了，他就演说互助组的远景，激励同组的人。

好像我们还没提到他的老婆。我到她家里，她正在吃中午饭，然后匆匆忙忙地对丈夫说：“我到组里去了！”

夫妇两个全不过二十多岁。屋里虽是破东烂西，但是可以看出有吃有穿。别人家墙上贴画片，他家柜面挂着好几张供销合作社的股金单。这小小的家庭，正奔着一个新鲜的方向滚动。

曹蜜田参加了战勤队，在驻在地推广了加速轮，引起了当地居民的爱戴，已经登了报。丈夫出外当了模范，李素忍在街头接了担架队，服侍伤员。她们有组织地、鸦雀无声地、热心关注地给伤员们洗脸、喂饭、拆洗衣被。

夫妻俩好像暗暗地在那里挑战立功。但当我向曹蜜田打听他老婆的模范事迹时，他说这几天生产很忙，还没顾着问她，他指给我他老婆的小组。

一九四七年春

“帅府”巡礼

赵老帅是有名的人物。因为人民重视今年的生产，他在村里就更被注意。但他的有名是很久的了，他住的宅院，人们称为帅府。一提“各节院里”，人们就知道是指的他家。

这个“帅”字，不是指的什么元帅的帅。在冀中，帅的意思包括：干净、利落、漂亮等意思，这些意思，如果用土话来说就是“各节”。

我去访问他。一接近他的住宅，胡同里扫得特别干净；一进他的庭院，一种明媚的有秩序的气象，使人的精神也清新起来。

一到他的农具室，我真吃惊了。他的一间西房满满陈列着农具，是那么多种多样，井井有条。这简直是一个农具博览会，都是多次浸润过劳动和土地的津液的。

他的农具齐全，这些工具都涂过桐油，擦洗得干净。他的铁铲并排放着，像官场的执事；他的木锨的头起都镶着铁皮。一切都擦得闪闪放光，而悬挂在北墙山上的耕地的盆子，则像一面庄严明亮的宝镜，照见你，使你想到这里陈列的一切，对于他是多么有意义和重要。

墙上挂的、房顶上插的、中间排列的都是农具。但就是一把小剪，一把小锤，都有自己的位置，就是在夜间，也可以随意取出使用。

他是一个农民，他爱惜这些工具。

他勤俭持家昼夜不息地劳动。他六十岁了，看来有些黄瘦；但在中年，他一夜砍完七亩黑豆，一夜和好一间房子那样大的一堆打坯泥，不知劳累。

他沉默寡言，说话的时候，几乎是闭着眼睛；当谈到种地的事情，他才活泼起来。

他常在吃饭的时候，和孩子们讲说种地的要点。但是孩子们好像并不愿意听，他对这点，很表示气愤，他说："我教育他们，他们不听，学校里先生说的话，他们才认真记着！"

孩子们参加村里的工作，他的十八岁的女儿和二十岁的儿媳，都是村里的干部，儿媳曾经当选过劳动英雄。

他的影响，已经能在他的儿女身上看出。他全家人口都是那样健康、清洁和精于田间的劳动。

紧张的愉快的劳动，能够换来人生最珍贵的东西。当我们谈话的时候，我瞥见了他的儿媳，正在外间耍着周岁的孩子。她是那么美丽和健壮，敏捷和聪明；孩子在她手里旋转，像一滴晶莹的露珠，旋转在丰鲜的花朵里。

他非常爱好清洁的秩序。他的牛圈里从来看不见粪尿，一层沙土铺在牛身下，他刷洗的小牛好像刚出阁的少妇。

他爱好干净，简直成了一种癖性。有人传说，他起完了猪圈，还要用净水刷洗。说他在"五一"的残酷环境，还要半夜里起来，叫媳妇提着灯笼，打扫完院子，才匆忙逃到野外去。

他的家庭充满团结的乐趣和劳作的愉快，劳动的竞争心和自尊心。每个人因为劳动觉到了自己的地位和尊重别人的地位。勤俭劳作使家庭之间充满新生的向上的气象。

他说：他锄地没有遍数，什么时候地里没有一棵草了为止。他锄地的时候，如果一眼看见很远的前面有一棵草，他就先跑过去把它锄下，才能安心。

他黎明就带领儿媳、女儿上地，几个人默默地竞赛，老人监视着她们的锄，指出她们遗漏的每一棵草。

他已经参加了村里的拨工组。起先，他因为害怕别人给他把地种坏了，没有信心，村里就给他找了几个能和他相比的农事老手，组成一组。

一九四七年春

小陈村访刘法文

二月二十八日，听梁斌、周刚同志说到妇女劳动模范刘法文的事迹，记者即前往访问。到村，在负责同志家遇见了妇联会一个干部，她问我找谁，我说明来意，她说："你找我们头儿呀！"我才知道刘法文同志又是这村妇联会主任。另一个青年妇女不住向我称道刘法文的可敬可爱，并愿带我前往。

这位在全县生产会议上引起很大注意的女劳动模范，已经五十岁。从她的黑红的硬朗的脸型脸色上，可以看出她经历了很多风霜。从她那双大脚板看来，她走过很长远的路。她的头发全黑，牙齿整齐，身体强壮，又证明她是闯过了一切困苦艰难，是劳动胜利的证明。

她原籍是浙江衢州人，十一年前来到小陈村。她用整个下午时间，在一间低矮的小屋里，和我诉说了她一生的历史。那是一部动人的曲折的故事，丰富伟大的生活历史。

她是一个逃荒的老人的后代，从小一条扁担、一张镰，协助了贫苦农民反抗贪官污吏、地主、保长的残酷剥削的斗争，一段可歌颂的少女时代。由此家败人亡，可是她一直向往自由幸福的天下，探听着人民军队（红军）的行止。她追求的，她得到了，四十岁以后，她在冀中区堂堂地站立起来。

她在解放区献出了她的最大努力。她刻苦成家，成为妇女参加田间生产劳动的模范，在全村，并即将在全县造成很大的影响。小陈村曾经是日寇据点，她经历了残酷战争的几年间敌人制造的一切苦难，坚强地生活下来。她以一个外乡人，学习并熟练了田地间的工作；她夜以继日，和天旱、碱地斗争，一手掘了三眼土井。

解放区对劳动的人民尊敬，而土地改革，她又分得了土地。她走在街上，每一个妇女都拦住她问长问短；在走回她家的路上，花费了很大时间。

她带我到她的家里。她那年老的丈夫怪罪她不回来做饭，并向我诉说她近来为了工作，常常耽误家里日常的工作。她向丈夫说明了缘由，并表示了坚持工作到底的决心。从他们夫妇两个的谈话，我想起了我们创造劳模运动里的一些问题。

我以为劳模，主要是在劳动上提高她，并扩大她的影响和威信。对于刘法文同志，造成一个运动，使妇女学习参加田间生产，改良农业技术，和自然界的不利条件做斗争，这些都是主要的。可是不能把她当成一个行政干部，把村里很多工作推在她身上，不能叫她出席过多的会议，不能叫她花费很多时间接见新闻记者；这样就会违了她的农时，并且使她脱离了群众。

她应该继续在劳动生产上密切和群众结合，不能骄傲，要发扬劳动人民可敬爱的勤劳朴素的本色。

我向她说明了这些意见，并祝她在今年大生产运动里有更伟大的成就。

一九四七年三月

渔民的生活

土地改革给了农村的大生产运动决定的影响，这从白洋淀的渔民生活上，异常明显地看出来。现在，凌还没完全解冻，春天的大规模的捕鱼场面，我还没看到；但是从同口、关城两镇到端村，大小村庄旁边叮咚的修补船只的声音，和迎着阳光张挂在墙壁上的各色丝网，就可以看到渔民不同往年的热烈情绪。

分得了土地，保证了衣食，消灭了渔巡渔税的剥削，又进一步结成了自己的治鱼的合作社；这样，渔民就有余裕和心情修补油饰自己的船只，细心织结他们的网。

饿着肚皮摇船，含着眼泪撒网，可以概括渔民过去的生活。高利放债，大秤收鱼，却包括不尽那些鱼庄鱼贩对渔民的剥削。

我们在每个生活的角落，扫除了对人民的压榨，对生产的束缚。在白洋淀，渔民的新的生产热情，使我对荡漾在烟波里的生活，有了新的见闻。

十二年的生活，包括美丽和悲壮的斗争。白洋淀的水绿得发黑色，渔民的船只，紧系他们的门前。每当黄昏，家里的人，站在明净的窗前眺望着从烟雾里摇船回来的打鱼的人；渔人下得船来，就进门上炕。

在天下，还有比我们这里更大更多的渔场。但是，我们认为白洋淀的渔场是最可爱的了，因为这里的渔民自己解救了自己。

这里，每一个渔夫都爱唱那个流传了几年的水上游击队的歌，那是自编自唱、描写了真实战斗情况的歌。每一只船上都存在着战争的伤痕或英雄的标志，代替渔网，这些船只在那几年都载运过战士，安放过枪支。

我无数次看见男人打鱼回来，坐在门前织席的女人，已经在呼唤女娃子生火给爹烘烤衣衫。黄昏一如清晨，他们的生活，美满愉快。

自然，在这个期间，也有很多少年人，因为爱玩枪，放下渔网去打野鸭。那是因为他们在练习，等候进犯的敌人。

一九四七年春

织席记

真是一方水土养一方人。我从南几县走过来，在蠡县、高阳，到处是纺线、织布。每逢集日，寒冷的早晨，大街上还冷冷清清的时候，那线子市里已经挤满了妇女。她们怀抱着一集纺好的线子，从家里赶来，霜雪沾在她们的头发上。她们挤在那里，急急卖出自己的线子，买回棉花；赚下的钱，再买些吃食零用，就又匆匆忙忙家去了。回家路上的太阳才融化了她们头上的霜雪。

到端村，集日那天，我先到了席市上。这和高、蠡一带的线子市，真是异曲同工。妇女们从家里把席一捆捆背来，并排放下。她们对于卖出成品也是那么急迫，甚至有很多老太太，在乞求似的召唤着席贩子："看我这个来呀，你过来呀！"

她们是急于卖出席，再到苇市去买苇。这样，今天她们就可解好苇，甚至轧出篾子，好赶制下集的席。时间就是衣食，劳动是紧张的，她们的热情的希望永远在劳动里旋转着。

在集市里充满热情的叫喊、争论。而解苇、轧篾子，则多在清晨和月夜进行。在这里，几乎每个妇女都参加了劳动。那些女孩子们，相貌端庄地坐在门前，从事劳作。

这里的房子这样低、挤、残破。但从里面走出来的妇女、孩子们却生得那么俊，穿得也很干净。普遍的终日的劳作，是这里妇女可亲爱的特点。她们穿得那么讲究，在门前推送着沉重的石砘子。她们的花鞋残破，因为她们要经常在苇子上来回践踏，要在泥水里走路。

她们，本质上是贫苦的人。也许她们劳动是希望着一件花布褂，但她们是这样辛勤的劳动人民的后代。

在一片烧毁了的典当铺的广场上，围坐着十几个女孩子，她们坐在席上，垫着一小块棉褥。她们晒着太阳，编着歌儿唱着。她们只十二三岁，每人每天可以织一领丈席。劳动原来就是集体的，集体劳动才有乐趣，才有效率，女孩子们纺线愿意在一起，织席也愿意在一起。问到她们的生活，她们说现在是享福的日子。

生活史上的大创伤是敌人在炮楼“戳”着的时候，提起来，她们就黯然失色，连说不能提了，不能提了。那个时候，是“掘地梨”的时候，是端村街上一天就要饿死十几条人命的时候。

敌人决堤放了水，两年没收成，抓夫杀人，男人也求生不得。敌人统制了苇席，低价强收，站在家里等着，织成就抢去，不管你死活。

一个女孩子说：“织成一个席，还不能点火做饭！”还要在冰凌里，用两只手去挖地梨。

她们说：“敌人如果再待一年，端村街上就没有人了！”那天，一个放鸭子的也对我说：“敌人如果再待一年，白洋淀就没有鸭子了！”

她们是绝处逢生，对敌人的仇恨常在，对民主政府扶植苇席业，也分外感激。公家商店高价收买席子，并代她们开辟销路，她们的收获很大。

生活上的最大变化，还是去年分得了苇田。过去，端村街上，只有几家地主有苇。他们可以高价卖苇，贱价收席，践踏着人民的劳动。每逢春天，穷人流血流汗帮地主去上泥，因此他家的苇子才长得那么高。可是到了年关，穷人过不去，二百户人，到地主家哀告，过了好半天，才看见在钱板上端出短短的两截铜子来。他们常常提说这件事！他们对地主的剥削的仇恨常在。这样，对于今天的光景，就特别珍重。

一九四七年三月

访问抗属

记者随孟部长到安平耿官屯访问抗属李大娘。李大娘带领五个孩子刻苦成家，积极生产，生活日见富裕，博得全村抗属的羡慕。记者随孟部长到她家时，她正在和孩子们吃饭。孟部长热情地称呼大娘，李大娘对孟部长的到来，更非常感动，同至北房闲谈。

三间土坯北房，是村中给她盖起来的，过去她借住别人的小屋。李大娘今年四十四岁，劳动的代价，身体很健壮。但她的一生，充满贫苦人民及其儿女的无限辛酸。她母亲在耿官屯做活儿，她十三岁就嫁给比她大二十四岁的丈夫做童养媳，全家以拾柴卖柴为生，常年吃糠咽菜，丈夫临死病重，仍不得不去给人家做工；大儿子兴国很小就在后庄做活儿，一九四〇年在该村参加抗日部队。

李大娘一字一泪诉说旧日生活的苦楚，一说到今天，泪脸就变成笑脸。她对生活的向上，政府对抗属的照顾，村干部的帮忙，时时表示感激。她说："过惯了窄狭日子，现在地多了我就欢喜！"她说："吃的也比过去好，做着活儿心火高！"她说："过去大年下也吃糠，现在青谷白米的吃着，还不知足？"她一个人的经历，就体现着新旧两个世界的交替。

过去穷人想盖一间房，比登天还难。她丈夫活着时，常对她和孩子们说："住的房，反正我给你盖上。"但是这只能成为一种苦痛的幻想的安慰，他至死也没得住上自己的房。

现在她家是三间北房，两间厦子。虽是土坯盖成，院里却很整齐干净，一围新篱笆，几棵嫩枣树，一个小猪圈，一头小牛。北房东间安一架织布机，她的十六岁的女儿正在机上抛梭踏板。

她以勤劳节俭教育自己的孩子，孩子们都从小养成勤劳朴实的习惯，出门就背上柴火筐。

她回忆一九四一年大灾荒，她成天把裤带煞紧，就是野菜，也不能吃饱，每逢煮刺刺菜的时候，孩子们就集在她的身旁说："娘，你多做点吧！"一天娘说："我领着你们到姥姥家去吧！"母子们从河北面抱回一些北瓜来，吃了一顿饱饭。夜晚睡下了，小女儿伸手到娘的怀里说："娘，我摸摸你有了肚子没有？"因为多少日子娘的肚子是扁的呀！

这是一种血泪的声音，记着这种声音，她说："我要挣昂赌气地过！"她说："我拉扯大了这几个孩子，我要对得住他爹。"她说："要好好着混，我才对得住我那儿子。"

记着这种声音，她鼓励儿子参军。当儿子报上名回来说："娘，我走了！"娘说："你走吧！"娘说："干什么就负什么责任，你可别开小差！"

李大娘对打败蒋介石，信心很高。她常给抗属们作比，蒋介石会变也只是七十二变，八路军是杨二郎，准能打败他。她通晓不打败蒋介石不回家的大义，她请孟部长给儿子写封信，叫他知道家里富裕生活的情形，不要结记家里，她说："不容易熬到了今天！"

李大娘在生产上和认识上，都具备坚定不移的特点。一个干部的秫秸被特务分子给点火烧了，那个干部情绪很低落。李大娘对他说："坏分子给你放火，就是要打击你的情绪，你不要中了他们的计，你要更加积极起来！"那个干部工作就又紧张起来。

李大娘和代耕户固定户团结得很好，因此，谁也愿意固定在李大娘的家里。她把八月节村中优待的肉，做给代耕的人们吃。她卖了布，买了一只母猪；后来又卖了小猪，买了一个小牛犊，今年已经能够自己耕种了。她和村干部团结得好，村中人人称赞她。

李大娘把碾细的米去缴纳公粮，粗的留下自己吃。

孟部长和李大娘叙谈近三小时，对李大娘过去受的苦楚深表同情，对李大娘生产热情极加鼓励。告辞走出，李大娘一直送我们到街上。

记者印象：李大娘因为过去生活苦，对今天生活很知足，对打败蒋顽信心高，对儿子参军认识好，家庭间充满向上发展的新气象，是组织抗属生产的一架桥梁，是子弟兵母亲的好榜样。

一九四七年五月

浇　园

七月里，一天早晨，从鸡叫的时候，就听见西边炮响，响得很紧。村里人们早早起来，站在堤上张望，不久，从西边大道上过来了担架队，满是尘土和露水。担架放在村边休息；后边又过来了一副，四个高个儿小伙子抬着，走得最慢，他们小心看着道路，脚步放轻。村边的人知道床上的人一定伤很重，趋上前面去，担架过来，看好平整地方，前后招呼着放下，民工的脸上，劳累以外满挂着忧愁。慰劳股的妇女们俯下身去看望伤员，前边的大个子擦着脸上的汗，说：

“唉！你们轻轻地吧！”

随后叹了一口气。另一个大高个子说：

“我看不用叫他了，一路上他什么东西也不吃。”

人们全围上来，大个子又说：

“真是好样儿的呀，第一个爬梯登城，伤着了要紧的地方，还是冲上去，打！直到把敌人打下城去，我们的人全上来，才倒在城墙边上，要是跌下城来，可就没救了。”

“谁知道这能好了好不了！是个连长，才二十三岁。”后面另一个大个儿接着说。

村里住下八个伤号，伤重的连长要住个清静地方，就住在香菊的家里了。香菊忙着先叫小妹妹二菊跑回家，把屋子和炕好好打扫一遍。人们把伤号安置好，伤号有时哼哼两声，没有睁开眼睛。

香菊站在炕沿边望了一会儿他的脸，不敢叫醒他，不敢去看他的伤。香菊从小不敢看亲人流的血，从来也不敢看伤员的血，同年的姐妹们常常笑话她胆小。几次村中青年妇女们拆洗伤员的沾着血迹的被子和衣服，香菊全拒绝了。她转过身来对站在她身后的二菊说：

“去烧火！”

二菊害怕姐姐又骂她不中用，抱了一把柴火进来，就拉风箱。香菊小声吓唬她：

“你该死了，轻着点！”

温热了水，香菊找出了过年用的干净手巾，给伤员擦去了脸上的灰尘。香菊看见他很年轻，白白的脸，没有血色；大大的眼睛，还是闭着。看来是很俊气很温柔的。二菊到窗台上的鸡窝去摸鸡蛋，鸡飞着，叫起来，二菊心里害怕姐姐骂，托着鸡蛋进来，叫姐姐看。

香菊轻轻叫醒伤号，喂着他吃了。吃完了，伤号抬起头来，望了望香菊，就又躺下了。

香菊每天夜里和秋花嫂子去就伴，白天和秋花搭伙纺线织布，回到家来就问二菊：他轻些了吗？叫喊没有？同时告诉小妹妹：鸡下了蛋就把它赶出去；有人来捶布，叫他到别人家，不要惊动病人。

几天来，伤号并没有见轻，香菊总是愁眉不展，在炕边呆呆地站一会儿，又在窗台边呆呆站一会儿，才到秋花家里来。在街上，有那些大娘们问她：

“香菊，你家那个伤号轻些了吗？”

香菊低着头说：

“不见轻哩！”

她心里沉重得厉害。这些日子，她吃的饭很少，做活儿也不上心。只有秋花看出她的心思来。

一天早晨，香菊走到屋里，往炕上一看，看见伤员睁着眼睛，望着窗户外面早晨新开的一枝扁豆花。香菊暗暗高兴地笑了。

她小声问：

“你好些了？”

伤员回过头来，看见是个姑娘，微弱地说：

“你叫什么？住在哪里？”

“我叫香菊，这就是我的家。”香菊不知道说什么好，她竟是要哭了，可还是笑着说。

伤员也笑了，说：

“怎么没见过你？”

“你没见过我，你睁过眼吗？现在你才好了。”香菊要谢天谢地的样子，又说：

“我们从来没敢大声说话呀，走路都提着脚跟。”她笑着转过身来。

“现在快秋收了吧？”伤员说。

“大秋还不到，天旱，秋天好不了。只要你的伤好了，就比什么也强。”香菊点火做饭，又说，“现在你好了，你想吃什么？说吧！”

到锄过二遍地，伤号已经能拄着拐出来走动了。也常到秋花家，看着她们纺线。那时候，妇女们正改造纺车添加速轮，做一个加速轮费工夫很大，妇女们不愿意耽误一天纺线，去修理它。伤员就把一条腿架在拐上，给秋花和香菊每人做了一个加速轮，做得很精巧好使，像一家人一样，越混越亲热了。

这伤号叫李丹，他对香菊说，他家是阜平的。小时给人家放牛，八路军来到山上，就跟在队伍后面走了。那时才十三岁。先是当勤务员，大些了当警卫员，再大些当班长、排长。十年战争，也不知道参加过多少次的战斗，战斗在记不清的山顶，记不清的河边，记不清的石头旁边和沙滩里。他说十年的小米饭把他养大，十年部队生活，同志和首长的爱护关怀，使他经得苦，打得仗，认得字，看得书。十年的战争把他教育：为那神圣的理想，献出最后一滴血，成就一个人民光荣的子弟。

天旱得厉害，庄稼正需要雨的时候，老天偏不下雨。这叫卡脖子旱，高粱秀不出穗来，秀出穗来的，晒不出米来。谷，拼命往外吐穗，像闯过一道关卡，秀出来的穗，也是尖尖的，秃秃的，没有粒实。人们着急了，香菊放下纺车，每天下地浇园。每天，半夜里，就到地里去，留下二菊在家里做饭，李丹帮她拉风箱烧火。吃饭时香菊回来，累得一点力气也没有，衣裳和头发全精湿，像叫水浇过。她蹲在桌子旁边，一句话也不愿意说，好歹吃点，就又背上大水斗子走了。

这天李丹拄着拐，来到村南，站在高坡上一望，望见了香菊那破白布小褂。太阳平西了，还是很热，庄稼的叶子全耷拉下来，天上一丝云彩也没有，只有李丹的家乡西山那里，才有一层红色烟尘，笼罩着村庄树木。

香菊在那里用力浇着园，把一斗水浇上来，把斗子放下去，她才直一直身，抬起手背擦一擦脸上流着的汗。然后把身子一倾，摇着辘轳把水摆满，再吃力地把水斗绞起。

李丹从小时没做过这种劳动，他只是在河边上用杠杆车过水，觉得比这个省力得多。他拐到那里，从畦背上走过去，才看见香菊隐在一排几棵又高又密的鬼子姜后面。

这是特意栽培的鬼子姜，它长起来，可以遮蔽太阳。一棵小葫芦攀缘上去，开了一朵雪白的小花，在四外酷旱的田野里，只有它还带着清晨的露水。香菊抬头看见李丹来了，就停下来，喘着气问：

“你来干什么，这么晒天？”

李丹看见香菊的衣裳整个湿透了，贴在身上，头上的汗水，随着水斗子的漏水，叮当滴落到井里去，就说：

“这个活太累，我来帮帮你吧？”

香菊笑了一笑，就又把水斗子哗啦啦放下去了，她说：

“你不行，好好养你的伤吧！”

李丹站在香菊对面，把拐支稳，低下头一看：那是一眼大井，从砖缝里蓬勃生长着特别翠绿的草，井水震荡得很厉害，可是稍一平静，他就看见水里面轻微地浮动着晴朗的天空，香菊的和鬼子姜的影子，还有那朵巍巍的小白葫芦花。

李丹很喜爱这个地方，也着实心疼那浇园流汗的人，他又劝香菊：

“很累了，休息一下吧！”

香菊说：

“不能休息。好容易才把垄沟灌满，断了流又不知道要费多么大的力气。”接着她望一望西北上说，“你看看那里起来的是不是云彩？”

李丹转身一望说：

“那不是云彩，那是山。”

“下场雨就好了，”香菊喘着气说，“我在睡梦里都听着雷响，我们盼望庄稼长好，多打粮食，就像你盼望多打胜仗一样。”

李丹顺着垄沟走过去，地是那么干燥，李丹想：要吸收多少水，才能止住这庄稼的饥渴？要流多少汗，才能换来几斗粗粮，供给我们吃用？他深深地感觉到自己战斗流血的意义，对香菊的辛苦劳动，无比地尊敬起来。回头望望香菊，香菊低着头浇园，水越浇，井越深，绳越长，她浇着越吃力了。

等到天晚，风吹着香菊那涨红流汗的脸。

“我们回去吧！”她说着又浇上一斗，放倒在水池子上，水滴叮叮当当落到井里，她又步过来，在水池子里洗了洗脚，就蹬上了放在一边的鞋。她问李丹：“你想吃什么菜？”

李丹说：“我想吃辣椒。”

“不。你的伤还没好利落，我给你摘几个茄子带回去。”香菊抖着湿透了的辫子走到菜畦里去，拨着叶子，找着那大个的茄子，摘了几个，等她卸下辘轳回家的时候，天色已经很晚了。她说：

“从这小道上回去吧！”

她背着辘轳，走在前面，经过一块棒子地，她拔了一棵，咬了咬，回头交给李丹，李丹问：

“甜不甜？”

香菊回过头去，说：

“你尝尝呀，不甜就给你？”

李丹嚼着甜棒，香菊慢慢在前面走，头也不回，只是听着李丹的拐响，不把他落得远了。

天空里只有新出来的、弯弯下垂的月亮，和在它上面的那一颗大星，活像在那旷漠的疆场，有人刚刚弯弓射出了一粒弹丸。

一九四八年于冀中

采蒲台

越过平原，越过一条大堤，就是白洋淀水乡了。

这里地势低下，云雾很低，风声很急，淀水清澈得发黑色。芦苇万顷，俯仰吐穗。

自从敌人在白洋淀修起炮楼，安上据点，抢光白洋淀的粮食和人民赖以活命的苇，破坏一切治渔的工具，杀吃了鹅鸭和鱼鹰；很快，白洋淀的人民就无以为生，鱼米之乡，变成了饿殍世界。

正二月间，正是环境残酷，白洋淀的人们没法生活的时候，县里派我到这一带组织渔民斗争，就住在采蒲台。

采蒲台是水淀中央的一个小村庄，平常敌人“扫荡”不到。这里，房屋街道挤得像蜂窝，一条条的小胡同，窄得两个人不能并肩行走，来往相遇，只能侧身让过。一家家的小院落，飘着各色各样的破布门帘。满街鸭子跑，到处苇花飞。

家家墙上张挂渔网，墙角安放锅灶，堆着鱼篮虾篓和打死的水鸭子；院里门前，还要留下一块地方，碾苇和编席。

支部书记把我领到紧靠水边的曹连英家去住下。曹连英四十来岁了，老婆比他小几岁，一个姑娘十七岁了，名叫小红。

连英不好说话，一心做活儿，手里总是不闲着。媳妇是个活泼爽快的人，好说好笑；女孩子跟娘一样。

支部书记把我安置下了，就要回去。连英的媳妇跟出去，小声说：

“叫同志吃什么呀？”

支部书记说：

“你们吃什么，他就跟着吃什么吧，他知道我们这里的困难。”

“我们，”连英的媳妇笑笑说，“我们光吃地梨。”

支部书记低头想了想说：

“先熬几天，等开了凌再说。”说完就出门走了。

每天，天不明，这一家人就全起来了。曹连英背上回子，沿着冰上的小路，到砸好的冰窟窿那里去掏鱼。他把那有两丈多长的竿子，慢慢推进冰底下，掏着捞着拉出来，把烂草和小鱼倒在冰上……

小红穿一件破花布棉袄，把苇放在院里，推动大石磙子来回碾轧。她整天在苇皮上践踏，鞋尖上飞破，小手冻得裂口。轧完苇，交娘破着，她提上篮子去挖地梨，直等到天晚了才同一群孩子沿着冰回来，嘴唇连饿带冻，发青发白；手指头叫冰凌扎得滴着血。娘抬头看见，眼里含着泪说：

“孩子饿了，先去吃块糠饼子吧！开了凌，我们拿上席到端村去卖，换些粮食。”

小姑娘嚼着冰硬的饼子说：

“粮食，粮食，什么时候我们才有粮食吃呀？”说完，她望着我。

娘笑着说：

“对，跟同志要吧！他是咱们的一个指望，他来了，我们就又快过好日子了！”

我看在眼里，也酸酸地难过，就说：“开了凌，我们去弄些吃喝来！”说着，连英也背着回子回来了，把鱼倒在筛子里。媳妇赶紧接过来，拿到门口水边去淘洗干净，又喊女孩子生火做饭，给爹烤干那湿透的裤子。

曹连英说：

“淀里起风了，凌就要开！”

这一晚上，我听见小红和两个青年妇女（她们的丈夫全参军去了）在外间屋地下编席。她们编着歌儿唱，一边在竞赛着。我记得这样三首：

快快编，快快编，
我小红编个歌儿你看看。
编个什么歌儿呀？
篾子细，席子白，
八路同志走了你还要来。
这些日子，你睡的谁家的炕，
他家的席子
可有我们的白？

你们什么时候来？
你们什么时候来？
我思念你们，应该不应该？
你们远出在外，
敌人，就上咱的台阶！
你快快打回来，
你快快打回来！
这样艰难的日子，
我们实在难挨。

我的年纪虽然小，
我的年纪虽然小，
你临走的话儿
记得牢，记得牢：

不能叫敌人捉到，

不能叫敌人捉到！

我留下清白的身子，

你争取英雄的称号！

风越刮越大，整整刮了一夜。第二天，我从窗口一看，淀里的凌一丝也不见，全荡开了，一片汪洋大水，打得岸边噼噼啪啪地响。

这天正是端村大集，各村赶集的小船很多。

小红和她母亲，也要带着编好的席、织好的网，到集上去换粮食，我也愿意跟着到集上看看。自家的小船就系在门口，迈过矮矮的篱笆，小红抱过席捆来，放在船上，娘儿俩摇船走了。到了端村，各处来的小船全泊在村当中那个小港里，小红卖网，娘去卖席，我到各处去转转，约好早些回来。

端村是水淀有名的热闹地方，三面叫水围着。顺水可以下天津，上水通着几条河路；北面一条大堤，通到旱地上的大村镇。

赶集的人很多，那些老乡们都是惊惊惶惶的，鬼子、汉奸、浪荡女人，在街上横行乱撞。过了木桥，便是网市，有两排妇女对坐着在那里结网卖网。她们把织好的丝网张挂在墙上，叫太阳一照，耀眼光亮，把回子网兜放在怀里，抖搂着叫过往的人看。小红坐在里面，她对那些过往的渔夫们说：

“你们谁买了这一合？我保管你们发大利市，净逮大鱼！”

一个青年渔夫翻翻看看，就又放下了，苦笑着说：

“网是好网，借你的吉幸，也能捞大鱼。可是有什么用啊，鱼比屎还贱，粮食比金子还难，白费那个力气去干什么！想些别的办法活命吧！”

另一个青年人说：

“这是打鱼的家伙，我倒想买件逮那些王八的家伙，叫他们把我们的水淀搅浑了！”

两个人恨恨地说着走了。

随后过来两个老年渔夫，小红又说：

“你们谁买了这一合网，保管你净逮大鱼！”

一个老人看了看说：

“喂！真是一副好网。”

另一个老人说：

“天好，现在也不买那个。能安安生生打鱼吗？”

小红眯着眼问：

“明年哩？”

“明年就能安生？”老人笑了。

“你以为他们要在这里待一辈子吗？你这大伯，真是悲观失望！”小红说着笑了，“这里是我们的家，不是他们的家，这里不是他们的祖业。这里是，这里是，”小红低声说，“是他们王八狗日的坟茔地！不出今年！我看你还是买了这副网吧，好日子总归不远！”

两个老人全笑了说：

“好，听你的，孩子。要多少钱呀？”

小红说：

“你看着吧！我们是有些紧用项，要不还留着自己使用哩！”

老人说：

“我知道，现在粮食困难，我给你量半斗米的票！”

我看着小红卖了网，就到席市去。

走过一处洼地，上了堤头。堤上净是卖席篓子的，那些老大娘们守着一堆大大小小的篓子，见人过来，就拦住说：

“要篓子吧！你买了吧！”

“你买了吧，我去量点粮食！”

没有一个人答声。

再过去，是一片场院，这是席市。席一捆一捆地并排放着，卖席的妇女们，站在自己席子头起。她们都眼巴巴望着南边大梢门那里，不断地有人问：出来了没有？还有的挤到门口去张望。那是敌人收席的地方，她们等候着那收席的汉奸出来。

很久不见有人出来，已牌时以后，人们等得极不耐烦了，那个收席的大官员，本街有名的地主豪绅冯殿甲家的大少，外号“大吉甲”，才前呼后拥地出来。他一手拿着一个丈量席子的活尺，一手提着黑色印桶。一见他露头，卖席的人们就活动起来，有的抱了自己的席，跑到前边去，原来站在前边的就和他争吵起来，说：“这是占坟地呀，你抢得这么紧？”那人又只好退回来。有人尽量把自己的席子往前挪一挪。

收席的开始看梢门口边头一份席，那是小红的娘，不知道她怎么能占得那样靠前。她像很疲累了，弯着腰一张一张掀开席，叫收席的人过眼看成色，量尺丈。收席的像员大将，站在席边，把尺丈一抛，抓起印板就说：

“五百！”

小红的娘吃了一惊，抬起头来说：

“先生，这样的席五百一领呀？”

收席的说：

“这是头等价钱！”

“啊呀！这还是头等价钱！”小红的娘叹口气说，“先生，你说小米子多少钱一斗啊？”

“我买的是你的席，我管你小米子多少钱一斗？”收席的睖着眼说，“不卖？好，看第二份！”

他从她的席上踏过，就来看第二家的席。小红的娘呆呆地坐在自己的席上。

第二家卖席的是个年轻人，五百一领，他哭丧着脸答应了，收席的就啪啪地在席上打上印记，过去了。年轻人一边卷着自己的席，一边回头对小红的娘说：

“谁愿意卖呀？不卖你就得饿死，家里两集没有粮食下锅了，你不卖就是死路一条。除了他这里，你没有地方去买苇，他又不让别的客人来收席！大嫂！我看你停会儿还是卖了吧！”年轻人弯腰背起他那一捆席，到梢门口里去换票去了。

小红的娘低着头说：

“我不卖！”

一开了盘，那些围上来探听的人们，都垂头丧气地回到自己席子那里去了，一路唉声叹气，“五百，头份五百！”干脆就躺倒在自己的席上。

背进席去的人，手里捏着一沓票出来换苇或是换米去了。太阳已经过午。小红的娘抬头看见了我，她许是想起家里等着她弄粮食回去，就用力站起来，一步一步挪到收席的汉奸那里说：

“你收了我那一份席吧！”

“你是哪一份？”汉奸白着眼说。

“就是那头一份。”

“你不是说不卖吗？怎么样，过了晌午，肚子里说话了吧，生成的贱骨头！”

小红的娘卖了席，背进去换了一沓票出来。

我到梢门口那里一望，看见院里和河码头上，敌人收的苇席，垛得像一座座的山。我心里想：这一捆捆的、一张张的席都是这一带的男女老幼，不分昼夜，忍饥挨冻，一尺一寸织成了的。敌人收买席子的办法是多么霸道！自己从小也赶过不少集，从没见过买卖是这样做的！这些卖席的人，竟像是求告乞讨，买席的一定要等到他们肚里饿得不能支持的时候，才肯成交。他妈的，这还不如明抢明夺！他们设下一层层的圈套拴得老百姓多么紧！

我正要骂出声来，听见收席的汉奸正调笑一个年轻的妇女：

“你们看人家这个，多白多细！”

那妇女一张一张掀给他看，他又说：

“慢点哪，别扎破你那——小手指头呀！”

我恨不得过去，把那汉奸枪毙了！忍着气同小红娘儿俩上船回来。

晚上，就召集人们开会。

支部书记说：

“同志，你知道，我们这里村子不大，却是个出鱼米的富庶地方。自从敌人在端村、关城、同口一带安上据点炮楼，扒大堤破坏了稻田，人们就没有粮食吃。我们这里出产好苇，有名的大白皮、大头栽，远近驰名，就是织席编篓，也吃穿不尽。敌人和傍虎吃食的汉奸们又下令，苇席专收专卖，抢了席子去，压低席的价钱，就把人们逼到绝路上来了。端村大街，过去是多么繁华热闹？现在一天要饿死几口人！再有一年工夫，我们这水淀里就没有人了！”

我说：

“我们要组织武装，寻找活路。我们把村里的枪支修理一下，找几只打水鸭的小船，组织一个水上游击队，先弄敌人的粮食，有了粮食，什么也就好办了。这村里能打枪驶船的有多少人？”

连英说：

“驶船的，人人都会。打枪的，要在船上，除非是那些打水鸭的来得准当。”

我说：

“先不要人多，最好是同志们。”

“那也有二十几个。”支部书记说。

游击小队组织起来，一共有十只小船，二十个人。我们就在村南一带去年没有收割的大苇塘里驻扎，每天拂晓和黄昏演习。

就有一天，小红在淀里顺着标志收鱼篓，看见敌人一只对艚大船过来，她绕着弯飞快地来告诉我们。我们在大苇塘附近，第一次袭击了敌人，夺回一大船粮食，分散给采蒲台的人们吃。

直到现在，白洋淀还流行着这首描写了真实战斗情况的歌：

运粮船来到，
弟兄好喜欢；
王队长的盒子往上翻，
打得小猴水里钻；
队长下命令，
弟兄往前冲，
不怕流血，
不怕牺牲。
冲到了大船上，
白脖要还枪，
三小队的手榴弹扔在了大船舱，
打得他们见了阎王。
死的见阎王，
活的缴了枪，
盒子大枪敛了一大舱；
嘿！
一大船粮食送进大苇塘！

一九四九年

种谷的人

一九四七年六月间，我当记者，跟随树人同志从某县县城出发，到四区去检查大生产工作。树人同志事变以前在这一带做过很长时期的党的秘密工作。

树人同志骑马，我骑车子在前面。天气热，又是白沙土道，很是难走，到了一个村边，我把车子靠在一棵大柳树下面，歇着凉等他。

树人同志到了，他说：

“到村里休息吧，我带你去看望一个老同志，我们有十几年不见面了。”

我推着车子，他拉着马，慢慢走进街来。走不远，往北拐进一个破旧梢门，靠西边有一个小白门，锁着哩。树人同志说：

“喂，这老头儿哪里去了？你来把马遛一遛，我去找他！”

我把车子靠好，拉着马在门口慢慢遛着，树人同志跑到街上去了。我看出这梢门里，原是一家大宅院，后来分作几户，房子有的拆了，有的叫敌人烧毁了，有的还完全，却也陈旧。从庭院中那些树木、房屋、门窗的形式看，这该是个大破落户家庭。

过了一会儿，树人同志搀扶着一个老头儿回来了，那老头儿一边笑一边说：

“树人，你不要搀扶我，我自己的家门，道路熟着哩！”

老人的双目失明，耳朵好像也有些聋。他短小胖壮，花白胡子，头上半秃，却留着头发，好像事变以前的一个高级小学的校长。

到了门口，他从怀里摸出钥匙，一下就捅开了锁，让我们进去。

我拉着牲口进院，老人侧着耳朵听了听说：

“有牲口吗？我去找个人来饮饮！”

院里是三间北屋，是拆了楼的座子，门前两棵高大的香椿树，树皮斑白，枝叶稀少，看来在五十年以上了。对面三间南屋，门锁着。西边是一段破墙头，那边像是一个里院，有三间坯南房，院里种着菜。老人扒着墙喊一声：

“秋格！”

那边南屋里，有一个女孩子答应一声，就跑出来，问：

“干什么呀？姥爷！”

“咱们来了客，你牵着牲口到井上饮饮！”

女孩子有十八岁，身体结实，从破墙上嗵的一声跳过来，从我手里接过牲口去。

树人同志贴着老人的耳朵问：

“这是谁呀？”

老人说：

“你不认识她？这是凤儿的大孩子。”

“啊，这么大了！”树人同志高兴地说，“你母亲哩？”

“母亲看姑姑去了，”女孩子笑着说，“母亲常和我们提念大叔，我说叫她明天去，她非今儿个去不行！”

老人又说：

“从她父亲牺牲了，她们就搬到这村来住。家里穷，又是烈属，村里把那房子给了她们。她还有一个兄弟和一个妹妹哩！”

“快去叫他们来！”树人同志说。

“那不是他们，就在那边屋子里！”女孩子说。

我们往西院里一看，可不是一个六七岁的小女孩子，正扶着门框看我们。树人同志跳过墙去，拉着她的手问长问短，到屋里去了。

大女孩子牵出牲口去，老人从北屋里搬出一条板凳来，放在南房凉里。树人同志回来，才把我介绍了。老人很亲热地握着我的手，叫我在他耳朵旁边，报告自己的姓名。我大声报了名字，他很喜欢，说：

“我记住了你的声音。你什么时候走到这里，你一说话，我就知道老朋友来了。”

我们坐下。女孩子牵着牲口回来，手里还提了一大桶水，说：

“在井上它喝得不多，叫它歇一歇再喝吧！”

她把牲口拴在香椿树上。

老人问：

“牲口饮好了？”

女孩子大声说：

“饮好了！”

“好。”老人说，“秋格，听我说，你去弄点面来，我们客来了，擀凉面吃！”

女孩子答应着过墙去了。

这些景象，谈话，对我因为生疏也就觉得平常，在树人同志的心里，好像引起很多波澜。老人也好像在那里思想什么，不断用手摸着那花白胡子。过了一会儿，树人同志抬头告诉我说：

“事变前那些年，我在这一带做秘密工作，这院子就是我那时候的机关，老人是个高小教员，他倾家荡产来帮助革命。我们在这屋里办过列宁小学，专招收那些穷人家的孩子来上夜校，那些孩子们后来就成了这一带革命的根基，现在革命开花结果了，很多人在地方上负重要的责任。那孩子的母亲叫凤儿，跟着父亲念书，富家子弟来求婚，老人说，那是我们的敌人，都拒绝了，许给了他最喜爱的一个穷学生，我们的同志，叫马信涛。老人说，在将来，穷人才有出息，有作为。老人后来被捕下狱，受酷刑，双目失明，耳朵受伤，差一点死在狱里。听说信涛在事变以后，参加部队，当团政委，‘五一’那年，在平汉路一次战斗里牺牲了……”

树人同志还没说完，老人说：

“树人，最近有什么好消息？”

树人同志报告了些老同志们的消息，又从皮包里拿出中央二月指示，笑着说：

“这里有中央的一个文件，叫他给你念念！”

老人很高兴，他庄严静穆地侧耳听着。我和他并肩坐着，大声朗诵中央的二月指示。那主要是分析爱国自卫战争的形势和指示进一步实行土地改革的。足足念了有吃一顿饭的工夫。

我念完了这个文件，从心里觉得做了一件最高兴的事。有一股热热的情感鼓荡着我，竟一时想起以后有多少工作要我去做，要去拼命完成！

老人听完了，沉默着。树人同志笑着对我说：

“他在思考、研究问题哩！”

过了一会儿，老人问：

“在这半年里面，我们一共消灭蒋介石多少军队？”

我告诉他消灭了五十九个旅。

老人又问：

“尽是哪几次大的战役？哪一次战役消灭多少？我们部署的约略情形又是怎样？”

我一时说不详细，就敷衍潦草了几句。

老人有些不满，他说：

“你应该记得清楚，数目材料确实详细，才能分析研究。这样含糊其辞，使我这没眼的人难以捉摸呀！毛主席还在陕北吗？他的身体怎样？”

我说：“还在陕北，他的身体很好。”

“好。这就是天大的胜利和好消息。”老人说，“我们的电台为什么不常报告些毛主席的消息？他们不明白有多少人关心毛主席的身体，比关心一个省城，甚至一个京城还重要！”

树人同志叫我去帮那女孩子做饭，我跳过破墙，到那边南屋里去。那是两间房子，屋里放着些织布纺线的家具，整齐干净。

屋里并没有叫秋格的那姑娘，一个小姑娘正坐在地上学纺线，另有一个十五六岁的男孩，坐在里间炕上，扒着窗台，拿铅笔描画什么，听见我进去，回过头来笑了一笑。这孩子浓眉大眼，非常神气，他说：

“你同树人叔在一块工作？”

我说：

“嗯。你叫什么？”

“我叫承志。”那孩子说，接着腼腆地一笑。

“你再和树人叔说说，叫他带我出去工作。”

我说：

“你没有上学？”

他说：

“我想去当炮兵。”

我才看见，他描画的是一本新近战场上使用的各种炮的图样。我正要问他为什么要当炮兵，看见秋格推完了碾子，满头大汗端着半簸箕面回来了。一进门就问：

“还没点火？”

小姑娘手忙脚乱，赶紧放下纺车往锅里添水，打火烧柴。秋格用手背擦着额角上的汗，笑着说：

“同志，你看我们这日子，一个这么小不顶事，一个大些了，什么也不愿意干，整天画那个！”

“我觉得我这工作，比你们干的活重要。”男孩子不服气地望着我说，“你叫这位同志说说，穷人怎样才叫彻底翻身？穷人的饭，怎样才能吃得长远？”

“那得生产！”女孩子占手和着面说。

“你叫我说，光推碾子捣磨不行，还是先打败老蒋要紧！”男孩子说。

“你想当兵，想成了疯魔！”女孩子说，“你可别吃饭呀，人家做熟了，你比谁也吃得多！”

我问村里给了他们多少地，怎样种法，女孩子说：

“我们分了十四亩地，我种。”

“耕耩锄耪你全会吗？”

“喂！同志，”男孩子笑着说，“你别认识不清了，人家年上当选了劳动英雄哩！”

“用着你了！”女孩子瞪了兄弟一眼，接着说，“学哩！今年我种了三亩棉花，二亩花生，再过来，吃花生吧！”

做熟了饭，我们就在这屋里吃。老人安排我们坐好，一个劲叫秋格给我添饭菜，秋格笑着喊：

“他们都满着碗哩！”

起了晌，我们告辞要走，说过些日子回来看他们。老人同三个孩子一直送我们到村外，树人同志拍着老人的肩头说：

“好好保重，我们完全胜利的日子不远了！”

老人安稳沉静地说：

“那是自然。不然我们苦干了那些年，又苦干了这些年，为的是什么呀！”

我们走出很远，孩子才扶了老人回去。天气还是很热，在那样毒热的太阳下面，树人同志信马由缰，慢慢走着，很明显，他在回想过去那些经历。他对我说：

“老人还有个二女儿叫翔的，一九三三年在北平被捕牺牲了。她同我感情很好，老人原主张我们结婚的。今天，我没敢提起她来，老人也不提她。”

这一年秋后，我随军攻打津浦线。

这是冀中平原的东北部，地势很洼很平，村落很稀。我们的军队从南北并列的一带村庄，分成无数路向车站进发。天气很清朗，车站的水塔看得很清楚，田野里的庄稼全收割了，只有棒子秸绿豆蔓一铺一团地放在地里。

部队拉开距离，走得很慢。我往两边一看，立时觉得，在碧蓝的天空下面，在阳光照射的、布满谷茬秋草的大地上，四面八方全是我们的队伍在行进。只有在天地相接连的那里，才是萧萧的风云，低垂的烟雾。这时还有人在秋草地上牧羊，羊群是那样的洁白和安静，人们丝毫没有惊扰。

那里是云梯，一架又一架；那里是电线，一捆又一捆；那里是重炮、重机枪。背负这些东西的，都是年轻野战的英雄们，从他们那磨破的裤子，拖带着泥块的鞋子，知道他们连续作战好些日月了。

突然有一只野兔奔跑过来，有几个幼小的炮兵连声呼喊起来，我看见其中一个，恰恰就是在老人家遇见的那个男孩子承志！

到了冲锋的地点，那个紧邻车站的小村庄。古运粮河从村中间蜿蜒流过，这条河两岸是红色的胶泥，削平直立，河水很浑很深，流得很慢。两岸都是园子，白菜畦葡萄架接连不断。一条乌黑的电线已经爬在白菜上，挂到前面去了。

战士们全紧张起来，我听到了战场上进攻的信号，清脆有力的枪声，冲锋开始了。我听见命令：“过河！”就看见那个小小的炮手——马承志，首先跳进水里，登上了对岸。

这孩子跃身一跳的姿势，永远印在我的心里，这是标志我们革命进展的无数画幅里的一幅。在这以前，有他那年老失明的外祖父，在平汉线作战牺牲的马信涛，勤谨生产的姐姐马秋格；从它后面展开的就是我们现在铺天盖地的大进军，和那时时刻刻在冲过天空、吱吱作响、轰然爆炸的、我们的攻占性的炮声。

一九四八年七月二十七日

光　荣

饶阳县城北有一个村庄，这村庄紧靠滹沱河，是个有名的摆渡口。大家知道，滹沱河在山里受着约束，昼夜不停地号叫，到了平原，就今年向南一滚，明年往北一冲，自由自在地奔流。

河两岸的居民，年年受害，就南北打起堤来，两条堤中间全是河滩荒地，到了五六月间，河里没水，河滩上长起一层水柳、红荆和深深的芦草。常常发水，柴火很缺，这一带的男女青年孩子们，一到这个时候，就在炎炎的热天，背上一个草筐，拿上一把镰刀，散在河滩上，在日光草影里，割那长长的芦草，一低一仰，像一群群放牧的牛羊。

“七七”事变那一年，河滩上的芦草长得很好，五月底，那芦草已经能遮住那些孩子们的各色各样的头巾。地里很旱，没有活做，这村里的孩子们，就整天缠在河滩里。

那时候，东西北三面都有了炮声，渐渐东南面和西南面也响起炮来，证明敌人已经打过去了，这里已经亡了国。国民党的军队和官员，整天整夜从这条渡口往南逃，还不断骚扰抢劫老百姓。

是从这时候激起了人们保家自卫的思想，北边，高阳、肃宁已经有人民自卫军的组织。那时候，是一声雷响，风雨齐来，自卫的组织，比什么都传流得快，今天这村成立了大队部，明天那村也就安上了大锅。青年们把所有的枪支，把村中埋藏的、地主看家的、巡警局里抓赌的枪支，都弄了出来，背在肩上。

枪，成了最重要的、最必需的、人们最喜爱的物件。渐渐人们想起来：卡住这些逃跑的军队，留下他们的枪支。这意思很明白：养兵千日，用兵一时；大敌压境，你们不说打仗，反倒逃跑，好，留下枪支，交给我们，看我们的吧！

先是在村里设好圈套，卡一个班或是小队逃兵的枪；那常常是先摆下酒宴，送上洋钱，然后动手。

后来，有些勇敢的人，赤手空拳，站在大道边上就卡住了枪支；那办法就简单了。

这渡口上原有一只大船，现在河里没水，翻过船底，晒在河滩上。船主名叫尹廷玉，是个五十多的老头子，弄了一辈子船，落了个“车船店脚牙”的坏名儿，可也没置下产业。他有一个儿子刚刚十五岁，名叫原生，河里有水的时候，帮父亲弄弄船，现在船闲着，他也就整天跟着孩子们在河滩里看过逃兵，看过飞机，割芦苇草。

这一天，割满了草筐，天也晚了，刚刚要煞紧绳子往回里走，他听得背后有人叫了他一声。

“原生！”

他回头一看，是村西头的一个姑娘，叫秀梅的，穿着一件短袖破白褂，拖着一双破花鞋，提着小镰跑过来，跑到原生跟前，一扯原生的袖子，就用镰刀往东一指：东面是深深一片芦苇，正叫晚风吹得摇摆。

“什么？”原生问。

秀梅低声说：

“那道边有一个逃兵，拿着一支枪。”

原生问：

“就是一个人？”

“就是一个。”秀梅喘喘气咬咬嘴唇，“崭新的一支大枪。”

“人们全回去了没有？”原生周围一看，想集合一些同伴，可是太阳已经下山，天边只有一抹红云，看来河滩里是冷冷清清的没有一个人了。

“你一个人还不行吗？”秀梅仰着头问。

原生看见了这女孩子的两只大眼睛里放射着光芒，就紧握他那镰刀，拨动苇草往东边去了。秀梅看了看自己那一把弯弯的明亮的小镰，跟在后边，低声说：

“去吧，我帮着你。”

“你不用来。”原生说。

原生从那个逃兵身后过去，那逃兵已经疲累得很，正低着头包裹脚上的燎泡，枪支放在一边。原生一脚把他踢趴，拿起枪支，回头就跑，秀梅也就跟着跑起来，遮在头上的小小的白布手巾也飘落下来，丢在后面。

到了村边，两个人才站下来喘喘气，秀梅说：

“我们也有一支枪了，明天你就去当游击队！”

原生说：

“也有你的一份呢，咱两个伙着吧！”

秀梅一撇嘴说：

“你当是一个雀虫蛋哩，两个人伙着！你拿着去当兵吧，我要那个有什么用？”

原生说：

“对，我就去当兵。你听见人家唱了没：男的去当游击队，女的参加妇救会。咱们一块去吧！”

“我不和你一块去，叫你们小五和你一块去吧！”秀梅笑一笑，就舞动小镰回家去了，走了几步回头说：

“我把草筐和手巾丢了，吃了饭，你得和我拿去，要不爹要骂我哩！”

原生答应了。原生从此就成了人民军队的战士，背着这支枪打仗，后来也许换成“三八”，现在也许换成“美国自动步”了。

小五是原生的媳妇。这是原生的爹那年在船上，夜里推牌九，一副天罡赢来的，比原生大好几岁，现在二十了。

那时候当兵，还没有拖尾巴这个丢人的名词，原生去当兵，谁也不觉得怎样，就是那登上自家的渡船，同伙伴们开走的时候，原生也不过望着那抱着小弟弟站在堤岸柳树下面的秀梅和一群男女孩子们，嘻嘻笑了一阵，就算完事。

这不像是离别，又不像是欢送。从这开始，这个十五岁的青年人，就在平原上夜晚行军，黎明作战；在阜平大黑山下沙石滩上艰苦练兵，在盂平听那滹沱河清冷的急促的号叫；在五台雪夜的山林放哨；在黄昏的塞外，迎着晚风歌唱了。

他那个卡枪的伙伴秀梅，也真的在村里当了干部。村里参军的青年很多，她差不多忘记了那个小小的原生。战争，时间过得多快，每个人要想的、要做的，又是多么丰富啊！

可是原生那个媳妇渐渐不安静起来。先是常常和婆婆吵架，后来就是长期住娘家，后来竟是秋麦也不来。

来了，就找气生。婆婆是个老好子人，先是觉得儿子不在家，害怕媳妇抱屈，处处将就，哄一阵，说一阵，解劝一阵；后来看着怎么也不行，就说：

“人家在外头的多着呢，就没见过你这么悖晦的！”

“悖晦，人家都有个家来，有个信来。”媳妇的眼皮和脸上的肉越发耷拉下来。这个媳妇并不胖，可是，就是在她高兴的时候，她的眼皮和脸上的肉也是松鬈地耷拉着。

“他没有信来，是离家远的过。”婆婆说。

“叫人等着也得有个头呀！”媳妇一转脸就出去了。

婆婆生了气，大声喊：

“你说，你说，什么是头呀？”

从这以后，媳妇就更明目张胆起来，她来了，不大在家里待，好到街上去坐，半天半天的，人家纺线，她站在一边闲磕牙。有些勤谨的人说她：“你坐得落意呀？”她就说：“做着活儿有什么心花呀？谁能像你们呀！”等婆婆推好碾子，做熟了饭，她来到家里，掀锅就盛。还常说落后话，人家问她：“村里抗日的多着呢，也不是你独一份呀，谁也不做活儿，看你那汉子在前方吃什么穿什么呀？”她就说：“没吃没穿才好呢。”

公公要了半辈子落道，弄了一辈子船，是个有头有脸好面子的人，看看儿媳越来越不像话，就和老婆子闹，老婆子就气得骂自己的儿子。那几年，近处还有战争，她常常半夜半夜坐在房檐下，望着满天的星星，听那隆隆的炮响，这样一来，就好像看见儿子的面，和儿子说了话，心里也痛快一些了。并且狠狠地叨念：怎么你就不回来，带着那大炮，冲着这刁婆，狠狠地轰两下子呢？

小五的落后，在村里造成了很坏的影响，一些老太太们看见她这个样子，就不愿叫儿子去当兵，说：“儿子走了不要紧，留下这样娘娘咱搪不开。”

秀梅在村里当干部，有一天，人们找了她来。正是夏天，一群妇女在一家梢门洞里做活儿，小五刚从娘家回来，穿一身鲜鲜亮亮的衣裳，站在一边摇着扇子，一见秀梅过来，她那眼皮和脸皮，像玩独角戏一样，呱嗒就落下来，扭过脸去。

那些青年妇女们见秀梅来了，都笑着说：

“秀梅姐快来凉快凉快吧！”说着就递过麦垫来。有的就说：“这里有个大顽固蛋，谁也剥不开，你快把她说服了吧！”

秀梅笑着坐下，小五就说：

“我是顽固，谁也别光说漂亮话！”

秀梅说：

“谁光说漂亮话来？咱村里，你挨门数数，有多少在前方抗日的，有几个像你的呀？”

“我怎么样？”小五转过脸来，那脸叫这身鲜亮衣裳一陪衬，显得多么难看，“我没有装坏，把人家的人挑着去当兵！”

“谁挑着你家的人去当兵？当兵是为了国家的事，是光荣的！”秀梅说。

“光荣几个钱一两？”小五追着问，“我看也不能当衣穿，也不能当饭吃！”

“是！”秀梅说，“光荣不能当饭吃、当衣穿；光荣也不能当男人，一块过日子！这得看是谁说，有的人窝窝囊囊吃上顿饱饭，穿上件衣裳就混得下去，有的人还要想到比吃饭穿衣更光荣的事！”

别的妇女也说：

“秀梅说的一点也不假，打仗是为了大伙，现在的青年人，谁还愿意当炕头上的汉子呀！”

小五冷笑着，用扇子拍着屁股说：

“说那么漂亮干什么，是‘画眉张’的徒弟吗？要不叫你，俺家那个当不了兵！”

秀梅说：“哈！你是说，我和原生卡了一支枪，他才当了兵？我觉着这不算错，原生拿着那支枪，真的替国家出了力，我还觉着光荣呢！你也该觉着光荣。”

“俺不要光荣！”小五说，“你光荣吧，照你这么说，你还是国家的功臣呢，真是木头眼镜。”

“我不是什么功臣，你家的人才是功臣呢！”秀梅说。

“那不是俺家的人。”小五丝声漾气地说，“你不是干部吗？我要和他离婚！”

大伙都一愣，望着秀梅。秀梅说：

“你不能离婚，你的男人在前方作战！”

“有个头没有？”小五说。

“怎么没头？打败日本就是头。”

“我等不来。”小五说，“你们能等可就别寻婆家呀！”

秀梅的脸腾地红了，她正在说婆家，就要下书定准了。别人听了都不忿，说：“碍着人家了吗？你不叫人家寻婆家，你有汉子好等着，叫人家等着谁呀？”

秀梅站起来，望着小五说：

“我不是和你赌气，我就不寻婆家，我们等着吧。”

别的人都笑起来，秀梅气得要哭了。小五站不住走了。有的就说：“像这样的女人应该好好打击一下，一定有人挑拨着她来破坏我们的工作。”秀梅说：“我们也不随便给她扣帽子，还是教育她。”那人说：“秀梅姐！你还是佛眼佛心，把人全当成好人；小五要是没有牵线的，挖下我的眼来当泡踏！”

对于秀梅的事，大家都说：

“你真是，为什么不结婚？”

“我先不结婚。”秀梅说，“有很多人把前方的战士，当作打了外出的人，我给她们做个榜样。你们还记得那个原生不？现在想起来，十几岁的一个人，背起枪来，一出去就是七年八年，才真是个好样儿的哩！”

“原生倒是不错，”一个姑娘笑了，“可是你也不能等着人家呀！”

“我不是等着他，”秀梅庄重地说，“我是等着胜利！”

小五到村外一块瓜园里去。这瓜园是村里一个粮秣先生尹大恋开的。这人原是村里一家财主，现在村中弄了名小小的干部当着，掩藏身体，又开了个瓜园，为的是喝酒说落后话儿，好有个清静地方。

尹大恋正坐在高高的窝棚里摇着扇子喝酒，一看见小五来了就说：

“拣着大个儿的摘着吃吧。你那离婚的事儿谈得怎样了？”

小五拨着瓜秧说：

“人家叫等到打败日本，谁知道哪年哪月他们才能打败日本呀！”

“唉！长期抗战，这不是无期徒刑吗？喂，不是有说讲吗，五年没有音讯就可以。这是他们的法令呀，他们自己还不遵守吗？和他打官司呀，你这人还是不行！”

小五回来就又和公婆闹，闹得公婆没法，咬咬牙叫她离婚走了，老婆婆狠狠啼哭了一场。老头说：“哭她干什么！她是我一副牌赢来的，只当我一副牌又把她输了就算了！”

自从小五出门走了以后，秀梅就常常到原生家里，帮着做活儿。看看水瓮里没水，就去挑了来，看看院子该扫，就扫扫干净。伏天，帮老婆拆洗衣裳，秋天帮着老头收割打场。

日本投了降，秀梅跑去告诉老人家，老人听了也欢喜。可是过了好久，有好些军人退伍回来了，还不见原生回来。

原生的娘说：

“什么命呀，叫我们修下这样一个媳妇！”

秀梅说：

“大娘，那就只当没有这么一个媳妇，有什么活儿我帮你做，你不是没有闺女吗，你就只当有我这么个闺女！”

“好孩子，可是你要出聘了呢？”原生的娘说，“唉，为什么原生八九年就连个信也没有？”

“大娘，军队开得远，东一天，西一天，工作很忙，他就忘记给家里写信了。总有一天，一下子回来了，你才高兴呢！”

“我每天晚上听着门，半夜里醒了，听听有人叫娘开门哩，不过是想念的罢了。这么些人全回来了，怎么原生就不回来呀？”

“原生一定早当了干部了，他怎么能撂下军队回来呢？”

“为国家打仗，那是本分该当的，我明白。只是这个媳妇，唉！”

今年五月天旱，头一回耩的晚田没出来，大庄稼也旱坏了，人们整天盼雨。晚上，雷声忽闪地闹了半夜，才淅沥淅沥下起雨来，越下越大，房里一下凉快了，蚊子也不咬人了。秀梅和娘睡在炕上，秀梅说：

“下透了吧，我明天还得帮着原生家耩地去。”

娘在睡梦里说：

“人家的媳妇全散了，你倒成了人家的人了。你好好地把家里的活儿做完了，再出去乱跑去，你别觉着你爹不说你哩！”

“我什么活儿没做完呀！我不过是多卖些力气罢了，又轮着你这么嘟哝人！”

娘没有答声。秀梅却一直睡不着，她想，山地里不知道下雨不，山地里下了大雨，河里的水就下来了。那明天下地，还要过摆渡呢！她又想，小的时候，和原生在船上玩，两个人偷偷把锚起出来，要过河去，原生使篙，她掌舵，船到河心，水很急，原生力气小，船打起转来，吓哭了，还是她说：

“不要紧，别怕，只要我把得住这舵，就跑不了它，你只管撑吧！”

又想到在芦苇地卡枪，那天黑间，两个人回到河滩里，寻找草筐和手巾，草筐找到了，寻了半天也寻不见那块手巾，直等月亮升上来，才找到了。

想来想去，雨停了，鸡也叫了，才合了合眼。

起身就到原生家里来，原生的爹正在院里收拾“种式”，一见秀梅来了，就说：

“你给我们拉砘子去吧，叫你大娘旁耧。我常说，什么活儿也能一个人慢慢去做，唯独锄草和耩地，一个人就是干不来。”

秀梅笑着说：

“大伯，你拉砘子吧，我拿耧，我好把式哩！我们那几亩地，都是我拿的‘种式’哩！”

“可就是，我还没问你，”老头说，“你那地全耩上没有？”

秀梅说：“我前两天就耩上了，耩的‘干打雷’，叫它们先躺在地里去求雨，我的时气可好哩！”

老头说：

“年轻人的时运总是好的，老了就倒霉，走吧！”

秀梅背上“种式”就走。她今天穿了一条短裤，光着脚，老婆子牵着小黄牛，老头子拉着砘子胡卢在后边跟着，一字长蛇阵，走出村来。

田野里，大道小道上全是忙着去种地的人，像是一盘子好看的走马灯。这一带沙滩，每到春天，经常刮那大黄风，刮起来，天昏地暗人发愁。现在大雨过后，天晴日出，平原上清新好看极了。

耩完地，天就快晌午了，三个人坐在地头上休息。秀梅热得红脸关公似的摘下手巾来擦汗，又当扇子扇，那两只大眼睛也好像叫雨水冲洗过，分外显得光辉。

她把道边上的草拔了一把，扔给那小黄牛，叫它吃着。

从南边过来一匹马。

那是一匹高大的枣红马，马低着头一步一颠地走，像是已经走了很远的路，又像是刚刚经过一阵狂跑。马上一个八路军，大草帽背在后边，有意无意挥动着手里的柳条儿。远远看来，这是一个年轻的人，一个安静的人，他心里正在思想什么问题。

马走近了，秀梅就转过脸来低下头，小声对老婆说：“一个八路军！”老头子正仄着身子抽烟，好像没听见，老婆子抬头一看，马一闪放在道旁上的石砘子，吃了一惊，跑过去了。

秀梅吃惊似的站了起来，望着那过去的人说：

“大娘，那好像是原生哩！”

老头老婆全抬起头来，说：

“你看差眼了吧！”

“不。”秀梅说。那骑马的人已经用力勒住马，回头问：“老乡，前边是尹家庄不是？”

秀梅一跳说：

“你看，那不是原生吗，原生！”

“秀梅呀！”马上的人跳下来。

“原生，我那儿呀！”老婆子往前扑着站起来。

“娘，也在这里呀！”

儿子可真的回来了。

爹娘儿女相见，那一番话真是不知从哪说起，当娘的嘴一努一努想把媳妇的事说出来，话到嘴边，好几次又咽下去了。原生说：

“队伍往北开，攻打保定，我请假家来看看。”

“咳呀！”娘说，“你还得走吗？”

原生笑着说：

“等打完老蒋就不走了。”

秀梅说：

“怎么样，大娘，看见儿子了吧！”

“好孩子，”大娘说，“你说什么，什么就来了！”

远处近处耩地的人们全围了上来，天也晌午了，又围随着原生回家，背着耧的，拉着砘子的。

刚到村边，新农会的主席手里扬着一张红纸，满头大汗跑出村来，一看见原生的爹就说：

“大伯，快家去吧，大喜事！”

“什么事呀？”

“大喜事，大喜事！”

人们全笑了，说：

“你报喜报得晚了！”

“什么呀？”主席说，“县里刚送了通知来，我接到手里就跑了来，怎么就晚了？”

人们说：

“这不是原生已经到家了！”

“哈，原生家来了？大伯，真是喜上加喜，双喜临门呀！”主席喊着笑着。

人们说：

“你手里倒是拿的什么通知呀？”

“什么通知？原生还没对你们大家说呀？”主席扬一扬那张红纸，“上面给我们下的通知：咱们原生在前方立了大功，活捉了蒋介石的旅长，队伍里选他当特等功臣，全区要开大会庆祝哩！”

“哈，这么大事，怎么，原生，你还不肯对我们说呀？你真行呀！”人们嚷着笑着到了村里。

第二天，在村中央的广场上开庆功大会。

天晴得很好，这又是个热天，全村的男女老少都换了新衣裳，先围到台下来，台上高挂全区人民的贺匾："特等功臣"。

各村新农会又有各色各样的贺匾祝词，台上台下全是红绸绿缎，金字彩花。

全区的小学生，一色的白毛巾，花衣服，腰里系着一色绸子，手里拿着一色的花棍，脸上擦着胭脂，老师们擦着脸上的汗，来回照顾。

区长讲完了原生立功的经过，他号召全区青壮年向原生学习，踊跃参军，为人民立功。接着就是原生讲话。他说话很慢，很安静，台下的人们说：老脾气没变呀，还是这么不紧不慢的，怎么就能活捉一个旅长呀！原生说：自己立下一点功；台下就说：好家伙，活捉一个旅长他说是一点功。原生又说：这不是自己的功劳，这是全体人民的功劳；台下又说：你看人家这个说话。

区长说：老乡们，安静一点吧，回头还有自由讲话哩，现在先不要乱讲吧。人们说，这是大喜事呀，怎么能安静呢！

到了自由讲话的时候，台下妇女群里喊了一声，欢迎秀梅讲话，全场的人都嚷赞成，全场的人拿眼找她。秀梅今天穿一件短袖的红白条小褂，头上也包一块新毛巾，她正愣着眼望着台上，听得一喊，才转过脸东瞧瞧，西看看，两只大眼睛，转来转去好像不够使，脸绯红了。

她到台上讲了这段话：

"原生立了大功，这是咱们全村的光荣。原生十五岁就出马打仗，那么一个小人儿，背着那么一支大枪。他今年二十五岁了，打了十年仗，还要去打，打到革命胜利。

"有人觉着这仗打得没头没边，这是因为他没把这打仗看成是自家的事。人们光愿意早些胜利，问别人：什么时候打败蒋介石？这问自己就行了。我们要快就快，要慢就慢，我们坚决，我们给前方的战士助劲，胜利就来得快；我们不助劲，光叫前方的战士们自己去打，那胜利就来得慢了。这只要看我们每个人尽的力量和出的心就行了。

“战士们从村里出去，除去他的爹娘，有些人把他们忘记了，以为他们是办自己的事去了，也不管他们哪天回来。不该这样，我们要时时刻刻想念着他们，帮助他们的家，他们是为我们每个人打仗。

“有的人说光荣不能当饭吃。不明白，要是没有光荣，谁也不要光荣，也就没有了饭吃；有的人，却把光荣看得比性命还要紧，我们这才有了饭吃。

“我们求什么，就有什么。我们这等着原生，原生就回来了。战士们要的是胜利，原生说很快就能打败蒋介石，蒋介石很快就要没命了，再有一年半载就死了。

“我们全村的战士，都会在前方立大功的，他们也都像原生一样，会戴着光荣的奖章回来的。那时候，我们要开一个更大更大的庆功会。

“我的话完了。”

台下面大声地鼓掌，大声地欢笑。

接着就是游行大庆祝。

最前边是四杆喜炮，那是全区有名的四个喜炮手；两面红绸大旗：一面写“为功臣贺功”，一面写“向英雄致敬”。后面是大锣大鼓，中间是英雄匾，原生骑在枣红马上，马笼头马颈上挂满了花朵。原生的爹娘，全穿着新衣服坐在双套大骡车上，后面是小学生的队伍和群众的队伍。

大锣大鼓敲出村来，雨后的田野，蒸晒出腾腾的热气，好像是叫大锣大鼓的声音震动出来的。

到一村，锣鼓相接，男男女女挤得风雨不透，热汗齐流。

敲鼓手疯狂地抡着大棒，抬匾的柱脚似的挺直腰板，原生的爹娘安安稳稳坐在车上，街上的老头老婆们指指画画，一齐连声说：

“修下这样好儿子，多光荣呀！”

那些青年妇女们一个扯着一个的衣后襟，好像怕失了联络似的，紧跟着原生观看。

原生骑在马上，有些害羞，老想下来，摄影的记者赶紧把他捉住了。

秀梅满脸流汗跟在队伍里，扬着手喊口号。她眉开眼笑，好像是一个宣传员。她好像在大秋过后，叫人家看她那辛勤的收成；又好像是一个撒种子的人，把一种思想，一种要求，撒进每个人的心里去。她见到相熟的姐妹，就拉着手急急忙忙告诉说：

“这是我们村里的原生，十五上就当兵去了，今年二十五岁，在战场上立了大功，胸前挂的那金牌子是毛主席奖的哩。”

说完就又跟着队伍跑走了。这个农民的孩子原生，一进村庄，就好把那放光的奖章轻轻掩进上衣口袋里去。秀梅就一定要他拉出来。

大队也经过小五家的大门。一到这里，敲大鼓的故意敲了一套花点，原想叫小五也跑出来看看的，门却紧紧闭着，一直没开。

队伍在平原的田野和村庄通过，带着无比响亮的声音，无比鲜亮的色彩。太阳在天上，花在枝头，声音从有名的大鼓手那里敲打，这是一种震动人心的号召：光荣！光荣！

晚上回来，原生对爹娘说：“明天我就回部队去了。我原是绕道家来看看，赶巧了乡亲们为我庆功。从今以后，我更应该好好打仗，才不负人民对我的一番热情。”

娘说：“要不就把你媳妇追回来吧！”

原生说：“叫她回来干什么呀！她连自己的丈夫都不能等待，要这样的女人一块革命吗？”

爹说：“那么你什么时候才办喜事呢？以我看，咱寻个媳妇，也并不为难。”

原生说：“等打败蒋介石。这不要很长的时间，有个一年半载就行了。”

娘又说：“那还得叫人家陪着你等着吗？”

“谁呀？”原生问。

“秀梅呀！人家为你耽误了好几年了。”娘把过去小五怎样使歪造耗，秀梅怎样解劝说服，秀梅怎样赌气不寻婆家，小五走了，秀梅怎样体贴娘的心，处处帮忙尽力，原原本本说了一遍。

在原生的心里，秀梅的影子，突然站立在他的面前，是这样可爱和应该感谢。他忽然想起秀梅在河滩芦苇丛中命令他去卡枪的那个黄昏的景象。当原生背着那支枪转战南北，在那银河横空的夜晚站哨，或是赤日炎炎的风尘行军当中，他曾经把手扶在枪上，想起过这个景象。那时候，在战士的心里，这个影子就好比一个流星，一只飞鸟横过队伍，很快就消失了。现在这个影子突然在原生的心里鲜明起来，扩张起来，顽强粘住，不能放下了。

在全村里，在瓜棚豆架下面，在柳荫房凉里，那些好事好谈笑的青年男女们议论着秀梅和原生这段姻缘，谁也觉得这两个人要结了婚，是那么美满，就好像雨既然从天上降下，就一定是要落在地上，那么合理应当。

一九四八年七月十日饶阳东张岗

纪　念

一

住在定县的还乡队回村复辟。为了保卫农民的斗争果实，我们队伍开来了。

一清早，我又到小鸭家去放哨。她家紧靠村南大堤，堤外面就是通火车站的大路。她家只有两间土坯北房，出房门就是一块小菜园，园子中间有一眼小甜水井，井的旁边有一棵高大的柳树。这些年，每逢情况紧张的时候，我常常爬到柳树上去监视敌人的来路，这柳树是我的岗位，又是我多年的朋友。

柳树的叶子黄了，小菜园里满是整整齐齐的大白菜。小鸭的娘刚刚起来，正在嘱咐小鸭，等门楼醒了给他穿好衣服。随后她就忽的一声把门开开，嘴里叼着用红铜丝扭成的卡子，两手梳理着长长的头发，一看见我，就笑着说：

“呀！又是老纪同志，怨不得小鸭说你们来了。先到屋里暖和暖和。”

“你好吧，大嫂！”我说，“今年斗争，得到了什么果实？”

她把头发卡好，用手指着前面的园子说：

“分了这三亩园子。它在人家手里待了十年，现在又回来了。

“后面那深宅大院高门楼，是大恶霸陈宝三的住宅，东边，那是陈宝三的场院。西边，那是陈宝三的水车井大园子。三面包围，多少年俺家就住在这个老虎嘴里。

“早先俺家也并不这么穷。陈宝三，今年想这个办法硬挤一块去，明年又想那个办法圈哄一块去，逼得俺家只剩下这两间坯房，一出门限，就没有了自己的站脚之地。陈宝三还是死逼。小鸭的爷是个硬性汉子，他看出来陈宝三是成心把俺一家挤出去，就高低也不干了。陈宝三发下大话说：他不去，我有的是钱，我用洋钱把他的房顶填一寸厚，看他去不去！

“小鸭的爷正病在炕上，年关近了，要账的人又不离门，就有人来说合：你就去给他吧！俺家他爷说：办不到！除非他先吃了我！

“到了晚上，陈宝三打发人往俺家房顶上扔些那不时兴的小铜钱，叮当乱响，气得俺一家人发抖。这还不算，大年三十，陈宝三的场里失了一把火，烧了麦秸垛，陈宝三告到官府，说是小鸭的爹放的，抓进衙门去。老头子心疼儿子，又没有说理的地方，就把庄基写给了他，活活气死！临死的时候，对我说：‘记着！记着！’就断了气！

“第二年就事变了，俺家他爹争这口气，参加了八路军，九年了没有回来。前几天开斗争会，俺家小鸭登台讲了话，说得陈宝三闭口无言，全村的老乡亲掉泪。这口气总算争回来了！”

“小鸭记得这些事吗？”我问。

“她不记得？自从她爷死了，每天晚上睡下了，我就提着她的耳朵学说一遍，她记得清清楚楚！好吧，纪同志，咱们回来再说话，我赶集去！”

她回手关上门。我问：

“去买什么？大嫂！”

“看着什么便宜，就买点什么。”她微微一笑，“地多了，明年咱要好好种，不能叫那些地主恶霸笑话！他们不是说，地交到咱手里是白费吗？叫他们看看，是他们种得好，还是咱穷人种得好！”

说完她转身走了，我望着她那壮实的身子和那比男人还要快的脚步！

母亲刚走，小鸭也起来了。她哼着唱着穿好衣服，还故意咳嗽一声，才轻轻开了门。接着一闪就跳了出来，笑着说：

“你又来了！”

我看见小鸭穿一件黑红格子布新棉袄，浅紫色棉裤，只有脚下的鞋，还是破破烂烂的。头发留得像大人一样，长长的，后面用一个卡子束起来，像小鸟展开的尾巴。我说：

“呀，小鸭阔气了，穿得这么讲究。”

“你没见门楼哩，人家穿得更好！”她有点不服气地说，一转身：“我去给你叫起他来！”

我赶紧叫住她：

“你别去制作人家了，叫他睡吧！”

她不听话，跑进屋里，立时我就听见她把门楼的被窝掀开，听见她那丁零丁零的笑声，和门楼那瓮声瓮气的叫骂。

门楼在我的印象里，是一个光屁股的孩子，从二月惊蛰河里刚刚解冻，他就开始光屁股，夏天，整天地到村南那苇坑里洗澡，来回经过一块高粱地，他就总是一身青泥，满脑袋高粱花。一直到十月底，天上要飘雪花了，才穿上棉裤袄。他这光屁股的长期奋斗，正和我这八路军光脚不穿袜子一样。

小鸭在后面推着，门楼一摇一摆走出来。他穿着一领新做的毛蓝粗棉袍，加上他那肥头大脑，短粗身子，就像一个洋靛桶。

小鸭撇着薄薄的嘴唇说：

“你这新棉袍，也是我们斗争出来的钱买的！”

门楼还撒着迷怔，不住地嘟哝着。

二

老远传来了母亲喊小鸭的声音。母亲回来了，提着一个大柳罐，满脸红光，头发上浮着一层土。她说：

“鸭，我在集上买了几十斤山药，我们娘儿俩去把它抬回来。”

正赶上我要下岗，小鸭就说：

“叫纪同志和我抬去！”

我拿着筐，她扛着杠，到集上去了。集不远，就在十字街上。今天赶集的人很多，街上挤不动的人。刚刚斗争以后，农民们有的拿钱到集上置买些东西，有的把斗争的果实拿到集上来变卖。集上新添的估衣市、木货市，木器嫁妆很多。农民背着拿着买好的东西，说说笑笑。线子市里妇女特别多，叽叽喳喳，卖了线子又买回“布接”，一边夸奖着自己的线子细，一边又褒贬着人家的布接粗。

小鸭指着那些好皮袄、红漆立柜和大条案说：

“这都是斗争的陈宝三家的，谁家能有这么好的家什，净是剥削的穷人的。纪同志，你买了那个小红吃饭桌吧！很便宜。”

我笑一笑，说：

“我买那个干什么呀，我一个八路军！”

“放在炕上吃饭呗！我说买了，娘不愿意，她说等爹回来，才买！我爹就不是八路军？”

“你爹有信来吗？鸭。”

“没有哩！纪同志你给打听打听吧，给登登报。”

“他在什么队伍？”

“八路军队伍么，还有什么队伍？”

“我知道是八路军队伍，哪个团呀？”

“这个我们也不知道，反正是那年跟吕司令走的。”

“那好办，”我说，“我给你打听打听吧！”

我和小鸭把山药抬回来。我这么高，她那么小，我紧紧拉着筐系，不让筐滑到她肩上去。她一路走着笑着，到了家里，她娘留我吃饭，我在她家屋里坐了一坐。屋里比夏天整齐多了，新安上一架织布机，炕上铺着新席，母亲说，都是用斗争款买的。迎门墙上贴着一张墨描的毛主席像。门楼那家伙却不言不语地摘下他自己造的木枪来。那枪做得很不高明，只是一根弯榆木棍，系上了一条红布条子。我只能夸好，小鸭在一旁笑了，母亲也笑着说：

“纪同志，你知道他是什么心思吗？”

我说不知道。母亲说：

“夏天，你在这里不是答应给他一支枪吗？后来你就走了，他整天磨烦你记性坏，赌气自己做了一支，这是拿出来叫你看看，羞臊你哩！”

我赶紧说：

“这怨我记性坏，回头我们做一支！”

门楼就又不言不语把枪挂到墙上去了，那意思好像说：

“不叫你看这个，你还记不起来呢！”

小鸭在背后狠狠地说：

“看你那尊贵样子吧！”

母亲这时才红着脸说：

“纪同志，有个事和你商量商量，俺家他爹，出去了这就九年了，老也没个音讯，也费心给打听打听。”

我说：

“刚才小鸭和我说了，这好办，我们去封信打听打听。大嫂，不要结记，队伍开远了，交通又不方便，接不到信是常有的事。我也是八九年没和家里通信了。”

“纪同志不是东北人吗？有人说俺家他爹也跟着吕司令开到东北去了。”

“很有可能，那里来信不容易。”

我说着告别了出来。我想着，一定要给小鸭的爹——我的同志写封信，告诉他：他的孩子长大了，这样聪明；老婆进步了，这样能干；家里的生活变好了，一切是这么可羡慕，值得尊敬。他该是多么愉快。

这时嗡呵嗡呵的，过来了几架飞机。门楼跑出来看，小鸭骂他：

“看那个干什么呀！那是蒋介石的飞机！”

我回到连里，知道情况紧了，我们要加紧警戒。

晚上，我又到小鸭家放哨，小鸭听见我来了，就跑出来说：

“纪同志，俺爹来信了！”

“怎么这样巧，拿来我看看净写的什么？”

母亲也掩饰不住那快乐的心情，把信交给我，并且把灯剔亮，送到我的面前。我在灯明下面，把信看了一遍，这是走了很远的路程的一封信，信封磨破了，信纸也磨去了头，还带着风霜雨露的痕迹。可是，别提信上的言辞是多么兴奋动人，多么热情激动，我拿着信纸，好像握着一块又红又热的炭。不只小鸭的母亲吓得脸烧红了，我的心也跳起来。上面写着：他在这八九年里，走遍了河北河南山西陕西，现在又开到了冰天雪地的东北；上面写着他爬过多么高的山，渡过多么险的河，现在已经升为营长。上面写着他怎样和日本鬼子作战，现在又和国民党反动派作战；上面写着他们解放了东北多少万苦难的人民，那里的人民十四年经历的是什么样的苦难！上面写着他身体很好，胜利的日子就要到来。上面写着希望妻子进步，积极参加土地改革和反顽的斗争；上面问到小鸭长得怎么样了……

小鸭嘻嘻笑着，指一指门楼说：

“上面没提他！”

“那时他……”娘像是要安慰门楼，说着脸红了。我明白那意思是，爹走的时候，门楼还在娘肚子里，出远门的人，恐怕是忘记临行时遗留的这块血肉了。

门楼垂头丧气，对于这使母亲姐姐这么高兴的新闻，好像并不关心，也莫名其妙，不言不语地吃着饭。

我回到我的岗位上去。想到我的同志们解放了我的家乡，我分外兴奋，对于眼前的敌人，我分外觉得有彻底消灭他们的把握。我轻轻地爬到柳树上面去。

天已经黑了，星星还没出全，天空没有一丝云彩，树枝也纹丝不动。只有些干黄的叶子，因为我的震动，轻轻落下来。我把身子靠在那根大干上，把背包架在老鸹窠里，把枪抱紧，望着堤坡那里。

堤坡外面那条汽车路，泛着灰白色，像一条刚刚蜕皮的大蛇。我想起，这八九年，多少敌人从这条路上踏过，多少灾难在这条路上发生，多少人死在这条路的中间和旁边的深沟里。多少次，我们从这条路上赶走了敌人。

这时，屋里吹灭了灯，母亲打发孩子们睡下了，对于紧张的情况，好像并不在意。

这是八九年来一家人最快乐的一个夜晚了，这个夜晚，当母亲的想来是很难入睡。她会想起许多不愿再想也不能不想的事。夜深了，天空飞过一只水鸟，可是天并没有阴。月亮升上来，照亮半个窗户，我听见门楼像大人一样呼呼地酣睡，像是小鸭翻了一个身说：

“多讨厌呀，人家越睡不着，他越打呼噜！”

“鸭，你还没睡着吗？”母亲问。

“没有呀，怎么也睡不着了！”

“鸭，明天我们给你爹写一封信吧！”

“叫他回来吗？”

“干吗叫他回来？把家里的事情和他学说学说。写上咱新添了三亩地。”

“对！给爹写封信，我老是想不起爹的模样来了！”

“他走的时候你还小。”

“我们给他写封信。娘，我们给他缝一个布信封吧，布信封就磨不破了，我见人家都做一个小布袋。”

“对。鸭，要不是顽军来进攻，你爹也许就家来了。”

“王八老蒋！”

过了一会儿，小鸭又说：

“娘！我看还是叫爹回来吧，听说陈宝三的大儿子参加了还乡队，要领着人回来夺地哩！”

“不要听他们胡嚷嚷！”母亲说，“有八路军在这里，他们不敢回来。天不早了，快睡吧。”

我不禁心里一震。原来在深深的夜晚，有这么些母亲和孩子，把他们的信心，放在我们身上，把我们当作了保护人。我觉得肩头加上了很重的东西，我摸了摸枪栓。西边远远的一声火车叫，叫得那么凄惨吓人，在堤坡外面的麦地里过宿的一群大雁，惊慌地叫着，向着月亮飞，飞上去又飞回来。接着是轰的一声雷，震得柳树摇动，窗户纸乱响。小鸭大声说：

“好，又炸了老蒋的火车，我叫你来回送兵！”

从此就听不见母女两个的交谈，月亮也落下去。我望一望那明亮的三星，很像一张木犁，它长年在天空游动，密密层层的星星，很像是它翻起的土花，播撒的种子。

母子三个睡熟了，听他们的鼻息睡得很香甜，他们的梦境很远也很幸福。我想到战斗在我们家乡的雪地里的同志们，我望着很远的西方。

三

黎明，我放了报警的第一枪。

真的来了，这一群黄鼬一样的还乡队。立刻就接了火。敌人靠堤坡掩护着包围村庄，我们一班人上到小鸭家的屋顶上。

敌人冲着小屋射击，小鸭一家人并没有向别处转移。我在屋顶上喊：

“小鸭，趴到地下去，不要在炕上！”

小鸭叫道：

“纪同志，不要叫敌人攻进来呀！”

一直打到吃饭的时候，子弹不住从窗子里打进去，我非常担心，我喊：

“小鸭，躺在炕沿底下，不要抬头。”

“不要管我们，管你打仗吧！”她母亲说，我们见小鸭在一边哧哧地发笑。

听见我们的枪声密了，小鸭就高兴地喊：

“纪同志，我看看来的那些王八里面有陈宝三的儿子没有？他是回来夺我们的园子的！”

我说：

“小鸭，放心吧，他回不来！”

敌人已经不敢抬头，新的命令还没来，我们就三枪两枪地顶着。

太阳走得那样慢，可是也过晌午了。我有些饿，渴得更难受，很想喝点水，我喊着问：

“小鸭，你们水缸里有水没有？”

“我看看去！”是她母亲的声音。

“爬着去呀！”

我听见她在外间屋里掀瓮盖的声音。“哎呀，怎么一点也没有了？小鸭这孩子！我昨天叫你提水，怎么没提呀？”

“不是爹来信了吗，我就没顾得去提。”小鸭说。

“你们渴得厉害吗？”母亲问。

“渴得厉害！”我失望地说，“没有就算了，快趴下吧！”

我紧紧盯着堤坡上的敌人，我也看见了园子中间那一眼小甜水井，辘轳架就在那里放着，辘轳绳还在井口上摇摆。我想，能有个什么管子通到我这里来就好了，痛痛快快喝它两口，那井水多么甜呀！

我听见房门吱的一声响，我吃惊问：

“谁开门？”

小鸭的娘提着昨天买来的新柳罐，从屋里爬出来。我急忙压低嗓子喊：

“大嫂，不要去，快回来！”

“不要紧，”她轻轻说，爬到井边去，把柳罐挂到井绳上，她是那样迅速地绞起了一罐水，当敌人发觉，冲着她连开三枪，她已经连跑带爬提进屋里来。

“兔崽子们，你们打不着我！”她喘着气连笑带骂，“用刺刀掏个小窟窿吧！”她向我们喊。

我从屋里系上一小罐水，小鸭还嘻嘻地笑着叫我系上一包干粮，她说：

“吃了，喝了，要好好地顶着呀。”

这水是多么甜，多么解渴。我怎么能忘记屋子里这热心的女人和把一切希望都寄托在我们身上的孩子？我要喝一口水，她们差不多就献出了自己的生命。他们的生命是这样可贵，值得尊敬，这生命经过长期的苦难，正接近幸福的边缘。我的责任是什么？我问着自己。我大声说：“小鸭，我们就要冲锋了！”

一九四七年十一月修改于博野史家佐村

蒿儿梁

一九四三年，敌人冬季“扫荡”开始了，杨纯医生带着五个伤员和一个小女看护，名叫刘兰，转移到繁峙五台交界地方，住在北台脚下的成果庵里。五台山有五个台顶，北边的就叫北台。这是有名的高山，常年积雪不化，六月天走过山顶，遇见风雹，行人也会冻死。

一条石沟小河绕着成果庵的粉墙急急流过。站在成果庵的大殿台阶，可以看到北台顶上雄厚的雪堆。

这几天情况紧急，区委书记夜里来通知杨医生，叫他往山上转移，住到蒿儿梁去。

他们清早出发，杨医生走在前面，招呼着担架，轻抬轻放，脚下留神，不要叫冰雪滑倒。他看好平整的地方，叫大家放下擦擦汗休息一下，就又往上爬。

刘兰跟在担架后面，嘴里冒着热气，一步一步挨上来。杨医生把她的卫生包接过来，挂到自己身上。

他的身上，东西已经不少。一支大枪，三十粒子弹，五个手榴弹，一个皮药包。两条米袋像围巾一样缠在他的脖子里。背上，他自己的背包驮着刘兰的背包。他挺身走着，山底子鞋啪啦啦沉重地响着。

“杨医生，我们的药棉又不多了。”刘兰跟在后面说。

“到蒿儿梁，我们做。”

“怎么着弄个消毒的小锅吧，做饭的大锅，真不好刷干净，老百姓也不愿意叫使！”

“这也要到蒿儿梁想办法。”

刘兰又问：

“伤号光吃莜麦不好吧？”

“到蒿儿梁，弄些细粮吃。”

“蒿儿梁，蒿儿梁！到了蒿儿梁，我们找谁呀？”

“找妇救会的主任。区委书记没说她叫什么名字，只说一打听女主任，谁也知道。”

他们顺着盘道往上走，转过三四个山头才看见在前面的山顶上有一个小村庄。这小村庄叫太阳照得发光，秃秃的没有一棵树，靠它西边的山上，却有一大片叫雪压着的密密的杉树林；隔着山沟，可以听见在树林边缘奔跑的狗子的尖叫。村庄里有一只雄鸡也在长鸣。再绕过一个山头，看见有一洼泉水，周围结了厚冰，一条直直的小路，通到村里去。村里的人吃这个泉的水。村庄不远了。

这个不到三十户的小村，就叫蒿儿梁。

女主任去住娘家了，还没有回来，主任的丈夫，一个五十来岁的粗壮汉子，把他们安排到一间泥墙草顶的小小的南屋里，随着粮秣送来了茅柴，就点火烧起炕来。

杨纯到村庄周围转了一转。都是疏疏落落的草顶泥墙小房，家家也都没有篱笆。村里村外，只有些小小的莜麦秸垛，盖着厚雪。街道上，担水滴落，结了一层冰。全村只有一棵歪把的老树，但遍山坡长着那么一丛丛带刺的小树，在冰天雪地，满挂着累累的、鲜艳欲滴的红色颗粒。

人们轻易不出门，坐在炕上，拨弄着一盆红红的麦秸火。妇女们出来一下子，把手插在腰里，又赶紧跑到屋里去。

女主任的丈夫在院里备好一匹小毛驴，出门去了。第二天，把主任接了回来。

到了院里，主任才从毛驴上跳下。她不过二十五岁，披着一件男人的深黑面的黑羊皮袄，紫色的圆顶帽子装饰着珠花。她嘻嘻地笑着跑到南屋里来。她的相貌，和这一带那些好看的女人一样，白胖胖的脸，鲜红的嘴唇和白牙齿。她看了刘兰一眼，又看了杨纯一眼，笑着不说话。刘兰让她到炕上暖和，她说：

"这是俺的家，我要让你们哩！"

杨纯说：

"你就是主任呀？我们把你的房子占了。"

"不要紧！"主任说，"老头子说你们来了，我真高兴。"她伸过手去摸了摸炕席说："好，炕还热。不行哩，我们这个地方冷呀！有人给你们做饭？"

刘兰说："有。"

"一会儿，我给你们搓窝窝吃，别看我们蒿儿梁村小，我搓的窝窝可远近知名哩！"

晌午，主任推门进来。她脱去了羊皮衣，穿一件破旧的红棉袄，怀抱着一大堆光亮的黄色玻璃瓦，这是搓莜面窝窝的工具，她说是托人到台怀买来的。她站立在炕边，卷起袖子。搓的窝窝又薄又小，放得整整齐齐。

"好妹妹！"主任笑着对刘兰说，"我叫你头一回吃这么讲究的饭食，你离开蒿儿梁，你要想蒿儿梁哩！"

"我不想蒿儿梁，这个冷劲我受不了！"刘兰也笑着说。

杨纯说：

"你要想蒿儿梁的窝窝吃哩！"

"对了，你要想我这手艺哩！"主任笑着把手掌拍一拍。

"为什么你的胳膊那么胖？"刘兰问，"是吃莜麦吃的？"

“享福享的吧！”主任说，“这几年我是胖了，那几年，我比你还瘦哩，我的好妹子！有工夫，我要和你说一说我受的苦哩！”

夜间，主任叫刘兰搬到她新拾掇好烧了炕的小东屋里去睡，打发她的男人到别人家去睡了。这一夜，主任把头放在刘兰的枕上，叙说她的身世。她说：

“我家在川里，从小给地主家当丫头使唤。十六岁上，娘才把我领回家，嫁给这里。我今年二十五，男人比我大一半。他是个实落人，也知道疼我。我觉着比在地主家里受人欺侮强多了。这几年，减了租子，我们也能吃饱，又没有孩子累着，我就发胖了。”

“我问问你，”主任从枕上抬起头来，“我们的仗，又打得不好吗，怎么你们又跑到这个野地方来？”

“仗打得好。”刘兰说，“这是伤号，要找个安稳地方。”

“我就怕咱们的仗打败了！”主任长舒一口气，“我们种的是川里地主家的地，咱们胜了，他就不敢山上来，你们一走，他就派人来吓唬我。我就盼咱们打胜仗，要把川里也占了，咱们的日子会更好过哩！那时，这地，就成了咱自己的吧？”

“对了，以后，谁种的地就是谁的。”

“我想，总得是那样。”主任说，“不把敌人打走，我的命还在人家手心里攥着哩！”

“为什么？”

“我娘把我领出来，嫁给了这里。那家地主看见我出息得好了，生了歪心哩！他叫人吓唬我，叫我回去，又吓唬我的男人，说叫三亩地换了我。他杂种想算着吧！他觉着我还是那几年，给他当奴才的时候哩！”

停了一会儿，她说：“妹子，我就靠着你们，把仗打好了，我们就都熬了出来。你困了吧，靠近我点睡，就会暖和些。”

刘兰每天的工作，是烧开水，煮刀剪夹子消毒，团药棉。这些事情，主任全帮她做，她好问，又心灵手巧，三两天，就学会了。她帮着刘兰给伤号们去换药，和他们说笑。伤员们听刘兰说主任搓的窝窝好，就争着求她做饭，这样一来，她就整天卷着两只袖子，带着两手面，笑出来，笑进去。

在这小庄上，也还只有莜麦面和山药蛋吃。不管怎样变，也还是莜麦面和山药蛋，不久伤员们就吃腻了，想吃点别的。杨纯到处打听，想给他们弄些白面、羊肉、白菜和萝卜吃。可是在这小庄上，你休想找到这些东西，问到那些老人，老人们说：庄子上有的东西，凭是多么贵重，我们也给你们吃；要讨换这些东西，除非是到川里。

自从添了这么七个生人，小庄上热闹起来，两盘碾子整天不闲，有时还要点上灯推莜麦，青年人要去放哨，坐探，小孩子要去送信砍柴，妇女们拆洗伤员的药布衣服，分班做饭。全村每个人都分担了一点责任，快乐并且觉得光荣。

整个小村庄在热情地支援帮助这个小小的队伍，杨纯不愿再多麻烦他们。他和主任商量，主任笑着说：

“你站在这个梁上想大米白面吃，那就难死了，你可以到川里去找。”

杨纯说：

“情况这么紧，怎么能到川里去？”

主任说：

“敌人都到山里‘扫荡’了，川里这会儿空着哩，不要紧，你去吧，那里什么都现成！”

“你看，我是离不开！”杨纯说。

“离不开你的伤员，怕他们受了损失？”主任说，“你还是不信服我们这小庄子。你把他们交给我，放心去吧！”

杨纯没有答声。他不能离开这些伤员，他觉得就像那些母亲，在极端困难的时候，也不能放下那拖累着的孩子一样。主任望着他说：

“要不，你给我写个信，我去。”

杨纯说：

“那也不好。”

“你这人，这样也不好，那样也不好，你可就拿出你那巧妙办法来呀！”

“我怕你遇见危险。”

“我遇不见危险。”主任说，“就是遇上我也认了。你怕我碰上鬼子？碰上他们，他们也没办法，他们捉不住那满山野跑的狍子，就捉不住我。”

“那就让你跑一趟吧！”杨纯说。

他给川里负责的同志写了信，主任看着他把图章盖得清清楚楚，才收起来，放在棉袄的底襟里，披上她那件大皮袄，就向杨纯告辞。杨纯把她送到村北口那棵歪老的树下面，对她说：

“去到川里，见到熟人，千万可别说，咱这庄上住着八路！”

主任笑了一笑，用她那胖胖的手掌把嘴一盖，说：

“我这嘴严实着哩！”她看了杨纯一眼，接着说：“杨同志，我不佩服你别的，就佩服你这小小的年纪，办事这么底细，心眼儿这么多！”

她转身走了，踢着路上的雪和石子。转过山坡，她好像又想起了什么，转身回来，喊道：“杨同志，我们当家的病了，你去给他看看吧！”

杨纯问：

“什么病呀？”

“准是受了风寒，你给他点洋药吃吧！”

她那清脆的声音，在山谷里，惊起阵阵的回响。

杨纯回到家里，带上药包，去给主任的丈夫看病。他住在游击组员名叫青儿的小屋里。杨纯推门进去，老人笑着让他坐。杨纯说：

“不舒服吗？我给你带了药来。”

老人说：

“不要紧。只有些头痛，不用吃药。药很贵的，我一辈子没吃过药。”

青儿笑着说：

“哥哥吃点药吧，吃了药，同志也不跟我们要钱！”

杨纯爬过去，摸一摸他的横着深刻皱纹的前额，又摸一摸他的暴露着粗筋的脉，说：

“不要紧，叫兄弟给你烧些水，吃点药就会好了。”

杨纯给老人包出药来，青儿点火烧水。

老人说：

“一定是她告诉了你。”

杨纯说：

“你说的是主任呀？”

老人说：

“是她。黑间她来了，我说不要紧，叫她回去了。同志，她还年轻，我愿意叫她多给咱们做些事！”

停了一会儿，老人又说：“同志，什么时候，我们的天下就打下来？什么时候，把川里的敌人也打走就好了。同志，穷人过着日子，老是没有个底确哩！”

青儿烧着火说：

“哥哥光担心他这几亩地，怕地主再上山来逼人。这两天，看见情况不好，就又病了。”

杨纯安慰鼓励了老人一番。

隔了一天，老人的病好了，可是情况更紧了，他和杨纯商量，在附近山里找个严实地方，预备着伤员们转移。

吃过晌午饭，他带着杨纯，从向西的一条山沟跑下去。

到了山底，他们攀着那突出的石头和垂下来的荆条往上爬，半天才走进了那杉树林。树林里积着很厚的雪，向阳的一面，挂满长长的冰柱。不管雪和冰柱都掩不住那正在青春的、翠绿的杉树林。这无边的杉树，同年同月从这山坡长出，受着同等的滋润和营养，它们都是一般茂盛，一般粗细，一般在这刺骨的寒风里茁壮生长。树林里没有道路，人走过了，留下的脚印，不久就又被雪掩盖。主任的丈夫指给杨纯："那边有一个地窖。"又说："从这后面上去，就是北台顶，敌人再也不能上去！"

他找着那条陡峭的小路，小路已经叫深雪掩盖，他扒着杉树往上走，雪一直陷到他的大腿那里。他往上爬，雪不断地从他脚下滚来，盖住杨纯。杨纯紧紧跟上去，身上反倒暖和起来，流着汗。主任的丈夫转脸告诉他：把你的扣子系好，帽子拉下来，到了山顶，你的手就伸不出来了。

他们爬到一个能站脚的地方，站在那里喘喘气。他们就要登上那大山顶，可是从西北方向刮过一阵阵的风，这风头是这样劲，使他们站立不稳。看准风头过去，主任的丈夫才赶忙招呼杨纯跑上去。

站在这山顶上，会忘记了是站在山上，它是这样平敞和看不见边际，只是觉得天和地离得很近，人感受到压迫。风从很远的地方吹过来，没有声音，卷起一团团的雪柱。

走在那平平的山顶上，有一片片薄薄的雪。太阳照在山顶上，像是月亮的光，没有一点暖意。山顶上，常常看见有一种叫雪风吹干了的黄白色的菊花形的小花，香气很是浓烈，主任的丈夫采了放在衣袋里，说是可以当茶叶喝。

薄薄的雪上，也有粗大的野兽走过的脚印。深夜在这山顶上行走，黄昏和黎明，向着山下号叫，这只配是老虎、豹。

在这里，可以看见无数的像蒿儿梁那样小小的村庄，像一片片的落叶，粘在各个山的向阳处。可以看见台顶远处大寺院的粉墙琉璃，可以看见川里的河流，河流两岸平坦的稻田，和地主们青楼瓦舍的庄院。

主任的丈夫说："我们住的这些小村了，都是穷佃户，不是庙里的佃户，就是川里的佃户！"

杨纯站在山顶上，他觉得是站在他们作战的边区的头顶上。千万条山谷，纵横在他的眼前，那山谷里起起伏伏，响着一种强烈的风声。冰雪伏藏在她的怀里，阳光照在她的脊背上。瀑布，是为了养育她的儿女，永远流不尽的乳浆，现在结了冰，一直垂到她的脚底！

杨纯想道：他的同志们，他的队伍，正在抵挡这寒冷的天气，熬受着锻炼，他们穿着单薄的军衣，背着粗糙食粮，从这条山谷，转战到那个山头，人民热望他们胜利。

远处，那接近冀中平原的地方，腾起一层红色的尘雾。那里有杨纯的家。他好像看见了他那临河的小村庄，和他那两间用土坯垒起的向阳的小屋，那里面居住着他的母亲。

忽然，主任的丈夫喊："不好，你来看，敌人到了成果庵吗？"

杨纯看见，在远远山脚下面，成果庵那里点起火，他断定敌人到了那里，天气还早，敌人可能还要往上赶，到蒿儿梁。他隐隐约约听见了山的下面有枪声，那是放哨人的警号！

他们慌忙寻找下山的道路，主任的丈夫跑在前边。他们从雪上往下滑，石头和荆条撕碎了他们的衣裳，手上流着血。

杨纯心里阵阵作痛，他离开了受伤的同志，使他们遭受牺牲！

当他们跑进那通到村里去的山沟，他们迎见了主任。她满脸流着汗，手拉着踉跄跑来的刘兰！在她旁边是由蒿儿梁老少妇女组成的担架队，抬来了五个伤员。村里听见了警号的枪声，男人们全到了去成果庵的路上，（主任说，她刚回到家里，就去伏击敌人了。）妇女们跑来和她商量把伤员转移到哪里去，她决定到这个地方来。凡是有力量的，都在担架上搭一把手，把伤员送了出来。

她们把伤员抬到了杉树林的深处，安置在地窖里，她们还抬来主任从川里弄来的粮食和菜蔬，妇女们也都带了干粮来。

主任的丈夫回到村里探消息。

夜晚，飘起雪来，妇女们围坐在地窖旁边，照顾着伤员。杨纯到前面放哨，主任和刘兰在杉树林的边缘站岗。

她们靠在一棵杉树上，主任把羊皮大衣解开，掩盖着刘兰的头。她们前面有一条小河，河面上已经结了冰，还盖上了很厚的雪，但是那小小的山溪冲击得很厉害，在厚厚的冰下面，还听到它那淙淙的寻找道路，流向前去的声音。

主任紧紧抱着刘兰。雪飘在她们头上，雪不久淹没了她们的脚；雪飘在她们脸上，但立刻就融化了。刘兰呼吸着从她的胸怀放散的热气，这孩子竟有些困倦。

主任望着前面，借着她的好眼力和雪光，她看见杨纯，那个青年人，那个医生，那个同志，抱着一支大枪，站在山坡一堆突出的尖石上。他那白色毡帽，成了一顶雪帽，蓝色的大棉袄背后，也落上一层厚雪。杨纯站在那里，尖着耳朵，听着山谷里的一切声音。不久，他跺一跺脚上的雪，从石头上轻轻跳下来，走到主任的面前说：

“蒿儿梁什么声音也没有，敌人想是在成果庵过夜了，看黎明的时候吧！”

主任说：

“要紧的时候，我们就转移到山顶上去，原班人马都在这里！”

又说：“刘兰睡着了，就叫她这么着睡一会儿吧！”

杨纯说：

“你们帮助了我们！”

“我们不是自己人？”主任笑着问。

“这就叫鱼帮水，水帮鱼吧！”杨纯也笑着说。

主任问：

“谁是水，谁是鱼？”

“老百姓是水，我们是鱼！”杨纯说。

“你这比方打错了！”主任说，“老百姓帮助你们，情愿把心掏给你们，为什么？这为的是你们把我们救了出来！”

一九四九年一月十二日于胜芳河房

村 歌

上篇 互助组

一

老邴区长和县妇救会王同志到张岗组织农民生产，住在妇女生产部长香菊家里。王同志整天去开会，老邴实际上只处理着村里的事务问题，整天忙得下不来炕。村里陈年烂芝麻的老账，都找他来解决，他觉得这也是自己分内的工作。另外，他自己是个工农干部，最害怕在群众面前讲话。他讲话准备了半天，三言两语就完了，又好发脾气；所以什么召集大会，组织识字班的事，他就乐得叫王同志去。

村生产委员会的妇女生产小组，已经组织了八组。今天又开会，王同志同香菊吃过早饭就走了，香菊临走告诉老邴给她看门。

老邴留在家里，一个人在台阶上坐着看文件。

香菊家院里什么东西也没有，只有一棵枣树。旱枣潦梨，今年枣儿挂得很密，树尖上的已经全红，有的裂纹了。窗台下疏疏拉拉种着几棵扁豆，没有多少花。

香菊是贫农，老邴觉得这和自己的家里，仿佛完全一样，他想起了还在冀南老家一个人过日子的母亲。他想香菊的爹娘早早死去，一个小姑娘，还养活着一个妹妹，过这样的日子，多么艰难。

他听见哧哧的笑声。转过脸来，看见一个姑娘抱着一个小孩，正用青秫秸打枣，逗着小孩笑。这姑娘细长身子，梳理得明亮乌黑的头发，披在肩上；红线白线紫花线合织的方格子上身，下身穿一条短裤，光脚穿着薄薄的新做的红鞋。

她仰着头望着树尖，像是寻找哪一个枣儿红得透，吃着可口，好动手去梆。

那姑娘准备好一个姿势，才回过脸来。她好像早就测量好了方位距离，一眼就望到区长的脸上，笑了笑，扔下青秫秸，和孩子哼哈说笑着转身走了。

老邴看准了她的脸，她的脸在太阳地里是那么白，眼睛是那么流动。老邴想：为什么不认识这个妇女？她为什么不去开会？

那姑娘走出院，往东去了，拐进一个白梢门，又回头望了望。

老邴觉着奇怪，跟到那里看看。一进白梢门，是三间土坯北房，新糊的洒油的窗纸，镶着小玻璃镜。那姑娘在屋里脸贴着镜子，望着老邴。

老邴站在院当中，问：

"你们在这里住呀？"

"嗯。"那姑娘笑了一下说。

"你家里尽有什么人呀？"

"他们全不在家。你有事吗，区长？"

"没有事。"老邴一时觉得不好意思，要转身出来。那姑娘却爬下炕走出来，站在门台上，回身取过一个小板床，放在老邴面前，笑着说：

"区长，坐一坐吧，你轻易不到我们家里来。我有个问题，和你讨论讨论。"

“什么问题？”老邴坐下来。

姑娘没有说话。老邴看见这姑娘的脸上擦着粉，两道眉毛虽然那么弯弯的，左边的一道却只有一半，在眼睛上面，秃秃的断了。

老邴说：

“你家里的人，都到地里去了吗？”

“没有。”

“去开会了？”

姑娘的脸一红，她说：

“没有，我正要和你讨论这个问题。”

“你说吧！”老邴有些不耐烦，“你叫什么名字？”

“我叫双眉。”姑娘说。

“你们也姓李，和香菊是一家子？”

“不是，我们姓郭。”

“你们常在一处做活儿吧？”

“不在一处，”双眉说，“我正要和你讨论这个。我问区长，凭什么，她们不叫我参加？”

“参加什么？”老邴问。

“参加生产组。”双眉的嘴唇有点发白，“不是讲生产吗？我们可以比一比呀，她们一天卸一个半布，我一天卸三个，她们不叫我参加。你看看！”她一扯自己的花褂子，“她们能织这样的布？一道街上，都到我这里来讨换布样子；可她们不叫我参加。”

“谁不叫你参加？”老邴问。

“她们！”双眉的眼里噙着泪。

“她们说什么？”

“说我参加过剧团，有男女问题。”双眉的声音放低了。

“有错误，纠正了就完了！”老邴站起来想走，双眉又高声说：

“我没有问题。我问区长，什么叫流氓？”

老邴笑了笑。

“这里说得明白！”双眉跑到屋里，拿出一张报纸，交给老邴。在问事处栏里，有关于流氓的解释。

“我得叫她们看看报，她们为什么给我扣帽子！”没等老邴看完，双眉就把报纸扯了回去。

“我问区长，登台演戏算不算流氓？”

“那是宣传嘛，怎么能叫流氓？”老邴说。

“夜晚演戏算流氓吗？”

“那也不是。”

“出村演戏算流氓吗？出村体操算流氓？”

“不是那么个问题。”老邴说。

“什么问题？”双眉说，“她们就根据这个叫我流氓！我问区长，好说好笑，算不算流氓？赶集上庙算不算流氓？穿干净点算不算流氓？”

“报上说得明白，”老邴很郑重地说，“流氓主要是不生产。”

“却又来！”双眉扬眉一笑，“我一天能卸三个布。好说好笑是我的脾气，赶集上庙是我要买线卖布，穿的花布是我自己织纺的。我问问她们还能说出我什么来！”

“你家是什么成分？”老邴问。

双眉一转身就进屋里去了，走到外间，她回过头来叫：

“区长，你进来看看俺们的家。”

老邴跟了进去。外间屋一只木板床，上面放一摞大花碗，一块大案板，一条大擀杖，油瓶醋瓶盐罐，墙上挂一个大笊篱。双眉撩起西间的门帘，一条头打外的大炕一领新炕席，屋里是任什么也没有。双眉又把他领到东间，迎门就是一架顿机，机上还安着没织完的花格布，别的陈设也不多，可是拾掇打扫擦洗得明亮干净。

“你们家里有几口人？”老郦问。

“四口。”

“种多少地？”

“五亩半。”

“牲口？”

“和别人插着一个小驴。”双眉笑一笑，“区长你说我们叫什么农？”

“按地亩和人口说，你们该是贫农。可是你们生活不错吧，你家案板那样大，敢是常吃白面？”

“俺家开的是起火小店。”双眉笑了，“你没看见那头那大炕？吃的就从这里边赚出来；穿的就凭我这两只手，织织纺纺。”

“我回去和王同志谈谈。”老郦说着走出来。双眉把他送到大门外边，站了好久才进去。

二

老郦回到香菊家，王同志和香菊全开会回来了，正等着他吃饭。

在当屋放下白木桌，听姐姐支使，小二菊用水把桌面洗了一下，又拣那两个大的完整的黑碗，给王同志和老郦盛上饭。

王同志文化高，上过抗战学院，下乡来，饭量很小，可是好吃乡下的“鲜儿”。香菊特别给她预备的有：大青豆角，新刨的没长好的山药，嫩棒子——王同志叫它老玉米，小二菊一听就笑。有些东西是香菊自己地里种的，有的就是小二菊随手从别人家地里摘来。

王同志、老郦和小二菊在桌上吃，香菊端着碗坐在屋门限上吃。

老邴说：

“香菊，我今日个到一家开小店的家去了，那是谁家？”

“哪头呀？我们村里三家开小店的哩！”香菊仰着头问。

“东头路南那个白梢门里。”

“那是郭忠家。”香菊说。

“你不要到那里去吧，同志！”王同志剥着毛豆，“她家是破鞋哩！”

“我问问香菊，”老邴说，“他家那个姑娘，叫双眉的，到底怎么样？”

“很坏么，同志！”王同志啃着老玉米，“是个流氓！”

“香菊把她的历史谈谈。”老邴说。

“说起来，那话就远了。”香菊安稳地说。

“你从近处说。”老邴一看见香菊谈问题的时候那么老老实实，就笑了。

“双眉的姥姥家是拉大宝局的，双眉的娘从小就在那场儿里长大，听说小的时候就跟双眉一样，长得很好，有多少人想算着。她爹是街面一个光棍，却看准了开小店的郭忠，就把她嫁给郭忠了。郭忠是个有名的老实头，村里那些乱七八糟的人，就短不了往小店里跑，双眉的娘又是那么个不在乎的脾气，人们就说她的坏话，可是人家开的是店，那也不能比平常住家。”

“双眉哩？”老邴问。

“也有人说她的闲话，我看不准。”香菊说。

“毫无问题！”王同志说，“什么娘什么女，什么桌子什么腿！”

“过去，她当过女自卫队的队长，那时我们都怕她。可是哪一次我们也是考第一。她好胜。她也参加过剧团，剧团里黑间排戏，回来得晚，她又好说笑，好打闹，好打扮，闲话就来了。今年整组，把她撤了，那时王同志在这村里。”香菊又补充了一段。

“那是一点也不冤枉的，双眉横着哩！”王同志吃饱，站起来到里间屋歇晌去了。

“当时是谁提出来撤双眉的职？”老邴问。

“那是小组会上提的，听说是西头大器提的劲大。”香菊说。

“大器不是真破鞋吗？”

“那倒是！”香菊笑了，“近来才听说她是叫郭环指使。郭环是大地主郭老太的侄子，他把家业糟了，年上没斗他。过去，他常往双眉家跑，在整组以前，听说双眉把他骂了出来！”

“啊，是这样一个人说双眉是流氓！为什么你们就听信？”老邴问。

“双眉也有她的缺点。她强迫命令，她瞧不起不如她的人，她说话刻薄，这样得罪的人就多了。有一个人一吹气，就刮起风来。”香菊笑了笑，站起来去拾掇桌子。

“你们为什么不叫她参加生产组？”老邴问。

“就为这个呗！她是撤过职的，人们不愿意和她成组，我们也怕影响不好，就没叫她参加。你的意见，叫她参加？”

“我的意见，叫她参加，也批评教育她。我们不能把真正坏蛋的话，当成金口玉言，把自己的人推在外边。”老邴也站起来，“你们再讨论讨论！”

“王同志！”香菊叫了一声，王同志在屋里睡着了，没有答声。“恐怕王同志不叫她参加哩，双眉当场和她顶过嘴！”

“那不是重要问题，”老邴说，“明天，你把我的饭派到双眉家去，我了解她家一下。”

“嗯。”香菊笑着答应了。

三

第二天，双眉很早就来叫老邴吃饭去。桌子放在炕上，双眉的娘和双眉的小弟弟和老邴一块吃，双眉盛饭。双眉的爹不好说话，和区长笑着打个招呼，就端着碗街上吃去了。

在她家一连吃了三天饭，老邴知道了这家人家的风俗和历史。

原来这个张岗镇是河间府通保定府的大道，事变前，村里的地主们在街上开了五六家绸缎店和两家大钱庄，造成村里无数的穷人，吸收来很多流氓。村里添了十几处赌局烟馆，在人民的生活上，也造成一种浮华和轻视正当劳动生产的风气。

那时张岗街上像唱着一台戏：街上热热闹闹，哄哄吵吵；种地的苦一年十二个月，除了直着送到地主家门的，还有拐个弯送到地主手里的，那就是经过各种摊派，经过当铺、钱庄、失盗、赌局……地主撒出粗的细的、弯的直的吸血管，扎进农民的生活，肥壮他自己。

事变以后，一场暴雨，把张岗街面上的乌烟瘴气打下去了。消灭剥削，就斩断了烟犯、赌徒、暗娼、偷盗的根基。绸缎庄不开了，钱庄关门，街上出现了广大的土布摊。游手好闲的人少了，大家知道劳动生产是光荣。

郭家这个小店，从郭忠的爷爷开起来。小店的历史这样长，祖父孙三代又保持着分量大作料足的卖面方针，老主顾就特别多。店门口也不挂笊篱，也不写“招待客商草料俱全”，可是每逢张岗三八大集，那些推车的小贩，担挑的匠人，就像奔回自己家里一样，来住他家的店。

郭忠是个老实人，客人也多是熟主顾。客人进了门，他有时也不打什么招呼。客人放好车子、担子，就帮着内掌柜去挑水、做饭。

四

为了叫双眉参加生产组，老邴和王同志争吵了好几次。王同志一口咬定这影响不好，批评老邴不了解情况，认识人不深刻；老邴批评她单凭印象，不从阶级关系上分析问题。最后王同志允许双眉她们单独成立一个组，这一组里，包括双眉，双眉的娘，东头说媒的大顺义，西头好抹牌的小黄梨。把她编到这么一个组里，双眉又找了老邴来。老邴对她说：

“做工作么，不能挑拣同伴。她们落后，我们帮助她们，要紧的是做出成绩来。”

“是，我要叫她们看看！”

“也不能赌气做工作。”老邴笑着说。

“区长，不要光和我讲大道理。”双眉也笑了，“这几个人管保连个会也召集不成。”

“你怎么能管保？回去你就把她们叫到一块，我也参加。”

“啊，”双眉松了一口气，“区长要参加，她们不敢不来！”

“唔！”老邴说，“要好好和她们商量。你有一个缺点，就是强迫命令，不要再犯这个毛病。”

双眉回去了，晚上老邴去参加她们的会。

王同志说笑话：

“邴区长不是不好领导开会？怎么对这个模范组发生了兴趣！”

老邴说：

“唉！这是你们妇女的事，你还开玩笑！你说她们落后，难道我们的任务光是领导那些骨干积极分子？”他望望香菊，“世界上要都是香菊，我们就吃不上一斤四两小米了。”

“区长又夸奖我！”香菊正点着灯纺线。

小组的会在大顺义家开。区长一到，那几个妇女早坐在炕上围成一圈等着了。双眉坐在炕沿上，看起来很是高兴。

老邴一进屋就笑着说：

“看，你们坐的，中间就缺一幢牌。”

“区长尽揭我们的老底！”大顺义笑着说。

老邴坐在迎门橱旁一个小木凳上，望着双眉说：

“你看，到得多齐，做工作不能主观。”

双眉笑了笑。大顺义说：

“人家把我们几个落后顽固编成一组，我们越得争气，不能叫俺们姑娘现眼，栽在她们手里！”

“栽在谁手里？”老邴说，“我们都是一家人，工作做好了，大家好，做坏了大家都有责任！不能把自己当外人看待！”

“区长说得对！”双眉的娘说，“我们欢迎区长给我们讲讲话！”

大家就啪啪地鼓起掌来。老邴的脸顿时红了，他站起来说：

“我不会讲话，我讲一点。张岗街上的事，我也明白了一点儿。过去，在旧社会，张岗街上坏人很多。人家说：张岗街上从这头数过去，隔一个门一个破鞋；再从那头数回来，又是隔一个门一个！这都是胡说八道！坏人是地主封建阶级造成的，他们剥削穷人，他们逼着穷人做下贱，他们又有钱，又有的玩。这群王八蛋！现在是新社会，为什么没有那些坏地方、坏人了？劳动是光荣的，赌钱是可耻的，我看谁再敢赌钱，我把他抓起来！这些坏蛋，天这么旱，也不到地里浇园，他赌钱……”

老邴喊叫着，头上流着汗，拉下头上包着的手巾来回擦，吓得几个妇女坐在炕上纹丝不敢动。讲着讲着，他想起来，又发脾气了，就坐下来，笑着说：

“我一讲就着急，你们自己谈一谈吧，双眉你领导开会吧！”

说完，他站起来，出去了。

大顺义说：

“区长好大脾气呀！”

“不，”双眉说，“他和人闲说话，慢言可语，顺情顺理，可好脾气哩，他是一讲话就——”

“你看，”小黄梨说，“这才没有的事哩，叫他把我们骂了一顿！”

“各人的秉性，”大顺义说，“人家说的不都是实话吗！说咱们的吧，双眉你说吧，叫你娘儿们怎么着？”

“怎么着？”双眉立起身转过脸来，“就是组织起来呗！”

“咱这不是组织起来了吗？”大顺义直直地坐着笑着说，“咱这不是到了一块吗？组织起来就是叫我们这几个老婆围在炕上坐着吗——我想该还有下文。”她把嘴一撇。

“敢情要光叫这么坐着才好哩！”小黄梨也笑笑拍拍大腿说。小黄梨连牙都是黄的。

“组织起来就是叫咱们一块做活儿，大伙帮着，我给你做，他给我做呗！”双眉说。

“那就是插伙着做活儿呗，咱们这里叫攒忙。”双眉的娘说。

“要是攒忙，还用着这么大折腾，是长年的吧？”小黄梨说。

“长年的，”双眉说，“咱们谁也不能散劲！”

“不能散劲！”大顺义说，“咱们要和他们挑战哩！”她在炕上欠起身子来。

“对！”双眉低声轻轻地说，“大娘们，咱们可得要做出个样叫他们看看，争这口气！”

五

这个组算成立起来了，第二天互助组长联席会，香菊也通知双眉参加了。

王同志带着讽刺的口吻，称呼这个小组叫“模范组”。其实在村里，在当时王同志的出心用意上，这就是一个“流氓组”。在村中小学里，有所谓“调皮组”，那是把调皮的孩子们编到一起，叫他们自相攻打，叫别的同学歧视他们，叫他们小小的心里感到孤单，有时还会自暴自弃。在村中还有落后组，那是把地主、富农、被斗户们组织在一起的。

双眉觉到了这一点，在会场上她那弯弯的眉毛一直簌簌地挑动。她在会上和全村认为顶棒的李三互助组挑了战，使全场的人都吃了一惊。

李三是大顺义的男人，这人是个木匠，可是除了木作活儿样样做得好，他还能盖房，烧窑，打磨，全梢，锔盆，锔碗，糊裱房子。他是全村最有用的人，并且脾气好，做活儿实落。

他这组的人包括：李大印，是长年打柚坯的小伙子；李小亮，有名的身大力不亏，做一天活儿回来，还要和人在场里比赛扳倒碌碡；只有一个小兴，是个高级班学生，参军以后，几天就跑了回来，光会唱歌演戏吹口琴，地里的活儿不通把，是生产委员会看着李三这个组太壮了，才给了他这个“饶头”。

双眉和李三挑了战，李三组里的兵马，感到有些侮辱了自己的威名。和你们挑战，就是赢了你们，还能增加多少光彩？可是李三老老实实答应了。别人说：

“双眉那组里有大顺义，李三你可得小心点……”

李三在地上磕磕烟袋，笑了笑说：

“这是开会哩，别闹。”

他们挑战的条件是：订好计划，坚持全年，带动副业，争取模范。

李三的副业是：春天打坯盖房，冬天开木货厂。双眉她们是纺线，织花布。

六

两组的生产计划都叫小兴写。歇晌的时候，给自己组写好，兴儿就走到村西水坑旁边的大柳树下面，躺在那块大石板上。

这块大石板，是在下雨的时候，村里流过水来，从这里泻到大坑里去。今年天旱短雨，坑里的水很浅很浑，有几只鸭子在里面搅。

这个小青年有点心事。原先他和双眉很好，两个人一块上高级班，一块参加剧团演戏，老是配角，两个人合演过《兄妹开荒》，也演过《夫妻俩》。两个人一上台，真是越唱嗓子越亮越高，演得越来越讨彩。兴儿参军那天，那时双眉正受了打击，还是跟在人群后面，一直把他送到村外。第二天，兴儿从城里回来看家，正赶上双眉在集上卖了一个布，就偷偷塞给他两万。

现在，兴儿想，一切都完了。自己跑回来，成了黑人，她也不愿意理他。又挑的什么战，订的什么生产计划呀！

头吃晚饭，兴儿把头上的新白手巾箍了箍，把腰里的新皮带紧了紧。他估计在这个时候，双眉是常常站在门口的。他往东走，很远就望见双眉在那里往这边看，随着就转过身子去。兴儿慢慢走到她跟前说：

“双眉，你们不是订计划吗？”

“订吧！”双眉连头也没转过来。

“在哪里订？你们有纸没有？”

“什么也齐全。”双眉往东走。

“到哪去呀！”

“到大顺义那里去。”

兴儿跟在后面，心里有点火。大顺义家在村子外边，走出村去，双眉的脚步就慢了，她说：

“好好的你跑回来干什么？”

兴儿没有答声。

“嘿嘿！”双眉在前边笑。

兴儿想转身回去，双眉并没回头，可是她说：“走啊！”

兴儿又跟上去。双眉说：

“你为什么跑回来？你不怕丢人，你怕死！”

转过一个大苇坑，她又说：

“我要是你，我就扎在这水坑里死了！”

“你别激我！”兴儿喊。

“我激你什么？”双眉小声说，“你激得起来？你有脸箍着新手巾去，你还有脸箍着新手巾来？抽皮带，上前方打仗那才有用，那才好看；在家门口抽上那个给谁看，给谁看着生气呀！”

兴儿忍不住，他转身就往回走，他想找个地方去痛哭一场。双眉却跑过来把他抓住：

“你上哪去，和我去订计划。”

兴儿只好又跟她走。天大黑了，天上长了云彩，大顺义在喊叫她男人吃饭。

七

大顺义和李三吃着饭，双眉把她那一组人叫齐。吃过饭，李三擦擦他那连鬓胡子的嘴，往后一退，靠在被摞上抽烟。大顺义赶紧把吃饭桌子擦了擦，把灯往兴儿面前一推说：

“给我们写着吧，先生。”

“纸！”兴儿丧丧地说，从怀里掏出钢笔。钢笔不强，却装在一个非常华丽精致的钢笔套里，用一条红丝线系在身上。兴儿很快把笔套掖到怀里，偷偷看了双眉一眼。双眉背着脸坐在炕沿上，也正在怀里掏什么；她掏出一张叠好的糊窗户纸，往桌子上一扔。

“怎么订法呀？”她转脸笑着问。

“我们是这么订的，”李三说，“那就像个章程一样。先把你们几个人的名字写上。”

兴儿已经开始在那里写，他一笔一画地先写上郭双眉，抬起头来问小黄梨：

“你怎么写？”

“我怎么写？她们怎么写我就怎么写！”小黄梨说。

“你姓什么？”

“这里姓李，俺娘家姓黄。”

兴儿就写上了，笑了一笑。

“你给我写的什么？”小黄梨爬过去问。

“写的你的姓名呀！”

“你写的我叫什么？你娘的！你没有好事！”小黄梨退回去说。

“下边写上你们各人家里的地亩、牲口、农具。”李三说。

兴儿又挨个问着写好。

“你们要带动副业，”李三又说，“还得把机子、纺车、落车、落子、柱、缯，全写上。”

“纺车家家都有，”双眉说，“机子就俺们家有一张。”

“今年冬天，我再给你们组里打一张。”李三说。

“你家不是有棚缯？”双眉问小黄梨，“你怎么不报？”

“那是从俺娘家借来的，能入在这个伙里？”小黄梨说。

“什么你娘家借来的，不是你那年在集上买的？”双眉说。

“写上吧！”小黄梨说，“反正我也不还她们了，要不显着我多么自私似的！”

“还写什么？”双眉问。

李三说：“你们到地里做哪些活儿，到家里又做哪些活儿！”

“到地里，无非是锄个小苗儿，卡个棉花杈儿，薅个菜苗儿，摘个豆角儿。”小黄梨说。

“耕地拉耠子，我们也去！”双眉说。

“家里有男人的，重活儿还是叫男人们去做；没有男人的，就你们帮助去做，或是和男组换工。”李三说。

这些全写上。李三又说：

“按上级说的，最好是计工清工，或是按季说，或是按这一畔活儿说，这样又清楚，又没有话说。可是俺们那组，都说大家既是合适，才组织到一块，不愿意分斤拨两的，显着薄气，又嫌麻烦。我看你们还是讨论讨论，计工清工的办法，日子长了，一家子还有话说哩！”

“俺们也不那么小气，俺们也不弄那个！”小黄梨说。

“那你们就再写上几句话儿在后边，这计划就行了。”

“写什么话儿？”双眉说，“俺们就写上咱两组挑战的条件！”

她们决定明天先给大顺义家去打棉花杈。

八

夜里下了一场雨，虽说不大，农民们很高兴。第二天，人们起得很早，都到地里去了。互助组们更起劲，都说这场雨是给他们助威。他们排队走着，背着大锄，光着肩膀。雨过天晴，庄稼精神起来了。大道小道，充满男男女女的说笑声音。

双眉天不亮就起来，把人叫齐，到大顺义地里去。她换上一件新褂子，地里露水很大，她卷着裤腿。走在路上，小黄梨赶上来说：

“双眉，俺家那山药该翻蔓，要不先给俺们干一天吧！”

大顺义说：

“可别，吃喝我都给你们预备下了。”

“下了这么场雨，山药不翻可不行！”小黄梨说。

“棉花不打杈，不也会疯？”大顺义出气都粗了。

“你要那么说，”小黄梨说，“不给俺解决困难？”

“谁说不给你解决困难？”大顺义说，“开会怎么讨论的？你那时还假张支，推推让让哩！下了一场雨，就不认账了？日子长着哩，像这样说了不算，算了不说还行？”

“你别教训我！”小黄梨气得脸上像又糊上一层金纸，“你要这么说，就各干各的吧，我去翻俺的山药蔓！”说完，转身就走。

“你就去！”大顺义也喊起来，“没你俺也不能不种地！”

双眉急了，她喊住小黄梨：

“别走，你回来，这是干什么呀？给我脸上不搁呀！”

双眉的娘也劝说，才把小黄梨拽到大顺义地里去。

几个人在地里拿棉花杈，小黄梨很快就到地头了，在小柳树下去坐着。大顺义满脸不高兴，一个劲儿拿眼斜楞小黄梨。到了地头，大顺义说：

“给人家做活儿，心也得出个公平，得像给自己做活儿一样，不能糊弄人！”

“我怎么糊弄人了？”小黄梨顶上来。

“你给俺拿净了吗？”大顺义拍着巴掌问。她两步就跑到小黄梨把着的那几个垄里去，劈着棉花看，她说：“你们来看看，这是给俺做的活儿，这么些杈都没拿，成心叫俺再拿一回？这组成不上来了，散了吧！”

“谁离了谁过不了呀，不成组不也是过了半辈子吗？”小黄梨拍拍身上的土，走了，双眉再也叫不回来。

在近处地里做活儿的人们，都望这里笑。双眉的脸红到脖颈子上，她喊：“这不是耍猴给人家看！”她直直地望着小黄梨那后影。

小黄梨走得很快，到自己地里去翻山药蔓。双眉跑过去，她娘在后面喊她：

“双眉，你可不许和人家闹！”

双眉在漫地里跑了两步站住了。她一下记起区长那句话：“你有个缺点！就是强迫命令，不要再犯。”

双眉心里很是难过，她想：“难道说，头一天就散了吗？”

她又叫了两声，小黄梨只装听不见，蹲在地里翻她的山药蔓。

“那就先不要叫她了，”双眉对组里人们说，“我们先把棉花打完！”

双眉做活儿又仔细又快。可是，半天她也没讲一句话，她在心里想事：

“做工作是一定要碰钉子的，”她想，“你得想想为什么碰了钉子！”“想什么！还不都是自私自利！”“可是，”她又想，“我们的任务就是要把自私自利的人组织起来，叫他慢慢变得不再自私，你得想法！”“上哪去想法呀？”她抬抬头。“看报纸？我们的报纸就告诉我们做工作的办法。”“有时候，那些办法在我们这个坏村子里用不上。”她皱皱眉。“还得领着去做！比如说，我们这个组，今天为什么闹意见？还不是为的下了这场雨，都愿意先把自己地里的活儿做完，多打粮食！那我就说服大家加油干，活儿要做得地道，又要出快，谁的地也耽误不了。”她在心里决定下来，和人们说笑着，她说：

“这点儿棉花，用不了一天工夫！”

几个妇女看见双眉卖力，她们也就笑着加油。双眉说：

“咱们落后多着哩，人家苏联用机器摘棉花哩！人家那棉花，什么颜色的也有！”

“那就不用染布，”大顺义说，“这会儿颜色这么贵！”

“不是说推碾子拉磨都是机器吗？”双眉的娘说，“到了那时，我就不用老围着磨转了，开着这么个小面铺，成天价得磨面。”

“什么时候才到人家那样呀？”大顺义说，“听说解板有机器哩！俺当家拉一天大锯，黑间就喊腰疼！”

“到那时候，才好哩，听说村里都有电影看！”双眉说，“我就是没见过电影！”

“咱这辈子，不知道赶得上不？”双眉的娘说。

“为什么赶不上？”双眉说，“那很快哩！我再考考你们：你们说毛主席号召的组织起来怎么讲？”

“组织起来，就是成组呗！”双眉的娘说，“组织起来，就是叫我们慢慢入大伙。”她高声笑了。

“对么！”双眉说，“娘说对了，学习毛主席的话，你不能光看字眼，你得往大处想，往远处看，那才是毛主席的意思。他一步一步领着我们往前走，我们的步得迈大点！我们加油！”

几个妇女快活地努力工作着，受着感动。她们渐渐忘记是在谁家的地里工作，她们觉得是为那毛主席指示的，大伙的幸福生活工作着。

不到晌午，她们就把这一块棉花打完了。双眉说：

“我们去帮小黄梨翻山药蔓吧！”

“她不帮人，帮她干什么？”大顺义说。

“她一个人翻不完那么一块山药蔓，我们去帮她。”

九

双眉的互助组没有垮台，晚上，她们开了一个检讨会。过了几天，组里又添了两家抗属，工作更热闹了。双眉工作得很起劲。她每天看报，学习各地方互助组的经验，又给大家讲。

老邴把双眉互助组当作一个经验，叫王同志给县里写个汇报。王同志说：

“介绍个好的组吧，她们这个组没有什么介绍头！”

“什么组算好组？”老邴问。

“你不了解情况，”王同志说，“昨天晚上，村里贴了一张黑帖。”

“什么黑帖？”

“黑帖上画着一个女的，打扮得很好看，站在梢门口。远处有一个青年小伙八路军，从队伍里跑回来。人们都说跑回来的就是兴儿，站在门口的是双眉，因为门口上面还挂着一个笊篱。”

“这都是无聊，叫他贴吧！我们不要光注意这个，他挡不住我们革命！”

“可是，”王同志说，“还有谣言哩，说双眉和你有问题哩！”

“有他娘的问题！”老邴骂着。他想了想又说：“我们不管这些，晚上开会，还是介绍双眉他们的经验。同志，你记着，我们是来给穷人办事，那些人自然要反对破坏我们哩！”

这天晚上，张岗全村开生产大会，还请了邻村的剧团来演戏。

区长在大会上介绍了双眉的互助组。他要说的是互助结组，要出于自愿，要有骨干领导，要有教育批评；要计工清工；要发挥力量，提高农业技术，几个问题。可是第一个问题还没说完，他就对村里一些坏蛋贴黑帖子、造谣破坏，发起脾气来。还是李三上去才把那几个问题讲完。

双眉站在台下。区长介绍她们这个组，她仰头听着，不断压下嘴角的笑纹。听到贴黑帖子的事，她紧紧皱着眉毛，低下头去。

晚上闷热。台上演着一出冬天的戏，一个演员穿得很厚，戴着大皮帽子，唱得又卖力气，唱着唱着满脸流汗，退到后台去了。剧团团长跑到前台来，俯着身子向观众喊：

“老乡们，我们的演员穿得太厚了，太热了，他到后台凉快凉快，请大家唱个歌好不好？”他就鼓起掌来，台下也鼓掌。

双眉走了出来。今天晚上有月亮，她顺着村外那条小道回家去。当她走到那个大水坑的时候，她听见有个人叫她。

转回头一看，是兴儿。

兴儿紧跟上几步说：

“双眉，我明天就回部队上去！”

“你有这个志气？”双眉站住脚。

“我下了决心。”

“你知道人家给我们造的什么谣？”双眉望着兴儿的脸。

“我知道。”兴儿说。

“那你就走吧！”

“我问问你，”兴儿说，“我们还好不好？”

“你还往家里跑不？”双眉问。

“我不了。到了部队上，我要好好学习，工作。”

“那我们还是好。你走吧。”

兴儿笑了笑就跑了，跑了两步又站住说：

“他们演的这是什么戏呀，不嫌丢人！我走了，你还是把咱们的剧团成立起来吧。我知道你就看不上他们这个戏。”

十

自从那天夜里下了一场雨，天就又旱起来。天暴晴，夜里连滴露水也没有。高粱叶子，下边几个已经黄了，上边几个一见太阳，就耷拉下来。谷，有的秀出半截穗子就卡住了，像难产的孩子，只从母亲身上舒出一只手来。

人们的眼，盼雨盼得发蓝。李三每天半夜里，就叫起他那一组的人来，背上水斗子到井上去。

井在小亮家地里，是眼老土井。天不下雨，井里的水也不愿意长，浇不到吃早饭，水就浅了，只好停下来，等着。就像那眼前的庄稼，等着，盼着，能有些雨水，浇在它们头上，流到它们脚下。庄稼不会说话，它们盼水盼得是多么焦急！

他们每天起来，就先看天，天上还是一丝云彩也没有。有时，他们浇着园，一抬头看见天角上长起一块黑云彩，他们就盼望着那块云彩快快飞到头上来。他们等待那一声雷响，等待那雨淋到他们的头上。

只有他们的汗流不完，那块黑云慢慢地消散了。浇园的人从辘轳上拉下那汗湿的手巾，擦擦涨红的脸，无力地坐在井台上。

十一

王同志还是每天晚上召集人们开会。人们浇了一天园，又累又没心花。在一个大场院里，王同志守着一盏大油灯讲着，人们却四散在墙角睡着了。王同志讲起话来，至少是三点钟。等到她讲完了，走了，人们才相互叫醒，看看天上的三星，说：

“不早了，又该到地里去了！”

王同志回到家里和老邴发牢骚，有时还和香菊发脾气，说张岗的群众落后，疲沓。老邴说：

“我看眼前还是少开些会吧，人家都忙着浇地。”

“那我们就完不成任务。”王同志说。

“什么任务？”老邴问。

“我们组织起来的还不到百分之五十。”王同志说，“就是已经组织起来的这些组，不好好教育，我看也不巩固。”

“这几天，我们要多给他们想点浇地的办法。”老邴说。

老邴看出来，这些天，就是香菊也常常愁眉不展。她吃得很少，可还是照样给王同志和区长蒸些好干粮，炒点熟菜，她和小二菊却一口也不肯吃。这天吃饭的时候，老邴说：

“香菊，天旱了，年景不保，我们都省细着点，把这棒子干粮和熟菜免了吧！”

香菊笑笑说：“不在乎你们吃，你两个可能吃多少？就是这个坏老天爷和我们穷人作对，它就是不下雨，我这两天浇着也没劲了！”

老邴没有说话。吃完饭他找李三去了。王同志刚要回到屋里歇晌，大顺义赶来说："王同志，我和你讨论个事，人们想着求求雨，叫我问问你许可不？"

"求雨？"王同志说，"经过八九年的教育，你们这里还这么落后？我们那里连庙都早拆了！"

"我们这里也拆了！"大顺义说，"可是，老不下雨，人们实在急了！"

"急了也不能求！"王同志坚决地说，"我在这村里工作，你们求雨，嚷出去，那不是笑话吗？"

"附近的村子有求的哩！"

"他们求，求他们的，我们不求。"

"那我就去告诉他们一声。"大顺义又慌慌张张地出去了。

香菊也同小二菊浇地去了。王同志躺在炕上，刚一合眼，她听见街上"哇——哇""哇——哇"地叫着，像一群小青蛤蟆在街上路过。随着，她听见有一个人吆喝："小兔崽子们，你们还叫！王同志就住在香菊家里！"

哇哇的声音就一个个低下来，过去了。

王同志从炕上跳下来，走到街上。一群小孩子，头上围着柳枝圈，手里举着一根芦苇，拥挤着走过去了，前边的几个已经又哇哇哇哇地叫唤起来。

一群壮年、老年的妇女跟在后面，小黄梨走在她们前边，托着香盘。

一看见王同志出来，跟在后边的几个妇女，就从大道上闪开，退到墙根去。小黄梨也站住了。

王同志问："你们这是干什么？"

"我们求求雨，天这么旱！"小黄梨说。后边几个上年纪的老大娘说："同志，不让求，我们就回去吧！"

王同志问："谁组织的？谁的头儿？"

小黄梨说："王同志，谁也没组织，这是群众的意见。"

"群众的意见？群众的意见也得先通过我！"王同志说。

"你看看哪，这里边尽是抗属！"忽然有一个男子的声音，王同志转脸一看，是地主郭老太的侄子郭环，穿着一件白背心，叉着腰站在高坡上。他向那些退到墙根的老大娘们说："你们这些人！求雨有什么罪过，也值得害怕？要是不下雨，丢了年景，还不是老百姓饿肚子！"说完，就愤愤地转身走了。

"你们不要受坏蛋分子的挑拨！"王同志喊，把小黄梨手里的香盘夺过来，扔在地下，"赶快散了回家去！我看谁敢求雨，我把他送到区里！"

"你就送我们到区里去吧！"一个白了头发的老大娘，从墙根那里颤动着腿走过来，"我的儿子在前方十年了，你把他娘送到区里去，你送送吧！"

"你抗属有什么脸！"王同志也急了。

"你说抗属没脸？这是你说的！"老大娘们全围上来，指着王同志，"我们没你的脸大！你白吃了八路军的公粮了！"

王同志觉到自己说错了话，脸涨得通红。她转身往香菊家里走，那些大娘们在她身后指点着，数说着：

"你看你穿得干干净净的，你说的话正确吗？"

"不管她！"小黄梨拾起香盘，"我们还是求雨！看她能把我们怎么了！"

"求雨！求雨！"老大娘们拥着小黄梨往前走。那群小孩子们站在远处看热闹，看见奶奶们胜利了，就又排成队转过身去，哇哇地学起蛤蟆叫，往大水坑那里去了。

郭环牵着大黑驴从梢门里出来，紧紧跟在后面，对老大娘们说：

"求，求定了，三天下了透雨，我们唱大戏！区里县里，一天一斤四两米，敢情他们不着急！”

“你这是干什么去呀？”一个老大娘问他。

“我去套水车。”郭环拉着牲口，噔噔从她们身旁过去了。

十二

大顺义气昂昂回到家里，看见李三正在外间屋里锛一块木头，就问：

“你也不睡会儿觉？这又是做什么？”

李三抬起头来，脸上的汗在一条条深深的皱纹里横流，用手抹一把，笑着说：

“我们组里只有一把小辘轳，一个人浇，一个人就得闲着。我们几个人又都闲不住，家里有这么点材料，我做一个对浇的花辘轳！”

“你给我放着！”大顺义跑过去就把那块槐木拉过来，“我还留着打纺车哩，你又做辘轳！”

李三说：

“你看你这人，天干火燎，是做纺车要紧，还是做辘轳要紧？”

“那你们还不叫求雨哩！”大顺义把木头丢在地下，一屁股坐在上面，“我看这个王同志主观劲就不小！”

“谁叫你们去求雨呀？”

“不叫求雨，你们就别叫地里旱。你们领导，你们可就领导得下雨呀！叫我说，光凭王同志这个领导，老天爷就不会下雨！老天爷看见她在这村里领导，有块下雨的云彩，也得隔着张岗村刮过去！”大顺义说。

“得自己想办法，不能干等着下雨！”李三过来拉那块木头。

“你就是不能做！”大顺义用劲坐了坐，推了李三一把，“你想往他们身上添多少东西呀？就是你这么着急，东西叫你一个人出，活儿叫你一个做，敢情他们便宜！”

“你添的什么东西呀？”李三问。

“什么东西？我气糊涂了，记不清了，你叫我想想。对！添了一把锄杠，是不？”

“锄杠安在你自己的锄上呀！”

“早晚不得入到伙里？”大顺义仰着头问，“那天修理辘轳架，叫你出工还不算，还使了咱五个大蘑菇头钉子，他们给过钱吗？修理水斗子，也是用的咱的材料，还有麻绳！”

“修理好了，你就不使？你家那地就不浇？”

“可是，”大顺义冷冷地说，“总是先浇别人家的，我们是做活儿抢在前头，沾光躲在后头！”

“我是干部呀！”李三喊起来。

“你模范！”大顺义也喊叫，“模范能当饭吃？我看今年冬天就够你过！”

“什么年月我也过来了。”李三坐在板凳上去抽烟。

“我不是不叫你做，”大顺义一下变得很和气，“我问你，天旱水浅，小辘轳还不够浇，你忙着做大辘轳干什么用？”

“那井该淘了，淘一淘，水不就旺了！”

“你该死了？我不叫你淘井！你一天价喊腰疼，激病了谁侍候你？”

“你侍候他呗！”后边有人说话。大顺义回头一看，区长来了，就笑着说：

“我呀，我不侍候他。男女平权了，我也侍候他好几十年了，该换换班了！区长，吃过饭了？”说着斜了李三一眼，就到里间歇晌去了。

李三笑着让区长坐在板凳上，走过去，拉过那块木头，闭上一只眼睛照了照，放在脚底，举起了锛，说：“区长，当个干部真不容易呀！里外夹攻，又得受群众的气，又得受家里的气！”

老郦笑了笑。

李三说：

“老百姓看得近，光愿意六月里摘瓜，不愿意二月里种子，什么事也不愿意下本钱。这几天，大伙浇着园，越来越劲小了，都说是白费力。我说换大辘轳，他们说没水；我说淘井，他们说胶泥底白淘；我说安管子，他们说安不起。我说托人到端村去买竹子，我自己学做，自己学安，可以省下很多钱。就是这样，组里人们还是不大乐意。”停了一会儿，他又笑着说，“一步一步来呗，着急不行！可是天这样旱，不着急行吗！”

“等着你做好辘轳，淘好井，安好管子，地里的庄稼也就旱光了！”大顺义还没睡着，在里间插一句。

“就为的这一年？哪年不旱，哪年不红着眼盼雨？就算今年不见功，还有来年哩！”李三说。

“等到来年？”大顺义说，“一年得不到实惠，来年看谁还和你成组！”

李三没有说话。他低下头，手扶着锛，站在木头上。他想：内当家这句话说得对，得不到实惠，这互助组，就很难巩固。

“你不要灰心呀，老李！”老郦说。

“我不灰心。”李三抬头，又举起锛来，“我是怕别人灰心。”

“就按照你的计划一步一步做，我帮助你。”老郦说，“要紧的是我们不能泄气，越困难，我们越要猛干。什么时候淘井，你告诉我一声。”

十三

起了晌，李三和他那一组去淘井。双眉听说了，也把她那一组调过来帮着浇水浇泥。她对李三说：

“三哥，我们帮你们淘，你也得给我们淘淘。你做好了大辘轳，把小辘轳给我们。”

男女八个人到了井上，李三头一个下井。他说：

“这井我知道，年久了，我下去看看。要有危险，你们就不用下去。”

大顺义仰头望着他说：

“你上点岁数了，又好腰疼，就叫他们年轻的下去吧。”

“怕什么？”李三笑一笑，坐在斗子上把着绳下去了。

双眉和大顺义浇泥浇得满脸流汗，大顺义恨不得一下把井里的泥淘完。她对双眉说：

“好侄女，我们卖点力气，快着浇，你叔好腰疼呢！”

“他不是刚和你吵过架，你还这么心疼他？”双眉笑着说。

“打了骂了，也是心疼他呀！”大顺义笑着，她不断地探着身子向着井里问：

“有闪失没有？”

“没有，快浇！”李三在井里喊。

人们在井台上说着笑着，换班浇着。不到天黑，把井淘完，水长得很好。李三提议：就着把小亮的地也浇了。大家全高兴叫着“三哥”。

大顺义先回到家里，给李三煮了热汤面，叫他吃了早些睡觉。她躺在他的身边，用一把破蒲扇给他扇着蚊子。她说：

“你累了吧！”

李三闭着眼没说话，她又说：

“这样一淘，我看水长得很好。明天，你们再换上花辘轳对浇，我看咱那块小晚谷准长好了！”

“还要下上管子。”李三似睡不睡地说。

“还叫我们帮着下吧，我们也不少做活儿哩！”

“得叫你们，下管子很费力气！”

“我刚才听见说，别的组看见我们淘了井，出水出得好，他们也张罗着要淘哩！他们说也要安管子，也求你帮着做哩，你有那么些工夫吗？”

“怎么没有！少歇会儿就有了。全村的生产弄好了，叫人们闯过这个灾年，比什么也好。”李三笑一笑说。

“过了这阵子，”大顺义说，“你得给我打个纺车！”

“给你打，谁说不给你打呀！”

“过了大秋，你还得给我们组里打张机子。双眉她们都说叫我抽空求求你哩！”她笑着把头扎在李三的胳肢窝里。

李三在睡梦里喃喃地说：

“快睡觉吧，明天还要早起。”

“你睡吧，我不麻烦你了！”大顺义拉过被单盖在李三的身上，自己也睡着了。

她睡着，大声打着呼噜。她做了一个梦，梦见李三从井里淘出很多东西，里面有李三使用的洋锯洋刨，有她使用的洋机子和洋纺车。她坐在井台上试一试，那纺车转得是那样快，出的线是那样匀那样细，双眉她们围着她跳着笑着，夸奖着。纺车转着，变成了大水车，水像瀑泉一样涌出来，流到她家那块小晚谷地里去；小晚谷一喝水，立时抬起头来，在风里摇摆着，小晚谷变成一群小孩子，穿着花红柳绿的衣裳，打着花棍扭秧歌。孩子们也围着她跳，也围着李三跳；她抱起一个男的，李三抱起一个女的。她凑近李三说：我们都是四十开外的人了，还没有一个孩子，我们就要了这两个小孩吧！她睡着，把一只胖胖的胳膊放在李三的胸膛上。

下篇　复查以后

一

土地改革的复查工作传达到张岗。经过诉苦，农民们行动起来，是阴历七月十五。高粱全晒红米了，漫地一片红。敲打着锣鼓，农民的队伍从村里出来，绕过大水坑，先到郭老太的四十亩水车园子来。

这一套红漆牛皮大鼓，一直在家庙的西厢房里叫尘土漫封，农民不能随便动用。抗战以来十多年，还保留了这个习惯，村剧团只能敲那套小的。这一天，大会开过，一个农民提议：把家庙的门开开，把鼓拿出来，我们敲敲。十几个人跑去了，怀锣抱鼓，把全套家伙拖出来，在太阳地晒晒，大鼓的声音是震天地焦响！

人们喊："欢迎双眉来指挥！"

双眉从斗争大会上下来，通红的脸上流着汗，手里提着一根粗粗的青秫秸。她跑过来，就用青秫秸指挥。她说："一，二，将军令！"

大鼓敲起来，这是胜利鼓！

大鼓走在前面，双眉的花褂子，汗湿透了。两旁的艳红的高粱穗，一低一扬，拂着人们的脸。大鼓的声音，震得那珊瑚珠一样的高粱粒实簌簌下落，落到地下，落到人们的头上、脖子上。

男人们把褂子脱下来，卷一卷，斜背在肩上。

复查从山地里一开始，消息很快就传来。那时天还很旱，地主们把水车留下来，叫庄稼旱着。七月半，下了透雨，草也不除。现在，郭老太这块四十亩水浇支谷，野草齐到谷子的脖里。可是，谷子还是很好，沉甸甸地弯下来，在太阳里闪着金光。

一个农民在地头上插上一块牌子，上面写：贫农组没收谷地四十亩。他喊了一句："这地是我们的了！"人们一齐喊！大鼓更响了，好像是土地自己发出来的声音。

队伍奔东去，在每块应没收的土地上插上牌子。天晚了，太阳在一大块红云里滚动着。

大平原的田野，叫庄稼涨满，只有在大平原上才能见到的圆大鲜红的太阳，照着红的高粱、黄的谷、正在开放的棉花。一切都要成熟。红光从大地平铺过来，一直到远远的东方去。

双眉倒转着身子，指挥着大鼓，从村东的大道回村。在村口，大鼓的声音更激烈，农民们奔着地主的家门跑去，地主们仓皇从家里走出来。农民告诉他们：你们什么也不许动！

农民们激动、紧张地度过七八两个月。李三当选了全村贫农总代表，双眉成了张岗妇女的领导人。从地主富农斗争出五顷地，全要收割，村里成立了秋收大队，双眉是妇女大队长。

二

每天，双眉摸黑集合妇女们下地，天很晚才收工。人们回到家里胡乱吃点东西，双眉又在月亮下尖声吹着哨子，集合人们开会了。

"选了这么一个大队长，连叫孩子吃口奶的工夫都没有了！"一个妇女扔下孩子，系着怀里的纽扣走出来，"她一个姑娘家，敢情干净利落，也不替别人想想！"

前边一个妇女答了腔：

“连撒尿的空都没有。到家里，脑袋放不到炕沿上，就睡着了。有两个月没和俺当家的说句话了。”

地主们开始破坏庄稼。他们销毁那还没有灌好粒实的高粱和谷子，偷窃成熟的，他们掘出还没长好的山药，拔走花生，踏倒棉花。

武委会的人们，夜晚背上枪，到地里看青。

双眉有一支小橛枪。这天晚上，她到没收的郭老太的地里去。她远远就放轻脚步，拨开两旁的庄稼，不叫它哗啦哗啦响。她看见有一个黑影，从谷地里站起，手里有一弯放光的东西，在空中一闪。她听到削倒谷子的声音。她跑了过去，喊：

“谁呀？”

那黑影立时蹲了下去。当双眉跑到地头的时候，那黑影站了起来，是郭老太那老头子。老头子四处张望一下，说：

“双眉吗？就你一个人？”

“就我一个又怎么样？”双眉说。

“我说就你一个，我就不害怕。”老头子阴森森地笑了。

“你为什么削我们的谷子？”双眉说。

“削你们的谷子？你们的谷子？”老头子狠狠地说，“这是我的谷子！我全把它削了！”

“我看你削削试试，你再削一棵！我把你送到代表会去！”

“不要吓唬我，双眉，不管怎样，我们还是一姓一家，我还是你的一个爷爷！”

“你是谁的爷爷？”双眉尖声问，“你是地主，我是贫农，我们不是一家子，你不要和我拉近乎。”

老头子无力地坐在地下，他说：

“就算我们不是一家子，我也不敢高攀，我求求你们，叫我收了这一季谷子，不行吗？”

“你凭什么收割？这地是你剥削来的！”双眉说，“我长了十八岁，没见你捅过镰把锄柄，今儿个是头一摸！只在破坏我们的庄稼的时候，你才抓起镰来！”

“你们不要赶尽杀绝！”老头子忽地站起来，镰刀在他手里抖颤，像受伤的鱼鳞，“我和你们拼了！”他转过身去，向谷子乱砍一阵！

“停下来！”双眉把背在后面的枪冲着老头子一扬，“你再砍，我放枪了！”

随着就往上一举，砰！

听见枪声，一大群农民跑了来，把老头子带到武委会去。

回来的路上，双眉和李三走在一块。月亮升上来，田里流着一股热气，通身燥热。

双眉说：

“这一天过得真热闹，这么晚了，还有一出戏。”

李三说：

“我们没有到战场上打过仗，今天算看见阵势了！你看人们从村里敲着鼓出来，那股劲！就有一座山挡在前面，也冲倒了！”

“要成年过这样的日子才快活！三哥，我今儿个心里像着了火一样。”

“到了这个时候，谁也沉不住气了！”李三也笑着说。

“三哥，我和你要求一件事！”双眉低声说。

“什么事？你说吧！”

“我要求入党，我要好好干一场，你介绍我吧！”双眉扬着手，好像要到天上摘下什么东西来。

她唱着歌：

　　七月里来呀高粱红，

高粱红又红；
姐妹们呀
集合齐了，
开大会呀
来斗争！

姐妹们
诉苦呀
泪双流。
拾庄稼
不敢走
你家的地边头，
穷人们
携儿抱女
风吹日头晒
你家的
大小姐
不用下炕头！
七月里来棉花开了花，
你家穿罗又穿纱；
拾你一朵棉花，
挨死棍打。
那时候
你不认咱是当家……

三

好容易把庄稼弄到场上，就开始分果实。刚分了一部分红货和衣裳，县里就来了指示，停下来。老邴和王同志也回县去了。代表会把粮食、红货、衣裳，点清入库封存，成立了保管股，李三是负责人。

保管股设在大三班的宅院里，这是一所大庄院，紧靠村南。这里原先是并排三处宅子，都是五进卧板灌灰砖房。东边的两座日本鬼拆去修了炮楼，旁边的大场院、碾磨棚、长工屋，也倒塌了不少。

现在，只留下了这一座。前两进的正房和偏房，全盛满了果实。过厅里是账房和伙房。第三进是木料和农具。

在保管股睡觉的，有原先给地主管过账的侯先生，衣服布匹保管李双进，牲口车辆保管郭老改是扛了一辈子长工的老光棍，还有做饭的小黑，过去也侍候过地主家。

第一次分果实，双眉分了一个小红漆方凳，一件紫色丝绒旗袍。她对这两件果实非常满意。她说：东西不多，是个提念。她把小凳擦得透亮。这件旗袍，只要她知道谁家的姑娘要娶，就自动去说：

“我借给你件衣裳，是胜利果实呀，颜色好，穿上也吉兴。”

她又要成立剧团。按照本村复查斗争的真人实事，她编了一个剧本，把自己编进去，当主角。每天晚上找了过去剧团里那些人，在保管股的大客厅里练习。

过厅里可以容二三百人开会，李三说，到了冬天，就在这里开识字班。现在每天晚上，双眉拿一个大黑碗，叫小黑从大油缸里舀上半碗花生油，点着，和人们排戏。村里的人，吃了晚饭，也都凑到这里来。

小黑点上灯，顺便就对人们说：

“双眉就是行，能文能武。斗争地主，是好样的；你说文化娱乐吧，又能编能唱！”

双进也跟着说：

“就是男人，有多少比得上？你看戏词，你听唱腔，从小又没坐过科，真是天分！”

唱到夜深，碗里的油干了，灯花干爆，人们还不愿意散。有的说：

“小黑！去添油，大伙里的东西，斗争出来的，咱们不点小灯！”

李三从院里慢慢走进来，说：

“乡亲们，天不早了，散了吧！”

“可不是天不早了，该回去睡觉了，明天还有明天的工作哩！”人们说着走散了。

李三过去坐在方桌旁边，在油灯上抽着烟，看见双眉卷起剧本要走，就说：

“双眉，坐一会儿，我们谈谈！”

双眉远远站着，满脸不高兴，哑着嗓子说：

“我知道你对我有意见。”

“有意见。”李三笑一笑。

双眉走过来，把灯拨了拨，去添上点油，说：

“我就不明白，演演戏，唱唱歌，算什么毛病！”

李三说：

“我是说不该在这个时候，整宿隔夜地在这个地方演戏。眉，你知道这是个什么地方。屋子里，我们放着三百个包袱，足有三千件衣裳，这是全村农民斗争出来的东西。你知道，斗争并不容易。你听过人们诉苦，这些包袱里，不是地主们的衣裳，里面有我们的汗，也有我们的血。老一辈的苦处在里头，下一辈的好光景也在里头。你说地主富农甘心吗？每天夜里，我总捏着一把汗，在这宅子周围，不知道要转多少趟。这责任过重，人家扔进一根洋火来，就毁了我们。万一出了事，我们对不起全村的农民，更对不起上级。”

双眉望着灯花，她说：

“三哥，你看着我不行，那就算了。我觉得在斗争地主的时候，我还不赖！”

“你敢说敢做，这一点比我强十分。”李三说，“这是你的大长处。可是在后一个阶段，你又犯了过去的毛病！”

“什么毛病？斗争地富是毛病？走在前头，站在前面是毛病？”双眉盯着李三。

“就是妇女们对你有点意见。”

“群众对我这人总有意见！这我早想通了，那不怨我，那怨他们落后！”

“眉，我们说个笑话。就说那些日子你手里捉的青秫秸吧，捉着那个有什么用？”

“有什么用？你说有什么用？在斗争大会上，我拿它训教那些地主富农，在地里训教那些落后顽固队！”

“可是，我看见你带领妇女大队，手里也是捉着那个家伙。”

“我没有打过农民！”

“我见过你把青秫秸指到小黄梨的鼻子上。”李三说，“一举一动都要分个里外码才行！”

“那是我一时性急。”双眉低头笑了。

李三说：

“经过斗争，群众的认识提高了，多数的，并不比我们落后。我们再欺压他们，他们会找机会训教我们。”

“就是为这个，我和你提的事，不能解决吧？”双眉问。

“不全是为这个。这些日子事情多，支部还没讨论。”李三严肃地回答。

“说句实话，三哥，我觉得我在工作上，比起你们里面一些人，并不弱！”双眉扬扬眉毛。

“不能那么比。”李三说，“里面有些人，工作能力小，可也是在里面受了八九年的教育，经了考验。我们要常想到别人的长处。你就是净看着别人不如自己。”

“就凭这次复查，我自己觉着就够入党条件。”双眉说。

“不能抱着功劳来入党。党会注意到你这些功劳。最近我们要讨论一下你的问题。刚才我们谈的不要在这里演戏的事，怎么办？”

“不演就不演吧，我听三哥的。”双眉站起来，“可是我有时间自己练习练习，你可不要管我。”

“别引逗很多人来就行了。”李三说，“还有，把你们的互助组拾掇起来。”

“什么互助组？”双眉说。

“我们的互助组。我们不是挑过战，要坚持全年吗？”李三说。

“哎呀！”双眉笑着，“我们不是有了秋收大队，还要那个小互助组干什么使？”

“秋收大队是临时的。”李三说。

“拖拖拉拉干什么呀，赶紧入了大伙算了！”双眉说，“秋收大队多醒脾，一声哨子吹，人们就到齐，又好领导，又没意见。想起那个小互助组，就叫人头疼，满共不到四五个人，鸡一嘴，鸭一嘴，事情还是满多！”

李三说：

“秋收大队，为的是不叫庄稼烂在地里，秋耕种上麦子，那些日子，我们正在斗争，力量组织得越整齐越大越好。以后，地要分，粮食也要分，明年春天，还得是互助组。”

双眉不耐烦地说：

“不分就不行？我就不明白，为什么走一步又退一步！已经走出村去了，又退回炕头上去，有这样的理？以后反正是要集体吧，现在已经集起来了，东西在一块，人也在一块，大锣大鼓也敲过了，又要哼哼吱吱吹细乐了！油干了，三哥，我们明天再谈！”

四

她刚下台阶，就和一个提着雪亮的马灯的人撞了个满怀。

“谁呀？这么冒失鬼，撞洒油了！”提马灯的是牲口车辆保管郭老改。

“你这是干什么，慌里慌张？”双眉笑着说。

“双眉呀！我当是谁哩？咱们有了大喜事。”老改笑得合不上嘴，“咱那小牸牛要添小牲口了，咳！就是身子弱，不准好添。小黑！”他冲着过厅高声喊叫：“快起来！”

“我去帮着你！”双眉双脚跳着，“我们又多一个小牛了，我就待见小牲口。走！别叫他了！”

她拉着老改跑了出去，屋里的人们也听见了，跟着起来，明灯火仗跑到牲口棚里去。

直闹到天快亮，小牛才添下来。

第二天，支委会上，李三提出双眉入党的问题。七个支委有三个不同意，一个不表示意见。不同意的说：

“咱村的党也成立九年了，她很早就参加了工作，人们也想把她吸收，就为她这个作风，实在没个方寸。群众对她有意见。”

李三说：

“打春天受了批评，参加了互助组，也总算好多了。一个女孩子，咱们说的：从小呼吸着新民主主义空气长大的，也不能叫她像我们这些上点岁数的人一样。群众对她有意见，有时也是群众们的老理。我们看一个人，要从他的立场上看，工作上看。按工作说，成立了互助组，双眉的工作不错。在立场上说，这次复查，她不顾情面，斗争积极，带动大伙。那些日子，我们都觉着少不得这样一个人，就好比出兵打仗，这是一员闯将。我觉着可以讨论她的问题。”

副支书说：

“不好办。这个人好反油。春天批评了一下，好些了；这些日子，一当秋收大队长，又闹起来了。”

李三说：

“一个人总有一好，好唱歌唱戏也不是什么毛病。脱离群众的缺点，我给她指出来了，好好帮助，她可以改好。”

“有些地方实在不成话！一个十八九岁没出门的大闺女，黑更半夜，跑到牲口棚里，帮助老改去接小牛！这个作风，我怎么着也看不惯！”另一个支委气愤愤地说。

别的支委全笑了，李三说：

“这不是原则问题。”

最后算拧拧支支地通过了：交小组讨论双眉的组织问题。

五

支委会散会出来，李三来到街上，看见大庙跟前围了一大群人，小黄梨在里面指手画脚大声喊着。

和她对吵的是牲口车辆保管老改。泥洼里翻倒一辆大车，一条牛卧倒在乱泥里。走近一看，是昨天晚上刚下了小牛的那条㹀牛。

老改气得浑身乱动，追着小黄梨：

“走！走！咱们到区上去说。”

小黄梨一边躲闪，一边喊：

“你这个穷光棍，你拉扯我干什么！有话，你站远点儿说！”

老改喊叫：

“乡亲们！这不是乡亲们都在这里！你们看看这辆车，这是五班那辆头号大车，空车也要四套才拉得动，她把这小牛套上！这牛，这两个月，人们光使不喂，弱得不行，到了月，小牛都养不下来。我们忙了一宿，才保住了大牛小牛的命。你单把它套出来！你成心吃牛肉是不？”老改狠狠地指着小黄梨，“你添了孩子，也得在炕上坐个十天半月；牛，不会说话，它，就不是性命？”

“你放屁！你满嘴喷粪，你这个穷光棍！你一辈子娶不上媳妇，把牛当成至亲！”小黄梨拍手骂着。

“我是穷！”老改说，“眼下穷人并不下三烂，你是地主！”

“你是地主！”小黄梨喊，“你不要出口伤人！”

“还有这车！”老改指着掉下来的一个车脚说。“人们光使不拾掇，有两月没抹过油，干磨，风吹雨洒，现在网也裂了，瓦也脱钉，我看你们使个蛋！”

“你不叫人们使，你放着它下小的呀！”小黄梨在做防御性的进攻。

人们说：

“别吵了，这不是三哥来了！”

李三赶紧和人们把车辕抬起来，把牛卸下，叫人们把车脚安上，赶到院里去。他说：

“再吵一会儿，就把牛压死了！乡亲们，这牛和车不是咱们的东西吗？”

老改拉了半天，才把犋牛拉起来，牛站了好儿站才立定。老改二话不讲，怒气冲冲牵着牛走了。

他把牛拉到了保管股的牲口棚里，长长的槽口全空着，牲口都借出去了。只有那小牛躺在街角晒日头，不知谁给它脖里缠着一条长有四尺的红绫，有一头在地上曲卷着。

老改正在奇怪，他看见双眉在槽那头走过来，手里端着一个漂亮的小铜锅，没有看见老改。

“来！喝了这点米粥！谁知道老改把你娘弄到哪去了哇？”她对小牛说着，抱着小牛的脖子，叫它喝粥。

老改站着不动。双眉又说：

“你还不喝？你这饭碗不错吧？这是二举人熬燕窝的家伙哩，咱没见过燕窝，咱拿它来叫你喝粥！”

老改偷偷笑着。老牛看见了小牛，叫着跑过去，老改牵不住，才暴露了目标。

双眉看见了老改。老改擦洗老牛身上沾着的污泥，指着小牛说：

“谁给它脖子里缠上那个？”

“我呀！”双眉笑着说，“不好看？”

“哪里找的绸子？”

“保管股要的。”

“好看是好看，就是可惜了儿的。”老改说。

“别那么小家子摆式了，”双眉说，“牛是我们的胜利果实，小牛添在保管股，又是一件大喜事哩！”

六

晚上，人们又来看排戏。一进保管股，看见过厅里黑洞洞，没有双眉，人们就回去了。大顺义和小黄梨也来了，出了保管股的大门，大顺义说：

“戏是看不成了，咱们去看老改吧！听说他那老牛添了一个小牛，老改像侍候坐月子的，把大人孩子全打扮得像新媳妇一样！”

小黄梨说：

“你去吧，我不去，白天我才和他吵了架，那么没昂气？”

“唉，”大顺义拉着她，“咱们多会儿不和他争争吵吵，记恨这些还有完吗？听说老改这些日子，分了点东西，手里很富裕，想寻个人儿，咱们去探探他的口气。这个年头，人们手里全有些尺头，说成了，比纺一集线子不赖！”

小黄梨就跟她去了。

一到老改住的小南屋，只点着一根熏蚊子的蒿绳，没有老改。大顺义给他把灯点着，两个人在屋里坐了一会儿，又端着灯出来，看见那老牛闭着眼卧着，小牛趴在怀里睡着了。小黄梨拉拉那小牛脖里的红绫子说：

“真糟年景！你看拿回去，过年给小孩子们做个帽子，多好看。”

正说着，老改提着一个马灯嗵嗵地回来了，后面还跟着一个人，不认识。老改问：

“谁们？”一看见是小黄梨，他喊：“啊！你干什么？你又来刨治它们！你想偷我的红绫子！”

大顺义站起来说：

“你这个兔子！狗咬吕洞宾，不识好歹人！我们给你解决困难来了！”

老改说：

“我有什么困难，叫你来解决？”

“我们来给你说媳妇来了，官还不打送礼的，你倒撵起媒人来了！”

“顾不上！牛病得快死了，”老改愤愤地说，“你死了到阎王爷那里去告一状，叫她来个眼前报！快走！快走！”他推着小黄梨，“再不走，我就叫武委会了！”

小黄梨和大顺义赶紧跑出去。

老牛回来就不吃草。老改到大官亭去请来一位兽医，这位兽医在这一带是很行通的。老改给三班扛活的时候，常套了轿车或是备了走马去请的。这天，老改去了，正赶得兽医有事，又见老改走着去请，就说没空不能来。老改说：

“我喂不起牲口，当真是我的牲口，死了就死了！这是贫农组的牲口，又有一个小牛，无论如何请你走一趟！”

兽医一听是贫农组的牲口，就说：

“那没说的！我有多么要紧的事，也得放下先去瞧牲口！”

老改又说：

“论说我们张岗贫农组的牲口可不少，车辆也多，全借给农民去秋耕地了，只好屈你走一趟！”

兽医说：

“天下农民是一家，现在不能像过去。过去是给地主财东做事，现在是给咱们穷哥们服务，再不能拿架子摆谱！”

来到槽上，兽医翻开牸牛的眼皮看了看，又摸了肚子，掏出舌头看了，问了问情由，就摇了摇头。老改心里凉下来，就问：

“先生，你看还有治没治？”

兽医说：

“开个方试试吧，不准见效。”

老改领他到了账房，开了药方，也顾不得送先生，就到药铺去抓药。这里管账的侯先生原和兽医认识，叫小黑烧火沏茶。又问：

“大官亭那边的牲口怎样？”

“情形差不多！”兽医说，“因为牲口还没分，没确定所有权，人们只知道瞎使，不结记喂饮。其实牲口这玩意儿娇气着哩！它的生理和人一样，哪里照顾不到，也容易出毛病。再说医治牲口，比起人来还难。人会说话，饥思食，渴思饮，你不给他，他自己会说，会要会找。牲口不会说话，要全凭人去照顾，这就难了。可是人们不想这个！”喝了两口茶，又说，“这还得教育，人们的自私自利劲还是不小。——这茶叶不错，这几年敌人封锁，很不容易喝到好叶子，这也是果实吧？”

又说了几句闲话，兽医才告辞走了。

老改到药铺抓好药，回来叫小黑熬好，帮着灌下去。他又守了一夜。

七

第二天早晨，犋牛才慢慢倒嚼了。老改还是气不忿，找了李三去，叫他开个会，批评小黄梨。

李三召集代表们商量一下，都主张晚上开个会。各个代表回去，分头分街通知了小组长，小组长又通知了各个户，说晚上在保管股过厅里开会。

吃过晚饭，李三先到会场，找好几个油灯，添上油点着。跟着进来一个老大娘，手里拄着拐杖，吧嗒吧嗒响。

李三笑着说：

“这老娘娘倒积极！”

老大娘望着李三说：

“我这积极是真积极，你该给我登登黑板报。从六月底，咱们就白天一个会，晚上一个会，你说我哪次晚到过，早退过？我纺着线，一听见说开会，放下就来，不打误阵，风雨无阻，不怕黑道。我净说：家里多么忙，也不如大伙的事情要紧。开开会，听听章程，心里多么明白？我就不喜欢那样，开会不到，会开完，遇到要分东西了，才东打听西打听，光怕自己吃亏！意见又多，会上吞吞吐吐不说，四下里张扬！像这样的人，你也该批评批评！”

说得李三笑了，老大娘又说：

“你说我说的这是真理不是？正确不正确？”

李三说：

“是真理，正确。”

慢慢人到齐了，坐着的站着的。姑娘们在一块，特别她们那里嚷嚷得欢，又欢迎双眉唱歌。双眉望着李三那里挤眼，姑娘们说：

“三哥呀？他老好了一辈子，怕他干么？”

李三站在一张桌子前面，旁边坐着贫农组的秘书。秘书翻开花名册挨名叫着，人们报着“到”。不到的，小组长赶紧派人去叫了。

李三说：

“现在开会，各组的人往一块凑凑吧，回头还要讨论哩！谁先说说？”他回头望着代表们问。

“三哥念叨念叨吧！”代表们说。

“我就说说。”李三转过身来，“今天开会，是为咱们贫农组的牲口和车辆的事。这些东西，是咱们农民斗争出来的。这不是地主的东西，这是咱们祖祖辈辈给地主当牛马，拿血汗换来的。现在咱们从他们手里要回来自己使唤。以后是要确定所有权的，现在因为地还没分，先借给大家用着。可是有的人不知道爱惜它，都说：往后还不知道分到谁手里。牲口也不喂，狠死地使，咱们的牲口全弱了，车全坏了。这样下去，损失完了，还是咱农民吃亏，也叫地主们看咱的笑话，叫群众对我们不满意。我们都是辛辛苦苦的农民，我们都知道爱惜东西，就是有点落后。拿到手里，抱在炕上，才叫自己的东西。其实，现在什么不是我们的？代表会是我们的，区级、县级是我们的，前方打仗的战士是我们的，我们都要爱惜他们。你们说对不对？”

“对！”人们喊着。最后是谁喊了一句：“对极了！”

李三接着说：

“就拿小黄梨使牲口吧。不经过保管就牵牲口，单挑了那个牸牛，又不会使牲口，牛勾槽歪到牛脖子下面，差一点没把个牸牛送了命。车轴的辖掉了，也不看看，就套出车去，闹了个人仰马翻！也不只是她一个人，别的人也要检讨检讨。昨天晚上，我们内当家的犯了老病，不在家里纺线，跑去给老改说媒。我在家里批评了她，我想了想，也该在这大会上提出来！”

人们哄地笑了，乱拿眼找大顺义。大顺义冷不防李三给她来这么一手，早臊得缩到桌子底下去了。接着各个代表补充。然后就分开小组围着灯讨论，各个代表分头掌握。

大家的意见说完了，各个代表小组长在一块凑了凑，就由李三做结论说：

“各组讨论的办法是：按地亩自由结组，把牲口车辆先分配下去，这算是个草稿，以后确定所有权，变动也不大了，大家安心喂养牲口，使用车辆。各组选个组长，牲口喂坏了，车损坏了，由他负责；谁坏的，就不确定给他所有权。各代表还要就近检查，各头竞赛。”

八

把牲口车辆分配下去，村里事情少些了，李三有时就去照看照看他那互助组开办起来的木货厂，和他们刨树，拉锯解板，垒炭窑。他和伙计们说：

“今天我们烧炭准赚。煤过不来，附近大官亭、苌刘庄都住着伤兵医院，冬天炭总是要用的。”

大印说：

“听说要平分了，咱这厂子弄半天，还不准怎么着哩。”

“什么平分？”李三问。

“你还是头目人，消息还不如我灵通。区里发下报纸，上面说要平分，每人一份，一份三亩地儿！”

“那报哩？”

“又收回去了，我也没见。是秘书和我说的，他说不叫对外人讲。”

小亮蹬在架子上和全福拉着大锯，听见说就停下来，用手背擦着脸上的汗，问：

“什么也平分吗？”

大印说：

“平分嘛，可不就什么也分！上级准是知道几次分东西，人们都有意见，这回就爽利地来一个平分。”

小亮说：

“地亩好分，牲口车辆也好分，犁耙绳套，叉笆扫帚也好分，就连锅碗盆灶、桌椅板凳、箱匣橱柜也好分。你猜怎么样，就是一样物件不好分——衣裳。”

大印说：

“什么也好分。我觉着这回准做好了，谁也不会有意见，有反映。不管大人孩子，一人一份。衣裳也是一样，一人一件！”

小亮说：

“你说的那个不行，你知道有多少件衣裳？”

大印说：

“这都在账篇上哩，咱们一共是三百十二个包袱，单夹棉皮，一共是二千多件！”

小亮说：

“你说的是保管股的东西。我问你，既是平分，各人家里的东西算不算？”

大印说：

“你算人家家里的东西干什么？”

小亮说：

“不算家里的东西，那叫什么平分哩？那一辈子也分不平啊！比如拿咱两家来比：地亩不成问题，咱俩一样，牲口也一样。可是家具上，你比我多一个立柜，多两个箱。打着这都是摆在眼面前的东西，谁也瞒不了谁。衣裳布匹就难了，我不能到你家翻箱倒柜去一件一件数啊！就是数吧，件数一样，那好坏可就差得天上地下了！要不我说不好分哩！”

大印想了想说：

“可不是，这里面复杂着哩。要这么着，把一件件的东西都合成钱，一个人该分多少钱的东西就行了。”

小亮说：

“那也不好办，现摆着成物，怎么着分钱哩？我看准得归成那个理：把全村的东西都搬出来，掺和了，再一个人一个人地分。”

大印说：

“那你三辈子也分不清——这倒叫人作难。算了吧，反正上级得有办法，怎么指示怎么做！”

小亮说：

“可不。咱们穷光蛋不怕，反正分不出去，多多少少得分他们点进来。”

九

坐在地上的老木匠全福，一直没有说话。他那光着的铁板一样的脊梁上浮着一层大汗珠，就像滴滴的黑油。他侧着耳朵听了半天，不断望望李三。李三在那边用尺子排着一块木头，眉头皱得很紧。到了这时，全福才仰着头问小亮：

“亮兄弟，我们中农怎么办？”

小亮没来得及说话，大印说：

“这回是拉齐。省得一回一回分，又麻烦，又有意见。有人到山里卖布，人家那里已经开始分了。你家里有什么东西也得登记上，是个针头线脑也得算上！”

小亮说：

“中农不准有事。来，我们干吧！”

说着就扶正了锯，望着全福。全福低着头，随后抹了一把脸上的汗，站起来说：

“我不干了。还干着有什么劲？咱伙计四个，你三个都知道：我三辈子木匠，三辈子受苦，三辈子弄不上吃穿。我又拉了快一辈子大锯，我大伯下了十八年关东，死在关外，我承了他那一股，才扒上了个碗边，现在成了中农。分地主的，那理当，他们吃过喝过，糟过要过，欺压过人。我哩？我算是个富户吗？人家地主的月炕里的孩子都使绸缎尿布，我哩？一辈子了，你们谁见过我穿一件囫囵衣裳？”

李三立时回过身来，说：

“全哥，不能动中农，你放心。别说没有人要动你的东西，就是有那个说法，我头一个就反对！”说着他望着大印，“报上有这个指示吗，什么东西也平分？”

大印低着头说：

“报上准是光说分地，什么也平分，不过是我的个估计儿！”

李三说：

“闹不清楚，不要瞎说。上级绝不会叫那么乱分一气。分是分地主的东西，我们——连上全福哥，满共可有多少东西，也要拿出去分？我们别听闲杂，还是好好生产要紧。我觉着咱们这个小木货厂，望头很大。今年冬天，把地主的地分了。人们添了地，过日子有心花，谁也得添置点农具，这就是咱们的买卖。咱村一共是三千四百多口人，地是一人合三亩挂零。满打着把地主的牲口农具全分下去，还是差很多。四家合一个牲口，五家一辆车，这车和牲口要挡着七十亩地。三家合不到一张犁，五家合不到一把耙，二十家才有一架种式，八十家才有一架扇车。这是那些大家式，那些小家具，三五个人也不准合到一张镰，一张小板镐！再算一下，几家一张木铲？几家一柄铁耙？我们分到了地，就要种啊，就要耕耩锄榜，就要收割打场。那农具哩？我们买下的这些材料，就做这些东西。你们看着：明年一开春，到咱们这里来买农具的，要挤破了这梢门哩！”

十

每天晚上，李三就睡在保管股院里一张石条桌上。他从家里拿来一条破褥子，枕着一截小木头。

他先到武委会去转了转，分派了岗哨，才回来睡。天上有一块黑云，慢慢渡过天河去；他想江猪拱河了，正在种麦子，下场透雨也好。又起去，把院里怕淋的东西拾掇起来。

衣服保管双进睡在西屋门口，挂了一个花蚊帐。双进说：

“三哥，今晚上冷，我到屋里给你拿条被子吧。丝绵绸缎，有的是被子，放着也是放着！”

李三说：

“不用。”

正说着，外边嗵嗵敲门。双进起来去开，李三说：

“问清楚了，再开！”

进来的是老王老郝两个荣军，四条拐杖在地上响着，来势不善。李三赶紧坐起来：

“两个同志，一定有事？”

“有点事，事情也不大！”老郝把拐在两边一放，坐在条桌上，“咱们村里照顾荣军有点不够！”

“什么地方不够？”李三笑着问。

“你自己想想呀！”老王喊，“有人到肃宁去来，人家那里照顾得好！”

“我们在保管股要了些家具，怎么还给我们落账？干吗？还想拿回？”老郝接着。

“那都是没有分的东西，记记账也好。”李三说。

“要记就记！”老郝举起拐来在地上一拍，“我们再要一个骡子，一辆车！他妈的！老子都是折胳膊断腿的人，走动不便，要辆车坐坐！”

李三说：

“要是同志们生产，就借给你们一个骡子一辆车。同志，你们替我们效过力，流血受伤，又离家在外，我可是从心里想多照顾你们。从你们来了，住房吃饭，使用家具，都是尽量给你们想法。群众有时说闲话，我给他们解释。现在咱村里的事，你们不了解。地主富农到处破坏我们，恨不得把我打死，不敢明出明入，他们就进行挑拨，想叫穷人打穷人，我们乱了营，他们才快意。同志们在前方，经过多少年锻炼，比我们知道得多，这个情况，该比我看得明白。咱们是一家人，你们的血是给穷人流了的。比方说今天，你们打了我，谁快活哩？是穷人哩，还是那些地主富农？”

一番话说得两个荣军全低下了头。老郝说：

“主席，我们态度不好，你批评得对！可是，主席，你也不要怕那些地主富农捣乱，蒋介石的大兵都叫我们消灭，这小小的张岗镇上，几个地主还捣得了什么蛋！”

李三笑着说：

“希望同志们帮助村里的工作！”

老郝说：

“主席，前天我托你的事情办妥了没有？”

“什么事？”李三问。

“给我找个做饭的！”

“说媳妇的事呀？”李三笑着，“我已经叫妇女部给介绍了，这事不能着急，找好了对象，得先和人家谈谈。”

“这一个困难，无论如何你得给我解决！”老郝说，把那受伤的胳膊动了动，“咱们自己做不了饭，长期叫老百姓帮忙，也不落意呀！”

说着走了。双进送出去把门上好，回来说：

“顶属荣军难办，说话就想打人。那天来要蚊帐，三句话没交代完，就冲着我的脑袋双拐齐下！”

李三说：

“他们都是受了伤的，你看那伤有多重！是在战场上和敌人拼过命的，有时发发脾气，难怪他们。你记着，再催催香菊，给老郝对付个人！”

“老郝有三十老几了吧？不好办。”双进说。

“是个老红军，”李三说，“经过长征的。十七岁上参加了红军，一离家，一家大小，都叫蒋介石给杀了。打日本的时候，受了重伤才退伍。这样一个同志，我们要给他安个家，叫他在张岗街上住下来，村子也有光彩。”

刚刚倒下，外边又敲门，这回是轻轻的。进来的是东头一家烈属，老婆子进门就说：

“三兄弟，我知道你早了没空，这么晚了才来。我有个困难，你得给我解决。”

李三让她坐下，说：

“地，我叫优属队给你耕去了。”

“不是地的事，是房的事。”老婆子说，“我那一间房老朽得不行了，下雨老是个漏，我一个老婆子家，自己又不能修。”

“等两天，闲空了，我去给你拾掇拾掇，保险不能再漏！”李三说。

老婆子笑了笑，说：

“我今年春天，不是纺了点线，赚了点钱，叫你给买了些坯？我是想再把它支架一下，里面的木料全不行了。咱们贫农组，有的是木料，我是说，把那细小的，哪怕先借给我几根哩。我和你商量商量，看行不行。要有你侄子，我就不叫你操这个心了。”老婆子说着流下泪来，用衣襟擦了擦。

李三想了一会儿，说：

“嫂子！咱这东西还都没有分，怎么个分法，也还没个准章程。我想反正是多照顾烈属。侄子在前方牺牲了，是有功的人，咱家里又实在贫寒，就是多照顾你一些，人们也不会有什么反映。开会的时候，我和代表们讨论讨论，就先借给你几根木头，把屋子支架上。以后，老婆子坐在炕上纺个线，打个盹的，也就不用担惊受怕了！”

“三兄弟费心吧！”老婆子很高兴，站起来走了。李三去关门，门洞里有个黑影一闪，李三一抓腰里的枪问：

“谁？”

“是我。”那个黑影往前走了两步，是个青年妇女的声音。李三听不出是谁来，老婆子说：

“你不认识她，她们过去大门不出，二门不迈的，你怎么见得着？她是俺们那头七班的大少奶奶。”说过，笑了笑走了。

“你偷偷摸摸地来干什么？”李三问。

“主席，我来求求你。”那个女人小声说。

“有什么事，明天再来吧，你家的男人们哩？”李三问。

“是我自己的事。”女人说，“就在这儿说吗？主席。”

“就在这儿说吧。”李三站在门口，“院里很黑，这里明快些！”

“你们斗争了俺婆家，我没意见。我从过门来，就受俺婆婆的气、小姑的气，没好过一天。我又年轻，也不记得剥削过人。这回，就是拿的我的东西多。主席，冤有头，债有主，谁作的谁受么！我也和他们反对，我的东西，你们不该拿走啊！”

李三说：

“你是七班的大房，我想起来，你娘家是苌刘庄四班。两头都是地主，你的东西不会是自己劳动来的。你们，从小老妈子抱着，丫鬟搀扶着。你们娶聘，骑马坐轿，绫罗绸缎，跟房跟班，你们享过福。怎么说是你的东西？穷人的东西，血汗换来，才是自己的。你们都是吃闲饭的人！你想想：给你们种地的是谁？给你们赶车的又是谁？小时，抱你们的是谁？大了，扶你们的是谁？谁把饭做好，又给你们送到手里？谁把衣裳做好，又给你们披在身上？都是穷人！你们的福享得过分了。你还说没享过福！你受气不受气，提说不着，我们是按成分办事！”

女人啼哭起来。李三说：

“今天，你啼哭了，以前在你家地头地边，在你家墙角门口，有多少人啼哭过，你知道吗？你们心疼过这些人吗？有多少人叫地主逼得寻死上吊，跳井投河，卖儿卖女？你顶好想想这些事，想想你们家的东西是怎样来的。你们还年轻，也给你们留着吃的穿的、种地的家具，回去好好生产吧，不要净想歪的了！”

女人走了，李三把门上好，回来睡觉。刚一合眼，鸡就叫了。

十一

大顺义一早就来叫门，一开门，两个人就吵起来。

大顺义说：

“你这个老家伙，家你算是不要了，你算是卖给这里面了！”

李三说：

“你这么早跑来干什么？”

大顺义说：

“你说我跑来干什么？我来请你吃饭去！”

“今儿个饭这么早？”李三笑了笑。

“吃过饭，你给我耕地去！”大顺义说，“人家的麦子都快出齐了，你那么二亩半地高粱茬还没有刨！小高粱都快秀穗了，你成心叫地荒了吗？”

“我得有了空呀！”李三说。

“你是无事忙，天生地自找罪受！”大顺义说，“这么多大骡子大马，这么多代耕队，你替群众服务，群众就不该给你解决困难？你支一支嘴，一顿饭的工夫用不了，就给咱耕了！你懒得说话！”

“嗐！”李三说，“叫你这么一说，我成了大总统了！”

“你不是大总统，人家可叫你土皇上！你工作工作，弄得猪八戒照镜子，里外不是人。穷的富的都不说你好，人叫你得罪完了，你还工作！”

大顺义一屁股坐在双进的床头起，双进还在睡觉，一下叫她坐醒了，赶紧起来劝架。

大顺义在院里转转悠悠，李三跟在后面。大顺义扭回头来说：

“你没见过我？这么紧跟着干什么？”

李三不说话。大顺义转到西夹道，那里堆放着乱七八糟的东西，什么破字画，枕头，小匣子，不成对的瓷器、铜器……

大顺义在一个破箱子里翻了翻，看见有一串大铜钱，拿起来，望着双进说：

“我要了这串大钱，去给我那干儿配个锁！”

“你赶快放下！”李三吆喝着，“一个线头，你也不能从这院里拿出去！”

“你把我当贼提防，”大顺义扔下铜钱走出来，“你别小看人，这么点道理我不明白？能叫你跟着我背黑锅？逗逗你，就当真的了！”

大顺义回家去。李三一时觉得又累又烦。他忽然想起毛主席。他想：他领导革命，指挥千军万马，教育着这么些个党员群众，他是怎么着工作哩？他会不会累？会不会烦？李三在心里笑了，他自己有点羞惭，勇气和力量也在这时振作了。他到木货厂里去。

十二

大官亭的野战医院里，新来了一批伤兵，是在大清河北作战受伤的，里面有几个饶阳县今年春天参军的战士。战士们给家里写了信，母亲和妻子们都去看望了。张岗贫农组也买了一筐鸭梨，募了一篮鸡蛋，送去慰劳，李三同双眉是代表。

在伤兵里，双眉看见了兴儿，挂着一只胳膊。兴儿和李三说是参加机枪班冲锋受了伤。双眉一句话也说不出，红着脸笑了。兴儿用那只好手轻轻拍着受伤的胳膊，好像是叫双眉看。双眉明白，这意思是说：你看我怎么样？我受伤了。

第二天，区里送来一封信说：野战医院的伤兵同志们要求张岗剧团给他们演演戏，叫李三加紧准备。

李三拿着信找了双眉去，笑着说：

“你的工作来了！”

双眉接过信来看了看，抬头问：

“伤兵同志们为什么单到咱村？”

李三说：

“周围几十里，谁不知道张岗剧团？在冀中区，除了‘火线’，恐怕就属咱们了，人家军队上能没有听说过？”

双眉说：

“那可演什么节目哩？咱不演俗戏，新编又一下排不出来。全怨三哥，那两天还批评我哩！”说完把嘴一噘。

李三说：

“这怨三哥没远见。双眉，这事全交给你，你用什么东西，使唤哪些人，告诉我，我给跑腿！反正，人家既然指名请咱们，咱们就得露一手，不能丢人！”

双眉想了想说：

“我看还是演《比武从军》。这个戏别的剧团演不了，咱们又是熟戏，稍微拉拉场，吊吊嗓就行。三哥，你看怎么样？”

李三说：

“对，就演这出。给军队演，又符题。我就喜欢这出戏，末了那一大段唱，别的剧团就是没法演，两个人接着也唱不下来。你唱起来，可是从从容容，越到后来越有劲。不过那个武委会主任叫谁演哩？兴儿不在家。”

双眉说：

“就叫小三成替他，排的时候，小二成一块学会了。”

“好。”李三说，“带着咱们那汽灯、好帐子好幕去。演的时候，还得叫我干那个！”

“什么那个？”双眉问。

“拿着大喇叭站台！”李三比画一下，笑着走了。

演戏的那天是十月革命节。会场就在大官亭街当中那大场院里。吃过晚饭，周围几十里，道路上满是人，紧走紧说：

“今晚上是张岗的《比武从军》！”

“喂！那个女角叫什么？”

“你这人！双眉呗！”

“对。真好嗓门，好长相，好走相，真，真比不了！”

“有一年不唱了。听说为唱戏受过批评哩？”

“咳！不批评别的，单批评唱戏！”

汽灯还没挂起来，会场里就挤满了人，卖糖的，烙馅饼的，老豆腐挑子也赶来了。

伤兵同志们坐在场子当中，汽灯点着了，张岗剧团的人马在台上忙着。打鼓的老头子郭老珍，架着腿，把雪白的手巾搭在膝盖上，嘴里叼着一支只有在这个当口才肯抽的好烟卷。

兴儿挂着胳膊，走到后台来和人们说话。在一个大油灯下边，双眉坐着她那小红凳，正对着镜子化妆。见兴儿来了，就问：

“你在哪看？”

兴儿说：

“在台下边呗！”

“有坐物没有？”

“没有。”

“我给你带来了一个。”双眉说着站起来，往后一推那小红凳。

“咱们这剧团，越来越阔了，还置了家具？”兴儿说。

“这是我分的果实。”

“你参加斗争了啊？”兴儿笑着。

“你参加战争，我参加斗争！”双眉低声说，在镜子里轻轻一笑。

“入党了没有？”兴儿庄重地问。

“快批准了。”双眉的脸一红，“你哩？”

“我今天满了候补期。”

“我来演戏给你道喜！”双眉笑着说。

“先唱的时候，嗓子不要太高，这个地方是街心，容易收音。”

兴儿关照了双眉几句，就下去了。

同志们看见兴儿提着个小凳下来，有两个人跑过来说：

“王小兴，哪来的小凳？”

兴儿说：

“借的剧团的。”

“还是你们本地人好啊！”

“来！咱们三个挤着坐。”兴儿说，“快开戏了，听着吧！”

今晚上没有月亮，是个好晴天。星星像有喜事的人们的眼睛。一声锣响，开幕了。

台下的人挤着跟前去，说：

“《比武从军》！”

“不要挤，不要碰着伤员同志们！”李三拿着个大喇叭，在台上猫着腰喊叫。

"双眉！"台下看见双眉一上场，挤得更欢。前边的人用死力顶着，像钉木桩，不让挤过去。

双眉一出来，是在梨树底下，里面有这么几段：

风吹枝儿树猫腰，

今年梨儿挂得好。

上好的梨儿谁先尝哪，

我提着篮儿上前方呀。

送梨的人儿回去吧，

前方的战斗正紧张啊。

双眉唱着，眼睛望着台下面。台下的人，不挤也不动，整个大广场叫她的眼睛照亮了。

她用全部的精神唱。她觉得：台上台下都归她，天上地下都是她的东西。

一九四九年九月一日

石　猴

——平分杂记

大官亭是饶阳县有名的富村，这村里有很多的地主和财东。平分时候，这村的浮财，远近都嚷动。大官亭附近有个小官亭，小官亭的浮财，账单不到一尺长，有几个妇女坐在炕头上，一早晨的工夫就分清。分清了，可是人们还有意见，妇女们为一尺二尺洋布争吵起来。你的细，我的粗，她的花样好……新农会主席就说："别争了，你们到大官亭去看看，人家那里，丝绵绸缎，单夹皮棉，整匹和零头的绢纺，堆满五间大房子，间间顶着房梁。要像你们这么争起来，就一辈子也分不清了！"

"在那里主事的，可得有两下子，账房先生也得有一套！"妇女们说。

"一套还不够！总得有好几套。"主席说，"工作组是县级干部，账房是过去给七班管事的侯先生！"

"保管也得是行家！"妇女们说。

主席说："那是。先别说牲口、车辆、红货木器、农具粮草，都有专门男保管；衣服布匹、锡铜瓷器、大镜花瓶还有两位女保管。"

小官亭的人们正议论大官亭的红花热闹，大官亭的贫农团却出了问题。

出了什么问题？原来在大官亭做平分的干部是县联社的老侯，这人从小是个买卖底，家里现在的成分，有的说是中农，有的说是富农，土地会议上也没弄清楚，表上也没填明白。

这个老侯二十六七岁，长得细眉细眼，见人就笑，很有个外表上的人缘。穿得时兴干净：脑袋上的毛巾总是新的，衬衣小褂的尖领总露在外面，鞋总是小圆口，紫花白镶边，一切穿戴都是冀中人看来顶漂亮的。

工作组刚从土地会议上下来，人们都是兢兢业业，只怕犯错误、出偏向。渐渐政策越来越宽大，干部的作风也就松懈下来。不久，小区联席会上，大官亭一个代表反映老侯有男女问题，小区区委书记老邴追问，老侯只承认求妇女部做过一双鞋。过了几天，小区工作组开会的时候，老侯掏出烟荷包抽烟，那真是一个非常鲜亮精致的玩意儿，蓝缎子白花，还有一个用黑丝绳系着的小小的石猴儿。

那小猴儿弓着身子吃着偷来的仙桃。工作组的同志们抢着看，老侯只是眯着眼笑。

传看一遍，人人夸好。夸针线活儿做得好，也夸小猴儿雕刻得巧，老侯赶紧抢回装到口袋里去了。

老邴却把脸一板说：

“哪里来的？”

因为老邴这么一问，人们的脸也都板起来，老侯也不笑了。他说：

“求人做的。”

“谁做的？”

“妇女部。”

“缎子是谁的？”

“贫农团的，是一块不成材料的零头。”

“小猴儿呢？”

“是在贫农团乱东西里捡出来的。”

“你动手捡的？”

“是女保管捡出来，我看了看说好，她们就说：老侯正求人做烟荷包儿，再送给你个小猴做坠儿吧！”

“这就成了你的坠儿，累坠儿！”老郦说，“同志，你要反省一下。”

“我反省什么？”老侯紧张起来。

“我要你反省：侵占了农民的斗争果实！”

“没有那么严重！”

“没有那么严重？我问你：缎子和猴儿是不是果实？”

“是果实，可是像这个鸡毛蒜皮的东西，农民并不在乎，是他们异口同声地说：送给你吧，老侯，你为我们忙上忙下，这么点东西没人反映！”

“想想吧，同志！”老郦说，“他们是为了报答你的恩情，才送给你，你倒说是鸡毛蒜皮！”

“你要往深里想嘛，我也没有办法。”老侯说。

“他们不会忘记这点东西的，他们要祖祖辈辈传说：哪年哪月村里闹平分，工作组老侯从我们这里拿走一个玉石猴儿！”

“这不是玉石的，”老侯说，“我没卖过古董，我也懂这个眼，这是化石的。化石猴儿，不信，你们看！”他拿着小猴儿在桌面上一画，留下一道白印。

“我们这里没有珠宝商人，我只是请你想想：你给党造成了什么影响？”老郦说。

果然，不久就听见群众传说：大官亭贫农团斗争出来一件宝贝，是个玉石猴儿。说这是七班的传家之宝，是七班的老祖宗从云南做官得来的。后来又说：这个猴儿你别看那么小，可古董得怪。天要刮风，它的身上就发热；天要下雨，它的身上就发湿。这猴儿能算卦，能避邪，能治病，长疙瘩长疮，叫它一磨就好。夜里能放宝光，能变戏法，能骑羊做戏，能把石头桃变成深州大蜜桃。

又说：这是无价之宝，七班把它埋得严实极了，什么东西也拿出来，就是不肯露这个。大官亭的贫农团用了多少方式方法，才抖搂出来！

有人问：这宝贝不知要落到谁手？就传说：工作组老侯强要了去。后来县里又要去送给冀中了，边区又派人要去了。咳，听说各村值钱的果实，边区都要拿走。穷人斗争半天，只能分点破补拆烂套子的，杀人白落两手血……

谣言比什么也传得快，霍乱伤寒全不行。没人在街上说，却有人在集上讲，不久整个的饶阳县都传遍。天不下雨，有人说：你看要有大官亭那猴儿多好；那村死了人，人们就说：摸不着大官亭那猴儿，那猴儿比什么中医西医全顶事，他这病，要遇见人家那猴儿就死不了……

县委听到这谣言，说谣言明显地表露着政治问题，叫老邴查明报告，调老侯到党校整风。老侯临走哭了一场，把荷包和小猴儿交给老邴，老邴倒出荷包里的烟，把荷包和小猴儿亲自送到大官亭，交到贫农团。贫农团正副主席和各位代表，当场把荷包和小猴儿，丢在保管股的铁柜里，从今以后，谁也不敢动这个祸害了。

老邴在代表面前做了检讨，代表们说：

“邴同志：这真是叫人哭不得笑不得。这是从哪里说起，老侯同志要为这个受处分，可真冤枉！邴同志还得和上级把这个情由提说提说。不行的话，我们全体代表到县里去保他。全是一派谣传！这村的老年人，也从来没听见七班有过什么猴儿，能这么兴妖作怪！”

老邴说：

“兴妖作怪的不是猴儿，是我们的敌人，村里有看不见的无线电。老侯同志作风不好，叫人家借尸还魂，受点处分也不算冤枉。”

一九四九年十一月四日

吴召儿

得胜回头

这二年生活好些，却常常想起那几年的艰苦。那几年，我们在山地里，常常接到母亲求人写来的信。她听见我们吃树叶黑豆，穿不上棉衣，很是担心焦急。其实她哪里知道，我们冬天打一捆白草铺在炕上，把腿舒在袄袖里，同志们挤在一块，是睡得多么暖和！她也不知道，我们在那山沟里沙地上，采摘杨柳的嫩叶，是多么热闹和快活。这一切，老年人想象不来，总以为我们像度荒年一样，整天愁眉苦脸哩！

那几年吃得坏，穿得薄，工作得很起劲。先说抽烟吧：要老乡点兰花烟和上些芝麻叶，大家分头卷好，再请一位有把握的同志去擦洋火。大伙围起来，遮住风，为的是这唯一的火种不要被风吹灭。然后先有一个人小心翼翼地抽着，大家就欢乐起来。要说是写文章，能找到一张白报纸，能找到一个墨水瓶，那就很满意了，可以坐在草堆上写，也可以坐在河边石头上写。那年月，有的同志曾经为一个不漏水的墨水瓶红过脸吗？有过。这不算什么，要是像今天，好墨水车载斗量，就不再会为一个空瓶子争吵了。关于行军，就不用说从阜平到王快镇那一段讨厌的沙石路，叫人进一步退半步；不用说雁北那蹚不完的冷水小河，蹬不住的冰滑踏石，转不尽的阴山背后；就是两界峰的柿子，插箭岭的风雪，洪子店的豆腐，雁门关外的辣椒杂面，也使人留恋想念。还有会餐：半月以前就做精神准备，事到临头，还得拼着一场疟子，情愿吃得上吐下泻，也得弄它个碗净锅干；哪怕吃过饭再去爬山呢！是谁偷过老乡的辣椒下饭，是谁用手榴弹爆炸河潭的小鱼？哪个小组集资买了一头蒜，哪个小组煮了狗肉大设宴席？

留在记忆里的生活，今天就是财宝。下面写的是在阜平三将台小村庄我的一段亲身经历，其中都是真人真事。

民　校

我们的机关搬到三将台，是个秋天，枣儿正红，芦苇正吐花。这是阜平东南一个小村庄，距离有名的大镇康家峪不过二里路。我们来了一群人，不管牛棚马圈全住上，当天就劈柴做饭，上山唱歌，一下就和老乡生活在一块了。

那时我们很注意民运工作。由我去组织民校识字班，有男子组，有妇女组。且说妇女组，组织得很顺利，第一天开学就全到齐，规规矩矩，直到散学才走。可是第二天就都抱了孩子来，第三天就在课堂上纳起鞋底，捻起线来。

识字班的课程第一是唱歌，歌唱会了，剩下的时间就碰球。山沟的青年妇女们，碰起球来，真是热烈，整个村子被欢笑声浮了起来。

我想得正规一下，不到九月，我就给她们上大课了。讲军民关系，讲抗日故事，写了点名册，发了篇子。可是因为座位不定，上了好几次课，我也没记清谁叫什么。有一天，我翻着点名册随便叫了一个名字：

“吴召儿！”

我听见哧的一声笑了。抬头一看，在人群末尾，靠着一根白杨木柱子，站起一个女孩。她正在背后掩藏一件什么东西，好像是个假手榴弹，坐在一处的女孩子们望着她笑。她红着脸转过身来，笑着问我：

“念书吗？”

“对！你念念头一段，声音大点。大家注意！”

她端正地立起来，两手捧着书，低下头去。我正要催她，她就念开了，书念得非常熟快动听。就是她这认真的念书态度和声音，不知怎样一下就印进了我的记忆。下课回来，走过那条小河，我听到了只有在阜平才能听见的那紧张激动的水流的声响，听到在这山草衰白柿叶霜红的山地，还没有飞走的一只黄鹂的叫唤。

向　导

十一月，老乡们披上羊皮衣，我们反“扫荡”了。我当了一个小组长，村长给我们分配了向导，指示了打游击的地势。别的组都集合起来出发了，我们的向导老不来。我在沙滩上转来转去，看看太阳就要下山，很是着急。

听说敌人已经到了平阳，到这个时候，就是大声呼喊也不容许。我跑到村长家里去，找不见，回头又跑出来，才在山坡上一家门口遇见他。村长散披着黑羊皮袄，也是跑得呼哧呼哧，看见我就笑着说：

“男的分配完了，给你找了一个女的！”

“怎么搞的呀？村长！”我急了，“女的能办事吗？”

“能办事！”村长笑着，“一样能完成任务，是一个女自卫队的队员！”

“女的就女的吧，在哪里呀？”我说。

“就来，就来！”村长又跑进那大门里去。

一个女孩子跟着他跑出来。穿着一件红棉袄，一个新鲜的白色挂包，斜在她的腰里，装着三颗手榴弹。

“真是，”村长也在抱怨，“这是反‘扫荡’呀，又不是到区里验操，也要换换衣裳！红的目标大呀！”

“尽是夜间活动，红不红怕什么呀，我没有别的衣服，就是这一件。”女孩子笑着，“走吧，同志！”说着就跑下坡去。

“路线记住了没有？”村长站在山坡上问。

“记下了，记下了！”女孩子嚷着。

“别这么大声怪叫嘛！”村长说。

我赶紧下去带队伍。女孩子站在小河路口上还在整理她的挂包，望望我来了，她一跳两跳就过了河。

在路上，她走得很快，我跑上前去问她：

“我们先到哪里？”

“先到神仙山！”她回过头来一笑，这时我才认出她就是那个吴召儿。

神仙山

神仙山也叫大黑山，是阜平最高最险的山峰。前几天，我到山下打过白草；吴召儿领导的，却不是那条路，她领我们走的是东山坡一条小路。靠这一带山坡，沟里满是枣树，枣叶黄了，飘落着，树尖上还留着不少的枣儿，经过风霜，红得越发鲜艳。吴召儿问我：

“你带的什么干粮？”

“小米炒面。”

“我尝尝你的炒面。”

我一边走着，一边解开小米袋的头，她伸过手来接了一把，放到嘴里，另一只手从口袋里掏出一把红枣送给我。

“你吃枣儿。”她说，“你们跟着我，有个好处。”

“有什么好处？”我笑着问。

“保险不会叫你们挨饿。”

“你能够保这个险？”我也笑着问，“你口袋里能装多少红枣，二百斤吗？”

“我们走到哪里，吃到哪里。”她说。

“就怕找不到吃喝哩！”我说。

“到处是吃喝！”她说，“你看前头树上那颗枣儿多么大！”

我抬头一望，她飞起一块石头，那颗枣儿就落在前面地上了。

“到了神仙山，我有亲戚。”她捡起那颗枣儿，放到嘴里去，“我姑住在山上，她家的倭瓜又大又甜。今儿晚上，我们到了，我叫她给你们熬着吃个饱吧！”

在这个时候，一顿倭瓜，也是一种鼓励。这鼓励还包括：到了那里，我们就有个住处，有个地方躺一躺，有个老乡亲切地和我们说说话。

天黑的时候，我们才到了神仙山的脚下。一望这座山，我们的腿都软了，我们不知道它有多么高；它黑得怕人，高得怕人，危险得怕人，像一间房子那样大的石头，横一个竖一个，乱七八糟地躺着。一个顶一个，一个压一个，我们担心，一步登错，一个石头滚下来，整个山就会天崩地裂房倒屋塌。她带领我们往上爬，我们攀着石头的棱角，身上出了汗，一个跟不上一个，落了很远。她爬得很快，走一截就坐在石头上望着我们笑，像是在这乱石山中，突然开出一朵红花，浮起一片彩云来。

我努力跟上去，肚里有些饿。等我爬到山半腰，实在走不动，找见一块平放的石头，就倒了下来，喘息了好一会儿，才能睁开眼：天大黑了，天上已经出了星星。她坐在我的身边，把红枣送到我嘴里说：

“吃点东西就有劲了。谁知道你们这样不行！”

“我们就在这里过一夜吧！”我说，“我的同志们恐怕都不行了。”

“不能。”她说，“就快到顶上了，只有顶上才保险。你看那上面点起灯来的，就是我姑家。”

我望到顶上去。那和天平齐的地方，有一点红红的摇动的光；那光不是她指出，不能同星星分别开。望见这个光，我们都有了勇气，有了力量；它强烈地吸引着我们前进，到它那里去。

姑　家

北斗星转下山去，我们才到了她的姑家。夜深了，这样高的山上，冷风吹着汗湿透的衣服，我们都打着寒噤。钻过了扁豆架、倭瓜棚，她尖声娇气叫醒了姑。老婆子费了好大工夫才穿好衣裳开开门。一开门，就有一股暖气，扑到我们身上来，没等到人家让，我们就挤到屋里去，那小小的屋里，简直站不开我们这一组人。人家刚一让我们上炕，有好几个已经爬上去躺下来了。

“这都是我们的同志。”吴召儿大声对她姑说，“快给他们点火做饭吧！”老婆子拿了一根麻秸，在灯上取着火，就往锅里添水，一边仰着头问：

“下边又‘扫荡’了吗？”

“又‘扫荡’了。”吴召儿笑着回答，她很高兴她姑能说新名词，“姑！我们给他们熬倭瓜吃吧！”她从炕头抱下一个大的来。

姑笑着说：

“好孩子，今年摘下来的顶属这个大，我说过几天叫你姑父给你送去哩！”

“不用送去，我来吃它了！”吴召儿抓过刀来把瓜剖开，“留着这瓜子炒着吃。”

吃过了香的、甜的、热的倭瓜，我们都有了精神，热炕一直热到我们的心里。吴召儿和她姑睡在锅台上，姑侄俩说不完的话：

“你爹给你买的新袄？”姑问。

“他哪里有钱，是我给军队上纳鞋底挣了钱换的。”

“念书了没有？”

“念了，炕上就是我的老师。”

截　击

第二天，我们在这高山顶上休息了一天。我们从小屋里走出来，看了看吴召儿姑家的庄园。这个庄园，在高山的背后，只在太阳刚升上来，这里才能见到光亮，很快就又阴暗下来。东北角上一洼小小的泉水，冒着水花，没有声响；一条小小的溪流绕着山根流，也没有声响，水大部分渗透到沙土里去了。这里种着像炕那样大的一块玉蜀黍，像锅台那样大的一块土豆，周围是扁豆，十几棵倭瓜蔓，就奔着高山爬上去了！在这样高的黑石山上，找块能种庄稼的泥土是这样难，种地的人就小心整齐地用石块把地包镶起来，恐怕雨水把泥土冲下去。奇怪！在这样少见阳光、阴湿寒冷的地方，庄稼长得那样青翠，那样坚实。玉蜀黍很高，扁豆角又厚又大，绿得发黑，像说梅花调用的铁响板。

吴召儿出去了，不久，她抱回一捆湿木棍：

“我一个人送一根拐杖，黑夜里，它就是我们的眼睛！”

她用一把锋利明亮的小刀，给我们修着棍子。这是一种山桃木，包皮是紫红色，好像上了油漆；这木头硬得像铁一样，打在石头上，发出铜的声音。

这半天，我们过得很有趣，差不多忘记了反“扫荡”。

当我们正要做下午饭，一个披着破旧黑山羊长毛皮袄，手里提着一根粗铁棍的老汉进来了。吴召儿赶着他叫声姑父，老汉说：

“昨天，我就看见你们上山来了。”

“你在哪看见我们上来呀？”吴召儿笑着问。

“在羊圈里，我喊你来呀，你没听见！”老汉望着内侄女笑，“我来给你们报信，山下有了鬼子，听说要搜山哩！”

吴召儿说：“这么高山，鬼子敢上来吗？我们还有手榴弹哩！”

老汉说：“这几年，这个地方目标大了，鬼子真要上来了，我们就不好走动。”

这样，每天黎明，吴召儿就把我唤醒，一同到那大黑山的顶上去放哨。山顶不好爬，又危险，她先爬到上面，再把我拉上去。

山顶上有一丈见方的一块平石，长年承受天上的雨水，给冲洗得光亮又滑润。我们坐在那平石上，月亮和星星都落到下面去，我们觉得飘忽不定，像活在天空里。从山顶可以看见山西的大川，河北的平原，十几里，几十里的大小村镇全可以看清楚。这一夜下起大雨来，雨下得那样暴，在这样高的山上，我们觉得不是在下雨，倒像是沉落在波浪滔天的海洋里，风狂吹着，那块大平石也像要被风吹走。

吴召儿紧拉着我爬到大石的下面，不知道是人还是野兽在那里铺好了一层软软的白草。我们紧挤着躺在下面，听到四下里山洪暴发的声音，雨水像瀑布一样，从平石上流下，我们像钻进了水帘洞。吴召儿说：

“这是暴雨，一会儿就晴的，你害怕吗？”

“要是我一个人我就怕了。”我说，“你害怕吧？”

“我一点也不害怕，我常在山上遇见这样的暴雨，今天更不会害怕。”吴召儿说。

“为什么？”

“领来你们这一群人，身上负着很大的责任呀，我也顾不得怕了。”

她的话，像她那天在识字班里念书一样认真，她的话同雷雨闪电一同响着，响在天空，落在地下，永远记在我的心里。

一清早我们就看见从邓家店起，一路的村庄，都在着火冒烟。我们看见敌人像一条虫，在山脊梁上往这里爬行。一路不断响枪，是各村伏在山沟里的游击组。吴召儿说：

“今年，敌人不敢走山沟了，怕游击队。可是走山梁，你就算保险了？兔崽子们！”

敌人的目标，显然是在这个山上。他们从吴召儿姑父的羊圈那里翻下，转到大黑山来。我们看见老汉仓皇地用大鞭把一群山羊打得四散奔跑，一个人蹚着乱石往山坡上逃。吴召儿把身上的手榴弹全拉开弦，跳起来说：

“你去集合人，叫姑父带你们转移，我去截兔崽子们一下。”她在那乱石堆中，跳上跳下奔着敌人的进路跑去。

我喊：

“红棉袄不行啊！”

“我要伪装起来！”吴召儿笑着，一转眼的工夫，她已经把棉袄翻过来。棉袄是白里子，这样一来，她就活像一只逃散的黑头的小白山羊了。一只聪明的、热情的、勇敢的小白山羊啊！

她蹬在乱石尖上跳跃着前进。那翻在里面的红棉袄，还不断被风吹卷，像从她的身上撒出的一朵朵的火花，落在她的身后。

当我们集合起来，从后山上跑下，来不及脱鞋袜，就跳入山下那条激荡的大河的时候，听到了吴召儿在山前连续投击的手榴弹爆炸的声音。

联 想

不知她现在怎样了。我能断定，她的生活和历史会在我们这一代生活里放光的。关于晋察冀，我们在那里生活了快要十年。那些在我们吃不下饭的时候，送来一碗烂酸菜；在我们病重行走不动的时候，替我背上了行囊；在战斗的深冬的夜晚，给我打开门，把热炕让给我们的大伯大娘们，我们都是忘记不了的。

一九四九年十一月

山地回忆

从阜平乡下来了一位农民代表，参观天津的工业展览会。我们是老交情，已经快有十年不见面了。我陪他去参观展览，他对于中纺的织纺，对于那些改良的新农具特别感到兴趣。临走的时候，我一定要送点东西给他，我想买几尺布。

为什么我偏偏想起买布来？因为他身上穿的还是那样一种浅蓝的土靛染的粗布裤褂。这种蓝的颜色，不知道该叫什么蓝，可是它使我想起很多事情，想起在阜平穷山恶水之间度过的三年战斗的岁月，使我记起很多人。这种颜色，我就叫它“阜平蓝”或是“山地蓝”吧。

他这身衣服的颜色，在天津是很显得突出，也觉得土气。但是在阜平，这样一身衣服，织染既是不容易，穿上也就觉得鲜亮好看了。阜平土地很少，山上都是黑石头，雨水很多很暴，有些泥土就冲到冀中平原上来了——冀中是我的家乡。阜平的农民没有见过大的地块，他们所有的，只是像炕台那样大，或是像锅台那样大的一块土地。在这小小的、不规整的，有时是尖形的，有时是半圆形的，有时是梯形的小块土地上，他们费尽心思，全力经营。他们用石块垒起，用泥土包住，在边沿栽上枣树，在中间种上玉蜀黍。

阜平的天气冷，山地不容易见到太阳。那里不种棉花，我刚到那里的时候，老大娘们手里搓着线锤。很多活计用麻代线，连袜底也是用麻纳的。

就是因为袜子，我和这家人认识了，并且成了老交情。那是个冬天，该是一九四一年的冬天，我打游击打到了这个小村庄，情况缓和了，部队决定休息两天。

我每天到河边去洗脸，河里结了冰，我蹬在冰冻的石头上，把冰砸破，浸湿毛巾，等我擦完脸，毛巾也就冻挺了。有一天早晨，刮着冷风，只有一抹阳光，黄黄的落在河对面的山坡上。我又蹬在那块石头上去，砸开那个冰口，正要洗脸，听见在下水流有人喊：

“你看不见我在这里洗菜吗？洗脸到下边洗去！”

这声音是那么严厉，我听了很不高兴。这样冷天，我来砸冰洗脸，反倒妨碍了人。心里一时挂火，就也大声说：

“离着这么远，会弄脏你的菜？”

我站在上风头，狂风吹送着我的愤怒，我听见洗菜的人也恼了，那人说：

“菜是下口的东西呀？你在上流洗脸洗屁股，为什么不脏？”

“你怎么骂人？”我站立起来转过身去，才看见洗菜的是个女孩子，也不过十六七岁。风吹红了她的脸，像带霜的柿叶，水冻肿了她的手，像上冻的红萝卜。她穿的衣服很单薄，就是那种蓝色的破袄裤。

十月严冬的河滩上，敌人往返烧毁过几次的村庄的边沿，在寒风里，她抱着一篮子水沤的杨树叶，这该是早饭的食粮。

不知道为什么，我一时心平气和下来。我说：

“我错了，我不洗了，你在这块石头上来洗吧。”

她冷冷地望着我，过了一会儿才说：

“你刚在那石头上洗了脸，又叫我站上去洗菜！”

我笑着说：

“你看你这人，我在上水洗，你说下水脏，这么一条大河，哪里就能把我脸上的泥土冲到你的菜上去？现在叫你到上水来，我到下水去，你还说不行，那怎么办哩？”

“怎么办，我还得往上走！”

她说着，扭着身子逆着河流往上去了。蹬在一块尖石上，把菜篮浸进水里，把两手插在袄襟底下取暖，望着我笑了。

我哭不得，也笑不得，只好说：

“你真讲卫生呀！”

“我们是真卫生，你们是装卫生！你们尽笑话我们，说我们山沟里的人不讲卫生，住在我们家里，吃了我们的饭，还刷嘴刷牙，我们的菜饭再不干净，难道还会弄脏了你们的嘴？为什么不连肠子肚子都刷刷干净！”说着就笑得弯下腰去。

我觉得好笑。可也看见，在她笑着的时候，她的整齐的牙齿洁白得放光。

“对，你卫生，我们不卫生。”我说。

“那是假话吗？你们一个饭缸子，也盛饭，也盛菜，也洗脸，也洗脚，也喝水，也尿泡，那是讲卫生吗？”她笑着用两手在冷水里刨抓。

“这是物质条件不好，不是我们愿意不卫生。等我们打败了日本，占了北平，我们就可以吃饭有吃饭的家伙，喝水有喝水的家伙了，我们就可以一切齐备了。”

“什么时候，才能打败鬼子？”女孩子望着我，“我们的房，叫他们烧过两三回了！”

“也许三年，也许五年，也许十年八年。可是不管三年五年，十年八年，我们总是要打下去，我们不会悲观的。”我这样对她讲，当时觉得这样讲了以后，心里很高兴了。

“光着脚打下去吗？”女孩子转脸望了我脚上一下，就又低下头去洗菜了。

我一时没弄清是怎么回事，就问：

“你说什么？”

“说什么？”女孩子也装没有听见，“我问你为什么不穿袜子，脚不冷吗？也是卫生吗？”

“咳！”我也笑了，“这是没有法子么，什么卫生！从九月里就反‘扫荡’，可是我们八路军，是非到十月底不发袜子的。这时候，正在打仗，哪里去找袜子穿呀？”

“不会买一双？”女孩子低声说。

“哪里去买呀？尽住小村，不过镇店。”我说。

“不会求人做一双？”

“哪里有布呀？就是有布，求谁做去呀？”

“我给你做。”女孩子洗好菜站起来，“我家就住在那个坡子上，”她用手一指，“你要没有布，我家里有点，还够做一双袜子。”

她端着菜走了，我在河边上洗了脸。我看了看我那只穿着一双“踢倒山”的鞋子，冻得发黑的脚，一时觉得我对于面前这山，这水，这沙滩，永远不能分离了。

我洗过脸，回到队上吃了饭，就到女孩子家去。她正在烧火，见了我就说：

“你这人倒实在，叫你来你就来了。”

我既然摸准了她的脾气，只是笑了笑，就走进屋里。屋里蒸气腾腾，等了一会儿，我才看见炕上有一个大娘和一个四十多岁的大伯，围着一盆火坐着。在大娘背后还有一位雪白头发的老大娘。一家人全笑着让我炕上坐。女孩子说：

“明儿别到河里洗脸去了，到我们这里洗吧，多添一瓢水就够了！”

大伯说：

“我们妞儿刚才还笑话你哩！”

白发老大娘瘪着嘴笑着说：

“她不会说话，同志，不要和她一样呀！”

“她很会说话！”我说，“要紧的是她心眼儿好，她看见我光着脚，就心疼我们八路军！”

大娘从炕角里扯出一块白粗布，说：

“这是我们妞儿纺了半年线赚的，给我做了一条棉裤，下剩的说给她爹做双袜子，现在先给你做了穿上吧。”

我连忙说：

“叫大伯穿吧！要不，我就给钱！”

“你又装假了，”女孩子烧着火抬起头来，“你有钱吗？”

大娘说：

“我们这家人，说了就不能改移。过后再叫她纺，给她爹赚袜子穿。早先，我们这里也不会纺线，是今年春天，家里住了一位女同志，教会了她。还说再过来了，还教她织布哩！你家里的人，会纺线吗？”

“会纺！”我说，“我们那里是穿洋布哩，是机器织纺的。大娘，等我们打败日本……”

“占了北平，我们就有洋布穿，就一切齐备！”女孩子接下去，笑了。

可巧，这几天情况没有变动，我们也不转移。每天早晨，我就到女孩子家里去洗脸。第二天去，袜子已经剪裁好，第三天去她已经纳底子了，用的是细细的麻线。她说：

“你们那里是用麻用线？”

“用线。”我摸了摸袜底，“在我们那里，鞋底也没有这么厚。”

“这样坚实。”女孩子说，“保你穿三年，能打败日本不？”

“能够。”我说。

第五天，我穿上了新袜子。

和这一家人熟了，就又成了我新的家。这一家人身体都健壮，又好说笑。女孩子的母亲，看起来比女孩子的父亲还要健壮。女孩子的姥姥九十岁了，还那么结实，耳朵也不聋，我们说话的时候，她不插言，只是微微笑着，她说她很喜欢听人们说闲话。

女孩子的父亲是个生产的好手，现在地里没活了，他正计划贩红枣到曲阳去卖，问我能不能帮他的忙。部队重视民运工作，上级允许我帮老乡去做运输，每天打早起，我同大伯背上一百多斤红枣，顺着河滩，爬山越岭，送到曲阳去。女孩子早起晚睡给我们做饭，饭食很好。一天，大伯说：

“同志，你知道我是沾你的光吗？”

“怎么沾了我的光？”

“往年，我一个人背枣，我们妞儿是不会给我吃这么好的！”

我笑了。女孩子说：

“沾他什么光，他穿了我们的袜子，就该给我们做活儿了！”

又说：

“你们跑了快半月，赚了多少钱？”

“你看，她来查账了。”大伯说，“真是，我们也该计算计算了！”他打开放在被摞底下的一个小包袱，“我们这叫包袱账，赚了赔了，反正都在这里面。”

我们一同数了票子，一共赚了五千多块钱。女孩子说：

“够了。”

“够干什么了？”大伯问。

“够给我买张织布机子了！这一趟，你们在曲阳给我买架织布机子回来吧！”

无论姥姥、母亲、父亲和我，都没人反对女孩子这个正义的要求。我们到了曲阳，把枣卖了，就去买了一架机子。大伯不怕多花钱，一定要买一架好的，把全部盈余都用光了。我们分着背了回来，累得浑身流汗。

这一天，这一家人最高兴，也该是女孩子最满意的一天。这像要了几亩地，买回一头牛；这像置好了结婚前的陪送。

以后，女孩子就学习纺织的全套手艺了：纺，拐，浆，落，经，镶，织。

当她卸下第一匹布的那天，我出发了。从此以后，我走遍山南塞北，那双袜子，整整穿了三年也没有破绽。一九四五年，我们战胜了日本强盗，我从延安回来，在碛口地方，跳到黄河里去洗了一个澡，一时大意，奔腾的黄水，冲走了我的全部衣物，也冲走了那双袜子。黄河的波浪激荡着我关于敌后几年生活的回忆，激荡着我对于那女孩子的纪念。

开国典礼那天，我同大伯一同到百货公司去买布，送他和大娘一人一身蓝士林布，另外，送给女孩子一身红色的。大伯没见过这样鲜艳的红布，对我说：

“多买上几尺，再买点黄色的。”

“干什么用？”我问。

“这里家家门口挂着新旗，咱那山沟里准还没有哩！你给了我一面国旗的样子，一块带回去，叫妞儿给做一个，开会过年的时候，挂起来！”

他说妞儿已经有两个孩子了，还像小时那样，就是喜欢新鲜东西，说什么也要学会。

一九四九年十二月

两天日记

三月二十五日（星期六）晴。晚去滨江道光明影戏院看《青灯怨》，楼上票价五千元（今日棒子面牌价一千四百元）。入座后，观众颇为踊跃，身前身后，及从左右走过者，以农村习惯看来，盖都是生活比较富裕的。我坐在中间，一时感到这是跋涉山水、吞糠咽菜的时候所未能想象到的。

正片前有新闻简报，有一段为皖南救灾，农村现实突然出现，农民的劳苦的干瘦的脸面，破烂的衣衫，黑暗的小屋，同时出现，把我拉回过去的生活里，心里一阵难过。难过不在于他们把我拉回灾难的农村生活里去，难过我同他们虽然共过一个长时期的忧患，但是今天我的生活已经提高了，而他们还不能，并且是短时间还不能过到类似我今天的生活。

我同他们的生活已经距离很远，有很大悬殊。艺术在这一时刻把我拉到他们的面前，使我从感情上得到一次激动，得到一次陶冶，使我想到在我们祖国的幅员上，大多数的人民还处在这样一种生活水准。虽然，我们的城市生活也还需要建设得更幸福，然而以我们眼下的生活做标准，饱经忧患，勤劳朴素，对祖国有过重大的贡献的农民是梦也不会梦到的。这种生活的对照，在电影院里，只有一楼之隔。

这段新闻片对我的教育意义，比较正片《青灯怨》还大。我想在工农联盟的基础上，农村必会带给城市以朴实，城市也必会带给农村以救助、文化和幸福的。

二十六日（星期日）晴，午后小风。听说郊外草树已绿，约张同志去北站外宁园。园中有小水泊，中有许多游艇，游船与在岸边饮茶的，从服装外表来看，多是昨晚在光明影戏院看《青灯怨》的人们。

不知昨晚，他们有没有和我共同的感想。今天，我很想到那长堤上站一站，吹吹久别的农村原野的风沙。我把那感想同张同志略谈了谈，张同志说：

“你有些观点是不正常的，落后的。玩玩耍耍，滑冰驳船，饮茶谈心，口红糖香，正是生活的正常现象，也就是我们战斗的理想。我们从青年就参加了游击战争的生活，习惯于山峦漠野，号角枪声，勺饮壶浆，行军热炕，其实这都是反常的，都不是我们生活的目的。我们生活的目的，就是像眼前这个样子，康乐富强！”

我想是的，这道理是对的。我们生活的战斗的目的是全体人民的康乐富强，但眼前这样子还不够，例如昨天电影上的农民的生活，离眼前这样子就还很远。天津广大的工人群众，也还需要改善他们的卫生设备。

如果有的同志有些牢骚，有些不开展，那只是说，从这些乡下来人看，眼前这些人，很多还是过去那些不事生产的，而有时，他们乐得更没道理，加强着他们的剥削的、寄生的、丑恶的意识。我们所以不能以眼前的样子为满足，是因为我们还需要继续努力，建设起全体劳动人民的新的康乐富强的生活，在建设过程中，并改造人们的思想、传统的优越感和剥削意识。

一九五〇年二十五、二十六日

看　护

——在天津中西女中讲的少年革命故事

我希望能有一部作品，完整地表现我们的看护同志，表现他们在战争中艰苦的献身的工作。

一九四三年冬季，日寇在晋察冀“扫荡”了三个月，在晋察冀的部队和人民来说，这是一段极端艰难的时间。那一二年里，我们接连遇到了灾荒。反“扫荡”的转移，是在“九·一八”下午开始的，我们刚刚开完纪念会，就在会场上整理好队伍，并且发下了冬天的服装和鞋袜。我们背上这些东西，在沙滩上行军，不断地蹚水过河。情况一开始就很紧张，来不及穿鞋，就手里提着。接连过了几条小河，队伍渐渐也就拉散了，我因为动作迟缓，落在了后面。回头一看，只有一个女孩子，一只脚蹬在河边一块石头上，眼睛望着前边的队伍，匆忙地穿上鞋，就很快地跟上去了。

这女孩子有十六七岁，长得很瘦弱，背着和我一样多的东西，外加一个鼓鼓的药包，跑起路来，上身不断地摇摆，活像山头那棵风吹的小树。我猜她准是分配到我们队上来的女看护。

“快跑，小鬼！”我追在后面笑着喊。

“反正叫你落不下！”她回头笑了一下，这笑和她的年岁很不相称。她幼小的生活里一定受过什么压抑。我注意她的脚步，这孩子缠过脚，我明白了为什么过河以后，她总是要穿上鞋。

前面的队伍正蹚过一条大河，爬到对面高山上去。头上是宽广的蓝天。忽然听到飞机的叫声，立时就开始了扫射。我看见女孩子急忙脱了鞋，卷高裤腿，跑进水里去，河水搭到她的腰那里，褂子全湿了，却用两只手高高举起了药包。她顺着水流歪歪斜斜地前进，没走到河心，就叫水冲倒，我赶紧跑上去，拉起她来，扯过河去。

我们刚登上岸，我觉得脚上一热，就倒了下来，血冒在沙滩上。

敌人的飞机一直低飞着，扫射着河滩和岩石，扫伤了我的左脚。近处一个村庄起火了，跑出很多人，妇女们来不及脱去鞋袜，抱着孩子跳进河里去。她们居住在这样偏僻的地方，从没见过飞机，更没听过这样刺耳的声音，敌人竟找到这里破坏和威胁了她们的生活。她们嚷嚷着，召唤着家里的人，催我们快快上山。她们说，飞机在她们村庄下蛋的时候那样低，在一棵老槐树下面钻了过去，一个大姑娘来不及闪躲，就叫飞机上的鬼子，从窗口打死了。女孩子告诉她们不要乱，让她们先走；又低着头，取出一个卫生包，替我裹伤。在我们身边跑过的男人们也嚷嚷骂着，说等他们爬到山顶，飞机再低着身子飞，他们就抱大石头砸下它来！

扎住伤口，女孩子说：

"你把东西放下吧，我给你背！"

"哪里的话，你这么小的人，会把你压死了哩！"我勉强站立起来，女孩子搀扶了我，挨上山去。

我们在山顶走着，飞机走了，宽大清澈的河流在山下转来转去，有时还能照见我们的影子。山上两旁都是枣树，正是枣熟枣掉的时候，满路上都是渍出蜜汁来的熟透的红枣。我们都饿了，可是遵守着行军的纪律，不拾也不踏，咽着唾沫走过去。

队上的医生老康，靠在前面一棵枣树上等我们。我们两个是好开玩笑的，每一见面，就都忍不住笑。我叫他"雷佛那儿"，这是因为那时医药条件困难，不管谁有什么外科破伤，他都是给开这一味药。他治病的特点是热情多于科学。他跑上来说：

“刚一出发你就负伤了！”

“可是并不光荣。”我说，“正在用腿用脚的时候，你看多倒霉！”

“每天宿营下来，我叫刘兰去给你换药！”他说着替女孩子搀扶着我，刘兰才有工夫坐下去倒出她鞋里的沙土和石块。

“这孩子很负责任，”老康接着小声说，“她是一个童养媳，婆家就在我们住过的那个村庄，从小挨打受气，忍饥挨冻。这次我们动员小看护，她的一个伙伴把她也叫了来，坚决参加。起初她婆婆不让，找了来。她说：‘这里有吃的有穿的，又能学习上进，你们为什么不让我进步？’婆婆说：‘……你吃上饱饭，可不能变心，你长大成人，还是俺家的媳妇！’她没有答话。”

从这天起，每天晚上到村庄找好房子，刘兰就背着药包笑嘻嘻地找了我来，叫我坐在炕上，她站在地下替我洗好伤口换好药，才回去洗脸休息。可是我的伤口并不见好，情况越来越紧，行军越来越急迫，腿脚越来越不顶事。我成为队伍的累赘，心里很烦恼。第二天，黎明站队，组织上决定要把我坚壁到远处一座高山上去，叫刘兰跟随。我心里有些焦急，望望刘兰她却没有怨言。在这样紧张的情况下面，人生地疏，叫一个女孩子带一个伤号，她该是更焦急的。

我们按着路线出发，刘兰不知从哪里给我摸来一根木棍。天明我们进入了繁峙县的北部。这是更加荒凉的地方，山高水急，道狭村稀，在阴暗潮湿的山沟里转半天，看不见一个村庄，遇不见一个行人，听不见一声鸡叫。只有从沙滩上和过河的踏石上留下的毛驴蹄印或是粪块，才断定是人行的大道。

一到下午，肚里就饿了。天已经快黑了，还看不见一个村庄。前面就是那座高山了，在山底下，我要求坐下来休息一下，想到在爬这样高山以前，最好能有一块玉米面饼子垫垫肚，然而我们并没有。希望就在山顶上。刘兰催我开路。

振作精神，刘兰扶我上山去。我心里发慌，眼发黑，差不多忘记了脚痛，爬了半天，我饿得再也不能支持，迷糊过去。等到睁开眼，刘兰坐在我的身边，天已经暗下来了。在我们头上，有一棵茂密的酸枣树，累累的红艳的酸枣在晚风里摇摆。我一时闻到了枣儿的香味和甜味。刘兰也正眼巴巴望着酸枣，眉头蹙得很高。看见我醒来，她很高兴，说：

“同志，到了这个地步，摘一把酸枣儿吃，该不算犯纪律吧！”

我笑着摇摇头，她伸过手去就捋下一把，送到我嘴里，她也接连吞下几把，才发觉一同吞下了枣核和叶子，枣刺划破了她的手掌。

吞吃了酸枣，有了精神和力量，在苍茫的夜色里看到了山顶的村庄，有一片起伏的成熟的莜麦，像流动的水银。还有一所场院，一个男人下身穿着棉裤，上身光着膀子，高举着连枷；在他身旁有一个年轻的妇女用簸箕迎风扬送着丈夫刚刚打下的粮食，她的上身只穿着一件红色的兜肚。

我同刘兰就住在这小小的山庄上。进村以后，刘兰叫我坐在街头休息，她去找上关系，打扫了房子，然后才把我安排到炕上。接着她又做饭烧炕，洗净吃饭的锅，煮刀剪，消毒药棉……弄到半夜，她才到对过妇救会主任老四屋里去睡觉。

这一晚，我听着五台山顶的风声，远处杉林里的狼叫，一时睡不着，却并没有感觉不安。我们是四海为家的，我们是以一切人民为兄弟姐妹的。从炕头的窗口望过去，刘兰和老四也没有睡，两个人的影子在窗纸上摇动。她们在拉着家常：

“你们从哪里来呀？”

“从很远的地方。”

“那病人是谁呀？”

“我们队上一个干部。”

“你是干什么的？”

“我是看护。”

“是大脉先生吗？给我看看病吧！”

“什么病呀？你先和我学说学说，过几天，我们的医生就过来了！”

“就是咱们妇道的病呀……”

下面的话，我就听不清。可是接着我就听见，老四也是一个童养媳，十四岁上成的亲，今年二十四岁了，还没有一个小孩。老四说：

“我们这山顶顶上的人家，就是难得有个娃，要不就是养不下，要不就是活不大！”

刘兰说：

“这是因为我们结婚太早，生活苦，又不知道卫生，以前我也是个童养媳……”

接着两个人就诉起苦来，你疼我我疼你地闹了多半夜才睡觉。

因为刘兰还不会做莜面，老四就派了两位妇女来帮忙。她们都穿着白粗布棉裤、黑羊皮袄，她们好像从来没洗过脸，那两只手，也只有在给我们和面和搓窝窝的过程里才弄洁白，那些脏东西，全和到我们的饭食里去了。这一顿饭，我和刘兰吃起来，全很恶心。刘兰说：

“你身体好些的时候，多教我认几个字吧，我要给她们讲讲卫生课。”

不多几天，她这讲习班就成立起来，每天晚上，有十几个青年妇女集在老四屋里，对刘兰讲的问题发生很大的兴趣。刘兰告诉她们，她们生病的根源就在她们都是用一块脏布包上灰土当作月经带，用过了，就塞到茅房里，下次再用，一用二三年。刘兰告诉她们要把布洗净，放在干净地方……

“你看刘兰多干净！”妇女都笑着说，“我们向你学习！”

从此，我看见这些妇女们，每天都洗洗手脸，有的并且学着我们的样子，在棉袄和皮衣里衬上一件单褂。我觉得刘兰把文化带给了这小小的山庄，它立刻就改变了很多人的生活，并给她们的后代造福。

有空，刘兰就帮她们到地里去收庄稼，她有时带回一些野韭菜、野葱、野蒜，包莜面饺子，改善我的伙食；有时带回一些玉蜀黍秸，叫我当甜棒吃，好补充我身体里缺少的糖分。有一次，她不知道从哪里捉来几条小沙鱼。这样高的山上能有小鱼，已经新鲜；叫老四看见了，活像看见蛇一样，无论如何不叫我吃，她说那会把我毒死，更不叫在她家锅里来煮。

不久就下了大雪，我们都穿上了新棉衣，刘兰要在我的和她的袄领上缝上一个白衬领。她坐在炕上缝着，笑着说她还是头一次穿这样里表三新的棉袄裤，母亲一辈子也没享过这个福。叫她看来，八路军的生活好多了，这山庄上谁也没有我们这一套棉衣。

下了大雪，消息闭塞。我写了一封信，和大队上联系，叫刘兰交给村长，派一个人送到区上去。刘兰回来说，这样大雪，村长派不动人，要等踏开道了才能送去。我的伤口正因为下雪发痛，一听就火了，我说：

“你再去把村长叫来，我教育教育他！”

刘兰说：

“下了这样大雪，连街上都不好走，山路上，雪能埋了人；这里人们穿着又少，人家是有困难！”

“有困难就得克服！”我大声说，“我们就没困难过？我们跑到这山顶顶上来，挨饿受冻为的谁呀？”

“你说为的谁呀？”刘兰冷笑着，“挨饿受冻？我们每天两顿饱饭，一天要烧六十斤毛柴，是谁供给的呀？”

“你怎么了？”我欠起身来，“是我领导你，还是你领导我？”

"咱们是工作关系，你是病人，我是看护，谁也不能压迫谁！"刘兰硬邦邦地说。

"小鬼！"我抓起在火盆里烤着的一个山药，就向她脸上打去，她一闪，山药粘到门上。刘兰气得脸发白，说：

"你是干部，你打人骂人！"

说罢就转身出去了。

我很懊悔，在炕上翻来覆去。外面风声很大，雪又打着窗纸，火盆里的火弱了，炕也凉了，伤口更痛得厉害。我在心里检讨着自己的过错。

老四推门进来，带着浑身的雪，她说：

"怎么了呀，同志？你们刘兰一个人跑到村口那里啼哭，这么大风大雪！"

"你快去把她叫来，"我央告着老四，"刚才我们吵了架。你对她说，完全是我的错误！"

老四才慌忙地去叫她。这一晚上，她没到我屋里来。第二天，风住天晴，到了换药的时候，刘兰来了，还是笑着。我向她赔了很多不是，她却一句话也没说，给我细心地换上药，就又拿起那封信，找村长去了。

接到大队来信，要我转移，当夜刘兰去动员担架。她拄着一根棍子，背着我们全部的东西，头上包着一块手巾，护住耳朵和脸，在冰雪擦滑的路上，穿着一双硬底山鞋，一步一个响声，迎着大风大雪跟在我的担架后面……

一九五〇年五月护士节于天津

家 庭

我在于村黎家，和一匹老马住在一间屋里，每当做饭，它一弹腿，就把粪尿踢到锅里，总是不敢揭锅盖，感到很不方便。到了这个村庄的时候，我就向支部书记要求，住得比较清净些。农村房屋是很缺的，终于他把我领到一间因为特殊原因空闲了三年的北房里。这时是腊月天气，虽然那位也是住闲房的收买旧货的老人，用他存下的破烂棉套替我堵了堵窗户，一夜也就把我冻跑了。我找了赵金铭去，他想了想，把我领到妇联会主任的家里。

主任傅秋鸾，正和小姑玉彩坐在炕上缝棉衣服。

赵金铭既然是有名的“大哨儿”，他总把事情说得骇人听闻，他说我得了感冒，当村干部的，实在过意不去。他征求主任的意见，能不能和兄弟媳妇合并一下，让给我一间屋子。主任说：

“我们这里长年不断地住干部，还用着你动员我！不过，眼下就过年了，我们当家的要回来。这个同志要是住三天五天的，我就让给他，听说是住三月两月，那顶好住到我娘她们那小东屋里去。我爹到西院和大伯就伴，叫我娘搬过来和我们就伴。就是那屋里喂着一匹小驴儿。”

“就是这个不大卫生。”赵金铭作难地说。

我已经冻怕，不管它驴不驴，说没有关系。赵金铭领我到小东屋里看了看，小驴儿迎着门口摇着脖上的铜铃。

“小牲口拉尿不多，”赵金铭说，“我告诉老头儿勤打扫着点。”

我就搬到这家来了，一直住到第二年三月里，一家人待我很好，又成了我的一处难以忘记的地方。

这一家姓赵，大伯大娘都是党员。大儿妇是党员，大儿子在定县工作也是党员，二儿子在朝鲜作战是党员，二儿妇和姑娘都是团员。这真是革命家庭，又是志愿军家属，我从心里尊敬他们。

大伯是个老实庄稼人，整天不闲着，现在正操业着“打沙披”的事。这一带的土质很奇怪，用泥土拍墙头垒房山，可以多年不坏，越经雨冲越坚固，称作立土。铺房顶就不行，见雨就漏，稍为富裕的人家，总是在房顶上打上一层“沙披”。办法是：从砖窑上拉回煤焦子，砸碎掺石灰，用水浆好，铺在房顶，用木棒捶击，打出来就像洋灰抹的一样，但颇费工时。

大伯整天坐在院里，拣砸那些焦子。他工作得很起劲，土地改革以来，家里的生活年年向上，使他很满足。儿子参军，每年政府发下工票，劳动力也不成问题。他有十五亩园子，两架水车，每年只是菜蔬瓜果，变卖的钱就花费不清。他说今年“打沙披”，明年灰抹墙山，后年翻盖磨棚。

虽在冬闲，他家并不光吃山药和萝卜，像普通人家那样，总是包些干菜饺子呀，擀些山药面把子呀，熬些干粉菜呀，蒸些小米干饭呀，变化着样儿吃。一家人的穿着，也很整齐，姑娘媳妇们都有两身洋布衣服。还有一点是在农村里不常见的，就是她们经常换洗衣服，用肥皂。

一家人，就是大伯的穿着不大讲究。好天气姑娘媳妇们在院里洗衣服，他对我说：

“就是我们家费水！”

我说：

“谁家用水多，就证明谁家卫生工作做得好。”

大媳妇说：

“用水多，又不用你给我们挑去，井里的水你也管着！快别砸了，荡我们一衣裳灰！”

大伯就笑着停工，抽起烟来了。

生活好了，一家人就处得很和气。这个大伯，小人儿们经常呲打他两句，他反倒很高兴。

大娘虽然已经六十岁了，按说有两房儿媳妇，是可以歇息歇息了，可是，也很少看见她闲着。我常常看见，媳妇们闲着，她却在做饭，喂猪，拣烂棉花桃儿，织布。她对我说：

“老二不在家，我就得疼他媳妇些，我疼她些，也就得疼老大家些。我不支使她们，留下她们的工夫，好去开会。”

别人家的婆婆是不愿意儿媳妇们开会，大娘却把开会看得比什么也要紧，她常督促着孩子们赶快做饭，吃完了好去开会。每逢开会，这家人是全体出席的，锁上门就走，有时区里来测验，一家人回来，还总是站在院里对对答案，看谁的分数多。

对证结果，总是小姑玉彩的成绩最好，因为她小学就要毕业了，又是学校团支部的委员。其次是大伯，他虽然不识字，可是记忆力很好，能够用日常生活里的情形解释那题目里包含的道理。而成绩最不好的是二儿妇齐满花。大娘对我说：

“什么都好，人材性质，场里地里，手工针线，村里没有不夸奖的，就是一样，孩子气，贪玩儿，不好学习。”

结婚以来，二儿子总是半月来一封信，回信总是小姑玉彩写，姑嫂之间，满花认为是什么话也可以叫她替自己写上的。最近，竟有一个多月不来信了，大娘焦急起来。我是每隔几天就到县城里取报，这些日子，我拿报回来，一家人就跟到我屋里，叫我把朝鲜的战争和谈判的情形念给她们听，这成为一定的功课了。

齐满花头上包着一块花毛巾，坐在对面板凳上，一字一句地听着。她年岁还很小，就是额前的刘海，也还给人一些胎发的感觉，但是，她目前表露的神情是多么庄重，伸延的是多么辽远了啊。

好像现在她才感觉到，小姑代写的信，也已经是词不达意。她要求自己学习了。大娘每年分给每个媳妇二十斤棉花，叫她们织成布，卖了零用。现在正是织布的时候，大娘每天晚上到机子上去替老二媳妇织布。齐满花和小姑对面坐在炕上，守着一盏煤油灯，有时是嫂嫂教小姑针线，更多的时间，是小姑教嫂嫂识字。玉彩很聪明，她能拣那些最能表达嫂嫂情意的字眼儿，先教，所以满花进步得很快。大儿妇对我说：

“我婆婆多帮老二家些，我不嫌怨，二兄弟在朝鲜，是我们一家人的光荣。”

一九五三年九月十二日记

齐满花

还是赵家的事。

赵家的二儿妇叫齐满花，结婚的那年是十八岁。她娘家是东关，有一个姐姐嫁在这村，看见赵家的日子过得不错，就叫媒人来说，赵家也喜欢满花长得出众，这门亲事就定准了。

那时赵家二儿子在部队上，驻防山海关，大伯给他去了一封信，征求意见，他来信说可以，腊月初八就能到家。大伯为了办事从容，把喜日子定在了腊月二十。家里什么都预备好了，单等着娶。腊月初八，儿子没有回来，家里还不大着急，十五来了一封信，说是不回来了，这才把大伯急坏，闹了一场大病。大娘到满花娘家去说，提出两个办法，一个是退婚，一个是由小姑玉彩代娶，娘家和满花商量，结果是同意了第二个办法。

过门以后，一蹭过年，大娘就带着满花来到秦皇岛。大娘是带着一肚子气来的，一下火车，才知道光带了信瓤，没带信封，儿子的详细住址是写在信封上的。婆媳两人很着急，好在路上遇到两个买菜的部队上的炊事员，一提儿子所在部队的番号，他们说：

“打听着了，跟我们来吧。”

到了部队上，同志们招待得很好，有的来探问满花是什么人，知道是送新媳妇来了，大家就争着去找老二。

老二从外面回来，看见母亲身边站着满花，第一句话是：

“你们想拖我的后腿吗？”

第二句就笑了：

“娘，你们累不累呀？”

部队上帮助结了婚。夫妻感情很好，星期天，儿子带着满花到山海关照了一个合影，两个人紧紧坐在一起。满花没有这么坐惯，她照的相很不自然，当把这个相片带回家来，挂在屋里的时候，她用丈夫另外一张小相片，挡住了自己。

我第一次到赵家的时候，大娘领我看了看她二儿子的照片，大娘当时叫满花摘下来，小镜的玻璃擦得很明亮。

大娘经常教导儿媳妇的是勤俭，满花也很能干，家里地里的活儿全不辞辛苦。她帮着大伯改畦上粪，瓜菜熟了，大伯身体不好，她替大伯挑到集上去。做饭前，我看到过她从井里打水，那真是利索着哩！

大伯家村边这块园子里，有一架水车。村西原有大沙岗，大伯圈起围墙，使流沙进不到园里。这菜园子收拾得整齐干净漂亮，周围种着桃树，每年春天，她家桃花总是开得特别繁密，紫一块，红一块，在太阳光下，园子里是团团的彩霞。水车在园子中间，小驴儿拉得很起劲。

园子里从栽蒜起就不能断人儿，菜熟了每天晚上整菜，桃熟了，要每天早起摘桃。从四月起，大伯大娘就在园里搭个窝棚睡觉，在旁边放上一架纺车。满花在园里干活，汗湿了的褂子脱下来，大娘就在井台上替她洗洗，晒在小驴拉的水车杠上，一会儿就干。

园里的收成很好，菜豆角儿，她家园里的能长到二尺来长，一挑到南关大集上，立时就被那些中学和荣军院的伙食团采买员抢光了，大伯和满花在集上吃碗面条儿，很早就回来了。只是豆角变卖的钱，就可以籴下一年吃不清的麦子。五月鲜的桃儿，她家园里也挂得特别密，累累的大桃把枝子坠到地面上来，如果不用一根木叉早些支上，那就准得折断。用大伯摘桃时的话来讲，这桃树是没羞没臊地长呢！

这都因为是一家人，早起晚睡，手勤肥大。

谁也羡慕这块园子，如果再看见满花在园里工作，那就谁也羡慕这年老的公婆能娶到这样勤快美丽的媳妇，真比一个儿子还顶用！

每年正月，大娘带满花到部队上去一趟。一年满花带回丈夫送给她的一只小枕头，一年带回来一条花布棉被。

满花的姐姐和满花只隔一家人家，可是，要去串门，绕两个胡同才能走到。拿这姐妹两个相比，那实在并没有任何相似之点。姐姐长得丑陋，行为不端。她的丈夫好说诳言大话，为乡里所不齿。夫妻两个都好吃懒做。去年冬天，嚷嚷着要卖花生仁，摘借了本儿来，一家人就不吃白粥饭，光吃花生仁。丈夫能干吃一斤半，老婆和他比赛，不喝水能吃二斤。几天的工夫就把老本吃光了。今年又要开面馆，也是光吃不卖。自己还吹嘘有个吃的命，原因是过去每逢吃光的时候，曾赶上过反黑地和平分，现在把分得的东西变卖完了，又等着“入大伙”，两口子把这个叫作“吃政策”。自然，他们将来一定要受到教训的。但是，这夫妇两个确也有些骗吃骗穿的手段。去年过年的时候，她家没有喂猪，一进腊月，男的就传出大话说：

“别看俺们不喂猪，吃肉比谁家也不能少。”

腊月二十九那天晚上，满花到姐姐家去串门，果然看见她家煮了一大锅肉，头蹄杂碎，什么也有。满花是个孩子，回来就对婆婆说：

“看人家俺姐姐家，平日不扒猪圈，捣猪食，到年下一样的吃肉。”

大娘正在灶火坑里烧火，一听就很不高兴地说：

“那你就跟着他们去学吧！”

平日婆媳两个，真跟娘和闺女一样，说话都是低言悄语的，这天大娘忽然发脾气，满花走到自己房里哭了。

不多一会儿，西邻家那个嫂子喊起来，说是满花的姐夫骗走了她家的肉，吵了一街的人。满花为姐姐害羞，一晚上没出来。但事情过了以后，满花还是常到姐姐家去，大娘对这一点很有意见，她说他们会把满花教唆坏了。

满花家园里，什么树也有，就是缺棵香椿树。去年，在集上卖了蒜种，满花买了两棵小香椿，栽到园里墙边上。她浇灌得很勤，两棵小树，一年的工夫，都长得有她那样高。冬天，她怕把树冻坏，用自己两只旧鞋挂在树尖上，因为小香椿就是一根光杆。今年开春，有一天，我在南关集上买回一小把香椿芽儿，吃鲜儿。满花看见了，说：

“我那香椿也该发芽了，我去看看。”

不看还好，一看把她气得守着树哭了起来。不知道是谁，把树尖上的香椿芽儿全给掰了去，只有一棵上还留着一枝叶子，可怜得像小孩们头上的歪毛。她忍不下，顺着脚印找了去，她姐姐正在切香椿拌豆腐呢。大吵一顿，从此，姐妹两个才断了来往，就是说，根绝了一个恶劣环境对一个劳动女孩子的不良影响。

现在，满花更明白，勤劳俭朴就是道德的向上。她给远在前方的丈夫写了一封信。

一九五三年九月十四日记

刘桂兰

我第一次见到刘桂兰同志，是在白塘口乡总支委员会讨论妇女工作的时候，市委工作组的同志们也参加了这次讨论。刘桂兰同志是乡妇联主任，她迟到了一些工夫，她一进会场，主席就批评了她几句，她微笑着，坐在工作组一位女同志让给她的座位上。

她穿一身朴素洁净的黑色棉衣，风吹日晒的脸色显得很健康，眼睛和整个的神情都很沉静。今天会议上，她没有发言，有些问题，工作组那位女同志代她说明和解答了。会后，工作组的杨同志告诉我：刘桂兰的工作是积极的，她在家庭的处境也有些困难，现在又临近产期。在这次扩社时，她动员了全家入社。

一天晌午的时候，我到她的家里去。她住在一间小西屋里，屋里很简净，北墙上挂两架装满大小相片的镜框，她的丈夫和侄子的照片，穿的都是解放军的军服。

她站在地下，纳着鞋底子和我谈动员家里人入社的情形。

她家二十口人，弟兄七个，妯娌五人。在入社的问题上，最难动员的是她公公，老人家今年七十三岁了。

老人顾虑入社要吃亏，不自由。他说："你们要入社呀，就把我这几亩园子给挑了！我整治这点园子可不容易，当年我和你奶下地，腰里只掖着点豆腐渣吃！我这一辈子，才从一亩三分经营成现时的十多亩，我不入社！"

媳妇说："爹，人家都入社，我们也入了吧。我们劳动力多，入社不吃亏。"

老人说："你入吧，你是干部，我不入。"

媳妇又请老人的知心朋友来帮助动员，吃饭的时候也念叨，都不成功。老人或者一时答应了，登时就又变卦，或者睡一觉就变卦。当在部队上的儿子和孙儿来了信，媳妇知道是动员家里入社的，高高兴兴拿到老人面前说："快念给爷爷听听！"老人一转身说："别念，我不爱听那个。"

最后，反复动员，老人说："你们全愿意入就入，我不管了。"递了申请，他就到天津卫里散心去了，后来竟病了一个多月。

什么时候，老人才真正把心放下？是到了麦场分钱分麦的时候。老人看到合作社打得多分得多，秋后又分了稻谷，全年全家三千多工，每工三元二角，老人高兴了，常说："不吃亏，入社上算。"还分了棒子秸、稻草，老两口子坐在炕上计算着："入社就是优越！"老人也常到地边去转了，夸赞社里白菜长得好。这一年，老人虽然病了一场，还做了五十多个工。

刚入社的时候，老人曾对媳妇说："以后，我找你们要吃的！"现在，再也不提这些话了。现在常说的是："把园子里的桃杏树也交给社里，我把技术教给青年们，叫社里结大桃！"

妯娌们也高兴，三嫂子原说要多留些地，孩子们吃个胡萝卜、青葱青菜的方便，现在看到入了社什么也不缺，并且什么也比过去方便了，她在社里做活儿很好。

入社以前，妯娌们分家的话，在嘴边上挂着，现在谁也不提分家了，都计划着明年怎样在社里多做活儿。

这就是刘桂兰一家，在入社前后的简略的变化。这种变化，也影响了刘桂兰自己。在入社以前，因为自己在家里是第七房儿媳妇，丈夫也脱产在外，所以每逢出去开会，心里就不安，开会回来晚了，看见公婆妯娌们，自己就像做了什么有过错的事，不知道抓什么好。现在，大家明白了，自己的心也就安定了。

一九五五年十二月十二日

青春的热力

在和刘桂兰同志谈话以后，我问：

“我可以和你们老人谈谈吗？”

“可以，他在北屋里住。”刘桂兰同志把我领到北房门口，我推门进去，掀门帘到东里间。我对老人的终于愉快地走上了社会主义道路，进行了一番称赞。老人活泼起来，他向我详细介绍了他一生移花接木的园艺经验。其中有这样一条：接桃树的时候，“码子”要含在嘴里，当年轻气力足的时候，那一口唾沫，就能使所接的桃秧长得很好，桃儿结得特别丰硕甜美。人到了老年，就差一些了。

我不知道，这一条在园艺学上有没有科学的根据。但当我从这位园艺家那里告辞出来，再访问了一位青年团女干部之后，我确切认为：青春的热情，不只可以荣养一切生物，而且是可以推动任何艰难繁重的事业的。

从白塘口村北，走过一架拱腰的小木桥，到上小汀只有半里多路。平坦的大道两旁的土地，已经进行了秋耕，新的土壤轻松地躺在阳光下。在上小汀的村口，一位穿着鲜红的棉裤正在水渠上挑水的青年妇女，指给我柴玉英的家门：

“那边，门口有一辆卖布小车的就是。”

当我走了几步，她已经把水桶挑起了，又补充说：

“靠近小车站着的就是柴玉英的嫂子。”

我到了柴玉英的家。柴玉英正和母亲在炕上做什么活计，屋里拾掇得很整齐洁净。柴玉英身材不高，从她的下巴和嘴角那里，隐隐透露着一种刚强坚毅的神情。

她是乡妇联的副主任，家里十口人，过去种五亩七分园地，新近她动员哥哥嫂嫂参加了先锋社。

她的哥哥是个小商人，对农业生产不感兴趣，过去，对于村里成立社，是不闻不问。柴玉英对于农业合作化的高潮到来，很早就预感到了。她在干部会上响应了党的伟大正确的号召，但是回到家里商议的时候，却遇到了全家的抵抗。

哥哥首先反对，他说：

“我做了半辈子小买卖，算盘上取吃喝，种地是一点门儿也不摸。”

嫂子附和哥哥的意见，说：

“我拉着四个小孩，凭你哥哥吃饭。你哥哥农业生产上不内行，你眼看就要出嫁，家里劳动力少，吃不上饭谁管着？”

母亲说：

“你哥哥嫂子说得有理，我们眼下够过够吃，入社干什么？入了社挨饿怎么办？”

在四个人的会议上，柴玉英颇为孤立，而她已经在干部会上对组织做过保证，她还要去动员旁人，现在自家的门就走不出去，有什么脸见人？她苦恼极了。她去串亲，找舅舅来说，找姐姐来劝，母亲同意了，哥哥嫂嫂还是不同意。后来她竟不知道找谁好了。

这些日子，据她说，像得了致命的病症一样，一见家里有些活动口气，她就非常高兴；一见家里又变了卦，心里就又像压上千斤的石头。睡里梦里，念念不忘；一喜一惊，茶饭不安。

她想向家里斗争，又一转念，自己是一个干部，不能破坏民主的精神。最后，她在家庭会议上，这样对哥哥嫂嫂说：

“现在你们顾虑的是咱家劳动力少，我保证今年不结婚，也不能叫咱家走错了道路。你们放心入社，我要等大侄儿小学毕了业才结婚。”

一家人全被她的真诚的高贵的心意感动了。当她对未婚夫提出这个意见的时候，那小伙子非要今年成亲不可，因此，双方竟解除了婚约。

柴玉英坚决地递上入社的申请。批准以后，全家正在积极准备衣服鞋袜，安排明年参加社里的农业生产。

哥哥现在也对办社非常关心了，经常向人打听社章上的各种问题。

我确信柴玉英所谈的一切，确信她那对国家社会主义建设的无私的忠诚。她今年才二十二岁，祝福她远大的幸福的前程。我对她的思想，对她的感情是理解的，她是一个青年团员，一个妇联基层组织的干部，她的胸怀里蕴藏着那种热力，就像老年的园艺家所说的，她的未来的果实，是一定会结得丰硕甜美的。

一九五五年十二月十三日

某村旧事

一九四五年八月，日寇投降，我从延安出发，十月到浑源，休息一些日子，到了张家口。那时已经是冬季，我穿着一身很不合体的毛蓝粗布棉衣，见到在张家口工作的一些老战友，他们竟是有些“城市化”了。做财贸工作的老邓，原是我们在晋察冀工作时的一位诗人和歌手，他见到我，当天夜晚把我带到他的住处，烧了一池热水，叫我洗了一个澡，又送我一些钱，叫我明天到早市买件衬衣。当年同志们那种同甘共苦的热情，真是值得怀念。

第二天清晨，我按照老邓的嘱咐到了摊贩市场。那里热闹得很，我买了一件和我的棉衣很不相称的绸料衬衣，还买了一条日本的丝巾围在脖子上，另外又买了一顶口外的狸皮冬帽戴在头上。路经宣化，又从老王的床铺上扯了一条粗毛毯，一件日本军用黄呢斗篷，就回到冀中平原上来了。

这真是胜利归来，洋洋洒洒，连续步行十四日，到了家乡。在家里住了四天，然后，在一个大雾弥漫的早晨，到蠡县县城去。

冬天，走在茫茫大雾里，像潜在又深又冷的浑水里一样。但等到太阳出来，就看见村庄、树木上，满是霜雪，那也真是一种奇景。那些年，我是多么喜欢走路行军！走在农村的、安静的、平坦的道路上，人的思想就会像清晨的阳光，猛然投射到披满银花的万物上，那样闪耀和清澈。

傍晚，我到了县城。县委机关设在城里原是一家钱庄的大宅院里，老梁住在东屋。

梁同志朴实而厚重。我们最初认识是一九三八年春季，我到这县组织人民武装自卫会，那时老梁在县里领导着一个剧社。但熟起来是在一九四二年，我从山地回到平原，帮忙编辑《冀中一日》的时候。

一九四三年，敌人在晋察冀持续了三个月的大“扫荡”。在繁峙境，我曾在战争空隙，翻越几个山头，去看望他一次。那时他正跟随西北战地服务团行军，有任务要到太原去。

我们分别很久了。当天晚上，他就给我安排好了下乡的地点，他叫我到一个村庄去。我在他那里，见到一个身材不高管理文件的女同志，老梁告诉我，她叫银花，就是那个村庄的人。她有一个妹妹叫锡花，在村里工作。

到了村里，我先到锡花家去。这是一家中农。锡花是一个非常热情、爽快、很懂事理的姑娘。她高高的个儿，颜面和头发上，都还带着明显的稚气，看来也不过十七八岁。中午，她给我预备了一顿非常可口的家乡饭：煮红薯、炒花生、玉茭饼子、杂面汤。

她没有母亲，父亲有四十来岁，服饰不像一个农民，很像一个从城市回家的商人，脸上带着酒气，不好说话，在人面前，好像做了什么错事似的。在县城，我听说他不务正业，当时我想，也许是中年鳏居的缘故吧。她的祖父却很活跃，不像一个七十来岁的老人，黑干而健康的脸上，笑容不断，给我的印象，很像是一个牲口经纪或赌场过来人。他好唱昆曲，在我们吃罢饭休息的时候，他拍着桌沿，给我唱了一段《藏舟》。这里的老一辈人，差不多都会唱几口昆曲。

我住在这一村庄的几个月里，锡花常到我住的地方看我，有时给我带些吃食去。她担任村里党支部的委员，有时也征求我一些对村里工作的意见。有时，我到她家去坐坐，见她总是那样勤快活泼。后来，我到了河间，还给她写过几回信，她每次回信，都谈到她的学习。我进了城市，音问就断绝了。

这几年，我有时会想起她来，曾向梁同志打听过她的消息。老梁说，在一九四八年农村整风的时候，好像她家有些问题，被当作“石头”搬了一下。农民称她家为“官铺”，并编有歌谣。锡花仓促之间，和一个极普通的农民结了婚，好像也很不如意。详细情形，不得而知。乍听之下，为之默然。

我在那里居住的时候，接近的群众并不多，对于干部，也只是从表面获得印象，很少追问他们的底细。现在想起来，虽然当时已经从村里一些主要干部身上，感觉到一种专横独断的作风，也只认为是农村工作不易避免的缺点。在锡花身上，连这一点也没有感到。所以，我还是想：这些民愤，也许是她的家庭别的成员引起的，不一定是她的过错。至于结婚如意不如意，也恐怕只是局外人一时的看法。感情的变化，是复杂曲折的，当初不如意，今天也许如意。很多人当时如意，后来不是竟不如意了吗？但是，这一切都太主观，近于打板摇卦了。我在这个村庄，写了《钟》《“藏”》《碑》三篇小说。在《“藏”》里，女主人公借用了锡花这个名字。

我住在村北头姓郑的一家三合房大宅院里，这原是一家地主，房东是干部，不在家，房东太太也出去看望她的女儿了。陪我做伴的，是他家一个老用人。这是一个在农村被认为缺个魂儿、少个心眼儿，其实是非常质朴的贫苦农民。他的一只眼睛不好，眼泪不停止地流下来，他不断用一块破布去擦抹。他是给房东看家的，因而也帮我做饭。没事的时候，也坐在椅子上陪我说说话儿。

有时，我在宽广的庭院里散步，老人静静地坐在台阶上；夜晚，我在屋里地下点一些秫秸取暖，他也蹲在一边取火抽烟。他的形象，在我心里，总是引起一种极其沉重的感觉。他孤身一人，年近衰老，尚无一瓦之栖，一垄之地。无论在生活和思想上，在他那里，还没有在其他农民身上早已看到的新的标志。一九四八年平分土地以后，不知他的生活变得怎样了，祝他晚境安适。

在我的对门，是妇救会主任家。我忘记她家姓什么，只记得主任叫志扬，这很像是一个男人的名字。丈夫在外面做生意，家里只有她和婆母。婆母外表黑胖，颇有心计，这是我一眼就看出来的。我初到郑家，因为村干部很是照顾，她以为来了什么重要的上级，亲自来看过我一次，显得很亲近，一定约我到她家去坐坐。第二天我去了，是在平常人家吃罢早饭的时候。她正在院里打扫，这个庭院显得整齐富裕，门窗油饰还很新鲜，她叫我到儿媳屋里去，儿媳也在屋里招呼了。我走进西间里，看见妇救会主任还没有起床，盖着耀眼的红绫大被，两只白皙丰满的膀子露在被头外面，就像陈列在红绒衬布上的象牙雕刻一般。我被封建意识所拘束，急忙却步转身。她的婆母却在外间哧哧笑了起来，这给我的印象颇为不佳，以后也就再没到她家去过。

有时在街上遇到她婆母，她对我好像也非常冷淡下来了。我想，主要因为，她看透我是一个穷光蛋，既不是骑马的干部，也不是骑车子的干部，而是一个穿着粗布棉衣，夹着小包东游西晃溜溜达达的干部。进村以来，既没有主持会议，也没有登台讲演，这种干部，叫她看来，当然没有什么作为，也主不了村中的大计，得罪了也没关系，更何必巴结钻营？

后来听老梁说，这家人家在一九四八年冬季被斗争了。这一消息，没有引起我任何惊异之感，她们当时之所以工作，明显地带有投机性质。

在这村，我遇到了一位老战友。他的名字，我起先忘记了，我的爱人是“给事中”，她告诉我这个人叫松年。那时他只有二十五六岁，瘦小个儿，聪明外露，很会说话，我爱人只见过他一两次，竟能在十五六年以后，把他的名字冲口说出，足见他给人印象之深。

松年也是郑家支派。他十几岁就参加了抗日工作，原在冀中区的印刷厂，后调阜平《晋察冀日报》印刷厂工作。我俩人工作经历相仿，过去虽未见面，谈起来非常亲切。他已经脱离工作四五年了。他父亲多病，娶了一房年轻的继母，这位继母足智多谋，一定要儿子回家，这也许是为了儿子的安全着想，也许是为家庭的生产生活着想。最初，松年不答应，声言以抗日为重。继母随即给他说好一门亲事，娶了过来，枕边私语，重于诏书。新媳妇的说服动员工作很见功效，松年在新婚之后，就没有回山地去，这在当时被叫作“脱鞋”——“妥协”或开小差。

时过境迁，松年和我谈起这些来，已经没有惭怍不安之情，同时，他也许有了什么人生观的依据和现实生活的体会吧，他对我们抗日战士的贫苦奔波的生活，竟时露嘲笑的神色。那时候，我既然服装不整，夜晚睡在炕上，铺的盖的也只是破毡败絮。（因为房东不在家，把被面都搁藏起来，只是炕上扔着一些破被套，我就利用它们取暖。）而我还要自己去要米，自己烧饭，在他看来，岂不近于游僧的敛化，饥民的就食！在这种情况下面，我的好言相劝，他自然就听不进去，每当谈到归队，他就借故推托，扬长而去。

有一天，他带我到他家里去。那也是一处地主规模的大宅院，但有些破落的景象。他把我带到他的洞房，我也看到了他那按年岁来说显得过于肥胖了一些的新妇。新妇看见我，从炕上溜下来出去了。因为曾经是老战友，我也不客气，就靠在那折叠得很整齐的新被摞上休息了一会儿。

房间裱糊得如同雪洞一般，阳光照在新糊的洒过桐油的窗纸上，明亮如同玻璃。一张张用红纸剪贴的各色花朵，都给人一种温柔之感。房间的陈设，没有一样不带新婚美满的气氛，更有一种脂粉的气味，在屋里弥漫……

柳宗元有言，流徙之人，不可在过于冷清之处久居，现在是，革命战士不可在温柔之乡久处。我忽然不安起来了。当然，这里没有冰天雪地，没有烈日当空，没有跋涉，没有饥饿，没有枪林弹雨，更没有人死出生。但是，它在消磨且已经消磨尽了一位青年人的斗志。我告辞出来，一个人又回到那冷屋子冷炕上去。

生活啊，你在朝着什么方向前进？你进行得坚定而又有充分的信心吗？

“有的。”好像有什么声音在回答我，我睡熟了。

在这个村庄里，我另外认识了一位文建会的负责人，他有些地方，很像我在《风云初记》里写到的变吉哥。

以上所记，都是十五六年前的旧事。一别此村，从未再去。有些老年人，恐怕已经安息在土壤里了吧，他们一生的得失、欢乐和痛苦，只能留在乡里的口碑上。一些青年人，恐怕早已生儿育女，生活大有变化，愿他们都很幸福。

一九六二年八月十三日夜记

出版说明

孙犁，河北安平人。他开创了“荷花淀派”，在中国现当代文学史上占有重要地位。早期作品清新明净，晚年作品平淡隽永。从其丰富的作品中，我们选取了具有代表性诗歌、小说等进行结集，形成了《白洋淀之曲》《芦花荡之白洋淀纪事》《铁木前传》《风云初记》。

书稿参考多种版本进行校勘，在保证作品原貌的基础上，按照最新的语言规范进行了必要的编辑加工。